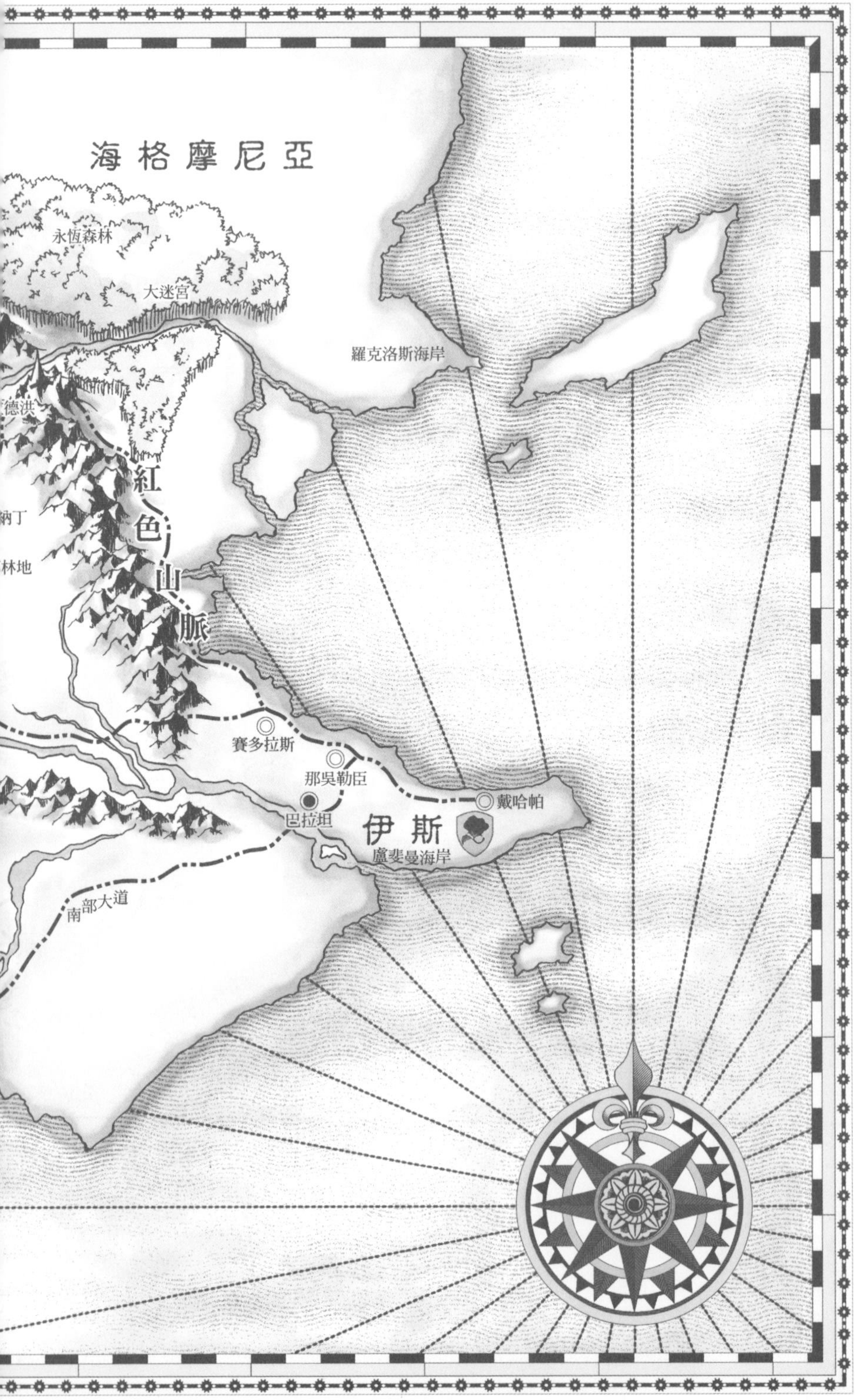
海格摩尼亞
永恆森林
大迷宮
羅克洛斯海岸
德洪
紅色山脈
林地
賽多拉斯
那吳勒臣
巴拉坦
戴哈帕
伊斯
盧斐曼海岸
南部大道

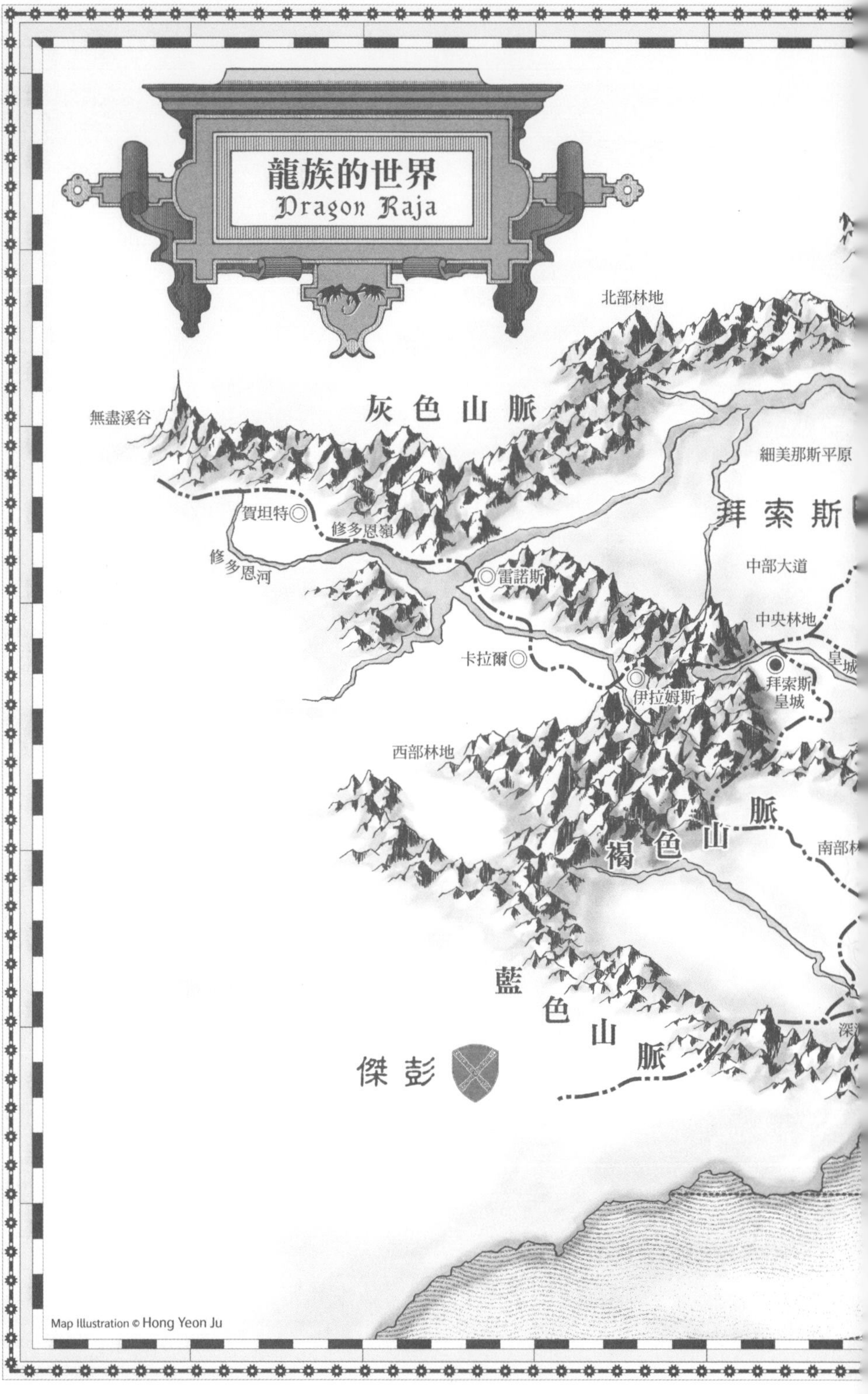

Map Illustration © Hong Yeon Ju

龍族

1

李榮道—著　王中寧、邱敏文—譯

龍族

1

朝太陽奔馳的馬

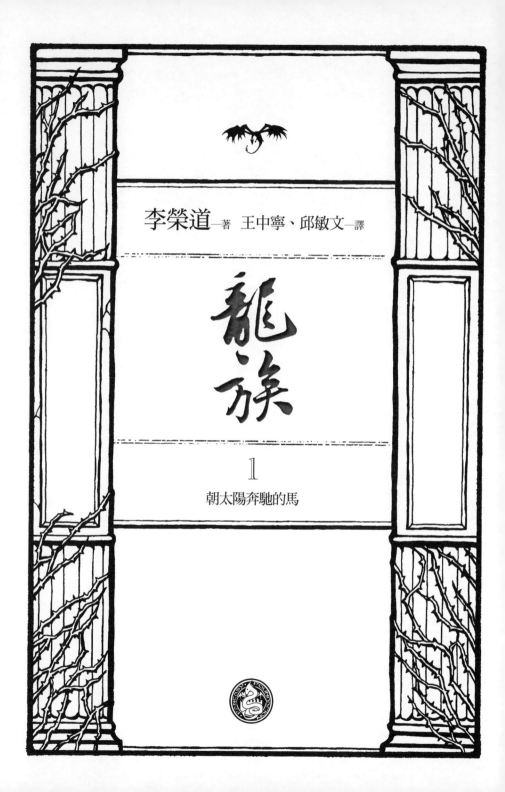

目錄

第1篇

朝太陽奔馳的馬

……故而如上例所示，龍魂使與龍的關係若以人類的主從契約去理解，將會出現許多困難點。當龍魂使對龍說：「你是我忠實的朋友」之時，如果把這句話聽成與國王對家臣所說的話具有相同的意義，那麼將會招致誤解。但是因為龍魂使所表現出的曖昧模糊的態度，許多人都將龍與龍魂使的關係錯認為主從關係。龍魂使如此模糊的態度，造成日後他們本身以及拜索斯的災難……

——摘自《在風雅高尚的肯頓市長馬雷斯・朱伯烈的資助下所出版，身為可信賴的拜索斯公民，任職肯頓史官之賢明的阿普西林克・多洛梅涅告拜索斯國民，既神祕又具價值的話語》一書，多洛梅涅著，七七〇年。第三冊五二一七頁。

01

「那是龍耶！真正的白龍！哇，帥呆了！」

「嘿嘿，這白龍大概跟妳有一天晚上踩到蛇那時的臉色一樣蒼白吧？」

「修奇・尼德法！你這傢伙！我不是叫你別再提那件事了嗎？」

我噗哧一聲笑了出來。傑米妮暴跳了起來，一面環顧四周，害怕被人聽去了。這丫頭真是的。踩到蛇就踩到蛇嘛，幹嘛突然就靠到了我身上？難道她這樣鑽到我懷裡，是想讓我親一下？我回憶起當時的情況，又再次笑了，這次的笑跟剛才的意思有點不同。傑米妮馬上用想把我抓來吃了的表情瞪了我一眼，我只好趕快假裝什麼都沒發生。

「你看那邊！修奇，那裡，那個小孩好像就是龍魂使！」

不知不覺間，傑米妮又再度把視線投射到白龍那裡去了。說起來其實很難把視線從那裡移開。我也朝傑米妮指的方向望了過去。

白龍旁邊有一個少年，正騎著白馬緩步前進。說起來真是高尚風雅。白龍旁邊配著白馬，那個少年甚至還穿著白色的披風。我哼了一聲。

「龍魂使是沒必要擔心被龍吃掉，但是那匹馬卻很可憐。」

「咦？」

「要不是膽子夠大，怎麼可能跟龍並肩這樣走著。」

「哦？真的？」

「那還能怎麼辦？怪只能怪牠生下來就是白色的。所以只好帶著『您不會想吃我吧？』的眼神，乖乖走在白龍的身邊。」

「哈哈，修奇。你還真耍寶。」

「哈哈哈！你這傢伙。你講的還真像有這麼一回事似的。」

聽到我說的話，旁邊的大人們與傑米妮都笑彎了腰，我則是吐了口口水。

如果將我話裡的白龍換成貴族，白馬換成平民，那就是很明顯的隱喻了。只是我們村裡的人太單純了，誰也聽不懂我的話。去他的！是我不正常嗎？其實我們領主心地很好，跟人們常講的那些虐待平民的領主一點也不相像。

傑米妮笑了笑，又開始踮腳張望了。好像是因為周圍擁擠的人群而被擋住的樣子。這死丫頭，別人都在長高的時候，她到底在幹嘛？我舔舔嘴巴，抓住了傑米妮的腰。傑米妮瞪了我一眼，我則是深呼吸了一下。

「別胡思亂想，傑米妮。」

接著我把傑米妮抬到右邊肩膀上，讓她從周圍人們的縫隙中能夠看得更清楚一點。傑米妮的臉雖然紅了起來，卻也沒要求我放她下去。

「看得清楚些了嗎？」

「嗯……仔細一看，那個龍魂使好像還不到十歲？」

「能不能當龍魂使與年紀並不相關。從龍的角度看來，不管是五歲的小鬼頭還是八十歲的賢者，都一樣只是小孩而已。」

周圍的那些人用驚訝的眼神看著我，突然集人們視線於一身的傑米妮好像有點不知所措。她因為害羞而蠕動著身體，我完全都感覺到了。動來動去的。

我不理會周圍的狀況，繼續望著前方。

不管怎麼說，那景象是非常壯觀的。

巨大的白龍從頭到尾巴怎麼看都像超過三百肘。簡單來說，頭跟脖子長一百肘，身體長一百肘，尾巴也一百肘左右吧？因為龍是在地上走，所以翅膀折疊了起來，但很明顯地，牠翅膀跟頭的長度呈黃金比例。牠從遠處一直旅行到此地，然而牠的頭還是直挺挺、威風凜凜地頂著天。這麼巨大的生物，為何動作還能如此優雅？牛跟馬有時也會覺得自己的頭很重，但頭應該更重的龍卻沒有將脖子垂下來。連人偶爾也會拖著腳走路，但是龍的腳步卻像鹿一般地輕巧。龍用牠在天空中急速飛翔的輕盈走在人群的前頭。

龍的身邊就是那個騎著馬、正在走著的小少年，就算給我一千賽爾的錢，我也不想跑去站在那個位子。不管是馬、披風還是穿的衣服，對他來說都顯得太大了。當然那個少年的責任也十分重大。少年好像因為長途的旅行而十分疲勞，也不太看那些為了歡迎自己來到此處的人們。不，不如說他似乎有點害羞。

在他們稍微遠處的後方，有幾個騎士和一些士兵跟在後面。他們好像是從首都出發，來護衛龍跟龍魂使的士兵。就像我之前說的，那匹馬是無可奈何地走在龍的身邊，至於那些士兵就更沒有必要這麼做了。所以他們在遠遠的後方跟著走，你甚至很難看出他們跟前面的龍是一夥的。

之前屏息看著龍的人群們直到這時才爆出了歡呼聲。

「龍魂使哈修泰爾萬歲！」

「哈修泰爾萬歲！」

少年聽到人們喊著自己的名字，頭垂得更低，幾乎要整個鑽到衣領裡去了。居然說什麼萬歲？對不到十歲的小鬼喊萬歲，真是件很可笑的事。乾脆喊「謝主隆恩！」算了。

「偉大的龍卡賽普萊萬歲！」

「卡賽普萊萬歲！」

如果那頭龍知道人們對牠喊的「萬歲」這個詞的意義，牠會覺得多可笑呢？

不管怎樣，那頭龍的名字好像是卡賽普萊，而旁邊龍魂使的名字好像是哈修泰爾。我們貧窮村中那些可憐的鄉下人不可能對外面世上的事那麼清楚。一定是從領主的城裡來的那些人先帶頭高喊，周圍那些眼色快的村人才跟著喊的。搞不好他們今天離開之前，就又把那些名字忘掉了。

「一定要消滅掉阿姆塔特！」

「幹掉阿姆塔特！」

我霎時間打了個寒噤。

阿姆塔特。人們絕對忘不了這個名字。所以這時村人的叫喊，至少也有幾分是發自於內心。連我自己也吃驚的是，我居然也跟著大家揮手喊叫了起來。

「宰掉該死的阿姆塔特！幹掉牠！」

因為我一時激動，傑米妮差點就掉了下來。傑米妮嚇了一跳，一把抓住了我的頭髮，我猛然清醒過來，趕忙扶住了她。

「啊，對不起，傑米妮。」

「放我下去！」

傑米妮生氣地喊著，我只好乖乖放她下來。她一面抱怨，一面擰我的手臂。

「你故意的！對吧？」

我被她擰得糊裡糊塗，趕忙轉過頭去，摀住了傑米妮的嘴巴，開始對她說悄悄話。

「噓！噓！傑米妮，安靜一點！龍最喜歡小女孩了。別做吸引牠目光的動作！」

傑米妮眼睛睜得大大的。我做出嚇人的表情，然後很殘忍地說：

「因為嚼起來很不錯……所以在其他的情況下，牠可能一口就把人吞了下去，可是像妳這種小丫頭，牠可能會細嚼慢嚥、津津有味地吃！特別是紅髮的小女孩……」

就像我預想的一樣，傑米妮開始發抖，躲到了我的背後。正因為她跑到我後面，所以看不見我偷笑的表情。

白龍不知道自己因為我開的玩笑而背了黑鍋，仍然靜靜地走著。果真是風姿非凡的傢伙。這麼厲害、看起來又這麼嚇人的傢伙，居然聽從旁邊小鬼頭的命令行動，不知怎地，讓人看了油然生起茫然若失的感覺。

過了一陣子，長長的行進行列消失在領主城堡所在的丘陵陡坡上頭。人們漸漸散去，然而也有三五成群的人聚在一起聊天。

「我們領主今晚應該睡得著了吧？」

「這個嘛，呵呵。有這樣一條大龍在後院裡，能夠好好睡一覺嗎？」

我聽到大人們的話，笑了出來。但這時傳來了一句刺激到我耳朵的話。

「真是太好了。如果這麼厲害，那阿姆塔特就死定了。」

「對呀。阿姆塔特那傢伙！」

阿姆塔特，阿姆塔特！

我每次一聽到這個名字，全身就會變得冰冷。同時我的腦袋卻會像火燒一樣熱了起來。阿姆塔特，那該死的傢伙！應該把牠塞到糞堆裡吃屎，狠狠扁牠三個半月……咦？為什麼我老是這樣說話？我所有想得出的髒話，全都是這村裡的大人在不考慮下一代教育的情況下，在小孩面前說過的。

我眼中冒出了火花。傑米妮嚇了一跳，抓住了我的手臂。

「修奇？」

「啊，傑米妮。走吧。太陽快下山了。」

「嗯。好啊。哇！剛才真是讓人大開眼界。」

傑米妮將手按在胸前，深呼吸了一下。我突然很想捉弄她。

我把嘴移到傑米妮的耳邊。

「我剛才不是說龍喜歡吃妳這種紅髮女孩，喜歡得要命？就在剛才妳躲在我背後那時，那頭龍還流著口水看妳呢。妳沒看見吧？」

傑米妮大聲尖叫。大概今天晚上睡不著的除了我們領主之外，又多了一個人了。

結果我後悔嚇了傑米妮。

她說就算殺了她，她也不敢一個人走了，只好緊抓著我的手臂慢慢走，所以我雖然不怎麼強壯，還是得裝出個騎士的樣子來護送她回去。傑米妮家是負責幫領主看守森林的，所以她家離村子有點距離，是在森林裡面。但我最懷疑的是，在森林裡出生、森林裡長大的傑米妮，怎麼會太陽一下山就不敢進森林了？傑米妮望著夕陽西下、布滿彩霞的天空，表情顯示出她正在擔心：萬一走到半途天就黑了，那她該怎麼辦？

「喂，丫頭！別跟我說妳到了十七歲，還不敢自己回家！」

「還敢說！到底是誰嚇我的？」

我搔了搔頭，開始快步往前走，傑米妮害怕落單，只得緊緊跟著。

走向傑米妮家的途中，我突然有個念頭，想順道去卡爾家看看。一方面是因為去拜訪卡爾是很讓人高興的事，另一方面也是因為我很好奇他為什麼沒跑出來看熱鬧。我突然改變了方向，傑米妮嚇了一跳，連忙抓住我的手臂。

「你、你去哪？」

「妳再往前走一點點不就到了。自己回去吧。」

「你要去找卡爾嗎？」

「嗯。」

「那就一起去吧。回程的時候，你一定要送我到家門口。」

庇佑精靈與純潔少女的卡蘭貝勒呀！您怎麼會賜給這個少女如此不分青紅皂白耍賴的能力？嗯，我會用從卡爾那裡學來的語氣，還有從小在村裡所學的這兩種不同語氣來講話，有時連我自己聽了都會嚇一跳。像現在就是這種情況。

我什麼話都沒說，只是往前走，傑米妮一副好像已經得到我的承諾的樣子，也跟著我走。

卡爾的家位在森林邊上的空地。

他既不種田，也不養家畜，也沒有做什麼東西來賣。此外，他不但不交稅，連一年中要為領主服務的幾天勞役也不參加。雖然如此，他會自己釀酒，拿去換麵包，一面讀書，一面過著優游自在的生活。這件事對傑米妮而言始終是個不解的謎，所以她有點怕卡爾。

隨著我們離卡爾的家越來越近，答答的斧頭聲也越來越清楚。

過了不久之後，空地出現在我們的眼前。我們看到一個中年人，有著適中的身材、褐色的頭髮、看來很和善的臉龐。如果你在街上遇到他，你絕對不會記得他，就是這樣一個平凡的男人正在砍樹。

「尼德法老弟，你來了嗎？」

卡爾放下斧頭，露出了愉悅的表情。這對傑米妮而言又是件不可思議的事。傑米妮身為領主屬下守林者之女，她始終無法理解，卡爾怎麼能沒得到自己父親允許，就砍這裡的柴來用？傑米妮帶著警戒的眼神，屈膝向他行了個禮。

「你好，卡爾。」

我也親切地打了招呼。

「你還真懶惰啊，卡爾。居然到太陽下山的時候，才開始砍晚上要用的柴火。」

「哈哈哈，尼德法老弟，真正懶惰的人才不只是這樣。因為覺得砍柴很煩，所以一面發抖一面睡覺，那才叫做懶惰。好久不見了，史麥塔格小姐。」

這就是為什麼雖然傑米妮有點怕卡爾，還能這樣跑來找他的原因。居然叫她史麥塔格小姐？不管是她的父母還是村裡的人，大部分都叫她傑米妮，頂多叫叫小名「傑蜜」，而卡爾居然能夠記住連我都常忘記的傑米妮的姓氏，還這樣叫她，這真是厲害。傑米妮微笑了起來。唉唷，還真噁心。

「別胡說八道了。哪裡去找這麼懶的人？」

「有的，尼德法老弟。我朋友當中就有這麼懶的傢伙。因為不想砍柴，就這樣一邊發抖一邊睡覺，到後來得了感冒，差點死掉。」

「咦，有誰是得感冒死的？越說越離譜了。」

「你這小傢伙還真難纏，大人跟你完全講不通的。呵呵，進來吧。史麥塔格小姐？美麗的淑女來訪，卻讓她站在這邊，這真是件失禮的事。」

「那我就打擾了。」

傑米妮用既優雅又嬌滴滴的聲音回答。天啊，雞皮疙瘩掉滿地！

我們一進到草屋裡，太陽的餘暉整個都消失在地平面後頭。卡爾點起了房間中央桌上的蠟燭，傑米妮誇張地做出光線很刺眼的表情。說起來，要看蠟燭，若不是到領主的城堡裡去，或者到開蠟燭店的我家，還能去哪看呢？

卡爾讓我們坐下之後，先點起壁爐，接著走到書櫃旁邊，那裡面放的酒瓶比書還多，應該放在書櫃裡的書反而都亂放在地板上或者床上。

他拿了酒瓶跟杯子，放到我們面前，然後開始倒酒。

「舉杯吧，尼德法老弟。這是蘋果酒，應該已經釀好了。史麥塔格小姐……」

要是傑米妮的爸媽看到現在這種情況，不弄得雞飛狗跳才怪。我家也差不多。但是我們兩個還是裝出一副常喝的樣子，舉起了酒杯。我偶爾會跟釀酒廠的老么米提要些酒滓來吃，但傑米妮幾乎完全沒碰過酒，還是故做一副泰然自若的表情。

卡爾在自己的杯子裡也倒滿了酒，然後想了一下要講什麼話來乾杯。

「這個嘛……嗯，這樣好了，為了這一對青春男女永遠的愛乾杯……」

「卡爾！」

我的叫聲聽來有些淒慘。卡爾的眼睛睜得大大地說：

「咦？不喜歡嗎？那這樣吧，為了他們兩人一出生就具備勇氣和美貌的下一代乾杯……」

傑米妮全身開始不自在地扭動。她的眼神混雜著激烈的非難，好像在說：她這種淑女怎麼會跟我這種浪蕩子扯在一起？我真的委屈死了。

那時我腦中突然閃過一個念頭。

「為了阿姆塔特的滅亡乾杯吧！」

卡爾立刻緊閉上嘴巴，表情變得很沉重。傑米妮也因為氣氛的急遽變化而感到不安。

過了一陣子，卡爾吁了一口氣，又露出了笑容。

「這樣嗎？嗯，我懂了。我不知道你居然帶著這種決心。你什麼時候出發？勇猛無雙的尼德法居然要去消滅惡名昭彰的阿姆塔特，博得屠龍者的名聲……」

「什麼？」

「咦？不是嗎？那史麥塔格小姐呢？」

「噗，噗哧，噗哈哈哈哈！」

傑米妮開始笑個不停，我也在一邊乾笑。卡爾一面微笑，一面把酒杯拿到了唇邊乾杯。如果再繼續這樣想乾杯的臺詞，搞不好連酒都不用喝了，所以我也直接乾杯了。

霎時間耳垂跟脖子兩旁都燙了起來，呼吸的氣息也變熱了。我大大地眨了幾下眼。卡爾帶著笑容看著我的樣子，然後用不太在意的語氣輕輕地問：

「聽說龍魂使來了？」

「是的，卡爾。呼！他們是來幹掉阿姆塔特的。」

傑米妮好不容易停止了笑，很自然地喝了口酒。不，應該說是直到酒杯拿到嘴邊的那一刻之前都很自然，接下來就看到她臉頰整個鼓起來。她一定是好不容易才吞下去。

「哼嗯，哼嗯！咳，嗯，真是不錯的酒，卡爾。」

「謝謝妳，史麥塔格小姐。」

我笑了笑，然後繼續對卡爾說：

「你為什麼不出來看熱鬧？」

「因為要砍柴，所以沒辦法去。怎麼樣？很壯觀吧？」

「對啊。龍魂使好像只有六、七歲，而龍是大得可怕的白龍。」

「讓我猜猜看好嗎？你們說的白龍，應該是卡賽普萊吧？」

傑米妮做出吃驚的表情，但是我卻不太驚訝，還很高興。卡爾溫暖地笑了笑，靠到了椅背上。

「而且那個小孩應該不是姓哈修泰爾吧？」

這個他搞錯了。我疑惑地看著他說：

「應該是哈修泰爾吧？」

卡爾的眼睛睜得大大的，然後閉上了一陣子。他閉著眼睛，但還是很正確地把酒杯拿到了唇邊。喝了一口之後，卡爾張開眼睛笑了。

「少年少女去見長輩的時候，做長輩的為了要讓他們知道自己以前的歲月沒有白過，得張開自己的那幅智慧的卷軸給他們看才行。」

我一下子緊張了起來。

「你要跟我們說有趣的故事嗎？」

「……說是哈修泰爾家的後繼者，這難道意味著他們家族還不斷繼承龍魂使的血統嗎？」卡爾像是自言自語地說，然後噗哧笑了出來。「真是胡說八道。」

「你說這是胡說八道？」

「他們一定是從某個地方把有龍魂使資質的小孩抓來，讓他繼承哈修泰爾家的，尼德法老弟。」

卡爾講得好像這是發生在他家的事一樣，用很自信的態度一口咬定是如此。真是莫名其妙。

「你敢這樣斷定的理由是什麼？」

用這種方式說話的我，心情激動得就好像自己成了討論大陸事務的賢者中的一人。特別是傑米妮根本不敢插嘴，只能用欽佩的眼神看著我，這真是讓我覺得很爽。

卡爾讓燭光映照著酒杯，低聲說：

「這只不過是簡單的加減法算出的結果而已。當初許諾哈修泰爾家族得以擁有龍魂使血統三百年。最後的第三百年是在十五年前，尼德法老弟。你們又說那小孩只有六、七歲，不是嗎？所以如果那個小孩有哈修泰爾家的血統，就不可能是龍魂使。」

「三百年？那是怎麼一回事？」

「喂，尼德法老弟，尼德法老弟！你如果有時間去搜鳥巢玩，不如去讀點書吧！」

因此討論大陸事務的賢者就這樣消失得無影無蹤，只剩下一個搜鳥巢玩的淘氣小鬼。傑米妮開始呵呵地笑，我則是羞紅了臉。

卡爾繼續帶著親切的笑容說：

「原來你連自己國家的歷史都不知道。三百年，不，三百一十五年前，是我國的開國紀元年，不是嗎？光榮的七週戰爭那時，神龍王向哈修泰爾公爵約定，讓他們家族擁有龍魂使的血統。所以他們家族在三百年間維持和龍之間的友情，後世子孫一生下來就會帶有龍魂使的資質。知道嗎？」

我聽得迷迷糊糊，傑米妮則好像連一點都聽不懂。卡爾發現他的兩個聽眾都沒聽懂，只好開始講得更簡單一點。

「嗯……史麥塔格小姐。我們拜索斯是何時建國的？」

「啊，就是在光榮的七週戰爭期間，大王穿越黑暗平原，然後擊退神龍王那時。」

「妳果然具備跟妳氣質相符的教養，史麥塔格小姐。」

傑米妮那時的表情是……我忍住都不說話。哪有人不知道這件事的？

「開國的路坦尼歐大王雖然在光榮七週的最後一天擊退了神龍王，但自己也受了重傷，從此不能再拿劍。那時哈修泰爾公爵救出了神龍王。所以神龍王祝福自己的救命恩人哈修泰爾公爵。」

我很性急地插嘴說道：

「祝福的內容，就是他們家三百年之內，會不斷出現龍魂使？」

「沒錯，尼德法老弟。到了第四代國王耶里涅陛下征伐北方的時候，哈修泰爾家族也開始服屬於陛下。耶里涅陛下不但沒有將違逆路坦尼歐大王的哈修泰爾家族滅族，反而滿足於接受主從關係的誓約。龍魂使很稀罕，不是嗎？所以滅絕代代都有龍魂使輩出的家族是很可惜的事。而且萬一沒有龍魂使在，那些龍狂暴起來，也是一件很危險的事。」

卡爾淵博的知識讓傑米妮聽得入神，簡直呆住了。我提出一個問題。

「三百年都過完了嗎？」

「是的。所以事情就有趣了。」

我跟傑米妮都一下子緊張了起來，將身子偏了過去。卡爾也好像在參加什麼祕密的重大會議一樣，身體往前傾，低聲說話。蠟燭匠的兒子、守林者的女兒跟神祕的遊手好閒者的閒談，實在不能稱作是重大會議。

「哈修泰爾家族跟其他開國功臣家族比起來，本來是叛逆者，對吧？但只因為代代生出龍魂使這個理由，就一直享盡了富貴榮華。那如果哈修泰爾家不再出現龍魂使，會有什麼結果？」

「啊哈！所以去找養子？」

「對啊。一定是將出生在貧窮人家裡，且具有龍魂使資質的小孩子強制收為養子。不，等一下，修正我的話。不如說是買小孩更正確吧！不管怎樣，如果不是貧窮人家，大概也不會答應把孩子交出來吧。」

「用錢收買養子？」

「大概吧。雖然神龍王約定的期間已經結束，但是他們想將龍魂使們抓來，重新塑造出龍魂使的血統。就像把優良的公馬母馬抓來當種馬一樣。」卡爾用很辛辣的諷刺語氣說。

傑米妮毫無懼色地又喝了一口酒，然後帶著不快的表情說：

「這些人真卑鄙……」

「是的，史麥塔格小姐。他們已經享受了三百年的權勢還不夠，還想再繼續延長下去，於是從窮困的父母那裡將孩子奪走，收養為自己的孩子。不過搞不好這樣對孩子，甚至對那些父母都好。我們可以換一種看法：比起待在貧困的家庭，能夠成為哈修泰爾家族的養子不是更好嗎？」

我不自覺地說：

「不管哪裡都有些走運的傢伙。」

卡爾注視著我。

「你很羨慕嗎，尼德法老弟？」

「老實講，說不羨慕是騙人的。」

「尼德法你年紀也不小了，也懂得觀察周圍各樣的事物。但是不過才六、七歲的小孩子從父母身邊被奪走，還要叫不認識的人父母親，這其實是很可憐的事。」

「哼！再過個五年，叫那些傢伙回到自己住過的茅屋去，他們一定打死也不要。」

我的語氣越來越激烈。傑米妮帶著懷疑的表情，而卡爾只是平靜地笑。

庇佑純潔少女與精靈的卡蘭貝勒啊……今天呼喚了您這麼多次，我也覺得很抱歉。但是關於現在在我背上的這個少女，您為什麼要賜給她如此魯莽的心，讓她這樣大口大口地喝酒？

背著傑米妮走在林間小路上，讓我很想破口大罵！

卡爾自釀的蘋果酒雖然好喝，但真的很烈。我們像喝蘋果汁似的喝它，傑米妮沒有當場醉倒真的是萬幸。我也不能說自己是完全清醒的。我努力不讓傑米妮掉下來，一面搖搖晃晃前進著。

太陽早已下山，森林裡黑漆漆的。因為是從小在裡面玩的森林，就算有些醉，我也能帶著自信前進。但真的很辛苦。特別是背上的傑米妮會不時突然發作，發出「嘻嘻嘻嘻」的鬼笑聲，把我弄得很煩，已經快到無法忍受的地步了。

「嘻嘻嘻嘻！嘻嘻！」

「別笑了！」

「嗯，好好笑，嗯。」

「什麼？」

「不知道。就是很好笑。呵呵呵。」

啊啊啊！這個死丫頭，要不要把她丟在這邊算了，管他狼會不會來？我差點被草根絆倒的同時突然這麼想。那時傑米妮拉住我的耳朵跟我說：

「放我下去！」

「妳應該要馬上回家，沖個冷水澡，然後睡覺。」

「這樣子回去，我一定會被打死。」

嗯。這話也沒錯。等酒醒一點再回去好像比較好。我放下了傑米妮，然後好像昏倒一樣跌坐了下去。傑米妮也靠向我身邊，我們兩人就背靠著樹木並肩坐著。

「喂！妳過了十歲以後，是不是只長體重不長高？」

我全身都被汗弄得黏呼呼的。臉上黏了片枯葉，於是我把它拿掉。傑米妮蠕動著向我靠來，舉起了我的手臂，很自然地放到了自己的肩上。也就是說，她鑽到我的胳肢窩底下去了。

「冷嗎，傑米妮？」

「嘻嘻嘻嘻！」

「……」

我向著天空不發出聲音地痛罵一頓之時，她靠著我的腋下說：

「真好笑。嗯，那個龍魂使。」

「好笑什麼？」

當然回答的絕對不是我的腋下。

「不是很好笑嗎？」

「到底什麼好笑？」

「好笑耶！」

「……妳看！前面那是什麼？」

「媽呀！」

自從傑米妮小時候在村中大路上走，看到領主的老狗打哈欠之後，她每次都會這樣一下子突然靠到我身上。我呵呵地笑了笑，傑米妮則是眼睛含著淚光，好像搞不清楚現在的情況，迷迷糊糊地看著我。

「妳動不動就被嚇到，這比較好笑吧？」

「修奇・尼德法！你！」

「一下子酒就醒了吧？」

傑米妮嘆了口蘋果香的氣息，離開了我身邊。但是不久之後，森林裡傳來窸窣聲之時，她馬上又靠了過來。

「那、那是什麼？」

「那個啊，是風聲吧。」

「你以為我會連風聲也聽不出來？」

我愣怔地看著傑米妮。雖然她是一到了晚上就不敢從家裡出來的膽小鬼，但她再怎麼說也是守林者的女兒，是森林裡出生、森林裡長大的。如果她說不是風聲，就一定不是。

果然她的推測是正確的。一陣子之後，周圍好像突然有種亮起來的感覺，也傳來了人聲、腳步聲、喃喃的說話聲，還有叮噹聲。

最後一樣是指佩著劍的人走路時發出的聲音。

我猛然站了起來。我做錯了。我眼前天旋地轉，腿也軟了。我扶著樹，好不容易才沒摔倒。傑米妮也站起來之後，躲到了我的背後。我讓她站到我跟樹的中間，然後觀察前方的情況。可以看見樹林裡面有火光在搖曳。分明有一群人拿著火把，在森林裡面走著。

「難、難道是山賊？」

我對傑米妮的想像力致上了極高的敬意。

「那他們還真是新型態的山賊，名稱大概叫火把幫吧？」

拿著這麼亮的火把，隨意發出響聲，就算太陽打西邊出來，也不會是山賊。傑米妮搞懂了我的話之後，表情也稍微緩和了下來。哼。這裡是領主所擁有的森林，我背後是領主所屬森林管理員的女兒，對我而言，只要這些人不是山賊，我就沒什麼好怕的……

「喂，被發現就死定了！」

「咦？」

「我們兩個不是已經醉了？到時候要是告訴妳爸媽……」

「哎呀！」

傑米妮馬上做出要爬到樹上的姿勢。拜託，她怎麼會冒出這種想法？就像我預先所想的一樣，傑米妮將會領悟到自己已經喝醉了，無法爬到樹上的事實。結果她還是在爬到一半從樹上掉下來一屁股摔到地上，尖叫了之後才領悟到的。天啊！庇佑純潔少女與精靈的……我現在真的受不了了。

「是誰？」

我們聽到人們惶急的腳步聲，拍子恰好地配上他們的劍從劍鞘裡拔出的聲音。一聽到鋼鐵聲，我們就像被凍住一樣，一動也不敢動。霎時間，周圍布滿了一手拿火把、一手持長劍的士兵們。

「半夜在領主所擁有的森林裡遊蕩，你們到底……咦，怎麼回事？修奇、傑米妮？」

我跟傑米妮無可奈何地採取了這種情況下最適當的應對態度。

「嘿嘿嘿……」

眼前出現的人都是穿著硬皮甲的領主士兵。他們帶著啼笑皆非的表情，將劍插回劍鞘中，他們的首領杉森・費西佛噗哧笑著走了過來。他是城裡鐵匠的兒子，現在是警備隊長，跟我這個必須到城裡繳納蠟燭的蠟燭匠之子算是很熟。雖然他的年紀比我大了十歲，不但佩著長劍，還統率著士兵，但是內心跟我沒有絲毫不同，都還是個頑童。

他笑著向我走來，然後突然皺起了眉頭。

「咦？搞什麼，你們喝了酒？」

「嘿嘿嘿嘿……」

杉森輪流注視著我跟傑米妮，接著做出了詭異的笑容，把我弄得很不安。

「嗯。修奇，原來你也開始搞這些了。你從哪裡弄來的錢跑去買酒？這該說是愛情的力量，還是欲望的力量呢？不管怎樣，你總算是弄到了酒，然後把傑米妮灌醉了。你還真膽小啊。看來你不先把她灌醉，就沒有自信吧？」

「這是誤會啦！」

傑米妮的慘叫沒幾個人聽見，因為完全被周圍士兵的大笑蓋了過去。這件事可不能就這樣算了，我下定決心，這次該輪到我把杉森弄得很不安了。不久之前杉森嘴角的詭異笑容，這次輪到在我臉上浮現了。

「城外水車磨坊的推磨聲真大……」

杉森馬上打斷了我的歌。

「危險的晚上，你們怎麼還在外面遊蕩？哼，快點給我回家去！」

「今天又有少女，避開人的視線，前往磨坊了……」

「修奇！」

這一次旁邊的士兵對著杉森笑了。而且其中一些還跑到我旁邊，用誠懇的語氣對我說：

「繼續說……拜託了。」

「映在月光下的少女，那熟悉的腳步……」

杉森想要衝到我身邊，但是士兵們馬上把他架住了。杉森急得直跺腳，但是三個士兵緊緊地抓著他，還一面呵呵地笑。「你們這是叛亂的行為！放開我！」

「真好笑。你吵死了，杉森。這首歌不是不錯嗎？」嗯。我們警備隊的軍紀還真是嚴明啊。

「微風輕拂過少女，傳來那熟悉的香氣……」

「修奇！這傢伙！我的好哥哥呀！爸爸呀！爺爺呀！」

我假裝沒聽到杉森焦急的喊聲，繼續輕鬆地唱著歌。連傑米妮也看著杉森嗤嗤地笑，士兵們則是垂涎三尺地渴望聽下去。也許是因為喝了酒，我比平常更口無遮攔了。

「是廚房的菜餚香？是洗衣場的肥皂香？還是儲藏庫的酒香？」

士兵們的手一握一鬆，看來好像很緊張。「是廚房的瑪格麗特嗎？如果說到洗衣場，那一定是那個金頭髮的安。提起儲藏庫，難道是那個克拉蒂斯？」士兵們馬上開始交換意見。我相信就算是光榮的七週戰爭那時，路坦尼歐大王跟八星召開的作戰會議，也不像現在討論得那麼熱烈。

我故意裝蒜，繼續唱著歌。

「鐵定是三個中的一個。那那那……那香味是……」

士兵們呼吸急促地看著我，而杉森的臉色一陣青一陣白，簡直都快要哭出來了。我大概一個月之內不能靠近杉森身邊了。然而就在這時——

「咦？這是什麼香味？」

士兵們都露出了疑惑的表情，但是卻跟我無關。那是一種清楚獨特、卻又熟悉的香味。傑米妮眼睛一眨一眨地說：

「好像是花香……但不知是什麼花？」

士兵們都搞不清狀況地互相對看。

「大概是我身上發出的香味吧。」

一個六、七歲左右的小孩穿過樹林，向我們走來。我雖然有些醉，但還是覺得這個小孩有點眼熟。結果傑米妮比我還會認人。

「龍魂使！」

02

從樹林間走出來的龍魂使，露出了有點不好意思的笑容，士兵們到了這時才想起自己的任務。好不容易被士兵們放開的杉森說：

「哈修泰爾大人，我不是說過請您別跟來嗎？」

龍魂使苦笑著回答：

「我聽到了歌聲還有笑聲……好像不太危險的樣子。」

我凝視著這個小孩。白天他騎在巨大的白馬上，讓人擔心他隨時會掉下來，但現在他只穿著簡單的便服，看起來就像個沒啥特別的普通小孩。不，應該說就連在其他同齡小孩身上能看到的挑釁眼神，在他身上卻一點也看不到，甚至可以說是個膽子不大的小孩。如果是我，絕對看不出他就是白天那個小鬼，但傑米妮的眼睛卻很尖，一下就看了出來。

杉森點了點頭，說：

「這麼說也沒錯。那好！修奇跟傑米妮趕快給我回家！」

我猶豫地轉身要走，有幾個士兵因為沒辦法繼續聽我爆料的內幕八卦而嘆了口氣。然而這時傑米妮站了出去，問道：

「可是你們晚上跑到這裡做什麼？」

杉森看了看傑米妮，露出了突然想起某件事的表情。

「嗯？對了！傑米妮，有妳幫忙不就成了。」

「咦？」

「我們正在找薄荷。晚上突然跑來找，真的是很困難。」

「咦，幹嘛要找薄荷……啊！這香味原來是薄荷香！」

傑米妮說出口的瞬間，我也發覺到了。從龍魂使身上發出的香味就是薄荷香。但是人的身上怎麼會發出這種味道？如果說是我們那個每天吃薄荷的領主也許有可能。我們村子的領主在吃肉的時候，主要是用薄荷當作香料。因為他沒什麼錢，個性也不是很挑剔，所以不會用肉桂或丁香這一類的高級香料，而是用薄荷來代替。不管怎麼說，用肉做的菜餚總是要去除腥味才能吃。

龍魂使聽到了傑米妮的話，臉上浮現喜悅的微笑，說：

「請問小姊姊，妳知道哪裡才有薄荷嗎？」

士兵們當場有點心慌，龍魂使隨即也怔了一下。當然我也嚇了一跳。龍魂使居然會用這麼平凡而親近的語氣對人講話。但是已經醉了的傑米妮卻好像沒發覺這件事。

「嗯，廢話，當然知道。因為我老爸就是看守森林的人……哈修泰爾大人。」

好險傑米妮還有某種程度的警覺。龍魂使好像也想掩飾自己的失言，把視線轉到了別的地方，說：「若是如此，那當會對這些士兵有所幫助。」

杉森很快站了出來。

「這是為了白龍卡賽普萊的用餐。我們已經找出城裡所有的薄荷，然而還是不夠，所以急急忙忙跑出來找。」

天啊，居然有這種事！

這頭龍好像一定要在主料中加薄荷，牠才肯吃。如果是連人也討厭的腥味，要龍去喜歡那種味道，確實說不過去。可如果是龍所要吃的數量，那真的非得有多得不得了的薄荷才行。城裡的士兵們好像就是因為要準備龍進餐時的香料，才會晚上跑來這裡。真是件讓人啼笑皆非的事。

傑米妮也露出了哭笑不得的表情。

「說到薄荷，沙凡溪谷長了很多。」

「哦，是嗎？那太好了。請帶我們過去吧。」

傑米妮開始不安了。這丫頭就算跟這麼多士兵同行，也不敢晚上跑去沙凡溪谷，大概走不到一半，就會因為踩到某種東西而大聲尖叫，趕忙跑回來了。真是拿她沒辦法。

「我帶你們去好了。」

我站了出來，杉森一副「太好了！」的表情。我也知道那個地方。

「你要幫我們帶路？太棒了。那傑米妮先回家好了。」

傑米妮簡直就快哭了。她到現在還滿口酒味，萬一就這樣回去，那她媽媽一定會好好地「疼」她一頓，屁股一定會被打得又紅又腫。

走在黑暗的樹林中，滿月可以幫上大忙。

不斷呼吸著夜晚森林中的冷冽空氣，我感到酒意漸消。杉森走在我身邊，龍魂使則由士兵們簇擁著，走在微遠離我們的後方。我為杉森指出了方向，然後低聲對他說：「真是可笑的龍。難道因為肉有腥味就不敢吃嗎？」

「聽說是因為這樣吃習慣了。在首都的時候，人們都一直幫牠把大量薄荷準備得好好的。」

杉森對於只為了找薄荷，半夜還必須出動這件事好像不是很高興。

「哼。所以那個龍魂使身上才會也發出這種味道。可是他為什麼要跟來呢？」

「因為龍不吃東西，他好像很擔心。他說他已經無法再等下去了，不得不跟來。」

「嗯。原來是因為龍魂使跟龍之間的友情啊……小心腳底下。這裡是碎石地，會有點滑。」

「知道了。」

我向後瞄了一眼。因為被士兵們擋住了，所以看不到龍魂使。那小鬼大概也很辛苦吧。半夜跑出來爬山可不是件簡單的事。

「那個龍魂使叫什麼名字？」

「不是哈修泰爾大人嗎？」

「那是家族的姓吧。名字呢？」

「你瘋啦？貴族的名字我怎麼會知道？就是哈修泰爾大人啊。」

這真是把我的心裡弄得很亂。說起來，我們這些平民的確沒必要知道貴族的名字。我們何時才有機會用那個名字叫他呢？

但是如果按照卡爾的說法，這個小孩應該是被哈修泰爾家族收養的，本來也不是貴族。大概本來也是跟我一樣住在快倒的茅屋中，不知怎地被人發現具有龍魂使的資質，所以才成了貴族。優比涅到底為什麼不賜給我這種資質呢？不，優比涅一定知道所有的情況才這麼做的。如果我成了貴族，才是件最可笑的事。

「哇哈哈哈哈！」

我一口氣跑下了溪谷。杉森大吃一驚。

「喂！修奇，危險啊！」

我根本連聽都不聽。眼前有岩石，我颼一下跳了起來，蹬了一下岩石，再跳到前面的草地。為了不滑倒，我盡量把身子放低。有時真有點滑，我就往上揮動手臂，然後再度跳了起來。唉唷，一屁股跌坐了下去。好滑。我利用往前滑的力量，將腰一挺，然後再次跳了起來。再踩過這塊岩石，就抵達溪谷底了。

因為殘餘的酒意跟速度感混合在一起，我甚至開始想跳舞。我從溪谷底朝上望。雖然我揮了揮手，但其餘的人好像看不到我。

「修奇！你在哪裡？沒事吧？」

從上方傳來了高喊聲。我也喊了回去。

「你們還真慢啊。不能快點下來嗎？」

「我們看不清楚，怎麼下去？」

我只好雙手交叉在胸前，站在那裡等了。往上一看，上頭搖曳的火把光芒離我還很遠。火光下降的速度慢到讓人心煩。月光這麼明亮，他們為什麼還看不見東西？

我靜下來一陣子之後，開始感覺溪谷的晚風冷颼颼的，甚至到了身體開始發抖的程度。月光真的很美。在這樣的夜晚，應該用我清脆的嗓音唱首歌，才符合現在的氣氛。

「城外水車磨坊的推磨聲真大……」

「修奇——喂！」

杉森的大喊聲傳來，同時其中一個火把也開始有了奇怪的動作，接著就聽見某樣東西滑下來的聲音。我嚇了一跳，朝上看了看黑暗的山坡，可是什麼也沒看見。

不久之後，就聽見杉森上氣不接下氣的呻吟聲。

「呃……重要部位嚴重受創。我以後不能娶老婆了。」

「……少女的淚沾濕了床單。我情人的那傢伙已經完蛋。」

杉森一副想把我抓去吃了的樣子，好在士兵們跟龍魂使都陸續抵達了溪谷底。士兵們一面擦汗，一面吁吁喘氣著。他們並不是像我一樣穿著簡單的衣服，而是穿著甲冑下到沙凡溪谷裡來，所以每個人都快累倒了。雖然通常會將之稱作輕皮甲，但那也只是意指比其他甲冑輕而已，比起普通衣服來說還是重多了。如果穿硬皮甲的話，恐怕連跑都不能跑了。

特別是哈修泰爾大人，已經一副快要累昏的樣子。我對他拋出了一句：

「很累吧，龍魂使大人？」

「呼，呼。啊，是的。呼。」

「我們已經到了。請坐下來休息吧。就是那邊那座山丘。」

哈修泰爾大人連話都沒辦法回，只是點了點頭。我親切地對他笑了笑，然後開始催促士兵。

「咦，你們在幹嘛？趕快起來對薄荷突擊啊！」

士兵們一面呼呼喘著氣，一面站了起來。他們各自拿出了事先準備好的袋子，我吹著口哨，帶著他們到了小丘上。小丘上長了滿滿的薄荷。杉森命令三個人拿著火把站著，其餘的士兵開始挖薄荷。我則是雙手交叉在胸前，站在一旁觀賞。

「喂，修奇！你也幫一下忙啦！」

「我的責任只是帶你們到這裡而已。」

「算了啦，算了。」

「月光皎潔的夜晚，我們的這群勇士。胸中懷抱著的熱情，傾注在薄荷身上——」

士兵們開始嗤嗤地笑。這更助長了我的氣焰，我為了唱得更大聲而抬起了頭。

屬於雪琳娜女神的滿月已經徐徐從夜空東方移到中央，散發著美得讓人窒息的清冽月光。

「天上的雪琳娜映照著，勇士們的長劍更顯得殺氣騰騰——

「沒有任何薄荷，可以躲避勇士們伸出的雙手——

「滿月月光下所採集到的香草，正散發著最上品的香氣——

「祝福獸化人的滿月啊，請你也祝福勇士們——」

杉森馬上大聲喊了出來。

「喂！你的意思是要我們全變成狼嗎？我們得要這樣叫才行嗎？啊嗚嗚嗚……」

嗚嗚嗚……啊嗚嗚嗚嗚……

聞聲，我全身的寒毛一下子都豎了起來。這狼叫的時間也太剛好了。有些士兵在驚嚇之餘，居然失去了平衡，跌坐在地上。

「哇。哈，真嚇人。杉森，你的朋友在叫了耶。」

杉森整個人呆站在那邊，聽到我說的話，好不容易臉上才浮現了笑容。

「真嚇了一大跳。這傢伙叫的時間點還真準。」

就在這個時候——

嗚喔喔……呼呼……嗚喔喔喔喔！

聲音聽起來比剛才更近了。士兵們的臉色一下都變了。聲音越來越近，過了一陣子之後，連踢到小石頭的「喀啦喀啦」聲都聽得見了。那傢伙正在接近中。我從不曾聽說過狼會跑向火把，而且這裡還有這麼多人，這樣居然還敢跑來，可見絕對不是普通的狼。

杉森急忙拔出了長劍。

「照著你這傢伙的歌詞實現了，我們可慘了。」

士兵們都各自拔起了長劍。我嚇得臉色發青，趕快觀察四周，看看怎麼樣才能逃走。我看到了龍魂使的樣子。那個小孩也蜷縮著，一副很害怕的模樣。杉森急忙下了指示。

「所有人圍住哈修泰爾大人以及修奇。賈倫、海利……還有誰的劍是有鍍過的？」

「我！」

釀酒廠的長子透納站了出來。杉森點了點頭。杉森跟這三名士兵立刻站到前面去，其餘的士兵圍住了我跟龍魂使。我害怕得不知該怎麼辦。腳步聲聽來不是很多，恐怕來者只有一個。但是那腳步聲卻非常響。

「那、那裡！」

我們前面大約距離七十肘上方的山丘頂上出現了巨大的陰影。從月光照著牠背後襯托出的黑影看來，牠似乎有五肘高。那不是狼。牠用兩腳站著，微彎的腰上方有著寬大到其實可以放三、四個頭的肩膀。我看到從肩膀兩邊伸長的手臂上，那映著月光而像匕首般閃爍著的指甲。

「是狼人！」

杉森將長劍盡量伸向前方。月光下，長劍的反射光非常明亮。「你如果過來，我就殺了你」的警告似乎順著劍鋒，射向山丘上的狼人。狼人一動也不動，往下俯視著我們。

杉森雖然心地好又純真，但身為城裡警備隊長的他，在打雪仗時完全不會顯出退讓的樣子。

然而若不是雪仗，而是真正的肉搏戰，又會怎麼樣呢？狼人揮一揮手，就可以打掉一個黃牛頭。四年前的某個夏夜，狼人跑到村裡鬧事之時，我看得一清二楚。

我看著這狼人的樣子，牙齒喀喀地打顫。

可惡。我們這群薄荷採集隊根本沒有人帶弓箭來。對方這樣像傻瓜一般站著之時，應該好好射牠個幾箭才是。不，不對。狼人中箭會死嗎？如果中了箭還繼續生龍活虎地跑來，恐怕只會讓大家更不安。

杉森低聲地下指示。

「賈倫，你到左邊。透納，你到右邊。海利到我背後。如果牠一動，賈倫跟透納就從左右兩邊砍牠。海利去刺牠的頭。」

吩咐完了之後，杉森就維持著T字的隊形，慢慢前進。因為杉森如此大膽，其餘的三個人似乎也忘了害怕。大概是杉森要拿自己當肉盾，讓後面的海利能夠安全地攻擊。海利的個子高，臂力也強，應該能夠在杉森背後伺機刺中狼人的頭。萬一被躲過了，再由賈倫與透納從兩邊進擊。

不知狼人清不清楚杉森的戰術，反正牠就是站在原地。大概牠也是聽到歌聲跑來，卻看到這麼多士兵，自己也慌了。如果狼人得知這麼多士兵來到此處，都是為了幫一條龍挖掘吃飯要用的薄荷這件莫名其妙的事，牠會有什麼樣的反應呢？

狼人跳了起來。

「嘎啊啊！」

狼人直衝向杉森。雖然對方五肘高的身軀挾帶著很強的攻擊力衝了進來，但杉森似乎發現對方進入自己預設的圈套，噗哧笑了，在那裡等著。他竟然笑得出來？

狼人跑到他的眼前揮動手臂之時，杉森快速彎下了腰，揮劍去砍牠的腿。背後的海利也拿長劍從杉森背部的上方往前一刺。兩人的時間點抓得剛剛好。狼人發現杉森要砍牠的腿，身子一縮，朝下看了一眼，所以沒看到杉森背後突然插過來的海利的長劍。

長劍正確地刺中了狼人的脖子。

「喀呃！」

「受死吧！」

同時有三把劍在明月照射下劍光一閃，分別在狼人的兩側以及腿邊。杉森來了個大橫劈，接著順勢向前一滾。狼人的脖子被刺穿了一個洞，腿也中劍，所以跪了下去，但還是兩手各抓著賈倫與透納的劍。啵！傳來了劍刃砍在肉上的可怕聲音，以及骨頭敲在金屬上的響聲。但是狼人因為脖子插了把劍、兩手抓著長劍，而且雙腿跪著，所以行動完全被封鎖住了。因而當滾到牠腳邊的杉森站了起來、刺向牠背後之時，牠完全無法阻擋。

噗！

杉森的長劍貫穿了狼人的身體，血從肚子那邊噴出。站在狼人正前方的海利霎時被噴得全身都是血，但他沒有退後，只是旋轉了插在狼人脖子上的劍，然後斜斜地拔出。狼人的脖子馬上就搖搖欲墜。過了一陣子，狼人總算倒下了。四把長劍再度射過去，插在牠的背上。

狼人已經死了。所以就算背後被劍插，還是一動也不動。杉森拔起長劍，鬆了一口氣。其餘的人也拔起劍來，拿出懷裡的手帕開始擦血。被血噴得滿身的海利，那個樣子真是夠瞧的了。

一會兒之後，杉森將眼光轉向我這邊。他的眼神尖銳，害我一下子不安了起來。

「你這傢伙！你沒聽說過『一語成讖』嗎……」

「哇！」

我雖然想跑，但四方圍過來的士兵們笑著抓住了我的肩膀，然後杉森就輕鬆地對著我的頭頂亂打一陣。

我的脖子被杉森勒著，我拚命大叫：

「咳呃……不、不是已經打贏了……那不就沒事了嗎？……咳咳！」

杉森呵呵笑著，放開了我。我摸了摸脖子，在那裡咳了半天。那時我看見了龍魂使嚇得發青的臉。杉森好像也看到了，於是對他說：

「沒事了，哈修泰爾大人。請您放心。」

哈修泰爾大人結結巴巴地說：

「叔、叔叔，你真的，好厲害喔！」

龍魂使飽受驚嚇之餘又使用了平民的用語。他本來應該也是平民吧。杉森聽到這句話，好像很吃驚，過了老半天好不容易才回答：

「不，您過獎了。」

龍魂使似乎也突然打起了精神。

「可是……你們怎麼能拿普通的長劍殺狼人呢？」

杉森舉起了長劍給他看。

「我這把跟其他三個人的劍都是鍍銀的。它的光芒很漂亮吧？」

龍魂使好像已經懂了似的，點了點頭。這也是把我們領主弄得這麼窮的其中一個理由。拜索斯其他地方哪有人在士兵的劍上鍍銀的？但這完全不是為了美觀，而是為了實用才這麼做的。當然一般來說，製造對付獸化人專用武器的方法，是整把都要使用祝福過的純銀製作，但是以我們領主的財力，就算是一把也做不出來，所以不得已才採取鍍銀這個權宜之計。然而我們的警備兵非常厲害，拿著這種爛武器也能在戰鬥中大顯身手，原因是……

「各位不過是一介小兵……可是打起仗來，好像比首都的騎士更加勇猛。」

「嗯。我們這些小兵，都是用叫做阿姆塔特的篩子精挑細選過的精兵。」

「咦？」

杉森面露微笑，用很帥氣的動作開始將劍插回劍鞘裡。

「因為阿姆塔特的關係，這附近的怪物多不勝數。在跟怪物們作戰的過程中，死了許多的士兵，能活下來的都是經過極高鍛鍊的戰士。但是我們其中的任何一個人都有可能在下一次的戰鬥中喪生，所以才能夠無懼地作戰。」

長劍完全消失在劍鞘裡之前的片刻，月光映照下反射出的劍光，讓我覺得很刺眼。此刻在我眼中，那個鐵匠的兒子，每次都被我唱的歌弄得氣急敗壞的純真杉森，竟成了比路坦尼歐大王還更偉大的英雄。這難道是因為滿月的魔力？還是杉森真的是不遜於路坦尼歐大王的英雄呢？

杉森不可能知道我心裡的疑問，他轉過頭去望著正在檢查狼人屍體的透納。透納帶著痛苦的表情，搖搖頭說：

「我認識這個人。」

「是嗎？」

「他是四年前狼人入侵時失蹤的卡勒多。以前住在江的對岸。」

周圍一時靜了下來。杉森重重地點了點頭，然後立刻說：

「來吧，我們快開始行動吧。屍體收拾一下，報告明天我來寫。已經很晚了。下去之後，我請你們喝一杯，所以你們加把勁吧。」

「哇，杉森隊長萬歲！」

「你們只有在這種時候才會對我說萬歲吧？」

士兵們憂鬱的心情似乎一掃而空，大家又開始一面開著玩笑，一面努力將薄荷裝到袋子裡。

杉森拿起了自己的袋子，看著我嘻嘻笑了起來。

「喂，修奇，你要為你唱的歌付出代價！」

「咦？」

杉森笑著，一下子把袋子放到了我的肩上。我故意假裝走不穩，所有人都哄然笑了起來。其實一袋薄荷也重不到哪裡去，但是我還是嘀嘀咕咕地轉過身去。我一開始小聲地喃喃自語，杉森就說：

「喂！你想說什麼，就給我大聲說出來。在那邊喃喃自語什麼？」

「……！是廚房的菜餚香？是洗衣場的肥皂香？還是儲藏庫的美酒香？」

杉森非常激動地大叫：

「可惡，你你你……你這傢伙！」

我改變想法了。杉森絕對不是如同路坦尼歐大王一般的英雄。但是如果要在他們兩人當中選一個當朋友，我還是選杉森。因為好像不太能這樣捉弄路坦尼歐大王。

由於宿醉、肉體上的勞累，以及興奮這種種因素混在一起，我做了惡夢。

我從地板坐了起來，茫然地望著從窗戶射進來的陽光。那場夢很可怕。但就是因為太可怕，所以什麼都不記得了。只是因為好像頭腦裡某處被壓抑著，所以我連眼睛的焦距都無法對上，只能呆坐在那裡。

「如果你已經起來了，就收拾一下，去洗洗臉。」

雖然父親講的話已經傳進我耳朵裡，但等到我聽懂那句話的意思，已花了很長的時間。結果爸爸踹了我的背一下，我好不容易才站起身來，一滑又跌坐了下去。

「啊，爸爸。我的腿完全軟掉了！」

「你還好意思說。還不快起來？」

「不是跟你說我腿軟了嗎？」

「起來走一走，情況才會越來越好。不是跟你說過了，你祖父過世的一年前就開始腿軟了。」

爸爸一句話就把我說得像半身不遂的病人。我嘀嘀咕咕地起身，甩開本來裹在身上的毛毯，丟到床上去。床是爸爸的，我平常都是裹著毛毯睡在地板上。

「也做張床給我嘛。睡地板睡得我骨頭都痠痛了。」

「是嗎？你祖父過世的三年之前，就已經有這種症狀了。」

這次我被說得像是神經痛患者。我只好放棄頂嘴，走到外面去。

緊鄰著爸爸跟我住的茅屋之處，就是爸爸的工坊。雖然稱作工坊，但只不過是把茅屋的屋頂延伸過去，再加上幾根柱子而已。我把頭塞到工坊的水桶裡。因為我脫了上衣睡，早上起來只要把頭放到水桶裡，就可以開始洗臉了。

「噗！」

一泡到冷水裡，大概是因為腦袋裡面固結不去的酒精，頭痛得好像被人猛打一樣。我的腳亂踏了幾步，好不容易抓到重心，才能夠洗洗前胸跟手臂。爸爸看了我的樣子，帶著一副憐憫的表情慈祥地對我說：

「幹得好，小子。敢喝酒，真是酷斃了啊。沒想到你還能走路。」

「人家訂購的蠟燭，我們都已做完了不是嗎？那麼今天沒有工作要做了吧？」

「怎麼會沒有，你這小子！今天要收集蜂窩，還要去收肥油！」

「咦？還要繼續做嗎？」

「城裡來了緊急的訂單。那是阿姆塔特征討軍要用的蠟燭。」

阿姆塔特征討軍。這次應該是第九次了吧？

既然首都來的白龍卡賽普萊已經到了這裡，那第九次阿姆塔特征討軍最重要的部分可以說已經準備好了。反正就算聚集了幾百個人出征，也不能拿阿姆塔特怎麼樣。阿姆塔特是灰色山脈的恐怖之源，是中部大道的痛苦之根。要對付這頭巨大的龍，如果由人類去莽撞地蠻幹，那大概連一塊骨頭也回不了故鄉。因為不是被牠燒得一乾二淨，就是整個人被牠吃掉。

龍要由龍去解決，這才是辦法。所以在我們領主懇切的拜託跟「誠意」之下（依據我跟卡爾的推測，顯然他送了不少賄賂。我們領主還真可憐，他又沒什麼錢），總算第九次阿姆塔特征討軍能誠惶誠恐地跟首都來的卡賽普萊一起出征了。

我一面在院子的餐桌上擺上早餐，一面說：

「爸爸。」

「幹嘛？」

「卡賽普萊打得過阿姆塔特嗎？」

「我怎麼會知道？我平常在看的不是這種仗。但如果說你跟傑米妮打起來，我就能猜出是誰贏。」

「誰會贏？」

「你要我再提起你以前的戰績嗎？你因為傑米妮的關係，手臂斷了一次，腿斷了兩次，鼻粱也被打破皮過，還有掉到水坑裡感冒的次數，算都算不清了。」

對啊。小時候我真的常被傑米妮整得很慘。我感到自己對傑米妮陳年的夙怨一下子燃燒了起來。但是爸爸的話還沒說完。

「我印象最深的一件事，就是你給傑米妮看你的小弟弟，她很懷疑這個她沒有的東西是假的，於是用力一拔……」

「爸！」

「所以我只好含著眼淚，去哀求傑米妮的爸爸收你當女婿。那個混帳傢伙。你不覺得你們兩個的性別角色剛好對調了嗎？」

這樣一來，我就成了純潔被女孩子奪走的笨兒子。再繼續這樣跟他聊下去，不知道又會有哪些被他誇大渲染過的往事揭露出來，所以我急急忙忙地準備好早餐。

吃完了早餐，爸爸擦了擦沾在山羊鬍上的酒，一面說：

「從今天起，你負責做蠟燭吧。」

「咦？」

「我好像會變得比較忙。我已經跟執事先生講過了。我說品質也許會下降一些，但我還是要叫你做，他也答應了。」

「先不管那個品質怎樣的。你有什麼事呢？」

「我這次要支援阿姆塔特征討軍。」

我一時之間說不出話來。不是我無話可說，而是有太多話要說，一時抓不出頭緒。所以說出來的第一句話非常平凡。

「爸爸，你不是不會刺槍嗎？」

「所以我打算從今天開始練習。我也會參加征討軍的訓練。」

「你認為你去了，可以活著回來嗎？」

「別擔心。傑米妮會照顧你的，你一定要努力贏得傑米妮的愛啊！」

雖然爸爸開始開玩笑，但我卻無法冷靜下來。

「別開玩笑了，你去了就不會再回來了。這不是白白去送死嗎？」

「我聽說軍隊裡面討論戰略的時候提到，希望將這次的死亡比率降到三成以下，所以我死的機率也是三成。」

突然聽到這個很有距離感的藉口，我一下子激動了起來。

「這只是計畫，不是嗎？以前去征討阿姆塔特的軍隊，百分之百都死光了啊！」

「話是沒錯。可是這次卡賽普萊也會去，應該會好很多。」

我氣呼呼的，爸爸卻一副泰然自若的表情。

「為什麼？到底為什麼？為什麼你要去支援？」

「因為說到有權利看著阿姆塔特倒下的人，我也是其中的一個。」

「你認為你這麼做，媽媽會高興嗎？」

爸爸臉上的表情第一次有陰影掠過。

他拿起了桌上的酒瓶，再次將空杯斟滿。我覺得爸爸倒酒瓶的手指有些顫抖，這難道只是我的幻覺而已嗎？我一面深深地呼吸，一面看著那副模樣。爸爸突然喝光了我杯裡的水，在裡面斟滿了酒。

「昨天看你睡覺的時候，發了不少酒瘋。」

我注視著面前的酒杯。這就像是為了爸爸的死而獻上的酒。爸爸舉起了酒杯，一面說：「舉杯吧。」

我也舉起了酒杯。我低著頭，不敢看爸爸的表情。

「我不是去送死的。我以你去世母親的名字向你保證，我一定會活著回來。」

我抬起了頭。爸爸正在笑著。

「真的嗎？」

「有你這種被女孩子整得亂七八糟的笨兒子，我怎敢丟下你……」

「我相信你。」

「那就為了我的生還乾一杯吧！」

這麼說的話，不管多少酒，我就都喝得下去了。爸爸跟我碰了酒杯，然後將酒一飲而盡。

「爸爸……」

「幹嘛？」

「你絕對不能死。」

爸爸深深地嘆了一口氣。我用憂慮的目光望著爸爸。

「我也不想把性命浪費在奪走我妻子生命的傢伙手上。如果是我那酒鬼兒子的性命，那還得考慮看看。」

我的眼神一下就變了。爸爸呵呵地笑著。但是爸爸好像搞錯我的表情所代表的意義了。

「就這麼辦吧！我替你去！」

「呆瓜。你不知道軍隊徵集有年齡下限的嗎？你才十七歲。」

爸爸簡簡單單的一句話就讓我閉上了嘴。

「……那沒有上限嗎？」

「有是有，但我還沒到。生氣吧？」

村中的大路上，氣氛異常地慌亂。

這是因為阿姆塔特征討軍的消息傳開了。興奮、擔憂、希望、不安等等所有的東西都像是被完完全全地混合，放在石臼裡擣碎了之後撒在村中大路上似的，到處傳來耳語、笑聲、嘆息、高喊。平常聽來不覺得怎樣的這些聲音，現在聽來都有些異常。

我走到了城裡。

城裡人丟掉的動物脂肪可以當作蠟燭的原料。除此之外還有用魚油做的，甚至我看都沒看過的鯨魚油，聽說也能做成蠟燭。不管怎麼說，用一般動物油脂做的蠟燭雖然是劣等貨，但對平民而言還是很貴的東西。所以我們領主站在做慈善的立場，讓我們把城裡不要的肥油、動物脂肪等等做成蠟燭，再免費分給需要的市民。但是晚上還進行讀書等活動的市民其實不是那麼多，所以需求量也很低。城裡會購買用蜂窩做的高級蠟燭，我們就是靠這個掙口飯吃。也就是說，領主城裡以做菜剩下的肥油做好事分蠟燭給市民，又購買高級蠟燭，讓我們一家得以討生活。我們領主的心地還真好。村裡人們常在講的那些壞領主，甚至還把那些肥油賣給做蠟燭的人。

因為宿醉，我盡可能看著地面走路，所以差點撞上在村中大路上聚集的人們。

人群完全堵塞住了村中大路。我環顧四周，想瞭解到底發生了什麼事。我看到了釀酒廠的米提。

「米提？幹嘛？什麼事啊？」

「修奇嗎？你看一下城堡那邊。」

我仔細一看，所有人的眼睛都朝著山丘上領主城堡的方向。我抬起頭，往城堡那裡望去，看到了城牆上方巨大的白色脖子。

「卡賽普萊？」

而就在牠旁邊，有某種又寬又大的白色東西升了起來，擋住了牠的脖子。過了一會兒，那樣東西再度下降了之後，我才發現那是卡賽普萊的翅膀。翅膀再度上去，下來。

牠在揮動翅膀。

一陣子之後，卡賽普萊整個飛了起來。我覺得這好像不是真的。這樣一個巨大玩意兒想要飛，應該要從山頂一路跑下山坡，好不容易才飛起來才對。但是卡賽普萊就像麻雀一樣，在原地優雅地起飛。像麻雀？不，應該說是像鷺鷥。

那翅膀優雅的動作、緩慢卻輕盈的姿態，雖然牠的頸部跟尾巴都擁有驚人的力量，但是動作依然無限地輕柔。

卡賽普萊完全飛到了城堡上方的天空中。牠慢慢地揮動著翅膀，往我們所在的方向飛來。速度太快了。

由於牠翅膀的動作很慢，我完全沒想到牠移動的速度會這麼快。這是因為我沒領悟到牠的翅膀既然這麼巨大，那只揮動一次，前進的距離也會超過其他小鳥揮幾百次。卡賽普萊只不過揮了幾次翅膀，就已經越過了我們頭頂上方。

「卡賽普萊萬歲！」

「萬歲！」

人們都很感動，舉起手來高聲歡呼。我也被這個景象所感動，揮動著手，高呼著沒有意義的喊聲。卡爾抓住我肩膀的時候，我趕緊把手放下，差點打到他的鼻梁。

「喂，小心點，尼德法老弟。」

「咦，卡爾？」

「嗯。果然很壯觀。」

「對啊。可是卡賽普萊到底要去哪裡呢？」

「問得好。看牠飛的方向，應該是去灰色山脈吧。我猜是去偵察敵情。」

「偵察？那不是很好笑嗎？這麼大的東西，不管對誰來說都很顯眼，阿姆塔特當然也會看到。」

「現在當然是如此。」

「咦？」

「哎，尼德法老弟。世上有隱形魔法這件事，難道是什麼天大的祕密？」

「啊！魔法。」

我搖了搖頭。雖然我理所當然不知道這種魔法的原理，但至少知道施了這種魔法，東西會變成透明。我只是一時沒想到。

但我還有其他的理由可以解釋。我從生下來到現在也只不過看過三次巫師。第六次阿姆塔特征討軍的時候看過一個，第八次的時候看過兩個。我也只知道他們是巫師而已，至於他們用魔法的樣子，我可是一次也沒見過。所以魔法對我而言是種神祕、無法理解的東西，我沒有想到魔法，也是理所當然的事情。

卡爾做出了微笑的表情，又繼續開始走。我在他身邊並肩走著。

「說起來，巫師是很稀罕的，所以我們的尼德法老弟一時想不起來也是情有可原。」

「但是誰能對卡賽普萊使用隱形術呢？」

「咦？當然是卡賽普萊自己直接用啊！不是嗎？」

卡爾帶著困惑的表情望著我，我只好做出這個情況下最適當的應對方式，也就是厚著臉皮，顯露出一副「不知道的話又會怎樣？世界末日嗎？」的表情。但是接著我聽到了完全意想不到的回答。

「魔法本來就是屬於龍族的東西。」

我跟卡爾同時將頭轉向聲音傳來的方向。

一個老人，不，一個青年，不，是一個老人吧？這個人穿著一套讓人猜不出年紀的服裝，而且臉還幾乎全部用頭巾遮起來。穿的衣服是黑色的斜紋袍子，如果他是不騎馬的旅行者，這種服裝應該是不錯的選擇。這種又厚又寬大的衣服，在晚上睡覺的時候特別好穿，但是活動的時候有些累贅，簡直就是穿著棉被到處跑。他背上背著一個背包，右手拿著一根拐杖，因為右手的袖子向下滑到手肘，所以可以很清楚地看見手臂上滿滿的都是紋身，紋身的圖形複雜到你看不出線條是從哪裡開始，也不知道總共有幾條線。那是文字嗎？還是花紋呢？有時看像文字，有時又有點像花紋。

這個男子慢慢地將頭巾掀開，就好像他為了完成這個動作已經努力練習了好幾年一般，動作既緩慢又輕柔。過了一會之後，我們看見他的紋身從脖子一直向上延伸到臉頰。看了他的右臂跟臉頰，我猜想他的上半身，甚至是全身都可能有紋身。接下來出現的是眼睛。眼睛裡沒有東西，是一片白色。最後出現的頭髮則是白髮。黑色的衣服配上黑色的紋身，簡直是一面倒的黑色，但眼睛和頭髮卻是相反的白色。

他真的是很給人威脅感、讓人看了會畏縮的老瞎子。

「您是哪位？」

雖然我沒理由去問，也沒必要去知道他的名字，畢竟是他先隨便開始搭話的。刺青瞎子毫無表情地回答：

「泰班。」

「您對龍的事情很清楚嗎？」

「不，不知道。」

「……別人在對話，敢貿然插嘴的人一定具有能夠對我們兩人提出建言的智慧和經驗吧，不是嗎？」

這種話我也會講。這是拜卡爾之賜。叫泰班的紋身瞎子用他看不見的眼睛做出了微笑狀。

「是你們的問題問錯了。」

「咦？」

「說我瞭解龍，還不如說我瞭解魔法。」

「您是巫師嗎？」

「咦，你也跟我一樣嗎？真高興碰到你，瞎子同志。」

他的意思大概是在反問：「你看我這樣子，還不知道我是巫師嗎？」但我從來沒聽過巫師一定要全身紋身，還要穿著黑袍才能到處跑。

「卡爾，請你跟他說我不是瞎子，好不好？」

「沒錯。這個年輕人不是瞎子。他只是睜著眼睛也看不到什麼東西。」

「那可是比瞎子還糟糕。」

由於卡爾跟泰班的一搭一唱，我當場成了睜眼瞎子。卡爾聽到我哼了一聲，他笑了笑，就繼續說：

「我沒有在這一帶看過您。我叫卡爾。」

「我的名字你已經知道了。如果問我來這裡的目的，我只能回答，我是個在找度過餘生之處的老人。」

「餘生？」

「對啊。我已經厭倦了帶著看不見的眼睛到處跑，想找一個地方定居下來，順便找找墓地，割草整理一下。所以我有一件事要拜託你們，請告訴我這個村子是什麼樣的村子？」

「我們領主是賀坦特子爵，是個很不錯的人。如果告訴他您周遊過大陸，領主一定會邀請您，詢問您遠大的智慧或者是遙遠地方有趣的風俗。但是這次您來得真不巧。」

泰班點了點頭。

「就算不是這樣，我一來到這裡的時候，聽見到處都鬧哄哄的，我那時還在考慮要不要馬上就離開。但是人一旦到了我這個年紀，就會避免輕率地下判斷。如果你們方便的話，可不可以帶我到酒館去？我請你們兩個喝酒，你們應該可以給我一些建議。」

相較於他可怕的外表，泰班的性情好像很溫和。他先搞清楚狀況，然後很有禮貌地請求我們的幫助。而且他是說「你們兩個」，當然也把我包括在內，我可是一百個贊成。卡爾看了看我的表情，發現沒有必要問我「你忙不忙？」，於是就開始往前走了。

在我們走向位於村中廣場的酒館「散特雷拉之歌」的時候，泰班讓我嚇了一跳。

大路上有許多小狗，也有很多活潑調皮的程度跟小狗不相上下的淘氣小孩，而且到處都是家畜跟馬車造成的凹洞與泥水坑。但是泰班就好像眼睛看得見一樣很輕鬆地走著。其實這也可以想成是因為他穿著長靴，所以毫不顧慮地隨便走，但事實卻不是這樣。泰班就是很自然地躲過了那些東西前進著。大概是他拿著拐杖的手非常敏感吧。

長靴？仔細一看，還是高級貨呢。我突然感覺到掉進我木鞋裡的砂粒，並開始羨慕地望著泰班的長靴。不知不覺地，我們已經到達「散特雷拉之歌」了。

酒館中有許多剛才看過卡賽普萊飛行之後跑來喝一杯的人。裡面真的很嘈雜。他們好像正在討論卡賽普萊一分鐘揮幾下翅膀。目前主張揮六下的一派比較占優勢，簡單來算是牠十秒揮一次，但牠愛怎麼揮也是牠自己的事。

卡爾親切地讓泰班坐下。酒店老闆娘海娜阿姨遠遠看到我，噗哧一聲笑了出來。

「你啊，聽說你習慣常常在森林裡偷喝酒，喝醉之後跑去溪谷。現在居然光明正大地走進酒店來了啊？」

拜託，昨天第一次發生的事情，怎麼就變成我的習慣了？我用下巴指著一道來的兩個同伴，氣呼呼地說：

「我是跟著他們來的。」

「當然啦，這兩位喝啤酒，你喝牛奶吧？」

「來三杯啤酒！」

「不，我要紅酒。有穆洛凱・薩波涅嗎？」老巫師泰班說。

老闆娘一下子變了臉色。怎麼回事？酒店老闆娘用驚訝的眼神望著泰班。

「這個嘛，有是有。啊，那個……」

泰班笑了笑，手伸進懷裡，拿出了一個錢幣。

眼前出現了一個東西，將透入酒店的早晨陽光彈向四面八方。那是亮晶晶的金幣。由於太過耀眼，我差點閉起了眼睛。在閃耀的光芒下，那些本來在討論卡賽普萊揮翅次數的人也驚訝地望向這裡。海娜阿姨有些慌了，好像沒自信抓起那東西似的，乾脆用裙子接了下來。她用顫抖的手拿起裙子下襬上頭厚厚的金幣。

海娜阿姨緊張地說：

「那個，先生，你確定你沒有給錯嗎？」

「嗯？還不夠嗎？這不是一百賽爾嗎？我看起來是很老啦，手的觸感已經變遲鈍了。」

泰班想要再次把手伸進懷裡，海娜阿姨連忙說：

「不，沒錯。這是一百賽爾。」

「是嗎？呵呵。那我的手沒問題。太好了。你們也點吧。」

卡爾還是點啤酒，但我還只是個十七歲的少年。

「穆凱拉・薩涅波！」

海娜阿姨捶了一下我的後腦杓。

「是穆洛凱・薩波涅啦！你這呆瓜。」

「……啤酒。」

海娜阿姨搖了搖頭，馬上走開了。

「唉唷，真糟糕。隔了七年，又搞掉一瓶了。現在只剩下兩瓶了。」

所以我們喝著兩杯啤酒跟那個什麼……還是算了。不管怎麼樣，有一瓶怪酒被放到了桌上。

海娜阿姨一直在那邊可惜地說這是要留給女婿的，要留給孫子的，一面又跑到窗邊，將金幣映著陽光，用讚嘆的眼神看著。酒店裡的其他人也跑到海娜阿姨的身邊鑑賞金幣，看著看著就讚嘆了起來。

「這酒館的氣氛真棒啊。」

「人們談到酒館，就會想到這裡。」

「嗯。真是個不錯的村莊。領主的聲望也很不錯。」

「說他為人軟弱應該更正確吧。」

「不壞啊。那卡賽普萊呢？」

「是因為阿姆塔特才來的。」

「我聽說中部大道上有某個地方慘遭黑龍的蹂躪。」

「就是這裡。」

「真是的，這真糟糕。這麼美麗的村莊居然遭受這樣的痛苦。」

「因果關係顛倒了。應該說有了阿姆塔特，所以我們村莊才變得美麗。」

「是嗎？不過也是有可能的。」

卡爾跟泰班彼此交換著我無法理解的奇怪問答。我雖然閉著嘴巴，但聽到卡爾的最後一句話，已經無法忍耐了。我激動而魯莽地插了嘴。

「嗯，請問這是什麼意思？」

卡爾之前好像已經忘了我的存在。他帶著搞不清情況的眼神看了看我，然後用親切的表情向我說明。

「我們的村莊雖然很堅強，但也很平靜，尼德法老弟。整個大陸上都找不到像我們村莊一樣的地方。我們村裡沒有像大都市那樣混亂複雜的人際關係。雖然所有人都被阿姆塔特折磨，但就是因為這樣，大家才能和氣地相處。」

我點了點頭。這是我跟卡爾常分享的話題之一。

「這個我之前也聽你說過了。」

「對啊。我們村裡的人雖然被生活的痛苦鍛鍊得很堅強，但也同樣地熱情。在這裡，連一介士兵也能一次對付五個半獸人。你的朋友杉森・費西佛，雖然為他感到可惜，覺得有點埋沒了他，但不管怎麼說，他有實力單挑一個食人魔吧？即使如此，他還是在這裡繼續當一個純樸的鄉下青年。萬一他是在首都之類的大城，他一定老早就被捲進複雜的人際關係中，以成為騎士團長為目標，變成一天到晚只想出人頭地的人了。」

這句話我贊成。不是因為他是我朋友我才這麼說，如果杉森真的在肩上披上了騎士團的斗篷，腰間佩著寶劍，站在國王陛下前面……實在很不適合。哼，杉森還是比較適合躲在水車磨坊裡，焦躁地等待情人的到來。

「所以呢？」

「也沒什麼別的好說的。我們村裡的人雖然都很堅強，但還是個溫暖而平靜的村莊。我們可以算是跟阿姆塔特達成了某種平衡。但現在卡賽普萊來了。」

「卡賽普萊怎樣？」

「如果卡賽普萊打敗了阿姆塔特，因著我們村莊的地點非常好，應該很快就會大大繁榮起來。你知道吧？我們村莊位在中部大道上最有發展潛力的位置。要進入還未開拓的大陸西部，我們村莊可說是必經之關口。不管怎麼說，至少這裡還是可以看得到穆洛凱・薩波涅的村莊。」

「這種酒真有這麼稀奇嗎？」

「你在說什麼，這可是稀罕得要命。搞不好連國王陛下都不能隨心所欲地喝。」

我的嘴巴一下子驚訝地張了開來。什麼？居然點了連國王都沒辦法盡興喝的酒，泰班這傢伙到底是什麼來頭？卡爾繼續侃侃而談。

「如果阿姆塔特消失了，那我們村子就不可能維持今天這樣的風貌了。一定會繁榮起來。」

「這不是件好事嗎？」

「嗯。但之後會變成什麼樣子？」

「咦？」

「那麼，覬覦我們村莊的人就會變多了。人們將學會爭奪利益。雖然我們領主的心地不錯，但是如果村裡產生一大堆貪心的人，那他還能保住那個位子嗎？現在有誰會想要覬覦這個像是阿姆塔特家後院的村莊呢？所以像我們領主這種不夠大膽的人才能繼續坐在那個位子上。」

我好不容易才搞懂他在說什麼。為了理解這件事，必須消耗掉一整杯啤酒。卡爾又說了。

「所以我們村莊位置既佳，土壤又肥沃，然而卻沒有引起這個大陸上任何人的關心，人們還可以平靜地相愛來過生活，這都是託阿姆塔特的福。」

「你別開玩笑了！」

我踹了一下桌子。卡爾好像不怎麼驚訝，只有泰班嚇了一跳，他看不見的眼睛轉來轉去。

「你難道要我們感謝阿姆塔特那賤貨嗎？你的意思是說，我們村莊能成為樂園，都是因為阿姆塔特的關係嗎？因著阿姆塔特，所以這裡的所有人都燃起了生存的欲望，勤勉誠實地生活嗎？因著那可惡東西蜂擁而至的怪物，無聊的時候就殺害村裡比較殘弱的人，所以現在活下來的都是強者，你是要我們因為這個去感謝牠嗎？」

我這個人好像不可以在十二小時之內連續喝酒。雖然跟昨晚已經相隔了半天，但醉意當場又一下子湧上來了。

「你說因為那傢伙，所以我們這個占了地利的村莊連發展都沒辦法發展，變成很有田園情調的地方，是值得感謝的事嗎？如果是泰班這麼說，我還可以諒解。但你怎麼可以這麼說？你不是常看到那些慘狀嗎？每個月一定會有一、兩個人死去，他們家人哭泣的樣子你不是全看到了嗎？不，你現在馬上到河對面去看。過了四年之後回來、變成屍體的卡勒多，你去跟他的家人說說你剛才講的那番話吧！」

酒店其餘的人，包括海娜阿姨跟她旁邊的所有人，全都驚訝地望著我。但是我對那一邊連瞧也不瞧，只是直盯著卡爾看。卡爾舉起了啤酒杯，對我說：

「那件事我聽說了。還有，尼德法老弟——」

卡爾吞了一口啤酒，又說：

「你說的話是正確的。」

這時泰班很小心地開口了。

「嗯。你叫修奇是吧？從我的角度看來，這個卡爾已經有點年紀了，所以對人已經失望了。但你這個年齡還充滿著對人的愛，因此對你來說，他講的話也許是無法理解的。」

「別胡扯了！你知道什麼，不過是今天才認識的人，不是嗎？」

「但我並不是第一次看到像你這樣的人。」

這時卡爾說話了。

「泰班，別說了。尼德法，這都是我的錯，請你原諒我。」

卡爾微微地笑了一笑，說：

「這些都是醉話。別放在心上，尼德法老弟——」

我氣呼呼地看著兩人，然後從位子上站了起來。

「尼德法老弟？」

雖然卡爾叫了我，我卻頭也不回地跑了出去。去他的！一出了酒館，上午的陽光就毫不留情地打在我臉上。這惱煞人的陽光！

03

「咳——呸！」

我去城裡回收廚餘的肥油，出來的路上，對著城的後門吐了一口口水。領主宅邸的執事哈梅爾關心我的健康狀態，問我是不是吃了熊心豹子膽，居然敢滿口酒味地進城。他這種踹人小腿、打人家頭的方式不知道算不算是一種關心。

因為我不是走正門，所以沒什麼好擔心的。正式的客人都會走正門，後門除了像我這種到領主住宅繳納東西的人以外，根本沒有別人會走，所以也不會有警備隊員。就算我吐吐口水，也沒什麼大不了……

「你這無禮的傢伙，剛才幹了什麼？」

之前被打的後腦杓突然又被打了一下。但城裡根本找不到可以罩我的人，所以我急忙低下了頭說：

「對不起，我錯了。我只是無意識中……」

「嗯，肯反省自己的錯誤了嗎？」

等一下。這個聲音好像聽起來很耳熟。我稍微把頭抬起來一看，就看到像個傻瓜一樣笑著的杉森的面孔。

「杉森！可惡，差點把我給嚇死了！」

「那你為什麼要做會被嚇的事。幹嘛？你是來回收肉塊的嗎？」

「什麼肉塊。是肥油啦！警備隊長在城堡的後門做什麼？」

「啊，昨晚我因為酒醉，在這附近弄丟了一樣東西……」

杉森很放心地講出口之後，好像突然才驚覺到自己說話的對象是我。他的表情一下子僵住了，我絕對不能放過這個好機會。

「弄丟了某樣東西？可是你自己一個人偷偷跑來這邊找……」

「我必須要執行警備任務啊，不對嗎？」

「不對、不對。應該有沒在值勤的人。如果拜託他們，他們一定可以幫你。也就是說，你那東西是不能被別人發現的東西……」

「你、你、你想像力太豐富了吧？」

「嗯？看，你激動起來了吧？也就是說，你那東西不想讓人知道，而且小到會弄丟。嗯。但是你又必須回頭來找這樣東西。所以那是……」

杉森的眼睛瞪得大大的，用一副「你這傢伙，怎麼可能說中自己沒看過的東西？」的表情注視著我。我用好像美食當前的表情說：

「是戒指吧？」

杉森以快昏倒的表情看著我。

「你、你、你怎麼……？」

「我看到那個女孩子手上的戒指不見了。她會把戒指給誰呢？我根本就不太想講她的名字。

她的名字就是……」

杉森抓住了我的肩膀。

「拜託……算我求你。」

杉森那時的表情真夠瞧的。我沒再繼續講，只是抱著肚子一直笑。哈！什麼可以跟食人魔單挑的戰士？

一會兒之後，我跟杉森開始一起翻找著城後門附近的草地。因為是秋天，所以常會有蟋蟀突然跳起來。杉森一面在那裡拚命翻找，一面不斷催我發誓，要求我不能告訴別人。我說我才十七歲，還不到可以發誓的年齡，就一口把他拒絕掉了。發誓是要在成年之後，可以為自己說的話負責了，才能做的事情，不是嗎？

「你快跟我保證！」

「保證什麼。這有點困難。有時候連我自己都沒辦法控制我的嘴。」

我只是想陳述事實而已，而杉森則是滿口髒話地咒罵著。哼，這樣比起來我可是高尚多了。

過了一陣子，我找到了一枚小小的銅戒指。

「杉森，我找到了！」

杉森高興地跳了起來。我遞給他的同時一面說：

「因為太小了，所以沒辦法戴在你的手指上。如果不想再弄掉的話，最好用條線穿上之後掛在脖子上。」

「啊，其實我已經這麼做了，可是線斷掉了。下次要準備鐵鍊才行。」

杉森說話的時候沒有看我。他的注意力全部集中在那枚銅戒指上，仔細翻來覆去不斷地摸、不斷地看，好像在細察是不是受到了損傷，也不嫌麻煩。我猜如果我不在旁邊，搞不好他會把戒指放到嘴裡，嚐一下味道怎樣。我全身起了雞皮疙瘩，簡直快看不下去了。

我們兩人為了乘涼坐到了樹下。杉森一直到這時候還在摸弄那枚戒指，他紅著臉說：

「如果我這次回來，我會正式向大家公布，舉辦婚禮。」

「什麼這次回來？」

「就是參加阿姆塔特征討之後回來。」

我的眼睛一下睜得圓圓的。

「咦？杉森你也要去？你不是守城的警備隊嗎？」

「與其說是守城的警備隊，不如說是賀坦特領主大人的警備隊。守城不就是為了保護領主嗎？」

「啊，說起來是沒錯……」

「這次我們領主也會參與出征。」

這件事比我爸爸支援征討軍更加好笑。我哭笑不得地說：

「領主大人？他還沒忘記怎麼騎馬嗎？」

「咦？你怎麼知道？所以他這次坐戰車去。」

我頓時嘴巴張得大大的。什麼？戰車？在我的想像中，戰車這類的東西應該是在南部，跟傑彭之間的邊境那裡才有，我才不相信我們城裡會有這種東西。

「什麼？我們的城裡有戰車？」

「嗯，領主大人命令我爸爸做的。是用載貨車改裝的。」

我不想再講下去了。那東西一定既不像改造戰車，又不像貨車，而是像市場裡的馬車。我在那一瞬間真的確實領悟到「啼笑皆非」這句話的意義。

「領主大人去幹嘛？說老實話，我們領主只要不從戰車上滾下去就已經是萬幸了，難道還要他拿著斬矛揮來揮去嗎？」

杉森也笑嘻嘻地說：

「嗯，雖然這麼講有點失禮，但我也不太相信他會這麼做。」

「那他為什麼要去？」

「問得好。這一次，龍跟龍魂使不都從首都過來了？所以身為這個村莊的主人，也非去不可！」

「所以是出於無奈，是嗎？」

「也不能這麼說。這次連哈梅爾執事都沒能攔住他。」

「咦？」

「從第六次征討軍開始，領主大人就一直想要去。但是這段期間，哈梅爾執事一直不讓他去，不是嗎？然而因為這次首都有貴賓來，所以連哈梅爾執事都無法勸阻了。」

第六次征討軍……啊，就是領主的獨生子，少領主戰死的那時候。

我想起來了。少領主賀坦特男爵。我們對貴族的名字都不太關心，我們自己村子的貴族就只有領主賀坦特子爵一個，所以也不會弄錯。但是賀坦特子爵的兒子阿爾班斯・賀坦特從首都的士官學校畢業之後，在與傑彭的戰爭中立了些功勳，於是成為賀坦特男爵，在離我們村莊有一段距離的地方獲得了領地，那時候我們也常搞混。所以我們一開始分別用賀坦特子爵、賀坦特男爵來稱呼他們，但是後來嫌煩，所以就自然養成了習慣，叫他們領主還有少領主。我記得少領主也很喜歡這種叫法。

但是少領主並沒有統治自己的領地多少時間。他從出生開始，對蹂躪自己父親領地的阿姆塔特的恨意就不斷累積，所以即使他爸爸挽留他，他還是加入了第六次征討軍。

三個禮拜之後，人們就看到我們領主夫人，也就是少領主的媽媽抱著少領主的頭盔，在雨中的大路上痛哭失聲。我那時搞不清楚狀況，只是跟著領主夫人還有周圍的人一起哭。從那天開始我就沒看過領主夫人了。她好像完全躲在自己宅邸裡面不出來。

我想起了那時的光景，低聲說：

「說起來……少領主過世之後，我們領主就算活著，也像是人間地獄。大概每天早上睜開了不想睜的眼睛，就會看見自己的兒子已經不在了這件殘酷的事實，每天晚上閉上了不想閉的眼睛，就會沉浸在兒子死亡的惡夢中。」

杉森用驚訝的眼神望著我。

「喂，你是不是發燒了，還是脈搏有些不正常……」

「夠了、夠了。有時間偷偷談戀愛，還不去看點書！」

這是把某天卡爾對我說的話改一改拿來用。但是杉森聽了只是微笑。

「那你回來之後，就打算在大家的祝福之下結婚？」

「嗯。你會來道賀吧？我也會正式邀請你的。」

他難道沒想過，搞不好自己不會活著回來了？

我只有十七歲。但是對我而言，要說出這種話也不是件容易的事。而且如果這樣問，能聽到什麼好答案呢？就算我不說，他自己心裡也會浮現這種可怕的念頭吧。所以我不但沒說出口，還故意做出愉悅的表情，很親切地說：

「那個……那個女孩子還真可憐。怎麼會跟這種食人魔似的男人……都是磨坊害的啊！」

「你說什麼？你這傢伙！」

「哎，該怨誰呢。聽到對方說晚上到磨坊來，為什麼毫無警戒心地就去了呢？在那天以前，少年是屬於少女的，但過了那天之後，少女就是屬於少年的了。連月光也被少年焦躁的告白給染紅。少年用甜美的唇鎖住了少女的唇，讓她無法開口拒絕。啊，真是淒美啊。因著雙唇被竊取，少女就已經失去了自由，就像關在籠裡的鳥，又如同被韁繩捆綁的野馬……」

「喂！修奇！給我站著！你站住，我不打你。如果被我抓到，你就死定了！」

杉森眼淚都快流了出來，好像忘了自己警備隊長的任務，說著一些前言不對後語的話，跑來追我。我則是興高采烈地跑上了村中大路。村人處處給予我幫助。

杉森不是腳莫名其妙被絆到，就是無緣無故撞到人，而我則是很輕鬆地唱著歌，最後在村人熱烈的反應與期待下，差點就把那個女孩的名字說了出來……但因為他太可憐，我還是放他一馬。現在先保留，下一次還可以用。

我背著裝了肥油的木桶，走上了林間小路。天氣好到我想吹口哨，清風吹來，舒爽得甚至都忘記了剛被杉森打到頭的疼痛。但因為肥油的腥味，又把這一切全破壞掉了。我默默地走著。

傑米妮突然從小路旁的樹後跳了出來。

「午安！」

傑米妮出現的時候兩手放在背後，好像正摸著屁股。

「被打得很慘吧？」

被傑米妮媽媽的手掌打，還不如被一個普通男人的拳頭揍來得好些。但被鍛鍊了十七年的傑米妮好像一副若無其事的樣子。

「嗯。可是你為什麼背著肥油桶？昨天你不是說工作已經都做完了？」

「又有人訂貨了。是阿姆塔特征討軍要用的蠟燭。」

「是嗎？還需要做多少？」

「我也不知道。首都來的騎士跟征討軍的指揮官們訂好作戰計畫，才會確定消耗量吧。但依照我的想法，大概用不到多少。」

「為什麼？」

傑米妮開始跟我一起走。

「因為騎士不會來幾個，也不會有什麼特別的作戰計畫。以前出征的人很多，所以需要不少蠟燭，但這次不是這樣。這次的戰爭其實是阿姆塔特跟卡賽普萊的對決，所以騎士們也不需要熬夜商討戰略……距離大約十天的路程，往返算起來，大約只要一百根左右就夠了。」

「嗯。應該是吧。」

傑米妮點了點頭說。

「可是昨天那個龍魂使，如果打起仗來，他是不是要騎到龍的背上去？」

「嗯？為什麼？他當然不騎。」

「咦？他不是騎在卡賽普萊背上指揮的嗎？」

「那小鬼懂得什麼戰爭。妳說的是龍騎士。那些騎士得到了龍的許可，所以坐在龍背上。龍魂使……只不過是龍與人之間的媒介而已。他們只是一種象徵，代表著龍聽從人命令的契約。」

我很鄭重地說明，但傑米妮只是撇了撇嘴。

「我聽不懂你在說什麼。」

我皺了一下眉頭。

「唉唷，真傷腦筋，妳這丫頭！那我這麼說好了，妳住在哪裡？領主所屬的森林，不是嗎？」

「嗯。」

「可是看守森林的人是領主本人嗎？在森林裡砍樹、摘果實、採香菇、打獵的權利全部都是屬於領主的，不是嗎？」

「喔……對啊。」

「但其實看管森林的是妳爸爸。懂了嗎？要在這座森林裡砍樹、採香菇，其實不是要得到領主的許可，而是得到妳爸爸的許可就行了。」

傑米妮帶著驕傲的表情點了點頭。

「嗯，沒錯。」

「懂了嗎？龍魂使雖然是龍的主人，但其實如果你有什麼事要拜託龍，根本不用去問龍魂使，只要直接拜託龍就行了。對卡賽普萊也是這樣。因為人們說希望能消滅阿姆塔特，卡賽普萊聽了這句話，於是自己下定決心要去打一仗。」

傑米妮歪著頭想了好一陣子。接著她又好像冒出了什麼奇特的想法，拍了一下手，說：

「換句話說，如果我跑去找卡賽普萊，對牠說：『你讓我騎一下』，只要牠自己答應，我就可以騎了吧？也不用得到龍魂使的允許？」

「沒錯，說得很對。所以龍跟人是直接溝通的，龍魂使什麼也不用做。但是如果龍身邊沒有龍魂使在，那牠根本不會去跟人溝通，看到人就會直接把人弄死。」

「就像阿姆塔特那樣嗎？」

「對……就像那個可惡東西！」

我踹了踹地上的小石塊。但那石塊撞到樹之後，竟然又煩人地彈回我腳邊，這次我用盡全力一踢，小石頭就消失在樹林裡面了。

「別生氣啦。」

「去他的，我就是不想聽見那個名字！」

傑米妮用哀傷的眼神看著我，我卻轉過身去。我一轉身，傑米妮也把視線投到了別處。我們就這樣無言地走了一段路。傑米妮突然說：

「真的要試試看嗎？」

「什麼？」

「要拜託卡賽普萊讓我騎騎看嗎？」

我的憤怒瞬間全消失了。天啊，卡蘭貝勒啊！

「……卡賽普萊當然一定會讓妳騎的。」

「真的嗎？」

「嗯。牠會載妳飛到高空，細嚼慢嚥之後咕嘟一聲吞了下去，然後裝作什麼事都沒發生再飛下來，大概連飽嗝也不會打一個。像妳這種大小，大概吃了也不怎麼飽……」

「修奇！你為什麼每次都講這麼可怕的話？」

傑米妮用力踩了我的腳一下，然後跑掉了。這個該死的ㄚ頭。我因為背上背著肥油桶，所以只能對她大喊。她遠遠地對我揮動著拳頭。

該死，該死！該死，這可愛的小東西！

咦？奇怪，我發瘋了嗎？

我開始提煉蠟燭。

首先把處理過的動物脂肪放到水裡，用微火煮著。一陣子之後，油都浮到水面上了，再把油撈起來。這個東西既燙，氣味又很糟糕，所以花時間的步驟做起來很辛苦。將油過濾了之後，再加入蠟之類的凝固劑，再將混合之後的東西倒進事先放了燭芯的模子裡。如果燭芯是用線撚成的，點起來的火焰會非常好看，但是線很貴。所以我們將蘆葦沾了油之後曬乾，當作燭芯。蘆葦燭芯燒起來會劈啪響，噴出火花，而且亮度也比較低，但至少材料是不要錢的。

最後把這些東西放到陰涼處冷卻，再從模子裡倒出來，蠟燭就完成了。雖然看起來簡單到令人覺得枯燥的程度，但你可以自己做做看，你一定會發現這其實不是件容易的事。

對我而言，也是很不容易的事。不管是觀察油融化的程度、抓凝固劑的量、倒油時小心不把燭芯弄斷，每一個步驟都需要巧妙的手藝。如果運氣不好，把燭芯弄斷了，那麼一整根蠟燭份量的材料就全部要丟掉。我是花了很漫長的歲月，才學會一次就能正確注入油脂的技術。

所有重要的製作步驟都是我親手完成的。我坐在開闊的工坊中，倒著鍋裡的油，一面想著爸爸的事。

爸爸如果在我身邊作一些指導就更好了，但是他根本連工坊的附近都不來。他不知從哪裡弄來了一根木棍，正在院子裡揮來揮去。他大概把那根棍子當成槍了，如果他還沒在上面貼上自己名字，就已經算是萬幸了。看到他年紀都這麼一大把了，還揮著根棍子很勤懇地在那邊「呀！啊！呀！」地大喊，就算他是我爸，我也看不下去了。

「爸！」

「都做完了嗎？」

「嗯。模子都倒滿了。」

我們家的蠟燭模子總共有四十個，如果要做一百個，可得做好幾遍。當然根本沒有人說過要做一百個，但我猜需要的量大概是這個數字。而我現在倒滿了四十個蠟燭模子之後，鍋子也剛好空了。因為鍋裡剩下的東西全部要丟掉（不能回鍋再煮第二次），所以我事前大概估計了一下，讓材料用得剛剛好。

這件事爸爸也看見了。因為我故意端去給爸爸看。

「你一定會成為一個好丈夫。」

「……謝謝。」

我把蠟燭模子移到陰涼處，將鍋子洗乾淨，收拾了一下材料。這段期間，爸爸還在那裡「喝啊！」「哼嗨唷！」「嘿咻！」「嗨呀！」，一面喊著一些好像跟練習刺槍無關的口號，一面揮舞著棍子。

「我看得好痛苦啊。」

「你要謙虛點，好好尊敬我。別嫉妒啊。」

「要不要我跟你對練？」

「到頭來，還是要骨肉相殘啊。那麼去弄根棍子來！」

我跑到工坊的一邊選棍子，然後瞄了一眼爸爸拿的那根棍子。結果我選了特別長又特別重的一根。爸爸的眉頭一揚。

「哈哈哈。俗話說，好木匠是不挑工具的。」

我聳了聳肩，放下了剛剛選的那根棍子，然後拿起了更大的一根。

「……這該死的傢伙。」

我拿起了棍子，開始在頭上呼呼地旋轉。我偶爾看過杉森或他的部下這麼玩。

但是我還是加入了自己特有的動作。杉森到了最後會把槍舉到自己腰部的高度停下來，但我則是一個失手讓棍子飛了出去，然後氣喘吁吁地跑去撿。

不管怎麼樣，爸爸跟我最後好不容易才能拿著木棍，站在院子中對看。在我看來，爸爸連拿木棍的架式都很不像樣。又不是拿刀，為什麼要拿在胸前？他的腳則是隨便站，站得很開。如果現在出手刺他，他連躲也躲不掉。

「你的腳併起來一點，與肩同寬。」

「你要耍詭計騙我嗎？」

「……這是很單純的建議。」

爸爸乖乖地把腳稍微併了起來。我擺出架式，然後說：

「槍要這樣拿。你以為是在用斧頭砍嗎？兩手離得開一點。」

爸爸還是照著我的話做了。接下來的三十分鐘之內，我們演出了一場簡直讓我看不下去的情景。

我之前都不知道自己是這種傢伙。我每次伸出棍子，快碰到爸爸的時候都會縮回來。但是爸爸打自己的兒子卻像打條狗一樣，毫不留情。要躲他的招式其實也不是那麼難。說起爸爸的功夫水準，就算我呆呆站著不動，他也會刺到別的地方去。反而是我每次想要躲他，不小心就撞上了他的棍子。

「哼，你還能繼續打嗎？」

「你覺得我不能打了嗎？」

「我看你完全不行了。起來吧。」

我在爸爸的攙扶下站了起來。夕陽正在西下。我靠在爸爸的肩膀上，走到茅屋前的桌邊，爸爸自己拿了水瓶過來。周圍是一片通紅，不知道是不是這個關係，爸爸的臉看來特別溫暖。

我吞了一口水，說：

「爸爸，你真的認為自己這樣回得來嗎？」

「對啊，我也很擔心。要是指揮官驚訝於我的武藝，把我拖去首都謁見國王陛下，那我怎麼辦？我比較喜歡這個村子耶。」

「……」

爸爸撥了撥我的頭髮，笑了。

「別擔心。會越來越好的。還有八天可以練習。」

「八天以後就要出發了嗎？」

「嗯。今天在城裡聽到這個消息。從明天開始要參加城裡的訓練了。」

「才訓練一個禮拜就……」

「怎麼了？反正作戰的指揮官對我們也沒什麼期待。反正仗準備全部讓卡賽普萊去打。」

「如果你躲在卡賽普萊背後，有人喊『突擊！』的時候，你就馬上說：『呃！我中箭了！』，然後倒在地上。」

「阿姆塔特會射箭嗎？那我可要趕快向指揮官稟報這項情報。」

「指揮官是誰？」

「是保護龍魂使來到這裡的首都騎士，名叫修利哲。聽說他是個伯爵。」

「伯爵的地位比我們領主更高吧？」

「看他不是被派到跟傑彭作戰的前線，而是派到這種偏僻的領地來，就很清楚了。這個伯爵如果不是沒有能力，就是沒有手腕。」

「可是一個伯爵帶來的兵就只是這樣嗎？」

「你居然指著卡賽普萊說『只是這樣』？」

「這話也對啦。」

我轉過頭朝著西方望去。夕陽將天空染成一片紅色。西方是阿姆塔特所在之處。我突然感覺紅色的夕陽就像是阿姆塔特吐出的火，莫名地從溫暖的紅光中感到了一絲寒意。我打了幾個寒顫，就趴在桌上睡著了。跟爸爸對練好像太辛苦了。

燃燒著的紅色火光。

燃燒著房屋，燃燒著村莊，燃燒著天地。我能看見的只有火光。

媽媽也正燃燒著。

火做的鞋子，火做的衣裳，火做的頭髮。她手臂上，火做的手鐲正熊熊燃燒著。

媽媽的表情很安詳，整幅畫面看來非常美麗。奇怪的是，我覺得媽媽看來非常溫暖。似乎如果投進她懷裡，那火焰一定可以帶給我溫暖。

我奔向媽媽。

媽媽也張開了雙臂。快來吧，快來吧。

媽媽的雙臂不斷攤開。快來吧。繼續攤開。快來吧。結果媽媽所攤開的東西變成了黑色的翅膀。

媽媽肩膀的上方，出現了異常的頭。皮膚既黑又閃閃發亮，將周圍的火光都扭曲地反射了回來。頭上有微彎且向前突出的角，如果就這樣跑過去，一定會被刺穿。那顆頭的嘴巴張開了。裡面是大到荒唐的洞窟。絕對。黑暗。永恆。無限。

我為何還在繼續向前跑呢？

「笨蛋！你要跑去哪裡？」

因為爸爸一喊，我才好不容易發現自己衝向壁爐。我停了下來。再繼續往前多跑一點的話，恐怕我的頭皮都會被燒焦了。

「做夢了嗎？」

仔細一看，原來我裹著毛毯躺在房間地板上，爸爸坐在床沿，正寫著某些東西。爸爸將剛剛在寫的東西放到櫃子上，走到我身邊，摸了摸我的額頭，然後點了一下頭。我額頭上都是汗，到了這時還是茫然地坐在那裡。他甚至把我眼皮翻起來看，我還是呆坐著。最後爸爸握起拳頭向後一舉，作勢要打我。

「停！別打我。」

「太好了。你是不是沒吃晚飯就睡覺才變成這樣？說起來以你的年紀，應該不太會發生這樣的情況。那裡的桌上有麵包，快吃吧。」

我站了起來，但不是要去吃麵包。我直接走出了茅屋。

「我去乘涼一下。」

「去吧。」

我本來裹在毛毯裡，突然跑到外面，霎時覺得冷得要命，甚至手臂上都起了雞皮疙瘩。但因為是流汗之後，所以舒爽得不得了。管他明天會不會感冒，我還是走到了工坊的水桶邊。但想要把頭鑽到水桶裡的瞬間，我突然退縮了。

水桶裡什麼也看不見，只是一片黑暗。連裡面有沒有水都看不見。我不想把頭放進去了。我感覺如果頭鑽了進去，那全身也都會被吸進去似的。

我咬著牙向後退，背靠茅屋的牆坐了下來。

「媽咪……」

我本來是想叫「媽媽」的。但在我的一生中，我從來沒有機會這樣叫她，因為她還在的時候我太小，只會叫「媽咪」。我自然而然地按照很久以前的記憶叫了出來。

噗哧。這算什麼？帶著感傷的青春期小鬼的語氣？

但為何我的雙頰還是濕潤了？

04

口哨聲。口哨聲。

我正在去城裡見哈梅爾執事的途中。我已經做好了一百根蠟燭，但那只是我的猜測，我不知道這次出征實際上要用多少蠟燭。我當然沒辦法毫無頭緒地繼續做下去，所以我一定要去見哈梅爾執事，或是素未謀面的「作戰指揮官」。但我不敢魯莽地直接跑去找作戰指揮官，所以還是叫哈梅爾執事代我去問他比較好。

口哨聲。口哨聲。

而且除此之外，我還有別的事要做。爸爸的刺槍術才練習了兩天，就倒臥在床了，這件事也要向他們報告。這絕對不是我把他打成這樣的！是因為爸爸太努力練習，所以四肢開始痠痛。我根本沒想過要說些話安慰他。

口哨聲。口哨聲。

好像我每次來到村中大路，這裡的氣氛就會改變似的，這次我看到很多車輛在往來。除了我做的蠟燭之外，戰爭需要準備的物品應該還有很多種吧。有一個很有名的故事說：傑彭的士兵因為沒有準備湯匙跟刀子，所以餓死了。當然我想在傑彭一定也流傳著這個故事，只不過是把主角的名字改成拜索斯的士兵。世界上哪有這麼白癡的軍隊。

口哨聲。口哨聲。

雖然只是我的猜想，但大概所有事情裡頭最麻煩的，就是準備卡賽普萊的食物了。依照城裡傳出來的消息，卡賽普萊一餐要吃五頭黃牛。真是胡說八道。我們領主所有的牛也不過只有十頭。如果真是這種吃法，那我們村裡的牛大概已經絕種了。看看往來的車輛，應該載了許多肉吧。而加到肉裡頭的薄荷也是多不勝數吧？

嘻嘻。

口哨聲。慘叫。

「怎、怎麼回事？」

因為突然傳來的慘叫聲，我只好停下來不吹口哨。慘叫是從後方傳來的。我連忙轉過了頭。我看到人們急急忙忙跑來，後頭有一個受重傷的女子，正由男人們攙扶，跌跌撞撞地向前跑著。本來扶著女子的其中一個男人發現這樣還是不行，所以背起了女人開始跑，其餘三個男人則趕緊向後轉。

我小心翼翼地走過去看。但其中一個男人還是看到了我。

「喂，你還在幹嘛！快點離開，用跑的！」

「怎麼回事？」

「沒時間跟你囉唆了，快走！對了，你幫忙去叫士兵過來吧！」

那個男人又再度轉過身去。這一瞬間，我猜到了是怎麼一回事，也察覺到這些男人已經有赴死的心理準備了。我回身衝進旁邊的店裡。

「去他的！帶著這個！」

我從旁邊的打鐵店裡拿出了耙子、鋤頭等等，向他們那邊拋了過去。那些農具落到地上彈起的時候，發出了刺耳的聲音。男人們笑著撿起了那些傢伙。每當這種情況時，我們村裡的人常常會喊出一句話，我也照例喊了。

「有沒有什麼遺言？」

聽到自己說的話，我打了一個寒噤。其實我是第一次對人這樣喊。這幾個人一副很想稱讚我的表情，帶著微笑對我說：

「我已經說過了，所以不用了！剛才背過去的女人是我老婆！」

「請你對蘇菲亞說，很抱歉，我沒辦法遵守跟她之間的約定了。」

「跟傑克說，按照先前約好的，拜託他照顧我媽媽。」

男人們很快地說。我點了點頭，然後頭也不回地跑開了。

應該是有怪物入侵了。到底是什麼樣的怪物呢？啊，差點忘光了！跟蘇菲亞說，沒辦法守約，很抱歉。跟傑克說，按照約定將媽媽託給他。那個男的大概先前跟傑克約定好，如果有誰先死了，剩下的那一個就要照顧對方的媽媽。我突然想起，我還不知道他們的名字。不過沒關係。等到事件結束，如果到時候我還沒死的話，我就會不斷聽見他們的名字，聽到煩的地步。我現在也不想看到這些人的家人放聲高呼他們名字的模樣。

該死！

阿姆塔特，這全都要怪你，阿姆塔特，這全都要怪你！

什麼？不是說過正因為阿姆塔特，所以這邊剩下的都是一些比較強的人？可惡，別開玩笑了！你說因為已經有隨時死亡的心理準備，所以在最後一刻還能笑得出來的，這就算是強者？根本可以說是一文不值！

「呃啊！」

我差點因為背後傳來的臨死慘叫而放慢了腳步，甚至到了膝後發麻跑不動的地步。但是不行。不跑就死定了。我幾乎是扶著地面往前跑。就在這個時候——

「躲開，修奇！」

我眼前看到了某種東西。看不清楚，是因為眼淚的關係嗎？那個東西到底是什麼？

「杉森！」

我向旁邊一閃。杉森的手往後抬起，朝我這個方向奔來，接著投出了標槍。我很清楚地看見他因為衝力過猛，還繼續往前搖搖晃晃地跑了幾步。

標槍用可怕的速度向前飛去。

傳來了聲響。穿過東西的聲響。標槍穿過血肉的聲響。

「嘎勒勒勒！」

怪異的慘叫。那不是人。我坐在地下回頭張望，看到了巨大的軀體，但馬上就被擋住了。杉森向那個軀體跑了過去，拿長劍往牠肚子插了進去。在杉森肩膀的上方，我看見了寬闊的肩膀跟怪異的頭盔，還有高舉的可怕石斧。那是巨魔。

巨魔的嘴角雖然已經流血，但舉起的手臂仍然猛力下擊。可是用石斧再怎麼樣也砍不到已經貼近牠胸前的杉森，所以巨魔的動作變得很可笑。就是因為這樣，他們兩個才緊貼在一起，而杉森還繼續往前推進。

「呀啊啊啊啊！」

杉森將長劍插入巨魔體內，繼續往前衝。巨魔的石斧掉在地上，繼續被往後猛推。將劍插在怪物身上還繼續前進的杉森，此刻給我的感覺真的跟食人魔沒兩樣。前進了二十肘之後，杉森用手臂猛力往前一推。由於剛才跑動的加速度，所以巨魔身上的劍被拔了下來，牠往後滾到了地上。杉森為了讓巨魔無法再生，所以又砍了牠的脖子好幾下，接著趕緊擦掉臉上的肉塊跟血，然後注視著我。

「到底有幾隻？」

「我也不知道！」

「那快點躲起來！」

我起身變成半蹲的姿態望著杉森。杉森已經只看著前方了。為什麼他一個人來？部下們在幹嘛？就在我這麼想的同時，有一群人蜂擁跑到我面前。那是一群士兵，他們的出現就像是為了反駁我剛才的想法。那六個士兵一起站到杉森的旁邊。杉森很快地說：

「是巨魔。還剩一隻……媽的！還有！」

前方又出現了許多巨魔。其中有幾隻拿的不是石斧。鋤頭、鏟子、耙子……不就是我丟給那些男人的東西嗎？可惡！我粗魯地揉了揉眼睛。

出現的巨魔總共有九隻。牠們一看到前面出現士兵，就馬上停止往前跑，在原地排成一行。暫時進入對峙狀態之後，杉森似乎很煩惱。要開始打混戰嗎？雙方的數量是九比七。數字有些不利，但還是值得一試。然而也沒有必要非這麼做不可。

「全員後退！」

士兵們向後轉，頭也不回地開始跑。哇咧！我也只好趕快起身逃跑。我可以理解杉森的想法。贏是可以贏，但鐵定會折損不少人馬。而我們村莊的士兵人數經常不足，一旦死了要再補充可是非常地困難。所以他打算引誘那些傢伙，直到跟城裡來的士兵會合為止。

巨魔們雖然有點手足無措，但是一看到眼前的人類逃跑，牠們也照著本能開始追了起來。

「嘎勒勒勒！唧啊！」

我也不分青紅皀白地開始拚命往前跑。後頭士兵們的腳步聲以及巨魔們的高喊聲幾乎快要把我逼瘋了，頓時胸中燙得像火燒。但手指尖卻失去了感覺，也感受不到自己的腳踩在地上。奇怪的是腿卻開始痠了。

「唉唷！」

我撞上了某個東西，在地上滾了好一陣子。真是的，到底這傢伙是在看哪裡，這種狀況下居然不逃，還跟我撞在一起？我認識的人當中就只有一個這麼愚蠢。

那就是……

「傑米妮！」

傑米妮好像根本沒發現自己摔倒了。她尖叫完之後，就只是呆呆地看著巨魔們衝過來。嗝，嗝。什麼？在打嗝？

傑米妮一面打嗝，一面茫然地坐在那裡。喀！

「快起來！喂，妳這丫頭，打起精神來！」

我強行將傑米妮扶起來。天啊，她有這麼重嗎？傑米妮全身都失去了力量，要將這種已經癱在那裡的人拉起來，可不是件簡單的事。我差點就往前摔倒在地，結果好不容易才把傑米妮扶了起來。這一瞬間，我跟杉森的眼神交會了。我很悲壯地說：

「傑米妮就拜託你了。我的遺言是，雖然從我一生下來妳就欺負我，可是……」

啪！唉唷，我的頭啊！杉森向巨魔直衝，一面喊著：

「小小年紀，幹嘛模仿這種事！」

啪！啪！啪！啪！啪！啪！

我看我不是被巨魔，是被他們打死的……其餘六個士兵經過我身邊的時候，也都輪番打了我的頭。士兵們全都跑向巨魔。跑就跑嘛，幹嘛要打人呢？

因為被扁得很慘，所以我手臂的力氣自然放鬆，傑米妮也輕輕滑了下去。我很驚慌，再次把傑米妮扶起來。我們的面前正在演出白刃戰，她怎麼能這樣虐待我？這分明就是種虐待。我哼哼叫著，想把傑米妮背到背上，但這只是讓我領悟到，要獨自把一個十七歲、全身軟癱的女孩子背起來，是件很不容易的事。那時突然有某人從後面幫忙抬傑米妮，他摸了摸我的背，然後將傑米妮正確地抬到了適當的位置。

「啊，謝謝……啊！」

一點都不好笑的是，抬起傑米妮的居然是穿著黑袍、身上到處是紋身的那個人，也就是名叫泰班的巫師。他的眼睛根本看不見，怎麼可能幫忙抬傑米妮？啊，他之前是摸了一下我的背。泰班的白色眼球轉來轉去，一面很快地說：

「是巨魔嗎？」

「是的！你、你是巫師吧？那你趕快讓那些怪物都飛走！」

「這個聲音我有聽過。你就是上次那個睜眼瞎子年輕人吧？喂，修奇，你要知道，一定要眼睛看得見，才能讓那些怪物飛走什麼的。」

「該死！這種巫師有什麼用……」

「不然你當我的眼睛吧。」

我不想讓傑米妮掉下去，所以搖搖晃晃地想辦法站穩，然後說：

「你說什麼？」

「距離與方向。快一點！」

這到底是在搞什麼？可是這時候又傳來了慘叫聲。

「喀呃！」

其中一個士兵的腿被鐵耙打中而摔倒了。那是釀酒廠四兄弟中的長男透納。打中他的巨魔將鐵耙高高舉了起來。在旁邊用長劍擋住別隻巨魔棍子的杉森立刻將長劍一滑，刺進了拿鐵耙那隻巨魔的肩膀。透納趁著巨魔痛得亂動的時候站了起來。他再次抓起長劍，大聲喊著說：

「我透納的一條性命，要用你們三隻的命來換！」

我一時慌了，不知該怎麼辦。這時泰班說了：

「方向我已經抓到了。聽來狀況很糟糕。距離呢？」

「三、三十肘左右。但是敵我雙方的人混在一起……」

「行了！」

泰班正確地朝向巨魔和士兵們混戰的方向舉起了一隻手。這一瞬間，他手臂上的刺青都發出光來。這是怎麼回事？紋身的光越來越強，過了一陣子之後，連他脖子跟臉頰上的紋身也都開始發光了。

泰班笑了笑，說：

「我把咒文刻在身上，用我自己的身體當作魔法書。你也算是看到了難得一見的事情。」

「什──什麼？」

泰班並沒有回答，反而開始喃喃唸起我所無法瞭解的奇怪字句。我雖然不知道那是什麼話，但他唸得真的很快。這樣難道不會咬到舌頭嗎？他突然將往前伸直的那隻手向上一揮，然後大喊：「Detect Metal, Protect from the Magic, Reverse Gravity!」（偵測金屬，防護魔法效果，重力反轉！）

「嗚啊啊啊！」

「嘎勒勒勒！」

拜我嚇得一屁股跌坐在地上之賜，我將傑米妮摔了下去。連士兵們也一副慌張的樣子，那麼直接中了法術的巨魔們，該是多麼慌張呢？

巨魔們突然向上飄了起來，士兵們則完全沒有浮起。泰班連看也看不見，到底是如何辦到的？然而巨魔當中還是有三隻沒有浮起來。

那幾隻巨魔們用慌張的表情（大概是吧，說實話，我沒有自信說自己能夠正確地形容巨魔的表情）望著自己飛上天空的夥伴。杉森也露出了吃驚的表情，雖然他的這個表情還是沒消除，但他已經開始衝向剩下的那三隻巨魔。巨魔們想用手上的鐽子跟鋤頭擋住杉森，但是那些根本不是武器，所以速度有些慢。

杉森的長劍巧妙地彈開了鐽子，讓鐽子擋住了鋤頭，趁著這個機會砍了拿鋤頭的怪物肚子一劍。那時，從驚訝中恢復過來的士兵們也全都跑去加入戰局。其餘的巨魔還在不斷往上飛……持鐵耙的巨魔同時被四把長劍刺中，噴血倒地。士兵們不斷繼續往下戳那些一副惡鬼模樣，但已經倒地的巨魔。血跟肉塊拚命向上飛濺，沾上了士兵們的臉龐。這並不是因為他們的恨意，而是因為攻擊這些會再生的巨魔，必須一直持續到牠們完全斷氣為止。

這時泰班的那隻手還是舉得高高的。他帶著驚慌的表情問道：

「怎麼了？失敗了嗎？為什麼還繼續聽到打鬥的聲音？」

我繼續坐在地上說：

「啊，大部分都飛起來了，只是有三隻沒飛起來。」

「三隻？牠們手上拿的是什麼？」

「咦？啊，鋤頭、耙子、鏟子……」

這時我也懂了。

拿金屬武器的怪物沒有飛起來，飛起來的都是拿著巨魔專用的武器石斧。而士兵們都拿著劍、穿著盔甲，所以拿的也都是金屬武器。泰班用沒舉起來的另一隻手打了自己的頭一下，說：

「哎呀，我怎麼沒想到！一提起巨魔，我就以為牠們拿的都是石斧。現在怎麼樣？剩下那三隻呢？」

「全、全部倒在地上了。」

「那就沒事了。各位士兵，請退到後面來。」

士兵們帶著害怕的表情往後退，接著泰班就把他那隻舉著的手放了下來。這時，飛到高空的巨魔們也開始正常地往下掉了。在我跟泰班說話的那時，巨魔們其實已經飛到看不見的高度，所以要掉下來也要花不少時間。

「嘎勒勒勒！吱、吱吱！」

啪！啪啪啪，啪！

我實在不太想描述那時的情景。我自己在驚慌中，好不容易才遮住傑米妮的眼睛，所以沒辦法遮自己的。真愚蠢！只要閉上眼睛不就好了嗎？但我想到這件事時，那些巨魔摔碎後的肢體已經亂彈得到處都是了。如果摔得這麼支離破碎，那再生的能力也沒有用了。泰班笑了出來。

「這聲音還真響啊。哈。有時看不見東西也是件好事。」

杉森帶著敬畏的表情走過來向他打招呼。杉森發現泰班是瞎子，然而還是老實地對他一鞠躬。講話的聲音也有點發抖。

「我、我是杉森・費西佛。我是賀坦特城的警、警備隊長。這位巫師是……」

「泰班。我是流浪者。事情結束了嗎？」

「咦、咦？」

「還有沒有怪物？」

「啊！」

杉森趕緊轉過了頭說：

「去搜查還有沒有入侵的巨魔！應該是在糧倉！趕快去村中的倉庫看看，檢查郊外的農家！還有海利，照顧一下透納。」

士兵們都開始行動起來，海利則是扶著腳受傷的透納。透納大概是緊張感消失了，這時才開始發出呻吟。泰班說了：

「有士兵受傷了嗎？帶來給我看看。」

杉森雖然一副迷惘的表情，還是乖乖地將透納帶了過來。泰班讓透納坐下之後，開始用手在對方身上摸索。他手很快速地游移，最後在透納腿上傷口那邊停了下來。

「這裡吧。」

泰班只是這麼說。但是片刻之後，泰班的手閃了一下光芒，接著透納傷口流的血就止住了。將血擦乾淨一看，透納的腿上已經沒有任何傷口了。

杉森用半驚嘆半害怕，反正就是很稀奇的表情望著泰班。

「啊，謝、謝謝你，泰班。」

「不用謝。這也不是什麼了不得的事，用不著放在心上。雖然傷口已經癒合，但是幾天之內還是要避免激烈的動作。」

「啊，是的。真是太感激了……」

「怎麼說不聽呢！我已經幫忙醫好了他，你們怎麼還不快去執行任務！還在這裡做什麼？你們難道想一直待在這裡，直到市民被巨魔殺光？」

「是的！」

慌張的杉森對他行了個舉手禮。士兵們火速四散跑開。

「喂，我們也去看看吧？請帶我去糧倉。」

泰班好像想跟著士兵們過去。我緊抓住泰班。

「這個嘛，泰班。這個丫頭好像怪怪的。」

「嗯？」

我指著被我放到地上之後仍坐在那裡，只是帶著茫然的表情不斷打嗝的傑米妮。但是我馬上就想起泰班的眼睛看不見，所以改用語言向他說明。

「不久之前她看見巨魔衝過來，結果就開始呆坐在那邊，只是不斷打嗝。好像她的魂已經不知飛到哪去了。」

泰班噗哧笑了出來。

「你很清楚嘛？沒錯。她的魂已經跑掉了。」

「那要怎麼辦？」

泰班伸出手，摸了摸傑米妮的臉。但是她好像沒有感覺，仍然呆坐在那裡，我已經擔心到沒辦法再忍受下去了。泰班說：

「是你的情人嗎？」

「別問一些沒用的問題，你能不能幫忙解決？」

「如果是你的情人，那就好辦了。」

「咦？」

「傳統上不是有一種方法，可以喚醒昏過去的姑娘？」

「……你說的不是睡著的姑娘嗎？」

「昏過去或睡著都可以。」

泰班把我弄得開始很煩惱。「我非得親吻傑米妮不可嗎？雖然泰班的眼睛看不見……」然而他嘻嘻笑了幾聲之後，就把手指移到傑米妮眼前彈了幾下。傑米妮停止打嗝，開始發出呻吟。

「嗯……啊！是巨魔！」

我完全無法理解的是，傑米妮怎麼能巧妙地繞過擋在面前的泰班，投進了我的懷抱。

侵入糧倉的巨魔其實沒有幾隻。巨魔們之前算是展開了兩面作戰。牠們將比較強的巨魔編為攻擊組，去將士兵引開，比較弱的就趁著這個時候跑去掠奪糧食。但是因為泰班的插手，使得牠們的攻擊組全軍覆沒，所以士兵們輕輕鬆鬆地就將糧倉裡的那些怪物全趕了出去。

事情平靜之後，按照以往固定的劇本順序，哭聲開始傳來。

我按照那些男人們的付託，跑去找他們的遺族傳話。叫做蘇菲亞的女孩子根本不等我把話講完就開始號啕大哭，但是叫傑克的男人則是拍了一下我的肩膀，說：

「謝謝你。你做得很好。」

這次的死者是那三個男人以及他們背著的那個女人。女的好像因為傷口太大，在背回來的途中就已經死了。不管怎麼說，至少那個女的連變成寡婦的機會都沒有，應該會跟丈夫兩人在天上相逢吧。但是他們的孩子們現在……

他媽的！

士兵們正盡力收拾散布在大路上的三具屍體。巨魔把他們的身體打得支離破碎。但是他們身邊也倒著一隻巨魔。男人們的反抗似乎很徹底，也由於他們所爭取的時間，士兵們才能夠在怪物傷及更多無辜之前出動攻擊。

士兵們將他們的屍體運回各自的家，然後收拾巨魔的屍體。我悄悄地從那裡離開，跟杉森一起去找傑米妮。

泰班正帶著傑米妮，在「散特雷拉之歌」酒館裡面等著。杉森跟我一進入酒館，馬上就聽到差點讓人血液冷卻的笑聲。

「咿嘻嘻嘻，嘻嘻！」

杉森差點拔出長劍，我也變成稍早之前傑米妮那樣的呆滯狀態。傑米妮發現了我，就好像跳舞似的舉起手來對我笑。什麼，對我笑？

「啊，是修奇？快來……嘻嘻嘻！」

我搖搖晃晃地走過去，好不容易才走近他們兩人坐著的桌子那邊。泰班聽見我坐在椅子上的聲音，就噗哧笑了，轉過頭來對我說：

「是修奇嗎？你居然擁有笑聲如此有魅力的情人。真是幸福啊！」

「胡、胡說八道！」

「哈哈哈哈！」

這一瞬間，我突然實際感受到「想死」是什麼樣的心情。因為不久之前的事件，許多人來到酒館散心，他們用力捶著桌子，發出「匡匡」的聲音，並且正在笑著。特別是杉森把嘴巴張得大大的，誇張地大笑。傑米妮看了，不知她在高興什麼，也跟著笑了起來。

「嘻嘻……嘻嘻嘻！」

我瞪著傑米妮瞧。驚訝的是，那個穆洛凱……什麼的酒瓶放在桌上，泰班面前的杯子已經空了一半，而傑米妮的卻已經完全喝乾了。

「喂，你打算做什麼，居然讓她喝酒，泰班！」

「酒是萬古以來的靈藥。讓人忘記一切的憂慮、煩惱、不安。看吧。對這個笑聲很有魅力的小女孩來說，這東西比我的魔法有效多了吧？」

「醉了的人總是認為自己口中說出的話都是對的。」

我呼吸急促地彈了一下手指。

「你這小子，想幹嘛？」

「海娜阿姨！這裡要點東西！」

「不是我，是杉森！妳到底把我當成什麼？太早嚐到酒味的小鬼嗎？」

海娜阿姨笑了笑，杉森則是點了啤酒。他坐下之後對泰班說：

「感謝您的幫助。我一定會向領主大人報告的。領主大人必定會大大向您致上謝禮。」

「謝禮？算了吧。你們現在忙著養卡賽普萊，也要籌出征的經費。難道說你們是要給我地？呵呵呵。給我整片大陸上最賤價的地？」

泰班好像在幾天當中，就已經非常瞭解我們領主了。

事實上，我們領主真的窮到連我都看不下去。本來這裡的莊園都是屬於領主的，而村裡的人都是領主的佃農，跟其他的莊園沒有兩樣。但是每當有人被怪物殺死，領主就會給他的遺族土地，讓他們能夠餬口。遺族們到最後還是會把土地賣回給這裡唯一能買地的人，也就是我們領主，然後再度成為佃農。

我有時會想，既然如此，那當初為何不直接給錢就算了，還比較省事。但是依照卡爾的說法，土地本來就是屬於我們領主的，可以隨心所欲地給，但是貨幣是屬於國王的，要在國王承認的情況下才能流通。也就是說，物質上的貨幣金屬本身無條件是屬於國王的，國民們所使用的只是貨幣的價值。雖然越說越頭痛，總之從神龍王那個時代之後，所謂的錢就是這樣的東西，所以我們個性耿直的領主還是遵守著這個原則，不給錢而給土地，最後再用錢把土地買回來。但不管怎麼說，他這樣給地又買回，當然不會剩下什麼錢。

所以現在不管領主給多少地，我們村莊的居民都是用百分之一賽爾賣回給他。如果不是這樣，我們領主老早就破產了。領主對這件事很生氣，但是我們覺得自己想接受多少地就接受，愛賣多少就賣多少，需要他說什麼廢話？所以才會出現「大陸上最賤價的地」這句玩笑話。

杉森紅著臉回答：

「您說得有點誇張。」

「有說錯嗎？你們聽聽看，我說這些話是不帶任何感情的。那是你的領主，又不是我的領主。」

「嗯，搞不好領主會請您當顧問，何況……」

「當官？我才不要。已經到了這把年紀，早上還要去請安，那可累了。」

杉森搔了搔頭。

「啊，這個，我也搞不太清楚。反正我會報告上去，讓領主大人想出對他既適當，又能讓您滿意的謝禮。」

「我不會阻止你報告，但能不能請你在開頭的時候，先跟他說我什麼都不要？」

「啊，好的。」

「那現在該我說話了。我有幾個問題要問你，無妨吧？」

「啊，儘管問好了。」

泰班拿起酒杯喝了一口，說：

「這個村子的氣氛，從領主一直到城裡的警備隊長，還有這個睜眼瞎子少年，全都讓我很不知所措。真的很有趣。」

「您的意思是？」

「你們忘記悲劇的速度真的很快耶？現在酒館裡的氣氛也是如此。」

「我們習慣了。」

這句回答雖然很簡單，但是杉森這句簡單的回答包含的卻又是無限的沉重。我不知不覺地嘆了口氣。

我們常常遭到禍害，又很快遺忘。如果不是這樣，搞不好早就瘋了。我們很喜歡開玩笑，我們過得很快活，但其實我們並不幸福。

「這樣嘛，嗯。我這麼說不知道你們會怎麼想，但是我對這個村子很感興趣。這一類的事常常發生嗎？」

「是的，常常發生。」

這個回覆有點可笑，但的確是杉森式的回答。泰班想得到的答案應該是一年會發生幾次，或者是一個月會發生幾次。泰班微笑了一下，然後換了個方式問。

「你總共戰鬥過多少次？」

「這個嘛……我算算看。查爾斯死掉之後，我變成警備隊長的那一次是第二十二次。嗯。所以大概已經是第三十五、六次了。」

我看見泰班突然做出奇怪的表情。

「第三十五、六次？」

杉森搖了搖頭，急急忙忙地說：

「嗯，正確的數字我也不知道。雖然我們拿劍的人把精神花在這上面是很可笑的事，但是因為有種感覺，覺得經歷越多戰鬥，下次死亡的機率也越高，所以才故意不算的。我的前任隊長查爾斯就是戰鬥超過一百次，得到領主嘉獎之後不久就死了。如果問城裡的史官，應該會有正確的紀錄。今天報告的時候去問就可以知道了，可是……」

「嗯。我能理解。你這麼忙，還抓著你問東問西，真是抱歉。你快走吧。」

「是的。可是巫師先生您現在住哪裡？」

「我住卡爾家。」

杉森用驚訝的表情說：

「咦？你跟卡爾本來就互相認識嗎？」

「沒這回事。他說他自己一個人住，所以歡迎我找到房子住之前，都可以住他那裡。」

「啊，瞭解了。那我先告辭了。」

杉森從位子上起來，再次向看不見的泰班鞠了個躬，然後走出了酒館。現在我又有別的事要煩惱了。

傑米妮不知何時把手臂放到桌上，然後把頭鑽了進去，好像趴著睡著了。看來我是非把她帶回家不可了。但是幾天之前她才因為喝酒被打得很慘，現在如果又這樣紅著臉，傻笑著回到家裡，我開始擔心她的屁股會再次遭殃。

這時泰班突然莫名其妙地冒出一句：

「他說三十五、六次？」

「咦？」

「啊，沒事。對不起，修奇。這是瞎子的習慣。畢竟平常講話的時候也看不見聽話的人，不就像是自言自語嗎？所以我隨時都有可能自言自語。」

「有這種習慣很累吧。你的意思是說，你可以隨心所欲地說出內心話嗎？」

「像你這種年紀的人如果有自言自語的習慣，不知道會不會說出內心話？像到了我這種年紀的人，就已經沒有所謂內心跟外心的差別了。沒什麼好累的。」

「外心？你說的話還真有趣。對了，泰班老爺子，託你的福，傑米妮已經完全醉倒了，你有沒有辦法解決呢？」

這時傑米妮突然抬起了頭。

「我沒沒沒醉！嗚嘻嘻嘻！」

哇，我真嚇了一跳。這個死丫頭！我還以為她已經昏迷過去了。當然我嘴裡開始說出一大堆難聽的話，而傑米妮哼了幾聲，就好像一副覺得很吵的樣子，把耳朵蒙住，又趴到桌上去了。我不想管她了！乾脆跑去她家裡把她媽媽請來這邊算了。咦！我到底在想什麼？泰班說了：

「你想要我怎麼辦呢？」

「不能用魔法讓她酒醒嗎？」

泰班嘻嘻笑了起來。

「讓她酒醒。這害我想起某個巫師的故事。那個巫師太喜歡喝酒了，所以既沒時間研究練習魔法，也沒辦法維持清醒的精神狀態。所以有一天他下定決心開始滴酒不沾，然後全心全意創造出醒酒的魔法。連魔法的名字都取得很不錯，叫做『治療酒醉』。你知道他為何要這麼做嗎？因為他想盡情喝完酒之後，再用這招魔法，就算是在練習魔法了。」

「這不是很聰明嗎？」

「你說啥？聰明？別開玩笑了。這個『治療酒醉』再怎麼說也是種魔法。在酒醉的精神狀態下是無法施法的。所以如果他想施法，就得等酒醒之後，那還有什麼用？」

「咦？天啊……還真愚蠢！」

我嗤嗤笑了出來。泰班也露出微笑，撥了撥自己長長的白髮。

「後來怎麼樣了？那個巫師到最後還是沒辦法練習魔法嗎？」

「不是。那巫師發現自己做錯之後，把自己的弟子叫來，將魔法教給了對方。弟子學得滾瓜爛熟，然後他自己放心地喝酒，叫弟子幫他施法。你猜結果怎麼了？結果弟子變得很清醒。因為打從一開始發明的時候，這就是在自己身上作用的魔法，而不是以別人作為對象的魔法！」

「噗哈哈哈！」

「所以氣得七竅生煙的巫師跟弟子連續熬了幾夜，開始研究怎樣把這個『治療酒醉』改成向對方施用的魔法。你猜到結果了嗎？」

「怎麼樣了？」

「還不簡單。跟酒鬼師父在一起好幾天的徒弟，到頭來也變成酒鬼了。」

「噗哈哈哈，哈哈！」

05

排列在村前平原上的士兵們，模樣非常壯觀。

我到底是得了什麼熱病？這些人只是拿著刀槍，整整齊齊地排在那裡，然而我看著他們，心卻怦怦地跳。因為興奮，我很想對他們亂喊一些無意義的聲音。他們的緊張感也傳染了我們，這種緊張感是不是在人群中更加放大，引起共鳴了呢？

部隊的前方是首都來的騎士們，穿著半身鎧甲，長劍斜插腰間，騎在馬上。他們都各自拿著附有旗子的戟，用那旗子當作各部隊的標誌。

五個騎士各自負責一支部隊。

最前面的是跟騎士一起從首都來的重裝步兵，他們穿著鎖子甲，裝備著長劍以及塔盾。排第二的是輕裝步兵，也就是我們城裡的警備隊員。他們各自穿著硬皮甲，手拿長劍，但是他們身上的武裝算是比較自由的。我們城裡警備隊的裝備本來就不太統一。排第三的則是長槍隊，他們穿著輕皮甲，手拿斬矛。排第四的是弓箭隊，裝備著輕皮甲與短弓。排第五的是支援隊、醫療隊跟工兵隊等等其他補助性質的部隊。

而站在他們旁邊的才是真正最重要的部隊。隊員是一個人跟兩隻動物（？）。那就是龍魂使哈修泰爾大人、他騎的馬，以及比整個軍隊的威容加起來還壯觀的白龍卡賽普萊。

說起來，其餘的部隊都不是要用來應付阿姆塔特，而是要應付灰色山脈成群出沒的怪物們。而且因為只是預備部隊，所以組織也很簡單。阿姆塔特由卡賽普萊去對付，而阿姆塔特的那些部下怪物——部下？這種說法有些可笑。其實牠們都更像是阿姆塔特的食物，但是因為阿姆塔特強烈魔力造成的恐怖，使牠們無法離開灰色山脈，並且會攻擊接近牠們的人類——則是由人的部隊來負責。當然我不懂什麼戰略之類的東西，但只要有常識，大概誰也可以猜到是這樣。阿姆塔特跟卡賽普萊打起來的時候，其餘那些薄弱的部隊能幫上什麼忙呢？

部隊前方站著第九次阿姆塔特征討軍的作戰指揮官，也就是修利哲伯爵，他身著鐵鎧，騎著穿有馬甲的馬，旁邊就是我們領主賀坦特大人，身穿有賀坦特家家徽的半身鎧甲，乘著戰車。所謂戰車……我再怎麼看，也覺得那不過是運乾草的車，但是它到處都有補強，車邊上還豎起了幾支長槍。會把它叫做戰車的唯一原因就是我們領主在上面，如果放到其他地方，不管是誰都一定會認為那不過是輛奇形怪狀的乾草車而已。

傑米妮拉了拉我的肩膀。

「我找到了！就在那裡！」

說起找人，傑米妮可是比我厲害得多了。直到傑米妮指出來之後，我才看出我爸爸在哪裡。爸爸是屬於長槍隊。因為被頭盔和前面那個人的肩膀擋住，所以我看不見爸爸的表情。

他現在到底是什麼表情呢？

昨夜爸爸帶著很平靜的表情，像平常一樣與我互相說著那些介於惡言與玩笑之間的話。我跟爸爸說，你有什麼遺產，趕快跟我說了再走。爸爸則是說他把我從小養大的費用，要好好敲一筆然後才能走。

「養大的費用？我可沒錢。你覺得我有什麼錢？」

「如果你還有腦袋的話，就好好想想我會有什麼遺產。」

「應該連一分錢也沒有吧。」

「還好你知道。如果我有什麼遺產可以給你，你這傢伙大概會祈禱我早點掛掉吧。從這一點來看，我們到現在還能維持篤實的父子關係，應該要感謝我們的窮困吧。」

「我們這麼窮，我太感激了！」

而今天早上，爸爸也是帶著平靜的表情出門。

「我去去就回來。木材我已經向傑米妮她爸爸拜託過了，等一下你去找他。」

我一面擦鍋子一面頭也不回地說：

「早去早回。」

爸爸就這樣走了。我們兩個人雖然沒有約定好，但都決定把這件事當成毫無危險，好像去村子裡見見朋友一樣的事。如果我對爸爸說請保重，難道他就安全了嗎？如果爸爸叫我別擔心，難道我就不會擔心了嗎？

但我還是把家裡的事丟下不做，被傑米妮拉來這裡看征討軍出發的情景。

周圍雖然也有很多村人跑來看熱鬧，但我真的不想來。我也不想來送這些人走。反正我不想做任何帶有「送別」意義的事情。

「哼，為什麼不趕快出發？還在那裡做什麼？搞不好還沒見到阿姆塔特，他們就已經中暑倒下了。」

聽著領主的演說，我喃喃自語著。傑米妮哈哈大笑。

「中暑？秋天耶？」

我們領主演講說的內容說道，阿姆塔特不需要任何理由，無條件地十惡不赦，而派出卡賽普萊的國王不需要任何理由，應當無條件受到讚揚。真是場感動的演說。當然感動的不是別人，是他自己而已。第七、第八次征討軍都沒辦法跟去，到了第九次總算能參與的我們領主，分明非常激動。

修利哲伯爵也是一副不高興的表情。他很不耐煩地望著天。領主好不容易在半含淚半高喊的粉飾下結束了演說，大家的拍手持續了好一陣子，總算輪到修利哲伯爵講話了。他稍微低了一下頭，接著說：

「第九次阿姆塔特征討軍出發！」

他的手一舉，做出了出發訊號。依照騎士們的口令以及複誦，軍隊從第一部隊開始按順序出發。村人們錯失了向修利哲伯爵鼓掌的時機，大家都慌了，但那鼓掌很巧妙地轉為對出發士兵們的鼓勵。士兵們就在這些掌聲中出發了。

雖然我想要繼續不斷望著爸爸，但是因為周圍的人都在拍手，或是把手抬起來，所以這不是件容易的事。我一轉頭，結果傑米妮伸出的手打到了我的鼻梁。傑米妮好像不知道似的，還繼續揮著手歡呼。周圍的人全都是這樣。這次跟我從小到大看過的征討軍出發時的陰鬱、痛苦而沉重的氣氛完全不同。這應該都是因為走在隊伍最後面，既美麗卻又同樣恐怖，既傲慢卻又同樣偉大的卡賽普萊的關係。

「卡賽普萊萬歲！征討軍萬歲！願優比涅保佑他們！」

「詛咒阿姆塔特！以賀加涅斯之名詛咒牠！」

與村民們平常的言行全然不相符地，他們居然開始祈求神的庇佑和詛咒了。如果我是神，我也不太想幫他們。可是爸爸呢？爸爸在哪裡？部隊一開始移動，我就已經無法掌握爸爸的所在位置。

「傑米妮，傑米妮！」

我在半狂亂的狀態下抓住了傑米妮的肩膀，問她我爸爸的位置。傑米妮用手一指。那時剛好第四部隊開始經過我面前，所以我能夠看到爸爸。

要叫他嗎？可是又有什麼理由叫他？何況他又聽不見。

「爸爸！你一定要回來喔！」

我實在無法制止我自己。可惡。爸爸則是一副好像什麼都沒聽見的樣子，就這樣冷硬地向前走著。我呆呆地看著他前進的樣子。就在那時——

爸爸的頭轉了過來。他準確地看到了夾在騷亂群眾縫中的我。我雖然吃了一驚，但還是焦急地希望自己的臉上所顯出的是希望與喜悅。爸爸笑了笑，又轉過頭去，只看著前方走著。

接著我開始煩惱爸爸眼角在閃爍的是什麼。在這樣涼爽的秋天，那會是汗嗎？難道是天上突然只落下一滴雨，剛好落在爸爸的眼角嗎？

因為部隊的陣容並不龐大，所以隊伍很快就走完了。村人一直拍手，直到卡賽普萊巨大的身影消失在地平線的另一邊，他們才慢慢地散去。

「修奇？該走了！」

傑米妮正想跟村人一起回去，卻看見我呆立在那裡，所以這樣對我說。我有一種受妨礙的感覺。跟其他人無關，跟阿姆塔特或卡賽普萊也無關，只是我跟我爸爸兩人必須長久離別，這就像是受到了某種妨礙。但是這句話說來有點莫名其妙，所以我也不能對傑米妮生氣。

「嗯，走吧。」

我轉過身去。傑米妮點了點頭，轉身之後低聲說：

「哎呀，是卡爾。」

我隨著傑米妮的視線望過去。卡爾跟泰班站在平原一角的樹下。他們望著部隊消失的方向，正在談一些事情。我想就這樣回村子去，鑽進家裡，但是傑米妮已經一溜煙往他們那裡跑了過去。哼。我嘀咕了一下，還是跟在她後面走過去。

「卡爾你好！上次受到你的殷勤款待，真的非常感謝。」

「不客氣，史麥塔格小姐。妳光臨寒舍，我才感到榮幸之至呢。」

啊啊……雞皮疙瘩，雞皮疙瘩！我看到他們兩人打招呼的樣子，做出了看不下去的表情，卡爾身邊的泰班雖然眼睛閉著，但也是一副看不下去的表情。

「你好，卡爾。」

「啊，尼德法老弟。你現在可以原諒我了嗎？」

「說什麼原諒。那時候我跟你大小聲，真的很對不起。你來看軍隊出發嗎？」

這幾天存在於我們之間的芥蒂就這樣煙消雲散了。卡爾說：

「其實我是帶泰班來的。我自己是不怎麼想看啦。」

我的嘴噘了起來。

「泰班，您來這裡能夠『看』到什麼嗎？」

泰班嘻嘻笑了。

「我還是有自己的辦法可以感受這邊的情況。我聽這裡的聲音，然後想像發生的情景，這也很有趣。」

「有趣？」

「嗯。這裡的氣氛非常棒，不太像要出發去跟龍作戰的士兵。」

不知怎地，泰班雖然年紀比卡爾大上許多（我猜大概是快兩倍吧。卡爾還不到四十歲，但泰班看來已經超過七十了），但是泰班的語氣卻親切多了。因為兩人並肩站著，所以才能夠切實地比較。卡爾是不是有些怪？

「你是很厲害的巫師，不是嗎？修利哲伯爵沒開口要你幫忙嗎？」

「你還真有常識。哼，我拒絕了。」

「理由呢？」

發出質問的我表情非常尖銳。但是只有卡爾跟傑米妮看得到我的表情。泰班很平靜地說：

「有好幾個問題。這有點像是回頭反咬師父一口。心情上則是覺得麻煩。」

「師父？」

「我不是說過了？魔法本來是屬於龍的東西，所以對龍使用魔法，就好像是冒犯祖師爺一樣。這不是很可笑嗎？」

「啊，只因為這種理由……」

「你這樣說，我也不會生氣。但如果你對魔法有一點瞭解，或者退一步說，只要對騎士道有一點瞭解的話，我早就把你的頭給打爆了。」

因為他的語氣太平靜了，所以我的憤怒也來得很慢。我雖然想要發火，但還是悄悄地忍住了。支離破碎的巨魔在我腦海的記憶中還是很鮮明。泰班繼續用一副覺得麻煩的語氣說：

「哼。我學習魔法一直到現在，所會做的事情就只是破壞、殺生一類的，想到此，其實也很過意不去。我覺得自己不怎麼樣。如果用你能理解的理由來說的話，就是我不想死。一個瞎子巫師想跟修練了幾百年魔法的龍戰鬥，是一件很困難的事。」

「你雖然是瞎子，還不是簡單地解決了那些巨魔？」

「喂！巨魔會用魔法嗎？哈哈哈。卡賽普萊才能當阿姆塔特的對手，修利哲伯爵也這樣想，所以他也不太熱衷拉我去。在我看來，這根本不是什麼第九次阿姆塔特征討軍，而是第一次阿姆塔特跟卡賽普萊的大對決。這不是輪到我這種人類巫師插手的事情。」

「說起來也沒錯。其他那些士兵都只是去看好戲的。」

如果真是這樣，那就太好了。不，一定要是這樣才行。其他士兵最好只在旁邊看好戲。我才不希望爸爸高舉起斬矛，對著阿姆塔特衝鋒。泰班笑了笑，說：

「嗯。但我答應要做些別的事。」

「別的事？」

「而且我有權選擇做這件事的助手。」

「等一下，等一下。你說什麼別的事？」

「啊，對了！你要不要當我的助手？」

到了這地步，我真的無法不氣炸。

「去你的！所以我不是一直問你什麼事嗎？」

「守衛賀坦特領地。警備隊都離開這裡了，這不是個大問題嗎？特別是這樣的秋天，怪物們都會蜂擁而至。」

啊，這件事啊。幾天前出現的巨魔是為了準備過冬的糧食，所以跑來襲擊糧倉。牠們大概誤以為我們由春到夏辛苦地做農忙，都是為了牠們。好像一到了秋天，牠們就要來收稅似的。可惡！再加上警備隊都離開了，牠們一定會高興得全都跑來。當然村人在這段期間會組織自衛隊，但由於我的年紀還不到徵集年齡下限，所以根本進不去。

但是泰班要負責守衛整個村子？還找我當助手？我的語氣馬上和緩了下來。

「嗯，聽起來很不錯耶。助手的薪水多少啊？」

「每天請你到散特雷拉之歌喝一杯酒。怎麼樣？」

「我不要酒，我要可以放到口袋裡的東西。」

「這老弟好像還不知道世界上有比錢更棒的東西。如果要起用你當助手，那還要教你一些人生的道理。你要錢？嗯，好。」

讓我惶恐的是，從泰班手中拋過來的竟是一百賽爾的金幣！

「你、你難道除了一百賽爾的金幣，就沒有別的錢了嗎？」

金幣被衝上來的傑米妮搶走之後，我這麼說。

「傻瓜！那也包含了準備的費用！你用這些錢去打理一下你的武器裝備。就一個月的短期僱用來說，這報酬是太高了點，怎麼樣？」

「贊成！毫無異議！以優比涅跟賀加涅斯之名向你保證！」

「那好。我的辦公室就是散特雷拉之歌，你每天早上記得來找我。」

傑米妮看著從我那裡搶去的金幣，一面流著口水，當金幣被我搶回來之後，她就跑來插嘴了。

「那個，巫師大人，你還需不需要另一個助手？」

「不需要。」

傑米妮馬上一副哭喪的表情。泰班用有些不耐煩的表情說：

「妳擔心什麼？修奇的錢不就是妳的錢，妳的錢不就是修奇的錢嗎？真正偉大的戀愛關係當中，金錢應該要這樣處理才對。錢無條件都算是女孩子的。」

「泰班！」

我跟傑米妮同時喊了出來。

傑米妮到了最後還一直跟著我。她的表情就是一副想看我怎麼用這些錢的樣子。但是對我而言，這種鉅款一拿在手上，我眼前就一片黑暗。平常想要的東西、想做的事情都很多，但是一旦真的有了錢，卻又不知道該怎麼辦才好。

「武器裝備，武器裝備……對了，買把刀！」

我平常就很想有把好刀。在我這種年紀，沒有這種欲望的男孩子，要到哪裡才找得到？可是令我快發狂的是，到了這時候卻想不起要到哪裡買刀。

「你要去打鐵鋪嗎？」

卡蘭貝勒啊！您總算做成了一件事！您所保佑的純潔少女中，最不會想事情的一個，居然也有一語中的之時！但是我的想法卻不是這樣。

「不是。我們應該去酒店。要去打鐵鋪訂做的話，太花時間了……到酒店去的話，有劍被當作酒錢押在那裡，很快就可以弄到手了。」

其實我是把念頭放在「散特雷拉之歌」海娜阿姨的那把巨劍上面。現在她把那把劍當作無用之物來對待，但是，她當初怎麼會想叫打鐵鋪把它做成酒杯！幸好杉森的爸爸，也就是打鐵鋪老闆喬伊斯當場讓她碰了根釘子，跟她說這種鋼鐵沒辦法做杯子。結果她喃喃抱怨說自己是不是瘋了，居然收了這種一點用處也沒有的東西來抵酒錢，然後不知道把它亂放到哪裡去了。這是很久以前的事了，但是我到現在還記得。

我猜誰也沒把它拿走，所以應該還是在那裡。城裡的警備隊員每個人都有很棒的武器了（戰死者的武器），所以不會去動那個東西，而除了他們之外，還有誰會去拿呢？

「你說什麼？」

海娜阿姨眼睛睜得大大地說。我聳了聳肩回答：

「妳聽不懂我說什麼嗎？我說我會付妳一大筆錢，請妳將那把劍給我。」

旁邊的傑米妮用讚嘆的眼神看著我。傑米妮因為怕自己的媽媽，所以在年紀相仿的中年女人面前老是畏畏縮縮的。我竟然敢這麼威風地跟海娜阿姨交易，她馬上就用無限尊敬的表情望著我。

「那東西是還在……你要拿去做什麼用？」

「妳把錢收下就是了。要拿去做什麼，是我的事情吧？」

看吧，傑米妮，我就是個如此的男子漢。我是個威風凜凜的可畏男人。雖然妳很有眼光，居然敢打我的主意，但對妳而言，我就像是棵高聳到無法攀爬的樹。

是的，修奇。我太愚蠢了。不懂事的少女不瞭解眼前的東西是落到地上的太陽，想要伸手去碰，當然一定會受傷。我的心很痛，這一切都是因為我的行為所致。請原諒我吧，嗚嗚。

不。可憐的少女啊。我命中註定會不斷讓像妳一樣的少女受傷。真的對不起。

但這也是無可奈何的事。一切都只能怪我太帥了。

「你張著嘴在幹嘛？」

嗚，怎麼會這樣。我想得太遠了。海娜阿姨用一副擔心的表情看著我，但是我的眼睛卻直瞪著她抱在懷裡的那把巨劍。我一伸出手，海娜阿姨就打了我那隻手一下。

「唉唷！」

「你這傢伙！本來我是絕對不會把這東西給你這種淘氣小鬼，但是你現在應該也會想保護自己，如果不想靠做蠟燭過日子的話，這對你搞不好也有用。」

「妳到底賣不賣？」

「我不打算賣。拿去吧。反正我也想過要給你，沒想到你自己先跑來要了。拿去吧。」

海娜阿姨一面說著，一面就將那把巨劍遞給了我。我用驚訝的眼神望了望她，然後說：

「習武之人應該為自己的武器付出適當的代價，所以……」

啪！唉唷，我的頭啊。

這東西還真麻煩。我想把劍插在腰際，但是我的腰帶上既沒有插劍用的刀環之類的，而且又很脆弱。如此不只常常會碰到刀鋒，萬一掉到地上就慘了，所以我也知道拴住劍鞘的腰帶一定要很堅固才行。真是沒辦法。我只好用左手拿著劍到處跑。

即使知道我的這些情況，傑米妮還是用近乎尊敬的眼光看著我。我意識到了她的視線，所以腰挺得更直，得意洋洋地前進著。傑米妮不敢隨便靠近我身邊，所以在離我一段距離之處走著，她深呼吸了一口，然後望著我。

「嗯、嗯，修奇，你去哪？」

「去磨劍。」

「那、那、你是要去打鐵鋪嗎？」

「當然嘍。」

傑米妮聽到我既簡短又冷淡的回答，好像有點畏縮。啊，真爽。我抬起下巴，故意看也不看傑米妮，就這樣走著。

大概是我的下巴抬得太高了。匡噹！唉唷，該死！到底是哪匹馬，竟敢在戰士要經過的路上拉屎？要是被我發現，我馬上把牠……不，不，首先觀察一下牠的主人是誰，再把牠……

傑米妮抱著肚子笑，然後跑來扶我。我滿臉羞紅，抓著她的手站了起來。然後我接過傑米妮笑著拿來的乾草，用來擦了擦褲子。我第一次佩劍的歷史性大日子，為什麼卻是這個樣子？周圍的村人全都嗤嗤笑了起來。傑米妮紅著臉說：

「不要笑！有什麼好笑的？」

傑米妮居然幫我說話，真是令人感激！好，我決定了。傑米妮，我犧牲一下好了。大概也不會有什麼愚蠢的男人會要妳跟他走，如果我早點討個老婆，世界上的其餘男人也才會安心，所以我認真地考慮看看跟妳結婚的事好了……天啊，我好像瘋了。

鐵匠喬伊斯看到一個十七歲的小男孩跑來，用很酷的表情對他說「幫我磨劍」，他將所感受到的困惑用一句簡單的話就表現出來了。

「你幫誰跑腿？」

「這把劍是我的！」

「……如果是你要用的，那比起你這把，那個怎麼樣？」

我看了看杉森的么弟以前玩的那把木刀，並沒有暴跳如雷，而是想出了一個簡單的方法解決。喬伊斯看見我掏出的一百賽爾金幣，搔了搔頭。

「該死。光是要找錢給你，可能就要花一整天了。」

咦，這個大叔看到這麼寶貴的金幣，居然反應只有這樣？我什麼話都不再說了，坐到了旁邊的木桶上。傑米妮看到火花四濺，聲音變得很吵，所以不想靠過去，只是站在我後方看。

喬伊斯嘀嘀咕咕地觀察著那把劍。突然，他的眼神放出異樣的光彩。

「這個是幻想中的劍。」

我咕嘟吞了口口水。喬伊斯用銳利的眼神注視著劍鋒說：

「如果這可以算是劍的話，那鳥槍就可以算是攻城用的兵器了。」

傑米妮爆笑了出來，往下捶了我肩膀一下。我半難過，半生氣，灰心地說：

「真的這麼差嗎？」

「開玩笑的。」

「……」

這很有趣嗎？喬伊斯對我眨了眨眼，傑米妮笑得更開心了。

「這是海娜的那把劍吧？這是一把已經被長期使用過的劍。如果要處理這種東西，是比較麻煩。因為早就變得硬邦邦的。而且好像也沒有好好保管，就那樣隨便放著。如果一把劍想要好好長期使用，那每天都得保養。」

然後喬伊斯就一言不發地拿出了鐵錘，將劍握把上的大頭釘拔了下來，接著他把我的劍夾到火爐裡。這樣一塞之後，喬伊斯又馬上拿起別的材料，開始敲敲打打地製造別的物品了。啊，啊，這樣下去，我的劍會全融掉！我雖然很著急，但還是坐在原地不動。因為已經有人代替我喊了出來。傑米妮驚訝地說：

「這樣放著不會有問題嗎？」

聽到傑米妮的問題，喬伊斯點了點頭。他花了好一陣子打出了一把鐮刀，我急得五臟六腑都快要打結了，喬伊斯才瞄了一眼火爐，然後慢慢戴上手套，用鐵鉗把巨劍夾了出來。

我訝異地注視著那把劍。

巨劍已經熾熱地發出白光，就像是一團劍形的火焰一樣。黑暗的打鐵鋪中，夾著光劍的喬伊斯，看來簡直就像路坦尼歐大王一樣。其他的鐵匠也讚嘆地看著喬伊斯所拿的劍。喬伊斯微笑著說：

「還不錯。如果不這樣搞一下，那這把劍可是沒辦法用的。」

喬伊斯喃喃說出我聽不懂的話，然後把劍放到鐵砧上開始敲打。叮鏗，噹！叮鏗！噹！咦，怎麼回事？怎麼一副要重做的樣子？

「沒有韌性。表面也很不平。卡榫也有點歪了。」

喬伊斯適當地打了幾下，把表面弄平，將歪掉的卡榫敲回原位，然後將劍夾到水桶裡面。淬火嗎？但是喬伊斯並不像平常淬火一樣泡那麼多次水，只泡了兩次就結束了。他跟我說：

「現在是最後的步驟。不需要再淬火了。」

「咦……咦？」

喬伊斯拿出磨刀石，開始「沙沙」地磨起刀來，一面說：

「其實本來已經完成的劍是不可以再放到火裡的。但是這一把太久沒有保養，已經鈍了，想用磨刀石磨出原來的劍鋒是不太可能的。而且沒有韌性。這鐵是傑彭出的鋼鐵。傑彭那裡的武器在淬火時都有些不完全，所以劍不太會彎。但就是因為這樣，如果常揮動的話，鐵就會失去韌性，有時砍到骨頭或是對方的盔甲，運氣不好的話根本不會彎掉，而是直接碎裂。要好好淬火，鋼鐵才會變得耐用。」

喬伊斯的說明配合著沙沙的磨刀聲，聽來很有節奏感。傑米妮聽到砍骨頭那一句的時候被嚇到，抓住了我的肩膀，但是我關心的卻是別的事情。

「你的意思是說，之前用這把劍的人，拿著這把劍用了很久嘍？」

「嗯。所以已經用得很稱手了。當初保養得還不錯。」

喬伊斯好像開玩笑似的把我的劍磨了幾下，將握把夾上去，然後用釘子固定住。他最後把劍插入劍鞘中，然後遞給了我。

「拔拔看！」

我吞了口口水，然後握住了劍把。嘶鈴！

嗚，嗚哇。天啊，我的心臟呀。手上的寒毛全都豎了起來。之前拔出時發出柔和聲音的劍，給喬伊斯這樣弄了兩、三下，現在一拔，就發出了刺激心臟的響聲。傑米妮乾脆貼在我的後肩上，只露出眼睛望著我的肩膀前方，一面吁吁吐氣著。她把我後頸弄得很癢，同時又妨礙了我拔劍的動作。

我將劍完全拔了出來，這時喬伊斯很擔心地對我說：

「不要模仿那些戰士用拇指摸劍鋒。因為現在這把劍已經利得可以刮鬍子了。」

唉唷，我嚇了一跳。因為那時我的手正伸出去要摸劍鋒。我很尷尬地拿著劍東看西看。劍刃發出的寒光讓人心頭一涼，閃亮的劍身甚至已經可以映照出我的臉龐了。喬伊斯將一條手巾跟一塊磨刀石遞給了我。

「我雖然不知道你可以做到什麼程度，但是不管是誰，只要弄壞了一把劍就會學到教訓，所以沒關係。你要每天定下時間來磨劍。現在也不用磨很多下，磨個一、兩下就可以了。然而隨著時間的經過，可能需要越磨越多。」

然後喬伊斯喘了口氣，就跑去打鐵鋪的一角，找出自己的錢包，開始嘰嘰喳喳地算錢。他大概是在數要找多少錢給我。一陣子之後，其他鐵匠也跑了過去，那些打著赤膊、因汗水而滿身油亮的大漢們數錢的樣子，似乎讓傑米妮覺得很有趣。

「咯咯咯……」

但是我沒有多餘的心力把視線投到那個方向去。我整個精神都集中在我那把巨劍上面。真是帥斃了。以戰鬥為目的而製作，符合機能性的劍身，銳利，夠長，而且很光滑。圍繞在四周的劍鋒，目的就是傷害敵人的肉體。嗡嗡響著的嗜血劍鋒把我迷得失魂落魄。然後是護手的隔片以及劍把。劍把上纏繞著年代久遠的皮革，似乎緊緊貼著我的手。這些皮要換掉嗎？不，不。好像現在換了這上面任何一樣東西，就會把它搞壞似的。

我將劍插回劍鞘當中。但是跟之前有些不同的是，由於銳利得可怕，一想起左手中握的是嗜血的東西，手掌就開始癢了。我的肩膀稍微縮了起來，雙手交叉放在胸前，然後用我所能做出最誠懇的表情望著天。

優比涅啊，請看！今天又誕生了一個劍士，想要在這塊土地上實踐賀加涅斯的律法。我的手實踐這律法，但它只是我靈魂的奴隸。所以我將我的靈魂奉獻給您。請看！這是我。請別忘記，優比涅！嗯嗯……不知為什麼，似乎眼淚都快要流出來了。

「修奇，趕快把磨刀石跟手巾收好。」

該死……這該死、該死、該死的丫頭！居然破壞了我這偉大的一刻！我雖然嘀嘀咕咕的，但還是把那些東西收了起來。我將磨刀石包在手巾裡面，然後放到口袋中，這時喬伊斯嘆了口氣，走了過來。

「再怎麼算也不夠找你。你需不需要一件盔甲？」

嗚。差點忘了。盔甲？當然好啦。我一點頭，喬伊斯就一副「我老早就知道你會答應」的表情，笑了笑，然後走到打鐵鋪的一角開始翻找。他選了一件跟我體格相似的硬皮甲，然後拿了過來。我雖然更想要旁邊的那件鎖子甲，但是那件貴得要命，而且我也沒有勇氣穿著它在村子裡面跑來跑去，所以還是算了。

「你是做蠟燭的吧？知道如何處理油脂嗎？」

「當然！」

對於鐵做的鎧甲來說，最大的問題是濕氣。但是鐵是很強韌的材料。比較起來，皮甲就算鞣皮處理做得很好，也還是很容易受損傷。如果有人說甲冑上長黴，那一定是皮甲。但是常常擦油的皮甲可以毫無負擔地用很久。而且說到處理油脂，還有人比我更行嗎？我不就是用蜂蠟跟油脂做蠟燭的蠟燭匠嗎？我可以用油將劍塗得整把都滑滑的。要不要乾脆整個上一層蠟，讓它滴水不侵？

由於硬皮甲就像衣服一樣柔軟，可以直接套頭，所以我很輕鬆地就穿上了。脖子底下往兩邊分開，兩邊有附鉸釘的洞。當然，那是穿繩子的地方。我從喬伊斯那邊接過了繩子，笨手笨腳地開始穿。傑米妮咯咯笑了起來。

「讓我來穿。這樣到時候才解得開。」

我乖乖地把繩子給了傑米妮。她靠在我胸前，開始穿繩子。

「噓！噓！」

怎麼回事？那些鐵匠看著我們，開始對著我們吹口哨。傑米妮的臉紅了起來。嗯，這樣一看，原來我也很像是傳說中的路坦尼歐大王。我威風地挺腰站著，傑米妮則窩在我胸前忙著穿繩子。這不就像是國王跟侍女嗎？

喬伊斯微笑著說：

「看起來就像故事中的高貴仕女跟騎士學徒一樣。」

什、什、什麼！

不管怎樣，我連長靴也買了，還買了手套。我的心情就像飛上了天，所以變得很親切大方，還買了一套衣服送給傑米妮。我好像被沖昏了頭，一百賽爾瞬間就不見了。無論如何，傑米妮高興得開始蹦蹦跳跳，看到她這樣，我的心情也不差呢。

06

過了好幾天。

我的日常作息變得很有趣。早上很早起來，吃過飯之後，我就會全副武裝，跑去散特雷拉之歌。泰班坐在桌邊喝牛奶，一聽見我進去就會對我打招呼。真是妙透了。我有一次拜託路過的一個小孩走在我的前方，我緊跟在後，但是泰班絕對不會搞錯。他能聽得出我的腳步聲。

然後我就會帶著泰班進到城裡。城裡剩下的那些警備隊員會報告昨天晚上的事，還會聊一些其他的東西，但都跟我無關，所以大部分的情況下，我都在練兵場等待。

這時我會拔出劍來耍。做完晨操，吃完早飯的警備隊員們每天一定會坐在練兵場旁邊休息，看著我練劍然後拍手，有時會取笑我，有時也會給我建議。

「虎口不要握那麼緊！就當作自己握著傑米妮的手！」

這算什麼建議啊！這只會埋葬一個前途大有可為的青年！

有時他們也會跑來示範動作給我看。我為了模仿透納轉身三次、連擊九次的動作，接連摔了好幾次。透納因為跟巨魔作戰那時的傷，所以沒辦法參加征討軍。雖然泰班幫他治療過，腿好像還是沒辦法運作得很順暢。然而他還是用純熟的動作展示給我看他精妙的技術。可是士兵們卻嘻嘻笑了。

「透納這傢伙，腿受傷以後就不行了。」

「混帳，下次你的腿也被鐵耙刺中看看！」

士兵們互相開著玩笑，並且對我加以指導。但是他們教的東西真的很難。

「你回家以後做做伏地挺身、砍砍柴什麼的，練一下臂力吧。這小子每天只是熬製蠟燭，所以身體才跟蠟燭一樣脆弱！」

砍柴……這個沒有必要去做。我們家裡常要燒火，不像其他人家每天自己劈柴，都是直接跑去買木柴。所以我開始練伏地挺身。過了幾天之後，手臂開始痠痛，連拿麵包來吃都十分痛苦。

不管怎樣，城裡的業務結束之後，泰班會出去巡察。有時是在村莊四周，他會仔細地詢問我當地地形，然後點點頭，停了下來。

「這麼說來，這裡很適合當作進入村莊的路徑。」

換句話說，意思就是怪物會從這裡入侵。他會要我在樹木、地上或岩石上畫一些奇怪的圖形，然後對著那些圖形施法。我沒有必要去問那些是什麼。為了確認我畫得對不對，泰班常常把我抓去當實驗對象。然後我就會被看不見的蜘蛛網纏住，浮在半空中，或者是眼前一片黑暗，什麼都看不見，結果摔在地上，甚至有時我的頭都被火給燻黑了。

「泰班！救命啊！」

在我眼前有五頭龍，互相鄭重地討論著要把我烤來吃、煮來吃，或者是生吃。在這樣的幻象中，我嚇得尖叫救命。這種經驗會把人嚇得脊椎直豎，但是泰班卻高興得嗤嗤笑，真夠可惡。哼！下次幫這個瞎子帶路時，乾脆直接把他帶到懸崖邊去好了？

我必須完整地記住我們處理過的地方，也必須畫成地圖，告知城裡的警備隊員，而且泰班說每天都要到那些地方去走一遭，來更新魔法。他跟我說：「這是因為自然力會拒絕魔力不正常地集中在某一個地方。」這一類莫名其妙聽不懂的話。

結果魔法陷阱真的成功釣到了東西。有一天早上，我們跑去看設置了魔法陷阱的地方，結果聽到了嚇得我毛髮直豎的尖叫聲。

泰班跟我都嚇得膽顫心驚，懷疑那會不會是食人魔或者石像怪，從聲音推測，也有可能是女妖精……我們兩個互相交換意見，小心翼翼地走過去一看，卻看到傑米妮拚命想逃走的樣子。但是她再怎麼跑，也離不開半徑十肘的一個圓圈，只能在裡頭繞圈子。

傑米妮一被救出，她就用一副氣得要死的表情，瞪著捧腹大笑的我們兩個。我按著額頭說：

「傑米妮，妳到底跑到這裡來幹嘛？」

「我只是想來看看你們兩個到底在做什麼……」

泰班喃喃說著「好奇心雖然是通向發現的捷徑，也是葬送身子的捷徑」之類的怪話，讓傑米妮加了我們的巡邏隊伍。

到了下午，我們走進了散特雷拉之歌。泰班講了許多個冒險故事，連一次都沒有重複，在村中小孩跟酒徒之間已經開始大受歡迎。所以一到了下午，小孩們會圍在他身邊，傍晚則是酒徒圍了上來。因為我的助理業務已經做完，下午我就會做一些諸如到村裡分送蠟燭這類的日常事務，或是跑去練劍。雖然「練劍」講起來好聽，但其實這跟我爸爸「練槍」也沒什麼多大差別。

有一天，我們結束了巡邏，正準備回村裡進行下午的任務。

雷聲？天啊。我嚇了一大跳，朝著傳來尖叫聲的地方望去。那是村子東邊荒山的方向。我馬上想起曾在那裡設置過魔法陷阱。如果經過附近，那裡就會噴出火來。

泰班神色凝重地說：

「傑米妮在這裡嗎？」

「……是的。」傑米妮生氣地回答。

「那就不是傑米妮了。到底是什麼東西中了我的魔法呢？」

「真的很像鬼怪。牠們怎麼會想從那裡進來？」

「我不是說過了。我是設想怪物進村的路線之後，才在那裡設陷阱的。我們過去看看吧。傑米妮？我們兩個人先去看狀況，妳趕快到城裡去叫他們派警備隊過來支援我們。但是牠們有可能兵分兩路，所以叫自衛隊不要過來，而是好好守住村莊。」

「你講得太長了啦！」

「叫警備隊去荒山，叫自衛隊別動，待在村子裡。」

「知道了！」

傑米妮馬上跑了出去，速度快得連裙子都飛起來了。我想往傳來尖叫聲的方向跑去，但是泰班阻止了我。

「你到底在想些什麼？想締造瞎子巫師跟菜鳥戰士壯烈成仁的英勇傳說嗎？小心地慢慢前進吧。最好讓警備隊跟在後面。」

「但是如果讓牠們進了村子……」

「這很困難吧？」

我正想反問他什麼意思，但就在這時，遠處的荒山冒起了火光。不，是閃光。反正有一種強烈到讓人眼睛都凸出來的光在不斷閃爍著。我閉上了眼睛，但是泰班本來就看不到，他很滿意地說：

「雖然不知道是什麼傢伙，但牠們大概很想回頭逃跑吧？牠們不知道，我的專長就是魔法的連結。」

「這是什麼意思……啊！」

天啊！望著天空的我無法再繼續講下去了。雲全部都湧到荒山的方向去了。這樣難道不會打雷嗎？轟隆！嗯，果然打雷了。

「那裡大概會被燒成一片焦黑吧。如果不是特別厲害的怪物，大概已經昏過去了。」

但是這次泰班搞錯了。我們還是聽見了粗啞的咆哮聲。

「好像真的是特別厲害的怪物。快過去吧，修奇！」

「是的！請抓住這個！」

我伸出了單手巨劍，泰班一抓住，我就開始帶著泰班跑。說是跑沒錯，但以泰班一個瞎子，能跑多快呢？所以我們簡直就是在慢跑。

我們一出了村子，就感覺咆哮聲更近了。似乎這段期間，那些傢伙也在往我們這個方向跑。牠們大概打算奇襲這個村子，但是因為中了泰班的陷阱，計畫失敗，所以開始用全速往這裡跑，我已經可以遠遠看見那些傢伙的樣子。怎麼了，我的腿居然動不了了！

「是哪種怪物？」

「頭是黃牛的頭，身體是人的身體，身高超過七肘。」

「天啊，難道是牛頭人？有幾隻？」

「十……二！十二隻！」

「拜託！這到底是什麼鳥村子啊！出現牛頭人也就算了，還不是一隻，而是一次十二隻！」

牛頭人一發現我們，就舉起巨大的戰斧，咆哮著衝了過來。雖然講起來有點丟臉，但我瞬時間感覺胯下有點濕濕熱熱的。地面震動的響聲傳了過來。那些戰斧的寬度跟我的胸膛一樣，長度則跟我的身高差不多。如果人拿來用，大概會把它們稱作巨斧，但是拿在牛頭人手上，就只能算是戰斧。我的天啊！牠們是用單手揮著大斧頭，一面往這裡衝。牠們因為中了泰班的魔法，所以遍體鱗傷，有一隻大概是中了閃電術，所以全身焦黑，但還是氣勢洶洶地往這裡跑來。

「距離跟方向！」

我馬上抓起泰班的右手，讓他得知方向。

「三百五十肘，不，三百三十肘，不不，三百肘……」

可惡！牠們不斷跑來，所以距離也不斷改變。泰班嗤嗤笑著說：

「可惡，眼睛看不見，連魔法飛彈這種最初級的魔法也沒辦法用。」

泰班身上的紋身開始發光。牛頭人雖然吃了一驚，但是更加瘋狂地朝向這邊跑來。牠們大概想在施法過程完成之前先對我們出手。我真的好想丟下泰班，一個人自己往回跑。我開始羨慕什麼都看不見的泰班。泰班開始吟誦咒語，然後將兩手向前一伸。

「既然我眼睛看不到，就用其他的眼睛來代替！」

就在這時，有一隻牛頭人發現自己應該是無法及時跑到，於是投出了手中的戰斧。可怕的是，那把沉甸甸的戰斧竟朝泰班那邊直直飛去。

「我跟你拚了！」

我大喊一聲，衝了過去。我拔出單手巨劍，將劍鞘一丟，拿劍往下一戳。噹！唉唷，我的手腕啊！我好不容易把戰斧的路線打偏了。連我自己都覺得這簡直是奇蹟。但是我去打這麼沉重又高速飛來的東西，一時之間感覺好像整條手臂都快要斷掉了。泰班的眼睛連眨也沒眨（他看得到什麼！），總算完成了施法的過程。

「把敵人都消滅掉！炎魔！」

這是什麼呀！一個身長十肘，身上黑得發亮的龐然大物出現在我的面前。

我一屁股坐在地上，看著身邊瀰漫著硫磺味的黑煙、身高十肘的人形怪物。牠的頭上有著連牛頭人看了都得叫牠大哥，長約一肘的大角。仔細一看，那其實是牠頭盔上的角。牠全身都是漆黑的裝甲。由於牠太黑了，我連牠的輪廓都沒辦法看清，分不出那到底是牠的皮膚還是甲冑。這個叫做炎魔的傢伙左手拿著雙刃大砍刀，右手拿著巨大的多頭鞭，牠用的這種鞭子是「九尾貓」，處處都加上了尖銳的金屬釘。萬一被打到，鐵定皮開肉綻。

我正慶幸那個炎魔是用背對著我，牠就把頭轉了過來。天啊！牠沒有臉！頭盔底下，我所能看見的只是一片漆黑。我偶爾在夢中看見的那片無限大的漆黑。

「敵人是？」

炎魔似乎是在詢問泰班，但牠的聲音到底是從哪裡冒出來的？我聽到空中傳來的聲音，恐慌了起來。泰班用力大喊：

「哎，真愚蠢！不是那些牛頭人還有誰？」

「用什麼方式？」

「滅絕！」

炎魔回過了頭，慢慢開始飛過去……咦？飛過去？牠是在飛沒錯。牠背後突然張開了漆黑的翅膀，飛了起來。我估計牠翅膀至少也有十二肘長。牠優雅地往上飛了四肘，然後就開始向著牛頭人衝去。牠劃過空氣的時候，發出了沙沙的聲音。

「哄～～！」

牛頭人一面咆哮，一面揮動著戰斧。但是炎魔用輕巧的動作落到地上，馬上就揮動起鞭子，將牛頭人握著斧頭的手臂捲了起來。然後牠用力一拉。

咯嘰！咯嘰嘰！

牛頭人的手臂被牠硬生生拔了下來。牠再次揮動右手的鞭子，左手則是往反方向揮。左手的大砍刀一刀就把牛頭人給劈成了兩半，右手的鞭子又捲住了另一個牛頭人的脖子。炎魔開始將被纏住的整個牛頭人甩動了起來。

「咕嗚！」

炎魔並沒有發出高喊聲。牠就像頑童玩弄青蛙的時候一樣，將這個掛在鞭子上的牛頭人甩來甩去，周圍的牛頭人紛紛跳開。炎魔開始繼續前進。牠把右手纏住的那個牛頭人當作流星錘揮來揮去，一旦打倒了其他的牛頭人，就會用腳去踩，然後拿大砍刀往躺在地上的牛頭人身上戳。要用壯觀形容這一幕光景，卻又太過恐怖了。但是這場仗打得真爽……

「那是什麼？」

這不是我的聲音。不知何時，趕來的警備隊員已經都來到我們身後了。警備隊員看到這奇怪的場面，也不敢隨便跑過去。所以我趕緊跟他們解釋。

「那隻黑黑的傢伙是泰班召喚來的啦！跟我們是同一國的！」

警備隊員中的透納一臉迷糊地說：

「是嗎？真的是跟我們同一國的嗎？我還不想跟牠同一國呢。那不是炎魔嗎？」

「咦？透納，你知道這種東西？」

警備隊員們也望著透納。透納注視著泰班說：

「巫師先生，我看了覺得那是炎魔吧？看牠的鞭子就知道了，對不對？」

「對。」

「那為什麼深淵魔域的炎魔會幫助我們呢？」

「修奇不是說過了，是我召喚牠來的啊！」

透納的嘴巴張了開來。其餘的警備隊員跟我都做出好奇得快瘋了的表情，但是透納卻一副對我們視若無睹的樣子，繼續跟泰班說：

「可是你招來的不是妖精，而是惡魔呀！」

「呵呵，你還不賴嘛，也知道精靈們的妖精召喚。」

「這不過是常識……但你怎麼會叫牠來？牠不是能夠召喚來的東西吧？牠不就像是人一樣存在的嗎？」

「你說得對。我是暫時把牠從深淵魔域的迷宮中移動到這裡。這不算是召喚，只能算是空間移動。」

「那牠憑什麼要幫你作戰？」

「因為牠跟我的約定。」

「什、什麼約定？」

「這很簡單。牠跟我約好，要幫我消滅我想消滅的人。換個角度說，就是我為牠提供鮮血。牠現在應該正在汲取鮮血吧。」

不知不覺間，炎魔已經把牛頭人完全消滅了。雖然也有幾個想逃走，但牠卻按照泰班的話，做到把牠們全都「滅絕」為止。就算幾十個人可能也打不過的強悍牛頭人，就這樣簡簡單單地被解決掉了。

最後一隻牛頭人徹底爆發出慘叫和鮮血，接著炎魔就轉過了頭來。那樣子就像對自己剛才所做的事毫不關心。牠劈啪張開翅膀，向這裡飛來，令天色好像都暗了下來。

士兵們發出驚慌的叫聲向後退，紛紛拔出長劍。我雖然也想逃，但腿就是不聽使喚。炎魔降落在泰班面前，然後將頭轉向後面的士兵。空中再次傳來牠的說話聲。

「這些人也要嗎？」

我聽懂了牠的話，立刻尖叫出來，但士兵們卻是歪著頭。泰班慌張地說：

「什麼？你這傢伙，不要！」

「那把我送回去。」

「怎麼了？有急事嗎？」

「有一些冒險者進了我的迷宮。我正要消滅他們，你這傢伙就把我叫來了。」

「這樣啊?!嗯……我突然想不起空間彎曲傳送術。」

炎魔突然舉起了沾滿牛頭人血的鞭子，我喊出了近乎窒息的慘叫。炎魔雖然還是以一副要打泰班的樣子站著，但是眼睛看不見的泰班仍然在嘻嘻笑著。

炎魔舉著手臂站在那裡，而士兵們看來則似乎已經做好了死亡的心理準備，想要直接衝上去。但是過了一陣子之後，炎魔卻把鞭子放了下來。

「快給我想起來！」

「聽你的聲音，你大概一回去，就會把那些冒險者打得粉身碎骨吧？」

炎魔暫時無言地俯視著泰班，然後陰沉地說：

「聽著，泰班。你已經不是以前的那個泰班了。巫師的眼睛瞎了，那就跟死了沒兩樣。我也很訝異你怎麼還活著。」

炎魔說話的聲音好像有形體的東西擦過皮膚似的，把我跟士兵們都弄得很痛。但泰班還是一副若無其事的樣子回答說：

「所以呢？」

「我以前跟你約定的時候，是因為無可奈何。用血換暴力，這個契約定得也不差。但是就憑現在的你，我只要出一根手指頭，就能輕輕鬆鬆把你宰掉。」

「那又怎麼樣？」

「快把我送回去。我到現在還遵守跟你的約定，所以你也要用名譽的方式對待我。」

泰班微笑著，開始唸誦咒語，搖了搖手臂，說：

「下去吧，倒楣的惡魔。那些冒險者大概已經全跑光了。」

炎魔就像出現的時候一樣，在黑煙的環繞中消失了。牠原本站的地方再度發出了嗆人的硫磺味。

一直等到炎魔消失，我們所在的平原才好像恢復了正常，又重新有了太陽普照的感覺。炎魔在的時候，雖然太陽還是發出光芒，但就是有種黑夜的感覺。不管怎麼說，等到牠消失，我才安下心來，想要直接躺到地上，但是泰班又馬上叫了我。

「走吧，助手。要去收拾掉牛頭人的屍體才行。牠們中魔法的地方，也要再重新施一次法。」

「泰班，我現在腿軟得不能動。」

「看看，我居然有這麼不誠實的助手。是不是要換個人呢？」

「你說什麼？到底是因為誰你才活到現在的？」

「嗯？這是什麼意思？」

「剛才你在施法的時候，牛頭人把斧頭拋了過來！要不是我擋了下來，你現在大概已經被人丟到水溝裡去了！」

泰班瞬間一副驚訝的表情。他問士兵們說：

「你們看一下，這附近有沒有戰斧？」

「是有一把。」

透納如此說完，就跑去拿起我所擋下的戰斧。他的表情變得很困惑。

「重得不得了耶！」

泰班嗤嗤笑了笑，然後說：

「這麼說起來，原來修奇還是我的救命恩人啊？好！你想要什麼跟我說。我幫你達成。」

「真的嗎？」

「但是搞不好你會說一些荒唐的願望，所以慢慢想好了。先把該做的事做完。因為隨屍體蜂擁而來的東西，不只是蒼蠅而已。」

我們走到炎魔造成的慘劇現場，將牛頭人的屍體收集起來焚燒，也收拾了牠們的武器。牛頭人的戰斧如果要給人類用，有點太大了，所以大概只會留幾把當作戰利品放著做紀念，其他的會丟到熔爐中重新利用。牛頭人的屍堆非常大，火燒了好一陣子，等到幾乎每個村人都來參觀過一遍之後，火才完全熄滅。

說起來有件很不錯的事：我成了村中少年心目中的英雄。我不知道消息是怎麼傳出去的，反正我變成了泰班在唸誦咒語、毫無防備能力之時，冒著生命危險守衛著他的戰士。有什麼關係，這說的也沒錯啦。但是就算太陽打從西邊出來，我也不可能擋住如雨飛來的十把戰斧吧，這不是很理所當然的事嗎？（難道我有十條手臂？）可是聽的人都相信這番話。

傑米妮突然進入了腹背受敵的緊急狀態。少女們不分時刻地想要接近我，所以傑米妮老是哭喪著臉，一直跟在我後面。但其實我根本沒有閒工夫可以花在周圍的那些女孩子身上。

「要叫泰班做什麼好呢？叫他做出一臺魔法蠟燭製造機嗎？」

「修奇……那個太遜了吧？」

傑米妮說得對。哎，這還真是個問題。雖然泰班說要幫我實現願望，但我到底要跟他要求什麼願望呢？傑米妮提出了她的意見。

「別想得太複雜，要點錢怎麼樣？」

「要錢嗎？不。這樣聽起來不夠帥氣。哪有救出公主的勇士會開口要錢的？」

「那只是故事吧。」

「還是不要。還有沒有什麼別的？要他在我的劍上加上魔法嗎？」

「那也是以前的故事。你拿著一把魔法劍要幹嘛？」

「咦？是這樣嗎？」

我想了想，就算有了魔法劍，好像也沒有什麼特別可以做的事。我只不過是賀坦特領地未來的蠟燭匠，大概會接下爸爸的位子，繼續繳納蠟燭給領主還有他的子孫。如果運氣不好，搞不好就會跟傑米妮結婚，以後再教我的孩子做蠟燭，就這樣過了一生。無論如何，這裡面根本沒有魔法劍存在的餘地。

「啊！不知道。乾脆叫他把我的力氣變大吧！」

傑米妮用困惑的表情望著我。我聳聳肩，說：

「如果力氣大，不是很方便嗎？不管是搬東西或者運蠟燭都很方便，應該沒有一點壞處吧？就算不是這樣，我也已經覺得做伏地挺身很煩了。」

「可是……這好像太動物性了。」

「這樣嗎？那又怎麼樣。妳不也是動物嗎？」

「你什麼意思啊？」

我覺得再想下去很煩人，既然已經想出了這個還算不錯的點子，就開始覺得很高興。於是我跟傑米妮順路跑去「散特雷拉之歌」，找正在閒著沒事做的泰班。泰班聽到我的願望，先是笑了好一陣子。

「理由是什麼？」

「搬東西方便，做事也方便。」

泰班聽了我的理由，又笑了好一陣子。到底有什麼好笑的？泰班笑到眼淚都快流出來了，才叫我把他的袋子拿過來。我一把袋子拿給了他，他就直接打開，在裡面開始翻找。泰班只是靠著指尖的觸覺，還是很輕鬆地就找到了自己想找的東西。

「把這個拿去吧。」

他一面說著，一面放到桌上的東西是一雙長得奇形怪狀的手套。這是啥？我還以為他會給我什麼神奇的藥，怎麼會給我手套？那手套是用黑色的皮製成，手背的上方部分跟手掌的那一面用銀色的金屬環連結在一起，將表面毫無縫隙地包住。除了金屬環連結的手背及手掌，這以外的部分都可以自由活動，看來不會像騎士的鐵手套那樣不方便活動。周圍的人都用充滿好奇心的眼光看著的同時，我將手套戴到了雙手上。

我並沒感覺到任何的不同。我試著將拳頭握緊再放鬆，但除了戴著手套的奇怪感覺之外，也不覺得有什麼特別的。我問泰班說：

「這是什麼？戴了好像也沒什麼不一樣啊？」

泰班呵呵笑了，要傑米妮拿一根堆在酒館角落的木柴來。傑米妮把柴遞給泰班，泰班就馬上遞給我，說：

「你往兩邊扯扯看。」

這是什麼意思？也不是叫我劈，居然叫我扯。我搞不清狀況，將柴接了過來，往兩邊一拉，柴居然立刻斷成兩截。

「咦？」海娜阿姨讚嘆地說。

我不相信這是我自己做到的事，所以輪流注視著兩隻手上所拿的柴。

「這、這、這怎麼回事？」

「嘿嘿，現在你兩手用力看看。」

泰班這麼說。我迷迷糊糊地在手上用了力。啪喳！木柴瞬間碎得跟牙籤一樣。那些小柴棒都是我捏碎的。

「咦？」傑米妮讚嘆地說。

周圍的人都用一副不可思議的表情跑來看那些小柴棒。酒徒中有一個人，帶著困惑的表情，將自己的青銅酒杯遞了過來。

「修奇，這個，你往兩邊扯扯看。」

「不行！」

海娜阿姨要制止，已經太遲了。我已經把那個酒杯扯成了兩半。要扯裂這青銅酒杯，就跟切蘋果一樣容易。看到這幕情景的酒徒們瞬間都轉為吃驚的表情，開始用力扯自己的酒杯。根本門兒都沒有。酒杯又不是什麼布片，絕對不可能一扯就往兩邊裂開。也許可以用摔的或是用鐵鍾去敲，把杯子弄癟，但是絕對不可能準確地讓它分成兩半。

但是我卻辦到了這件事！

「怎麼會這樣，這種像是怪物皮的手套……」

「你要記得。這只能增大物理性的力量，跟健康或精力等等毫無關係。所以就算戴了，也沒辦法取悅那些女孩子們。」

我做出失望的表情，馬上就被傑米妮捏了一下。傑米妮馬上拚命大叫：

「泰班！」

「我知道啦，我知道啦。不管怎樣，這就像修奇你說的，在搬東西的時候很好用。從現在開始，你的臂力強到可以掏出活態的心臟，所以要小心使用。不要愚蠢到自己一抓麵包就都變成粉，結果自己餓肚子。吃東西的時候記得脫下來。」

「啊，是的……但這是很珍貴的東西，不是嗎？」

「再怎麼珍貴，也比不上我的命啊。心裡不要有負擔，收下吧。」

「你叫我收下？不會再要回去吧？用優比涅跟……」

「賀加涅斯之名起誓。行了吧？哎，真是的。雖然我答應過很多次要幫人達成願望，但有人跟我說這麼單純可笑的願望，這還是第一次。」

「我來幫忙！」

「那就拜託你了！」

「要不要我幫你？」

「來這裡！就只有這些！」

我開始在村子裡跑來跑去，用我的大力氣到處幫忙別人。從搬木頭一直到豎立建築工地的柱子，還有到水井旁打水，無所不幫。

但是我還沒學會怎麼樣調整力氣。想要搬木頭，卻把木頭抓碎，人家叫我把柱子插到地裡，我一插，整根柱子就全埋到地底下去了，看都看不見。想要打水，一拉繩子，水桶就好像跳起來似的，飛得太高，濺得旁邊的人一身是水。

「修奇！算是我拜託你，你可不可以不要一直戴著那雙手套？」

這個請求對我來說太嚴酷了。居然叫我停止做這麼好玩的事。但是有一次，我想要哄一個在哭的小孩，我只是輕輕把他往天上一拋，他就飛到天上一百肘高的地方。我好不容易才接住了小孩，結果差點被那個媽媽宰了。經過這件事以後，我只好心不甘情不願地脫下了手套。

「噗哈哈哈！」

就在那天的晚上，泰班在「散特雷拉之歌」裡面哈哈大笑。因為之前我垂頭喪氣地把那一天發生過的事情向他報告了。旁邊的那些酒徒也捧腹大笑。

「唉唷，我快笑死了。嘻嘻，嘻嘻嘻！」

泰班笑到簡直想滾到地上去。我氣呼呼地說：

「這個東西難道沒辦法調整力氣大小嗎？」

「你這傢伙，調整力氣的方法是要自己體會的。如果有人自我訓練而力氣變大，訓練的過程中他就會學到如何調整力氣。但是你是毫無訓練就有了大力氣，所以不得不辛苦一陣子。」

嗯。聽起來很有道理。我點了點頭。

「我能瞭解。可是還是有點問題。想要體會如何調整，就應該不斷用力氣，但是我每次使用的時候，就一定會出事。」

「你這小子，是因為你死腦筋，所以才一直跑去做那些會出問題的事。真是拿你沒辦法。再這樣下去，整個村子都會被你給毀掉，所以從明天起我來幫你好了。」

第二天，我懷著不安的心情，跑去「散特雷拉之歌」。

泰班很清楚地說過要幫我，那大概是要指導我的意思。成為巫師的弟子……聽起來真棒。雖然他是個瞎子，又是巫師，但居然能隨意使喚炎魔，搞不好也精通什麼盲人劍法之類的。我雖然不知道世界上到底有沒有盲人劍法這種東西，但是以前的故事裡頭好像常出現，不是嗎？於是我全副武裝地進了「散特雷拉之歌」。

在村中大路上走的時候，看到人們一發現我就趕快悄悄逃走，我不得不嘆了一口氣。哼，無論如何，我一進入散特雷拉之歌，就發現泰班如同往常一樣，正喝著牛奶。

「泰班！走吧。」

「知道了啦。真是的，你今天為什麼這麼興奮啊？」

然後就像每天的行程一樣，我們先到城那裡去。我雖然一副興沖沖的樣子，但是泰班則是打著哈欠，慢慢地走著。我們到達城堡之時，警備隊員也照例吃完了早餐，正在一面剔牙一面走出城來。泰班說：

「我說過要幫你吧？喂，透納。透納在嗎？」

透納跑了過來。泰班聽到他的腳步聲，在他開口之前就先說：

「我有一件事要拜託你！你可不可以整理一下練兵場？」

「咦？有什麼事呢……」

泰班跟透納說了一些耳語，透納做出驚訝的表情。

「咦？怎麼可能……」

「因為這傢伙的腦袋，非這麼做不行。你也聽說這傢伙惹出什麼事了吧？」

「真是的。您的個性也還真乖僻。我知道了。」

然後泰班雙手交叉在胸前，開始等待。我茫然地望著透納，而透納則是用很抱歉的眼神看了看我，然後說：

「沒辦法。聽著！所有在練兵場的警備隊員，全部呈四列橫隊，坐到練兵場的左邊去。」

「為什麼？」

「巫師先生說要讓你們看好戲。」

士兵們用懷著期待的表情退到後面，整隊之後坐下。透納說：

「準備好了。」

「是嗎？修奇，你站到練兵場的正中央去。」

我雖然不知道理由，還是照他說的乖乖走了過去。哇！還真是寂莫。站在這個位置，會讓四周的人十分注意這邊的一舉一動。泰班對這個他看不到的窘樣，點了點頭，接著就兩手合十，開始施法了。他到底在幹嘛！

「哇！看一下那個！」

士兵們都露出驚嘆的表情。泰班一開始唸誦起咒語，我眼前的地下就好像有某種東西快速鑽過去似的，泥土發出啪啪聲彈了起來，小石頭四處飛濺。我嚇了一跳，所以往後退了幾步。一陣子之後，地面上開始出現了圖形。那圖形是巨大的圓形，裡面還畫了其他複雜的圖案。

這個圖形一完成，就開始冒出黑煙，還有硫磺的氣味。嗯？這不是把炎魔叫來的時候聞到的味道嗎？難道他又要把炎魔叫過來嗎？我注視著那圖形，眼睛都快要突出來了。光芒從那裡開始形成，也是呈圓形向四面八方延伸出去，一陣子之後，光芒消失得乾乾淨淨。我發現那裡面站了某個東西。

那是杉森！不，不，是食人魔！

寬得嚇人的肩膀，瘦削的腰部，跟我的腰一樣粗的大腿，長得就像全身都寫滿了「破壞」兩個字一樣。強壯的體格，就算估計得少一點，身高也有六肘，但肩膀寬就有三肘。醜怪的頭顱大到嚇人，但跟肩膀一比，頭看起來就很小了。牠手上拿的武器，分不出是刀還是斧頭，看起來很像科培西刀。普通的刀身跟刀柄是分開的，但是科培西刀的刀身跟柄是同一塊鐵做出來的。這種武器的破壞力與其說是在於刀鋒，還不如說是在於重量。好像很適合食人魔使用？

我真的在很短的一瞬間就想了這麼多的事情。泰班問透納說：

「已經出來了，是吧？」

「是、是、是的。你真的是要叫這個東西來嗎？」

「行了。修奇，好好上吧。」

他、他、他說什麼？這是什麼意思？叫我好好上去跟食人魔硬拚？

「啊，有一件事忘了跟你說，那手套是ＯＰＧ。」

「ＯＰＧ？」

「食人魔力量手套（Ogre Power Gauntlet）。」

「咦！」

天啊！我為什麼沒想到過？我這時才想起卡爾跟我說過的一件事：

「尼德法老弟，怪物跟人類甚至在面對自己的主體性上也是有差異的。人類，就拿你做例子吧：想像有一天你在大路上走，發現一個跟你長得一模一樣，講話語氣也一樣的男人走了過來。他看到你嚇了一跳，問你說你是誰，那你的心情會怎麼樣？搞不好會瘋掉吧。但是人類的精神是有彈性的，所以在驚訝消失之後，你大概會開始思考怎麼會發生這種事。舉例來說，你可能會認為自己有個素未謀面的雙胞胎兄弟。但是怪物的精神不像人類這麼有彈性，一旦自己的主體性受到威脅，牠們就會盲目地想要殺掉對方。所以如果得到了附有怪物能力的物品固然是件好事，但同時也是件危險的事。拿到『蜥蜴怪之心』的人，雖然被紅龍吐出的火焰噴到，也可以放心，但萬一遇上了蜥蜴怪，那可就危險了。而拿到『食人魔力量手套』的人雖然可以跟魔像一較力量的高下，但是一旦遇上了食人魔，就非得戰鬥到其中一方死亡為止。」

戰鬥到其中一方死亡為止？天啊！那隻食人魔嚇了一跳，朝周圍左顧右盼，接著就開始瞪著就在面前的我。在那一瞬間，食人魔的太陽穴開始抽動。

「嘎勒勒……那個手套！」

我還給您啦，真是對不起，我根本不知道這是ＯＰＧ，這是那個瞎子巫師給我的，您看一下那個巫師，他是不是長得一副奸詐相？跟他比起來我怎麼樣呢？您大概沒看過如此純真無比的臉龐吧？

為什麼牠一句話都不講呢？食人魔好像一副不予置評的樣子，舉起了科培西刀，就開始大喊。

「呱啊啊啊！」

「泰——班——！我，一定要——宰——了——你——！」

食人魔看見我戴著ＯＰＧ，連理由也不問一聲，就開始對我揮動科培西刀。這次我胯下沒濕，反而拔出了巨劍，我自己想來也覺得有些得意。因為科培西刀動得非常慢，所以我能夠勉強地看到它，並把它擋下來。匡！這是刀跟刀相碰的聲音嗎？我感覺好像全身的關節都散了。

泰班不知道在高興什麼，嗤嗤地笑著，然後走到房子裡去了。很令我驚訝的是，透納居然只是嘆了口氣，然後走到坐在那裡的士兵們面前。

「全部都只要靜靜地看著就好。把這句話傳給旁邊的人。」

透納這樣說完，又跟最左邊的士兵說了一些話，然後他們依次傳達下去。士兵們都轉為驚訝的表情，開始一人說一句。

「雖然巫師的性情都很乖僻，但這個也太……」

「嗯，這意思就是說，如果死了也是沒有辦法的事，但如果活了下來，他才要好好進行指導吧？」

「他說如果修奇快死了，我們再出手？」

「嗯，修奇，為了讓我們輕鬆一點，你就算要死也等負了些傷再死吧。」

我快被他們逼瘋了，於是從嘴裡冒出了真正毒得不能再毒的詛咒：

「你們這些人，洞房花燭夜的時候全——部——性——無——能！」

士兵們開始捧腹大笑。真該死！要士兵等我快死了再出手？那不就是現在嗎？食人魔片刻也不手下留情，好像急著想看能把我的身體分成幾段似的直衝了過來，我則是慌亂地揮著手臂擋牠。如果從冷靜的旁觀者來看，這會是相當精采的一幕，可惜我不是冷靜的旁觀者，而是受害的當事者。再加上我還是一樣不會調整力道，所以一旦我全力向右揮動手臂，甚至全身就開始向右轉。因為我採取了這種怪異的動作，所以食人魔的科培西刀不是揮到出乎我意料的地方，就是在意想不到的地方擋住了我的劍。但是說起武器相碰時的感覺……如果不是ＯＰＧ，我的手臂早就斷了，但是現在我跟食人魔的力氣是一樣大的。

咦？對了。我們力氣一樣，不是嗎？

「你這傢伙！你跟我的力氣一樣大！這麼說來……去死吧！」

「呱啊！」

哇，嚇了一跳。因為我看到自己所做的事，太過吃驚，所以全身緊繃了起來。我在食人魔的腰上劃出了漂亮的劍痕。食人魔一開始噴血，牠就遲疑了，開始後退。如果我是稍微有一點經驗的戰士，就不會錯失這一瞬間，而會衝過去解決牠，但我卻只是失了魂似的站在那裡看著。

「修奇！你這傢伙！現在快衝過去啊！」

因著士兵們的高喊，我突然恢復了神智。但是食人魔也已經擺好了姿勢，將刀子拿在胸前對準我。唉唷，真可惜！我不得已，只好像牠一樣，在面前豎起了劍，進入了對峙的狀態。我們隨便將武器亂揮一陣，接著戰鬥進入第二個階段。我跟食人魔都很慎重地移動腳步，開始繞著圓圈走動。當然比較慎重的是食人魔那一邊，而我則只是哭喪著臉，往食人魔的反方向移動而已。但是如果除去我的表情不論，這依然是很精采的一幕場景。士兵們讚嘆地說：

「了不起！這步法很不錯耶！」

「你把腳更緊貼地面，用滑行的方法移動！」

我氣得胸口都快炸開了。

「你們不要只是在那裡動嘴好不好，快來幫我！你們全部都是殺人共犯！」

「咦，狗在叫？還是雞在叫？」

「因為泰班的請託，我們不能幫你。你快死的時候，我們就會去幫忙。」

「喂，我們決定一下，要是修奇運氣不好死在這裡，誰要去通知傑米妮？抽個籤怎麼樣？」

「啊！我不要。我抽籤的手氣最差了！」

這些傢伙還算是人嗎？我向賀加涅斯發誓，要是我沒死，我絕對不會放過這些士兵！不，要不要現在就動手？

「喂，食人魔老兄。我先去對付那些士兵，等一下再來跟你打，好不好？」

食人魔對我提議的回答，就是用科培西刀高高舉起，猛力向下一劈。哈！這個我早有準備了！我的意思是，我已經決心利用「只要我手臂一揮，全身就會轉動」的事實。所以我從下往上揮劍，將食人魔的刀彈開，順勢一個後空翻，再次從下往上一擊。食人魔害怕下巴被我的巨劍砍中，連忙往後退。我的劍為什麼這麼短！

「哇！好帥啊，修奇！」

我氣喘吁吁地後退。其實就算我已經做到了，我還是對這個動作很懷疑。我真的這麼做了嗎？但是證據馬上就出現了。我的腰痛到快斷掉。

「嗚……這真不是開玩笑的。」

腰部一麻痺，連全身都動不了。食人魔的下巴差點被砍到，雖然很生氣，卻也不敢衝過來。牠好像已經感受到牠的慢刀如果對我一擊不中，那牠自己就危險了。食人魔開始量距離。啊！慘了！牠的手臂可比我長多了！如果給予牠適當的距離，那對我就更加不利了。既然這樣，那我就主動去抓適合我的距離吧！

「呀！」

我向前直衝。如果進到比牠的刀還更裡面一些的位置，也就是在食人魔的手臂距離之內，牠就不能拿我怎麼樣了。杉森跟巨魔打的時候不就這樣做過了嗎？我隨手揮著巨劍，衝了過去。

但是那傢伙比我有經驗多了。嗚，可惡！牠的腳突然向我踢來。我的肚子被如同城柱一樣粗的腿踢中，於是向後飛了出去。在地上滾動的我眼中，浮現了食人魔跳到天空中逆光的黑影。牠好像要順勢用科培西刀向下劈。但就在這時——

「去死吧！」

就算牠再厲害，在空中也很難移動身體。我將腰一挺，巨劍直直地向上刺去。

「咕嗚！」

在科培西刀將我的頭劈開之前，我已利用牠落下來的力道刺穿了牠的腹部。食人魔的口中開始流血。我辦到了！

但是食人魔雖然已經被刺中，仍然舉起了刀子。啊！我的劍被卡在牠的肚子裡。你們那些人還在幹嘛？現在來救我啊！啊，沒時間了！食人魔發出了怪聲，拿科培西刀砸了下來。

「傑米妮——！」

再見了，那些與其說親密，還不如說常常是冤家的朋友們。再見了，與其說愛過，還不如說是慘不忍睹的我這十七年的人生。再見了，我的蠟燭鍋。現在還有誰會把你們擦得亮晶晶的？蠟燭匠就應該活得像個蠟燭匠，沒事跑去當什麼巫師的弟子……我現在已經是有過死亡經驗的人，我可以跟你們解釋，所謂死亡就是……咦？在士兵們的嗤笑聲中，一臉茫然地坐在地上？

我還是維持著劍刺向天空的姿勢，迷迷糊糊地坐在練兵場中央。士兵們開始笑到在地上滾。

透納呵呵笑著說：

「呵，呵，你這傢伙。假的啦。」

所謂假的意思就是不真，如果不是真的，那這就是假的……

「幻象術！」

結果我撲通一下子躺到地上去了。泰班——泰班！這個該死的老頭，居然騙我！哎，我真委屈，我真委屈死了！士兵們真正開始取笑我了。

「聽到沒？『傑米妮——！』真是帥呆了。」
「對啊。哎，真是羨慕啊。我臨死的時候要喊誰的名字呢？喊老媽嗎？」
「喂，修奇，你那時候不該那樣喊。其實你應該學騎士們這樣說：『擁有我靈魂鑰匙的高貴仕女傑米妮啊！』」
我眨了眨眼，站了起來。士兵們的嗤笑聲漸漸停了下來。過了一陣子之後，這些士兵都用不安的眼神望著我。「修奇？」
我做出了我所能做出最恐怖的表情。
「你們要不要試試看，你們臨死前會喊誰的名字？」
向前突擊！士兵們開始在練兵場裡狂奔，我面目猙獰地追了過去。但是士兵們還是遊刃有餘地一面逃跑，一面取笑我。
「傑米妮！妳的騎士要來殺我們了。救命啊！」
「哇——！我絕不放過你們！」
為什麼ＯＰＧ不會加快人跑步的速度？那一天早上我才體會到，要追上每天練習跑步的士兵，真不是件容易的事！

07

「啊！仰慕高貴仕女傑米妮的騎士修奇！」

「喀啊啊啊！」

我居然撲向村裡的那些小鬼，連我自己都覺得很不像話。問題是我這張嘴。我那時到底為什麼會喊出那個名字呢？大概三個月之內，我都會被說成仰慕仕女傑米妮的騎士修奇了。

我看到卡爾從書店裡走了出來。他舉起手對我說：「喂，修奇騎士！」……搞不好會被說一輩子。

「卡爾！別這樣說啦！」

「哼。你是要否定自己面臨生命危機時喊出的真心話嗎？」

「那個時候我瘋了！腦筋燒壞了！不，你也知道吧，頭腦像我一樣笨的傢伙，有時候會說出一些莫名其妙的話。」

我一定要這樣貶低自己嗎？卡爾微微笑了笑，向我身邊的泰班說：

「您好，泰班。今天還要繼續那種訓練方式嗎？那我也想看看呢。」

「想看就來吧。你有沒有看到我們後面那一大群人？」

事實就是這樣。我們的後面早已聚集了一大群村人。

秋收一結束，村裡的人就沒什麼事可做了，結果我訓練的過程就變成他們看熱鬧殺時間的上好材料。所以每天早上，我跟泰班一從散特雷拉之歌出發，就一定會聽到有人大喊「啊！仰慕高貴仕女傑米妮的騎士修奇！」，接著村人就一次增加一、兩個地開始跟在後面。就算這樣那也還好，可是甚至有人還提著野餐籃跑來，這到底算什麼？卡爾好像是跑來村子裡找書，結果就聽到了這個消息。他很高興地加入我們一行人。他一加進來，釀酒廠的老么米提就插嘴了。

「喂，卡爾？你賭哪一邊？」

「賭什麼？」

「賭修奇今天到底會喊誰的名字。因為現在傑米妮是壓倒性的高票，所以如果賭其他人的話，可以贏得的彩金相當高。你知道嗎？最近許多小丫頭都跑來諂媚修奇，順便乞求他喊自己的名字。」

卡爾變得一臉啼笑皆非的表情，我則是瞪著米提，恨不得把他抓來吃了。但是米提卻一副若無其事的樣子。他旁邊的另一個男人說了：

「喂，米提，今天修奇應該會死，對吧？」

「應該是。泰班說他今天要叫合體獸來。」

我大概會發瘋，不斷跳來跳去之後因為心臟麻痺而英年早逝。泰班說什麼要讓我學習如何調整力量，其實在我們村子每天都看到不少怪物，可是他每次都叫來一些連我們都沒看過，打起來很辛苦的怪物幻象。因為是幻象，雖然不會真正死掉，但是戰鬥的過程中很有臨場感，弄得我非常緊張。

「為什麼不召喚一些狗頭人之類的東西來呢？」

「你不是戴著ＯＰＧ？至少也要找跟你旗鼓相當的吧。」
「你的意思是合體獸跟我旗鼓相當？」
「反正又不會死，你有什麼好不滿的？」
「可是被殺的感覺很差啊！」
泰班只是在那邊嗤嗤地笑。死亡那一瞬間的感覺真的很差。不管是被石像怪的爪子打中，在地上打滾之後，還看見石像怪在上面飛的時候；或者是被蛇女妖的尾巴纏住，聽見自己肋骨斷掉的聲音，感受到蛇女妖吐出的氣息吹在我臉龐上的時候，那種既可怕又討厭的感覺真的無法用言語形容。啊，在這裡我要為自己做一些辯護。到最後我還是一劍把石像怪的頭砍了下來，而蛇女妖一絲不掛的上半身……看了會有些不好意思啦，所以我跑到牠的背後，把牠的翅膀拔了下來。既然是幻象，那還有什麼好怕的？自己的傷口也是幻覺，根本不會受真正的傷害。
但是今天泰班要叫出合體獸的幻象。天啊。直接把我殺了吧。我想求他至少讓我死得有格調一點！但是村裡的人根本不顧我的心情，好像集體郊遊一樣跑來參觀，所以我感覺更淒慘了。
「心情不要這麼糟嘛！你現在已經很不錯啦。」
傑米妮輕輕地拍了拍我肩膀。說起來我現在已經很少因為無法控制自己的力量而胡亂轉起來。某種程度上我已經可以隨意操縱力量了。但是我只是個蠟燭匠啊！不是受過正規訓練的戰士。就算戴著ＯＰＧ，也還沒辦法跟合體獸戰鬥的。
「咦？這是什麼聲音？」
泰班突然說出了奇怪的話。我看了看泰班。
「很急的腳步聲，應該是士兵。發生了什麼事？」
果然一陣子之後，我就看見前面有很多士兵跑來。他的耳力還真好！士兵們一看到村人還有站在前面的泰班，就更急忙地跑來，還一面喊著說：

「泰班先生！有急事，有危急的患者！」

啥？有危急患者？

「泰班，我背你！」

我二話不說，就把泰班背了起來。以泰班那種體重，我一點都不覺得重。我一面開始跑，一面大喊：

「城裡面會有什麼危急患者？」

村裡的人也嚇了一跳，急急忙忙開始跑過去。士兵們在我身邊跑著，對我背上的泰班說：

「今天早上有一個征討軍士兵回來這裡了。但是他受了重傷！哈梅爾執事叫我們趕快請泰班先生過去……」

什麼？征討軍，難道是阿姆塔特征討軍？還受了傷，而且又只是一個士兵。其他人，包括指揮官都沒回來，只回來了一個士兵？泰班在我身後陰鬱地說：

「我有種不好的預感。」

一到達城裡，就發現哈梅爾執事正在宅邸的玄關焦躁地等我們。哈梅爾執事看到了我背著的泰班，馬上打開了玄關門，把我們接到大廳裡頭去，並且不讓其他人進來。

「患者需要安靜。你們想必一定很急著想知道怎麼回事，但是請大家先忍耐一下。」

「等一下！執事大人。你是說只有一個人回來嗎？這到底怎麼回事？」

「請你安靜下來！我會慢慢解釋的！」

「喂！回來的是誰？這個應該要先說吧？」

哈梅爾默默地搖了搖頭，好像只想讓泰班一個人進去。哈梅爾執事一看到背著泰班的我，就做出了不太高興的表情，但是我現在除了當泰班的眼睛，也在當他的腳，所以後來哈梅爾還是讓我進去了。接著哈梅爾看了看卡爾。

「卡爾，你也請進吧。」

卡爾點了點頭，走了進去。我們三個人一進到裡面，哈梅爾執事就「匡」一聲將門關了起來，然後對外面的那些居民說話。但是我們三個根本沒有餘裕聽那些東西，就被士兵們帶到了二樓。

我無法抑制自己的緊張感。到底會不會是爸爸？千萬一定要是爸爸！雖然身受重傷，但總比回不來要好多了。可是進去一看，躺在二樓寢室床上的卻是個年輕士兵。而且還是首都來的不知名重裝步兵。

他看來一點都不像瀕臨死亡的人。我雖然不知道瀕臨死亡的人到底應該是怎麼樣，但是看他的臉色也沒什麼異常，不但沒流汗，也沒發出呻吟。然而他旁邊的城內女侍將被單一掀開，我的嘴裡卻發出了呻吟。

「你幹嘛大呼小叫的？」

對於泰班的問題，我沒辦法回答。士兵臉色雖然蒼白，卻還是一副平靜的表情。但是從他胸部一直到腹部卻有著極為嚴重的傷口。那不是好幾道傷，而只是一個傷口，但甚至讓人看得見他的肋骨。我放下了泰班，感到頭腦一陣暈眩。

卡爾抓住泰班的手，帶他到那個士兵的面前，我雖然頭昏眼花，也還是走了過去。泰班用手指尖摸了摸傷口。士兵雖然皺了一下眉頭，卻沒有露出疼痛的表情，反而先向泰班開口：

「您就是執事所說的那位巫師嗎？」

「嗯。到底怎麼會變成這樣？不，現在不是說話的時候。修奇！」

「是的，我在這！」

「熱水應該已經準備好了吧？」

「旁邊就有了。」

我將毛巾沾濕，本想遞給泰班，但到後來還是由我直接擦拭這個士兵的傷口。在我擦傷口的同時，泰班開始施法。我跟泰班在一起相處了幾天，發現他在唸簡單咒語的時候，並不會用到身上紋身的力量，似乎連咒語也沒唸幾句。但是在用複雜咒語的時候，比如說叫炎魔來，或者是接連唸好幾個咒語的時候，他的紋身就會發出光芒。

而現在泰班的刺青發出非常強烈的光。說起來，如果身上發光到達這種地步，那應該也會需要唸很長的咒語。他的紋身不斷發光，將兩手放進士兵的傷口裡頭，那個士兵只是毫無表情地注視著翻弄自己傷口的泰班。雖然泰班看不見，但是我跟卡爾則是被這個士兵的忍耐力弄得快昏倒了。

「真了不起。不愧是修利哲伯爵的部下。」

卡爾稱讚這個士兵在別人接合他的內臟時，連吭都不吭一聲。令人訝異的是，這個士兵居然苦笑了一下。這還算是人嗎？我看著他斷裂破碎的內臟經由泰班的手被放回了原位，簡直就快要嚇死了。我帶著發青的臉色退到後面去。泰班一面繼續手頭上的工作，一面對卡爾說：

「動脈雖然沒受傷，但問題是肌肉。卡爾，你要不要幫忙適當地準備一下？」

卡爾點了點頭，馬上又想到需要開口回答「知道了」，然後就開始跟女侍要針與線，還提了幾種藥草的名字，命令她們快點拿過來。雖然就我所知，卡爾飽覽了許多醫學書籍，但他現在指定要的那幾種藥草，是連我也知道的常見之物。傷口雖然大得非常可怕，但其實也很單純，所以藥草也只需要用這單純的幾樣。

女侍們急急忙忙地消失了，卡爾馬上就拿出一個碗，放到沸水裡面煮。女侍們拿來大把藥草，卡爾本來想要自己弄碎，但改變想法對我說：

「修奇騎士可以幫忙嗎？請你幫我把這些弄成粉。手先洗一下。」

我洗完手之後，用兩手把那些東西搓成粉末狀。雖然手套上沾滿了藥草粉，但有啥關係？我一把它們弄成粉末，卡爾馬上就把它們混合起來，全部放到水裡去煮。原來連處方比例也很單純。卡爾對泰班說：

「準備好了。」

「好，把針跟線煮一下。」

卡爾已經把針跟線放到沸水裡面了。泰班身上閃爍的光突然消失，他把手從傷口裡面掏了出來。我瞄了一眼士兵的表情，他正讚嘆地看著摸弄自己傷口的泰班巧手，好像覺得很有趣。天啊……這時泰班無奈地咂了咂舌頭。

「這傷口還真奇怪。無論如何，我眼睛看不到，沒有辦法縫。卡爾？」

卡爾走到前面，開始縫傷口。在旁邊看的女侍一時臉色發青，我想我的臉色大概也好不到哪去。穿過皮肉的針反射出閃光，弄得人幾乎快要昏過去了。但是卡爾只是默默地縫著，士兵眼睜睜看著針穿過自己血肉，卻好像看著某個裁縫師在縫製自己的衣服一樣。卡爾看著士兵說：

「你真是了不起。」

「你過獎了。」

卡爾縫完了之後，泰班就指示女侍們用繃帶把傷口纏好，接著自己就退到後面。我把椅子移了過去，讓他坐下。

「這傷口還真奇怪。」

「正常來說，這個士兵應該已經死了才對。看那傷口的樣子，好像已經過了三、四天，他絕不可能還活到現在。我們是不是該驚嘆於人的潛能？」

泰班像是無法理解似的搖了搖頭。士兵聽到這些話笑了笑，但是他正在喝卡爾調的藥，所以沒有回答。我端著盆子走到泰班前面，泰班洗了洗手，說：

「因為我已經處理過了，他應該不會死了。但是他內臟受的傷很重，不可能再恢復原狀。他將沒辦法好好吃東西，肌肉也會有問題。期待要再次拿起劍來戰鬥，可能有些不合理……因為這個傷，想要做一般的事情也會有困難。可能就像我們常看到的一樣，變成擁有『因公負傷勇士』之名的乞丐吧？」

這時卡爾說話了。

「還好事情不至於這麼糟。雖然泰班您看不到，但是這一位的身分可是很高的。他還戴著上面有家徽的戒指。」

士兵搖了搖頭，想說些什麼，但泰班卻更快地開了口：

「是嗎？那他就會成為貴族家裡的累贅病人。」

士兵苦笑了一下。泰班繼續口無遮攔地說：

「我大概可以猜到狀況了。」

我吞了口口水。

「這傷口不是武器造成的。一定是阿姆塔特要他傳什麼話，所以只把這個士兵弄得半死不活，然後派他回來。」

噹啷！我失手讓盆子摔到地上。泰班用他看不見的眼睛向上瞪著我。

「那……這就是說，我們打輸了？」

「很可惜，你說得沒錯。」

「那、那其他士兵呢？只有這個士兵回來，那其他士兵呢？」

泰班依然還是用他看不見的眼睛瞪著我，然後隨口說：

「這個就不得而知了，修奇。我猜修利哲伯爵跟領主還是安全的。阿姆塔特會派這個士兵來，八成是來要贖金。如果牠的目的是贖金，那麼也可能抓了全部的士兵當俘虜。因為俘虜越多，能要的錢也就越多。」

「是、是這樣嗎？真的嗎？」

這時士兵說話了。

「這一位所猜的都對。」

不知該怎麼辦，心中忐忑不安的我，突然嘴中冒出了一句：

「那頭愚蠢的龍！」

那隻全身白色、愛吃薄荷的笨龍結果還是輸給了阿姆塔特。真差勁！那頭龍只知道傲慢自大地抬起頭，只知道吃別人獻上的食物！阿姆塔特是自己獵食的。但是那傢伙只知道吃人類餵牠的東西。我想到白龍卡賽普萊，甚至比想到阿姆塔特還更生氣。

哈梅爾執事召開了會議。因為領主不在，所以哈梅爾執事就擔任起領主的代理人，領主不在時負責治安的泰班也參加了。卡爾也有出席。我拚命地拜託泰班，才能以他助手的資格參加。警備隊長杉森不在，所以透納也參與了，其他還有領主的幾個輔佐官、村長跟幾個長老。這不能說是場像樣的會議，所以讓人感覺十分悲慘。

會議的目的是聽取斯洛・麥爾韓德的陳述。那個受傷的重裝步兵名叫斯洛・麥爾韓德，他雖然身體相當不舒服，但還是坐到了椅子上。不管他的自制力再怎麼強，在手術完才一小時之後就能參加會議，這簡直讓人無法相信。他也推辭掉了毛毯，只是靜靜地坐在那裡陳述狀況。

征討軍一直進軍到灰色山脈為止，都沒有發生什麼異常的事。雖然有受到幾個怪物襲擊，但都不是什麼厲害角色。他們最後終於到了灰色山脈的最幽深之處，在無盡溪谷入口擺下陣勢的軍隊終於開戰了。根據前幾次征討軍倖存者的話，以及其他的情報綜合看來，阿姆塔特的巢穴就是在山谷的最深處。山谷並不是運用部隊的好位置，雖然這些部隊其實也做不了什麼事，但是似乎修利哲伯爵還是決心盡可能地構思出最能利用這些人的戰略。

他定下的戰略是，由卡賽普萊先開戰，而軍隊則是在山谷兩邊跟後面進行支援。城裡警備隊構成的輕裝步兵在峭壁上的兩旁掩護弓箭隊，首都來的重裝步兵跟槍兵則是一起在溪谷底下等待攻擊阿姆塔特。當然，這個戰略完全是依據卡賽普萊戰敗的情況來擬定的。也就是說，如果卡賽普萊打贏阿姆塔特，那就不再有所動作，但萬一失敗的話，因為阿姆塔特應該也同樣身負重傷，所以部隊不會放過牠，先從山谷兩邊用箭雨堵住，不讓牠逃亡飛走，然後由重裝步兵與槍兵隊上前攻擊。聽到這一段，泰班的眉頭皺了起來。

「真是愚蠢的計畫……」

斯洛聽了，雖然整個表情繃緊了一下，但還是馬上舒緩開來。泰班沒看到那個表情，但還是開始對自己所說的話加以解釋。

「他居然把已經夠弱的部隊還分成三部分。將全部部隊集中在一處是比較好的做法。而且，這個計畫完全是以阿姆塔特會下到溪谷裡面當作前提，不是嗎？」

斯洛做出了訝異的表情，然後繼續往下講。

開戰的那個早晨，卡賽普萊在溪谷中咆哮，要引阿姆塔特出來。士兵們都在溪谷上下方屏息看著這光景。然而卡賽普萊所引出來的卻不是阿姆塔特。溪谷上方跟兩旁出現了巨魔與地精的軍隊。

人數已經不多的軍隊還被分成三支，再加上位置各在溪谷的上下側，所以無法快速集結，於是必須各自跟地精戰鬥。溪谷底的重裝步兵與長槍隊打得還算順利。但是在上面的輕裝步兵和弓箭隊則被地精們推擠，而他們的背後就是懸崖峭壁。地精與巨魔們狂熱地撲來，裝甲不夠堅實的輕裝步兵就這樣一步步往後退。特別是弓箭隊，在敵我混雜的狀況下，根本發揮不出任何一點威力。結果溪谷上方的部隊不是被地精揮舞的半月刀砍中而死，就是墜落谷底身亡。

在這場混戰之中，也沒有卡賽普萊插手的餘地。牠頂多只能飛到地精們後面吐出致命的氣息，但這樣是毫無幫助的。雖然卡賽普萊咆哮著施展了龍之恐懼術，但是地精跟巨魔都已經陷在阿姆塔特所造成的恐懼中，所以對卡賽普萊的咆哮完全沒有反應。

結果在溪谷上方的軍隊幾乎全軍覆沒，好不容易剩下的人都逃到溪谷底下，這時卡賽普萊才能真正地到溪谷上空吐息，擊退了地精與巨魔。在這段過程中，重裝步兵與槍兵幾乎已經將溪谷底下的敵人掃蕩殆盡了。重裝步兵近戰的攻擊力非常強，而槍兵則可以拿著長長的斬矛，在遠處順利地和地精進行戰鬥。但是就在這時，巨大的黑影籠罩了溪谷。黑龍阿姆塔特出現了。阿姆塔特根本就不飛下去，只是對著下面噴氣。卡賽普萊在溪谷之中，一時之間無法張開翅膀，所以受到了重大的創傷。接著阿姆塔特往下狠打之後，又咬了卡賽普萊的脖子。但是卡賽普萊也進行反抗，反咬了阿姆塔特的腿。因著兩頭龍的戰爭，甚至旁邊的懸崖絕壁都快被打垮了。每次牠們的翅膀打到岩壁的時候，或是龍翻滾的時候，都發出雷一般的響聲。石頭到處亂彈，樹被連根拔起，許多大岩石滾落。龍的鮮血像暴風雨一樣狂噴。阿姆塔特呼出的酸性氣息碰到岩壁之後，開始冒出嗆人的煙，溶解之後卻又被卡賽普萊所吐的冰氣息碰到而凍結。霎時間無盡溪谷裡猶如地獄一般。

這時，修利哲伯爵下達了撤退命令。士兵們都各自散開逃跑。溪谷附近都是森林地形，所以散開後再跑是比較好的。斯洛也是在那時開始逃亡。但是他跑了一陣子之後，聽見後方有拍動翅膀的聲音，也感覺到狂風襲來。他非常害怕，向後轉身的那一瞬間，阿姆塔特的腳爪正對著他打來。

這一打，他的肚子就裂開了。斯洛連慘叫都叫不出來，只能躺在那邊靜靜等死。但是那時，突然傳來了撕扯鼓膜的震動聲。斯洛的肚子雖然有傷口，然而他還是不得不蒙住了耳朵。一陣子之後，震動慢慢平靜下來，變成可以聽得懂的說話聲。

「人類啊，你的傷口在往後一週之內都不會惡化。」

斯洛睜大了眼睛朝上望去。雖然阿姆塔特因為跟卡賽普萊戰鬥所受的傷，身上到處都流著血，但是躺著往上朝牠望去時，龍的高度甚至差點逼使得斯洛昏了過去。不知道龍施了什麼魔法，他自己腹部的傷口開始閃爍著微弱的光。

「在一週之內，你不會流血，傷口也會維持原來的狀態。但是如果過了這段時間，傷口就會開始惡化腐爛。」

斯洛害怕地顫抖著仰望阿姆塔特。阿姆塔特好像很累了，將肩膀挺了起來，然後繼續說話。但是牠的嘴巴還是閉著的。

「我這樣做，你那兩條脆弱的腿才會發揮最大的速度。去幫我傳話。如果還想要拿回你們指揮官跟愚蠢領主的性命，就給我價值十萬賽爾的寶石，越快越好。如果你們拖拖拉拉的，他們就活不到明年的新年了。」

阿姆塔特慢慢地開始拍動翅膀。帶著塵沙的風狂亂地打在斯洛的臉上，所以他把臉遮了起來。阿姆塔特的聲音轉為撕裂鼓膜的怪聲。

「期限是一週。你的生命就取決於你的腳程多快。去吧！」

斯洛過了好一陣子才把蒙著臉的手放了下來，看到阿姆塔特已經飛到遠處的天上去了。他猛然站起，四天四夜不眠不休地跑了回來。

「嗯……所以傷口過了這麼久，還能維持原狀。而且這麼快就能夠參加會議。」

泰班點了點頭。斯洛微微地笑了。

「是的。這真是很可怕。一面跑一面抱著肚子，不讓自己的內臟從傷口中掉出來，真是很恐怖的經驗。我體會到既不流血，也不會感覺疼痛，就好像受傷的是別人一樣，這種傷口才是最可怕的。」

會議上的每個人臉色全部開始發白。我無法再忍耐下去，所以插了嘴。

「那其他士兵怎麼樣了呢？」

斯洛看著我搖了搖頭。

「我也有聽說，你父親參戰了吧？但很抱歉，我沒看到其他的士兵。」

我垂下了頭，卡爾拍了拍我的肩膀。

「沒關係的，尼德法老弟。你又沒有看到你父親真的去世。而且他剛才不是說，長槍隊一直戰到最後，幾乎沒有受什麼損傷嗎？」

我抬起了頭，神色開朗地說：

「對啊。爸爸跟我約好說他一定會回來。嗯。搞不好他現在正躲在家裡，準備等我回去的時候嚇我一跳呢。」

我盡可能地想要笑著講話，但是看到周圍人們的反應，我才知道自己的表情一定很糟糕。我再度低下了頭。哈梅爾執事輕輕搖了搖頭，說：

「不管怎麼說，首先還是要聯絡國王陛下。」

泰班似乎不太認同地說：

「雖然說起來應該這樣做……這次的戰爭是國王指揮的嗎？」

「不是的。陛下只負責支援，戰爭成敗的責任在領主身上。領主用授權的方式，拜託修利哲伯爵擔任作戰指揮官。」

「那所有的責任都該歸給賀坦特領地了。不管是將他們兩個弄回來的責任，或者湊錢的責任都一樣。國王光是因為自己派去支援的白龍身亡這件事，應該就已經夠火大了，他還會幫忙出贖金嗎？」

哈梅爾執事再次搖了搖頭。

「就算把領主的家產全部變賣，搞不好也湊不出十萬賽爾……再加上這些財產幾乎都是領地，不是隨便某個人都有能力買的……鄰近的領主大概也不會想買吧……」

這時斯洛很吃力地說：

「如果跟修利哲伯爵家裡聯絡，他們應該會給我們一些支援。而且我們也常看到一些這種情況的例子，如果向陛下請求，他就會給予賀坦特領地長期的無息貸款。如果要賣這些領地的話，也不一定要賣給附近的領主，首都應該也會有有能力買下來的貴族。」

「這個要算一下。今天幾號？」

透納說：「九月二十五日。」

「龍說不會讓他們活過新年。那應該還有六個月左右吧？」

聽到哈梅爾執事的問題，泰班還是做出了不同意的表情。

「是沒錯，我們國家是依照路坦尼歐大王的敕命，在四月二日過新年，但龍是不是用我們的曆法來算年份，就不得而知了。如果要保險一點，將十二月底當作期限是比較好的。」

「那……那不是只剩三個月？」

哈梅爾執事的表情轉為絕望。哈梅爾又不是什麼有名的執事，只不過是我們窮困領主底下的小小執事，要他三個月湊出十萬賽爾，簡直就是不可能的事。可惡！

會議就這樣結束了。哈梅爾執事決定在盡力湊足十萬賽爾的同時，也要跟國王報告。村長說要向村人展開募款運動，哈梅爾雖然很感動，但基本上只是感動於他們的心意而已。

令人驚訝的是，泰班居然拿出了一個很不得了的寶石。聽到這東西值五千賽爾，哈梅爾執事的表情看起來簡直就像要跪下親吻泰班的腳一樣。泰班其實跟我們村子、跟這件事都毫不相干，居然會出面來維持治安，甚至還欣然捐獻出這種鉅款。會議一結束，我就跑去問泰班到底怎麼回事。

「泰班，你是不是發誓過要幫助不幸的人？」

「啥？那是騎士要發的誓吧？」

這時卡爾插嘴了。

「那也是祭司要發的誓吧。」

「對啊。不論怎麼說，都跟巫師無關。」

「但是你為什麼老是做這些看起來很冠冕堂皇的事？」

泰班雖然想敲我的頭，但我怎麼可能被瞎子的拳頭打到？

「你這個傢伙真不會講話。我拿著這寶石要做什麼？我眼睛都瞎了，既不能收徒弟，也不能設學院。而且做這些事跟我的個性也不合。就算我想要好好做魔法研究，我既不能讀，又不能寫。所以我既不想蓋塔，也不想挖地洞。我只要留點錢喝酒、有個地方睡覺，就夠了。我拿著其他的財物，就是要等別人有需要的時候，我可以給他們。」

如果他的眼睛看得見，他一定又會找其他的藉口來解釋。

卡爾露出了尊敬的表情，可惜泰班看不見。泰班摸了摸我的頭頂，接著把我的頭拉到他的頭旁邊。

「快要冬天了。你爸爸會不會野外求生的技能？」

「……要是會那就好了。」

「他會找路嗎？」

「不會輸一般人吧。」

「那我們就再等等看。斯洛為了保命拚命跑來，所以比其他人都早到很多。其他的殘兵敗將應該也會慢慢地抵達。你跟我到外面去把陷阱解除掉吧。要是回來的士兵中了陷阱，那就糟了。」

「大路上不是沒有設嗎？」

「搞不好他們想要抄近路，有可能翻山過來。」

「我知道了。」

「如果我叫你不要擔心，你會覺得很好笑吧，修奇？」

「就算擔心也改變不了什麼事實……但我的心情上不會覺得好笑。」

「我真欣賞你這傢伙。」

好險泰班看不見我眼中的淚水。爸爸走路很慢，所以一定要等到我焦急得五內俱焚，才會步履蹣跚地出現吧。一定是這樣的。

其實不只五內，只要你回來，就算我全身都感覺被焚，也無所謂。你回來的話，我每天早上服侍你洗臉漱口，晚上唱歌給你聽，蠟燭也無條件全部我做，讓爸爸你可以躺在床上睡午覺。爸爸，你不回來的話，我絕對不會放過你！如果爸爸不回來，我就一定會被傑米妮拉去，當一個拚命服侍她的小丈夫，如此過一生！

就算開了玩笑，我的心情也一點都沒有變好。

因為我抑鬱的心情，所以解除陷阱的工作整個都變得很沉重。但是泰班的年紀相當大了，所以他不會這麼容易受到周遭氣氛的影響。一個十七歲的少年在一個老人前面，能影響他的心情多少呢？泰班根本沒有試圖讓氣氛變好，他知道這是徒勞無益的，但也沒有變得跟我一樣消沉。他的行動完全照常，我也受到了傳染。因為這也是我本來的個性。

可是我心底深處感覺猶如有一塊石頭在滾，真的很難忍受。這塊石頭就像雪球一樣，越滾越大。這石頭名叫「不安」。因為我那該死的想像力，我腦海中不斷浮現爸爸半個身體被阿姆塔特嚼食，或是被阿姆塔特踩扁的生動畫面。我常常因此流了一身冷汗站在那裡發呆，泰班大概是聽出了我的呼吸聲有些不對，所以叫我的名字，讓我打起精神來。

「修奇！」

太陽下了山，原野被染成一片暗紅。

「泰班，我請你喝杯酒。」

「走吧。」

「散特雷拉之歌」裡面已經來了不少人，都在討論斯洛的事情。我跟泰班一進了酒館，他們就想要接近我們。泰班不太回答他們，都只說一些別人已經知道的事實。其實那場會議也沒有說出多少東西吧？令人驚訝的是，有幾個人聽到泰班所講的話，馬上就說修利哲伯爵的戰略很差勁。

我在旁邊喝著啤酒。海娜阿姨沒對我說什麼，只是一直在酒杯裡倒酒。我也不太說話，只大口大口地喝著酒。我的心情真的是很怪異。身處昏暗的酒館中，不知為什麼，就好像在龍的火爐（我不知道世界上有沒有這種東西，但用語言來形容就是這樣）裡面一樣。我好不容易才想起這個慣用語是「巫師的火爐」。但我高興怎麼講就怎麼講。

「慢慢品嚐著喝吧。你喉嚨的咕嘟聲大到天花板都快塌下來了。」

「請不要管我，好不好？」

「那我就把你變成青蛙，丟到酒杯裡去，讓你好好品嚐。」

「好啊！」

就在這時，有人打開門大喊：

「喂！有其他的士兵到了！」

我瞬間踢倒了椅子，踩上桌子，從窗戶鑽了出去，到了酒店外面滾了三圈，然後開始往城裡跑。不，應該說只是想開始往城裡跑。

「修奇！你這傢伙！」

幹嘛，我沒時間啦！啊不，如果有人受傷的話，就需要泰班了。我又再次從窗戶鑽了回去，又滾了三圈，接著很敏捷地站了起來，觀察四周的狀況。海娜阿姨帶著一副搞不清狀況的表情說：

「泰班已經從門走出去了耶。」

「嗯。果然是個怪老頭。」

我說完這句莫名其妙的話之後，就朝門走去。泰班正在那裡等我，我照例背起了他，然後開始跑。

「喂，喂！你在往前直直跑嗎？」

「至少不會跑得像松樹那麼彎，請不要擔心！」

當然我真的是直直地往前跑。但是泰班開始大喊：

「喂，你這個酒鬼小子！跑直一點啦！」

我真的覺得自己是直直往前跑，所以感覺冤枉透了。如果你想罵人，請你看著這些彎彎曲曲的路再罵吧！

08

我眼前一出現城門，就感覺自己喘得上氣不接下氣，已到達極限了。酒氣從胸中衝上來，衝擊著我的上顎，腿上則是發麻，好像不是我自己的腿似的。不知道是不是因為酒醉而失去感覺，我腿上到處都受了傷，甚至流了血。這是因為路彎曲得很奇怪，我不得已只好在小樹叢或水溝間進進出出。

警備隊員們已經拿著火把在城門前等我們了。他們一看到我們，就馬上把我們帶到城裡的大廳。這次整座城很奇怪地在搖動。難道是地震嗎？

不管怎麼樣，我們好不容易進到大廳裡，就看到了他們大概是匆匆忙忙準備好的床位。乾淨的大廳地板上鋪滿了稻草，稻草上面蓋了床單，上頭到處都是負傷的士兵躺著，大約有二十多個吧。應該是為了收容他們，所以才臨時將大廳布置成傷患收容所。每個人都因為自己的傷口而各自呻吟的情景看起來非常可怕。城裡的女侍們全都總動員來照顧他們，哈梅爾執事也在忙著東奔西跑。卡爾本來也在照顧傷兵，一看到了我們，就說：

「泰班，您來了。」

「怎麼樣？」

「其實您不用擔心。他們還能回到這裡，就表示傷勢還不算太嚴重。」

我心不在焉地聽了他們兩人的話，就馬上跑去房間的一頭，開始一個一個地確認傷兵的相貌。但不管我再怎麼找，爸爸就是不在裡面。我幾乎要走到另一頭的時候，看見了一個巨大的身軀蜷縮著坐在床位上。

「杉森！」

杉森將埋在膝蓋裡的頭抬了起來。他看到我的臉，就開始微笑。然後看到我穿的服裝，又搖了搖頭。

「怎麼回事啊，修奇？身上穿個皮甲，還帶著把巨劍，到底怎麼了啊？唉唷，手套看起來也很不錯呢！這不像是城裡的裝扮。你到底發生了什麼事？」

我難過得幾乎說不出話來，但是杉森卻一直在講我的運氣多好多好。

「我爸爸，你知不知道我爸爸到底怎樣了？」

「對不起，我跟你爸爸不是同一支部隊。我們是在無盡溪谷的懸崖上方，嗯，所以我們依照修利哲伯爵的作戰計畫……」

「我很清楚那個愚蠢到極點的作戰計畫！先回來的人都已經說過了。」

「是嗎？所以你應該也知道，我跟你爸爸離得很遠。」

「所以呢？你沒看到他？」

「嗯。抱歉。」

「……對不起，對你大呼小叫的。杉森你怎麼樣？」

「我還好。只是因為趕回來這裡，所以很疲倦。可是看來你最近常喝醉吧，唉唷，渾身都是酒味。我拜託你一件事，能不能去拿點你喝的酒來給我？」

我呵呵笑了。要我現在跑去村裡去再回來？我站了起來，跟正忙得不可開交的女侍問了廚房的位置，好不容易才找到了廚房。我為了提神喝了口冷水，然後找到了放在餐桌上的酒瓶。廚房裡面一個人也沒有，所以這是很簡單的事。我拿著那瓶酒出來。

大廳裡頭還是跟之前一樣，人來人往，到處都是慌亂的氣氛。但是杉森還是跟剛才一樣，把頭埋在膝蓋中間。

「杉森？酒在這裡。」

杉森抬起了頭，好像道謝似的笑了笑，然後把整個酒瓶拿到嘴邊。打起精神仔細一看，杉森有點在發抖。我還聽到好幾下酒瓶撞到牙齒的聲音。杉森沒喝多少，就放下了酒瓶。

「剛才口好渴，現在好像好多了。」

「杉森，你真的完全沒受傷嗎？」

「……受傷的是心。太可怕了。海利跟賈倫都死了。我自己都無法相信我還活著。」

我閉上了嘴。杉森做出乾笑的表情。

「雖然說我們早就有心理準備……但是同伴們被阿姆塔特吐出的酸性氣息噴中，被腐蝕而死的情景，還是很鮮明地浮現在眼前。」

「杉森。」

杉森像是自言自語地繼續往下說：

「回來的路上真是太痛苦了。我以為我已經被受傷夥伴的呻吟聲逼瘋了，更甭說有沒有機會接受治療，連餓都快餓死了。而且受傷的人是怪物下手的最佳目標，接連而來的攻擊就像是場惡夢……有幾個人的性命是我親手了結的。」

我雖然有些醉，但還是全身害怕得起了雞皮疙瘩。

「這也是沒有辦法的事……如果要救其他人，就非得拋下他們不可。但是就算把他們丟在那邊，他們也只能痛苦地等死，或者被跟在我們後面的怪物殺掉。他們會諒解的。他們相信這樣結束性命比較不痛苦。但我從來沒想過要用自己的手去砍夥伴們的頭。」

「杉森……」

「我不知道是不是應該要這樣活下來？但我好像沒有做錯事，只是心裡很痛而已。」

杉森再次拿起了酒瓶猛灌，有一半的酒都流到他的嘴巴外頭了。一陣子之後，他又開口：

「我也沒辦法救出領主大人。身為護衛領主大人的警備隊，這真是可恥。因為要保自己的命，所以我就拚命地一路逃回城裡。」

杉森眼睛睜得大大地凝視著我。

「阿姆塔特說牠要贖金，所以領主大人應該還是安全的。」

「真的嗎？你怎麼知……」

「我剛才不是說過有人比你先到嗎？那個人全都說了。」

杉森皺著的眉頭這才稍微舒緩下來。

「那就太好了！可是……贖金應該很高吧？」

「你對這個數字大致有概念吧？十萬賽爾。」

以杉森的腦袋，大概對這個金額不會產生很實際的感覺。其實我自己也摸不太清楚這個天文數字到底有多大。他的嘴巴張開，嘆了一口氣。「天啊！」

疲倦的夜晚。我喝了酒，又從村子一路跑到城裡，身體重得就像泡水的棉花一樣。我靠著大廳一角的牆邊坐著。

我向四周一看，全都是傷患，不然就是照顧傷患的人。但是我既不是患者，也不是照顧的人。我不像卡爾讀了許多書，對醫學很熟悉，而泰班則是利用他所擁有可觀的魔力來進行治療，這跟我簡直是天差地別。而且我也不像哈梅爾執事這種很有本領的人，他對各種領域雖然不是很精通，但也都略有所知，可以幫得上忙。

我只是個失去了父親，坐在城中黑暗大廳的一角咬牙切齒，喝醉酒的十七歲少年。

我蜷縮起雙腿，用手臂環抱住，然後把頭埋到膝蓋中間。

呼……呼……

這是呼吸聲，這是我的呼吸聲。我還活著。爸爸已經死了。

不！該死，是誰！誰說我爸爸已經死了！

沉重的脈搏聲。我還活著。而且……

我想起了卡爾所說關於脈搏的事情。卡爾說，人的鼓膜上面並沒有血管，否則人就會因為自己的心跳聲而聾掉。就是因為這樣，所以鼓膜上才沒有血管。聽了不吃驚嗎？

爸爸……

爸爸喜歡什麼花呢？如果運氣好，搞不好還可以幫爸爸造個墳墓。到時候我要帶什麼花去看他呢？

算了！可惡，別再想了！事情已經證實了嗎？爸爸已死這件事證實了嗎？如果證實了，到那時再想吧。到時候我要像瘋子一樣望天咆哮，或者是在地上打滾哀哭，甚至學小狗都沒關係。可是，現在不是還沒證實嗎！

說話聲。人的說話聲越來越近。

「那是誰？在那裡幹嘛？」

「那是修奇。他好像因為背巫師過來，所以很累的樣子。」

「不行。不管再怎麼累，也不能這樣啊。眼前還有這麼多受傷的人，居然窩在那邊什麼都不做？真不懂事。」

「別管他吧。他爸爸這次也參加了征討軍。」

「咦？」

「他一定很難過。已經知道我們打輸了，爸爸卻又還沒回來。不管身材有多高大，畢竟還只是個十七歲的孩子而已。」

「哼。」

說話聲。人的說話聲越離越遠。他們剛才說了些什麼？我沒必要知道。知道也沒用。我想聽的話只有一句。此外其他的話都是不必要的。這麼說起來，我要說話嗎？

水往低處流，鳥往高處飛
男子生而耕，女子生而織
戰士朝前望，巫師看上方
既已生為人，終有死亡日

這首歌我哼著哼著，就漸漸睡著了。

「爸爸！」匡！

我雖然已經沒有印象了，但是依照目擊者所說，我睡一睡突然站了起來，像瘋了一樣狂奔，最後用頭去撞牆壁，結果昏了過去。早上一看，果然大廳一角的牆上還留有痕跡。當然我的頭上也有傷痕。

「咦？是真的嗎？」

我連之前拚命練習才學會調節力量的方法都忘記了，高興得一跳，頭就撞到了天花板。唉唷，我的頭啊。昨天撞過的地方又撞到一次，這真的很痛。跟我講話的士兵用驚訝的眼光望著我，卡爾則是慌張地笑了。

士兵慢慢地對我說：

「嗯。尼德法先生跟領主還有修利哲伯爵的軍隊一起被地精俘虜了。我在那邊裝死，所以才沒被抓到。那時有一個地精跑來刺屍體，以確定這些人都已經死了，牠一來到我身邊，我就用盡全力把牠砍了，這才逃走。」

我因為太高興了，甚至忘記了頭上的疼痛。我不斷跟那個士兵說各種祝福的話，什麼無論做哪種事業都大發橫財啦，娶個超級漂亮的老婆啦，子孫昌盛八代啦等等的。士兵嘻嘻笑著問我：

「喂，你為什麼可以跳這麼高？」

「如果你能夠不刻意奉承像仇人一樣的女孩子的話，就會變得跟我一樣！」

說完了誰也聽不懂的話之後，我因為太高興了，所以開始怪聲怪叫，跑出了大廳。

杉森到達的第二天，我就從逃回來的士兵當中聽到了這個消息。真是高興極了！爸爸果然還是知道在戰場上該怎麼應變。我蹦蹦跳跳地跑著，時而空翻，時而在地上滾，弄得經過的人都認為這傢伙百分之百是個瘋子。

我躺在練兵場正中央望著天空笑的時候，杉森跑了過來。杉森已經脫下了他滿是塵土與鮮血的骯髒盔甲，換上了乾淨的衣服。我想跟杉森說話，可是他先笑著說：

「我也聽說了。我來的路上，看到你簡直是瘋狂了，所以問了路人怎麼回事。真是太好了，修奇。」

「嗯！我爸爸不但什麼事都不會做，連送死都不會。」

「……這算是一種稱讚嗎？」

「可是你要去哪裡？也不休息一下，而且還穿了正式場合的衣服。」

「我要去人家家裡，通知他們說他們的家人戰死了。這是我的任務。」

這一瞬間，我突然對自己剛才的高興感到十分愧疚。這些戰死者的家裡等一下就會變成淚海了。杉森看到我慌得不知所措，對我笑了笑，說：

「其實你也沒什麼好愧疚的。你的高興跟死者家人的難過一樣，都是理所當然的事啊。」

「可是……這樣好像我只顧自己。」

「看你高興到這種程度，說起來是這樣沒錯啦。如果你還是覺得愧疚的話，就去找泰班幫幫忙吧。聽說你是他的助手？」

「嗯。」

泰班正在大廳中照顧著士兵們，但依先前卡爾說的話，能夠回來這裡就代表受的傷還不至於死亡。他們受的大部分是輕傷，其實他們更大的問題是筋疲力盡。他們在逃亡的過程中不斷躲避怪物的攻擊，所以到了這裡已經是累得不成人形。

泰班已經處理了幾個危急的傷患，之後都只是坐在椅子上指揮女侍而已。所以我也根據泰班的指示，負責把受輕傷的士兵運回家中。

杉森在去村子的路上碰到了我，他對我的力氣做出了驚訝的表情。我輕快地拉著載滿傷兵的手拉車，杉森抓著車在後面跑。

「哇！你說這是ＯＰＧ？真不得了耶！」

「這樣總算跟你差不多了。因為我擁有了食人魔的力量。」

「你說什麼！你這傢伙，嘴巴還是一樣缺德。」

把這些士兵送回家的路上，他們每個人都露出喜悅的表情。進到村子裡頭，當我在每一家的門口放下他們時，看到他們含著淚的家人，我也覺得我快流淚了。我所拉的手拉車上面載滿了喜悅。村人一看到我拉的車，就會對著坐在上面的人歡呼。啊！活著回來了。都是託大家的福，讓你們擔心了。克雷，回來了啊！啊，黛安！

我望著擁吻的情侶，高興得差點笑了出來。這真是讓人喜悅的工作。

但有時杉森停在戰死者的家門前，進去傳達戰死通知的時候，那光景我真的不忍心看。男人們用僵硬的表情跟杉森握手說謝謝，但女人們則是抓著杉森痛哭失聲，每當這時候，杉森只能一動也不動地望著天空。他的眼中流下了淚，我跟坐在車上的士兵也被淚水沾濕面頰。

「喂，沒關係啦！」

「叫你坐上去你就坐嘛！」

在村裡轉了一圈，把傷兵都送完之後，我就強迫杉森坐到車上去。杉森雖然拒絕了，但只是載一個人回城裡又不會怎麼樣，所以他還是拗不過我的強烈要求，笑嘻嘻地坐上了車。

「好！開始跑吧！」

「哇！」

我用幾乎快翻車的速度開始跑。後面傳來了杉森的慘叫。

「車、車子會整個撞爛！你這傢伙，我才不想死在這裡！」

「你說什麼？因為太慢所以無聊死了嗎？衝啊！」

「哇啊啊啊啊！」

我本來是想讓杉森高興，但他好像非常害怕。一到達城裡，他滾下車之後，就頭也不回地逃走了。我看著他的背影捧腹大笑。

我笑了一陣子之後，就將手拉車立了起來，再次進到大廳裡面。這是為了要看看有沒有人傷勢轉好。但是我卻沒看到泰班坐在大廳裡，卡爾也不在。我不知道原因，所以跑去找哈梅爾執事。

「執、執事大人，泰班跑到哪裡去了？」

「嗯，修奇你回來啦？太好了。跟我過來。」

「咦？」

「我們正在等你。快來吧。」

令人驚訝的是，載完傷兵回來的我，居然被哈梅爾執事直接帶到一樓深處的領主辦公室。我活到這麼大，還從沒進來看過半次。通道右邊掛在牆上的武器，受到陽光的照射而閃爍著，左邊光照不到的地方則掛著肖像畫，我猜畫的是領主的祖先。掛在那邊大概是因為怕照了陽光會變色吧……我一面想著這類的事情，一面前進著。

熟練地打開巨大木門的哈梅爾執事進到了裡面，我也噘著嘴跟了進去。

我環視了一下室內，馬上就嘆了一口氣。裡面幾乎是空空盪盪的。四面都是平直的石壁，只有一些書桌、桌子、幾把椅子跟書櫃之類的家具。壁爐上面掛著的劍跟盾牌好像是唯一的裝飾品。我知道我們領主很窮，但這算是一個領主的辦公室嗎？

巨大的窗邊放著張桌子，泰班、杉森跟卡爾都坐在那裡等我們。我因為不知道怎麼回事，所以只是站著，但是卡爾馬上就叫我坐下。

「尼德法老弟，來這邊坐。執事先生？」

哈梅爾執事也坐下了。圍坐在桌旁的五人當中，我跟杉森不知道來這的緣由，所以一副困惑的樣子，哈梅爾執事一臉擔心的表情，泰班跟卡爾則是沒什麼表情。

哈梅爾執事開口了。

「我以領主代理者的身分發言……卡爾少爺？你真的不要當領主的代理者嗎？」

杉森的臉色當場變了，訝異得不得了，我則是點了點頭。

卡爾怎麼有膽子敢住在領主的樹林中，悠然自在地生活呢？因為他名叫卡爾・賀坦特。他就是賀坦特領主的弟弟。這件事村子裡除了我，只有幾個人知道。

卡爾搖了搖頭。

「我沒有這種資格。我根本沒有幫過哥哥，只是在樹林裡頭過著懶散的生活。而且我也說過好幾次了，我不喜歡在哥哥不在的這時候，跑去坐他的位子。」

哈梅爾執事雖然露出惋惜的表情，但還是沒繼續強迫他。杉森用難以置信的表情注視了一下卡爾，然後又急急忙忙把視線轉到別的地方去。哈梅爾執事說了：

「那麼，警備隊長杉森・費西佛！」

「在！」

「為了報告賀坦特領地的狀況以及第九次阿姆塔特征討軍敗北之事，並且向國王陛下請求援助，必須要有人去首都拜索斯恩佩。瞭解嗎？」

哈梅爾執事繼續說：「卡爾・賀坦特少爺要到首都去。雖然這裡也需要守衛，但你應該也知道，城裡的士兵大部分都受了傷，進入深秋之後，怪物們如果發現警備隊兵力減弱，牠們一定會拚命攻擊，這一點我們都預想到了。所以我們沒辦法派出太多人來護衛少爺。少爺說他要一個人自己去首都，這根本不像話。這種季節怎麼可能一個人到首都去？所以我希望你再加上另外一個人，可以當他的隨從。」

再加上另外一個人。現在坐在這裡的人當中，有一個是不必要的……

「修奇・尼德法——」

「知道了。」

聽到我的回答，哈梅爾執事雖然有些慌，但還是點了點頭。我說：

「因為我不是正規軍，所以這不算是派出軍隊，反正以我的年紀連自衛隊都進不去，所以剛好可以派我去。那好啊。而且還有我爸爸的事情懸在那裡。如果讓我知道了事實，大概我會先去纏你吧，執事大人。」

哈梅爾執事苦笑了一下。

「你雖然很驕傲自大，但似乎也同樣值得信賴。」

我瞄了泰班一眼。如果他也能一起去，就沒有什麼好怕的了。泰班好像看穿我內心似的說：

「如果情況允許，其實我也想一起去。但不管怎麼說，這裡實在令人擔心。修奇，你要小心再小心。到目前為止，雖然你跟石像怪還有食人魔都打過了，但那都只是幻象而已，跟現實是完全不同的。如果忘記這件事，你就死定了。知道了嗎？」

「知道了。」

「別擔心傑米妮。我不會讓她去看別的傢伙的……」

「閉嘴！」

卡爾笑了笑，說：

「你們兩個人需要什麼特別的準備嗎？沒有嗎？那麼我們早點出發。請你們各自準備一下，明天清晨到我家來。我不想讓別人發現我的真實身分，你們可不可以幫我？」

杉森雖然搞不清他在說什麼，但也慌忙地點了頭。卡爾說：

「不管是在首都要謁見陛下，或者是資金的準備都由我負責。你們兩個討論一下，旅行方面的事就拜託你們了。費西佛，請你研究一下我們三個要怎樣才能最快到達首都。如果是為了讓村人安心，你們可以把有人去首都的消息散播出去，但是請別提起我的名字。」

「是的！請不要擔心！」

哈梅爾執事起身走向書桌，用鑰匙把抽屜打開，拿來了一個盒子跟錢包。他將錢包給了杉森，要他買一些旅行的物品。然後他把盒子遞給了卡爾。

「這是印鑑跟任命狀，還有賀坦特領地的所有證書，以及林產物、農產物採收權的證明書。您已經成為賀坦特領地的全權代理人。」

「知道了。」

杉森猛然從椅子上站起。我一坐下，他馬上要我站起來，他說：

「那麼我們就先行告退，前去準備了。您……您……」

「像以前一樣叫我卡爾就可以了。」

「是的，卡爾。您會騎馬嗎？」

卡爾笑著點了點頭。但是我的臉卻扭曲成一團。馬？我趕緊將頭轉向泰班。

「等一下！泰班，你是巫師吧？你不能施個法，讓我們飛到首都去嗎？對了，空間移動。上次叫炎魔出來的時候，那個什麼……叫什麼術來著？」

泰班笑了笑，說：

「你這傢伙！你是炎魔嗎？」

「咦？」

「解釋起來很困難。因為我是瞎子，所以沒辦法正確地扭曲空間。但是炎魔是惡魔中算是很厲害的，所以雖然我只能設定近似的座標，牠還是可以在跟我互相合作之下過來。其實這跟炎魔擁有的『次元門』能力也有關……」

「你再講下去也聽不懂。算了，別說了。」

這時杉森根本不讓我有繼續講話的機會，就把我拖到辦公室的外面去。剩下的三個人好像在討論什麼不得了的東西，但是就憑我也聽不懂。杉森慌忙地問我：

「喂、喂，修奇。你剛才好像不怎麼驚訝。卡爾到底是誰？」

「卡爾就是卡爾啊。不然你說是誰？」

「別這樣啦，修奇，講一下啦。」

「剛才他不是說了嗎？『哥哥不在的這時候……』你還是不知道嗎？」

杉森帶著訝異的表情說：

「那他是領主的弟弟？」

「正確來說，是同父異母的弟弟。所以兩人的年齡差滿多的。」

「啊！」

卡爾是領主的異母弟。他的媽媽是城裡的女侍，所以卡爾很早就拋棄了對自己身分的關心。他小時候離開村子四處流浪，長大之後才回來。心地太好的我們領主想把他當成親弟弟接回家，但是卡爾婉拒了，反而拜託領主讓他靜靜地在樹林裡生活。所以卡爾就在所有人的好奇眼光中神祕地生活著。聽到我說的話，杉森點了點頭。

「這次該我問了。你打算騎馬去嗎？」

「當然啦。不然這麼遠的路，你想用走的啊？來回一趟就要五、六個月了。」

「這樣當然不行，可是騎馬也不行。」

「什麼意思？」

「我不會騎馬。」

杉森笑了出來。

「沒關係啦。有誰是一生下來就會騎的？慢慢就會熟練了。」

「嗯……」

「我給你一個建議。讓馬認識自己的主人，是很重要的。」

我眼中發出光芒，可是杉森沒看到。

杉森跟我往城堡後面的馬廄走。

在馬廄看守馬的歐尼爾聽到我必須騎馬去首都，做出了驚訝的表情。這個大叔啊，我還比你更驚訝呢。他搖了搖頭，把我們帶進馬廄裡面去。

杉森有自己的馬，所以不成問題。來到這裡是為了準備我跟卡爾要騎的馬。歐尼爾一面說訓練完成還沒指定主人的馬是有幾匹，一面讓我看那些馬。但就算他給我看了馬，難道我知道要怎麼去選嗎？

我對歐尼爾說：

「喂，如果我拿純蠟製的蠟燭跟混合蠟燭叫你選，你有辦法選嗎？」

歐尼爾呵呵笑了。他觀察了一下我的體格，然後直接幫我選了一匹。那匹馬是栗子色的，真的很帥氣。跟杉森騎的大型馬「流星」比起來雖然小多了，但我也不喜歡那種大到嚇人的馬。我靜靜地瞪著那匹馬，那匹馬也靜靜地瞪著我。馬的眼睛很奇怪。眼皮圓圓的，看起來像是被嚇到，同時卻又很猙獰嚇人。這次我稍微把頭轉了過去，雙手抱胸瞪著馬。馬對著我哼了一聲。噗嚕嚕。

杉森呵呵笑了笑，說：

「修奇，你今天跟這傢伙互相適應看看。旅行的準備就由我來好了。」

我點了點頭，杉森就駕著他的馬走掉了。

歐尼爾微笑了一下，然後將馬鞍跟其他馬具拿來放到我面前。我茫然地站在那邊看，所以歐尼爾示範給我看怎樣塞馬嚼子，怎樣拉牠頭頂的帶子，怎樣綁下巴的帶子，怎麼樣先放鞍墊再放馬鞍，怎樣綁肚子跟胸部的帶子，看起來都沒什麼困難。歐尼爾慢慢地讓我看他每一個動作，然後再全部解開，要我直接試試看。

好啊，試就試嘛。

我拿起馬嚼子，想要放到馬的嘴巴裡。但到底是怎麼回事？歐尼爾放的時候乖乖的馬，換了我一靠近，牠就搖著頭開始退後。我用懷疑的眼神望著歐尼爾，但他只是微笑。

我彎了彎手指。杉森不是說，要讓牠認得主人嗎？

「好，不管怎麼樣，我一定要騎你。如果你越少反抗，我倆的關係就越愉快。知道嗎？」

歐尼爾看到我認真的樣子，開始捧腹大笑。我哼了一聲，然後手臂纏住了馬的脖子。

「呀！」

我將馬的脖子緊緊夾在腋下，然後用另一隻手強迫把馬嚼子放到牠嘴裡，歐尼爾看了露出快昏倒的表情。馬雖然也想反抗，但我戴在手上的是什麼？不是ＯＰＧ嗎？我繼續把馬嚼子塞到適當的位置，然後綁上了馬嚼子的帶子。接著我退到後面，讓牠看見我想要把馬鞍放到牠背上。

「來，現在該換這個了。如果你敢反抗，我就讓你跪下再綁。知道了嗎？」

馬對我的話理都不理，就直接逃走了。唉唷，我快瘋了。

經過一番角力過後，馬好像知道要把我當主人了。當然在這之前我不知吃了多少苦頭。我被馬的後腿踢到好幾次，馬也被我踢了好幾次。歐尼爾點了點頭說：

「第一次看到這麼配的馬跟主人。」

不管怎麼樣，現在牠會乖乖地站著，讓我在身上綁東綁西了。讓牠咬住馬嚼子，整理完頭頂的帶子之後，就要綁下巴的帶子了。放完保護墊再放馬鞍。然後適當地勒緊肚子跟胸部的帶子。要做到所謂的「適當」是非常困難的。我問歐尼爾要勒緊到什麼程度，他卻說反正適當的程度就對了，我真是搞不懂他。但其實仔細想想，如果有人問我熬製蠟燭時的火候要怎麼樣，我大概也只能回答他「適當的火候」。

「現在可以騎了嗎？」

我學完上馬具的方法，就已經是下午了。但因為隔天就要出發，所以也沒有別的時間了。歐尼爾指導我如何爬上馬鞍。這傢伙現在已經很聽話了，所以學爬上去的方法也很簡單。

歐尼爾在馬嚼子上綁上了長長的繩子，然後就要我跑跑看。

「咦，你既然已經把馬綁了起來，那要怎麼跑？」

「繞圈圈。」

所以我跟馬就以歐尼爾為中心，開始繞圈子。這樣我才開始不算是在操縱馬，而是在真正地騎馬。我一這麼說，歐尼爾就點了點頭。

「嗯。那我們就先從不掉下來的方法開始學起好了。」

接著歐尼爾就突然不知下達了什麼指示。我雖然聽不懂他說了些什麼，但馬開始越走越快，我也立刻搖得更厲害了。我突然感到害怕，所以放掉了轡繩，抱住了馬脖子。歐尼爾有點兒看不過去地說：

「腿上用力，上半身放鬆，並且輕輕地搖動。」

腿上用力？上半身放鬆輕輕搖動？我將腰向上直了起來，腳也開始用力踩馬鐙。雖然更加舒服了一些，但我這副稻草人的樣子，似乎把歐尼爾弄得很想笑。

不管怎麼說，我摔下來兩、三次之後，總算體會出了訣竅。腳下的衝擊必須讓它在腰部消失。所以重要的是踩著馬鐙的腳以及膝蓋的動作，必須輕輕柔柔，有節奏地動。

我一達到了這種程度，歐尼爾就開始教我用轡繩的方法。這非常單純。只要把轡繩往要走的方向拉，然後再用腳跟馬稍稍打信號就行了。如果想要停下來，就把重心往後移，再把轡繩往上拉，如果想要加速，就把重心往前移，用馬鐙踢馬的肚子。

不知歐尼爾是否決心要讓我速成，我這樣跑了一小時，他連休息都不讓我休息，最後解開繩子讓我隨便跑。繩子一解開，那匹馬似乎就恢復了本性（說起來是我在馬背上，而馬要怎麼樣，我完全都放任牠），所以開始拚命反抗。我為了讓牠知道反抗是沒有用的，所以用力踢了馬肚子一下。

唉唷！馬突然好像瘋了一樣，開始狂奔。對了，踢馬就代表出發！那停下來呢？我不知道該怎麼辦，雖然想辦法讓牠停了下來，但是馬一停，我的身子就往前飛了出去。「呃啊！」

下午很晚的時候，跑來看我進展得怎麼樣的杉森搖了搖頭。

「你跟馬打架嗎？」

我點了點頭，杉森顯露出更驚訝的表情。歐尼爾讓他看我騎過的馬。馬全身上下都冒出泡泡般的汗水，正在喘著氣。杉森的嘴一下子驚訝得張了開來。

「那就把牠取名叫傑米妮吧！」

馬跟我用憎惡的眼神互瞪了一眼，歐尼爾跟杉森則是互相捶著肩膀大笑。

09

做完一天的工作之後，坐在自家前面椅子上休息的大人們，眼睛全都瞪得大大的。村中的小孩發出怪叫聲跑來，少女們則是緊握自己的雙手，用訝異的眼光望著我們。

我身體的痠痛還是沒消除，就算騎在馬上，全身還是都在疼痛。說起來馬跟我的狀況也沒兩樣。杉森跟我驅馬走上了村中大路。

「哇！仰慕高貴仕女傑米妮的騎士修奇在騎馬耶！」

我對歡呼的村人做出了悲慘的笑容。我全身僵硬，手臂也不聽使喚。那時我看到了頭上插著朵花，在村中跟小孩子們一起蹦蹦跳跳玩耍的傑米妮。哎！真是拿她沒辦法。傑米妮好像發現這邊很吵雜，回過頭來，結果跟我四目相交。

「哇！」

村人都喊出了歡呼聲。大概他們以為我會像故事裡面一樣，抱起了傑米妮，讓她坐到馬鞍上，然後朝向夕陽奔馳而去。但其實我完全沒有這種念頭。就算我真的想這麼做，也做不到。因為我全身上下都快痛死了！

傑米妮用驚訝的眼光看了看我，接著就向我走來。原來擋在我跟傑米妮之間的村人一下子都往兩邊分開。天啊，這些人的行動還真統一。傑米妮遲疑地走了過來，然後摸了摸馬的臉頰。

「真漂亮……牠叫什麼名字？」

「傑米妮。」

傑米妮（是指人！）臉紅了起來，村人們開始嗤嗤笑著。其實她根本不知道我為什麼幫馬取這個名字！傑米妮紅著臉不知道該怎麼辦，東張西望了一下，然後摸了摸自己的頭。這時她才發現自己頭上插了朵花。唉唷，還真遲鈍。

傑米妮將這朵花拔了下來，插到馬的耳朵上。令人驚訝的是，傑米妮（是指馬！）居然乖乖地站在那裡讓她插花！怎麼會有這種傢伙？這時我發現了一件可怕的事實，就是女孩子只要想變成另外一種樣子，她立刻就可以變。不久之前還跟村中小鬼蹦蹦跳跳地玩著的傑米妮，這時居然好像變成什麼聖女一樣，用很纖細優雅的聲音說：

「跟我名字一樣的馬呀，我給你這朵花，你要好好服侍主人喔。」

聲音雖然有點顫抖，但是從頭到尾都非常清楚。

然後傑米妮就往後轉身跑掉了。村人都喊出了歡呼聲，我則是只想昏過去。

我差點立刻被這些人抓到「散特雷拉之歌」去。如果不是杉森，我那天晚上大概會徹夜在那裡面喝酒。杉森說要準備的東西很多，很溫和地將湧上我們身邊的村人打發走，我好不容易才從裡面脫身出來。

杉森進了雜貨店，跟老闆要剛才買的東西。有掛在馬身上的袋子跟繩子、油燈、幾個碗、打火石跟發火裝置、針線、刀子和鐵條，以及三腳架等烹飪時要用到的工具、水壺、三個大水桶……說起來真是沒完沒了。無論如何，我們將這一大堆東西分別綁在我的馬、杉森的馬，還有我們一起牽來的卡爾的馬身上，然後我就跟著杉森回到他自己家去了。

鐵匠喬伊斯沒說什麼話，只是將油燈跟鍋子、小刀跟手斧之類的東西給了我們，又給了膏藥跟藥草。然後杉森的媽媽給了昆布跟培根、麵粉、玉米粉、鹽巴、胡椒……我怎麼又開始一一說起來了？反正她給了我們這一類的東西。我們將這些東西依次分門別類載到馬背上。

杉森的媽媽雖然問我要不要在她家吃完晚餐睡一夜再走，可是我婉拒了。因為我還想要稍微整理一下自己的家，並且要把門釘上，還有很多事要做。最重要的是，我今天非常想在自己家裡好好睡一覺。所以我騎著傑米妮，開始往自己家的方向前進。

我前幾天都在城裡過的，隔了好久才回到家裡，所以應該很冷清吧。反正只是今晚睡一覺，明天早上就要出發了，所以我也不太想清理。只要隨便弄個晚飯吃吃，然後去睡覺就行了。但當我到了自己家附近，我卻嚇了一跳。

我家的燈是亮著的。

是爸爸嗎？不是。爸爸被阿姆塔特抓去作俘虜了。我從馬上下來，將馬綁到附近的樹上，拔出了巨劍，走近我家。也許是爸爸逃了出來？我雖然不太相信會是這樣，但因為爸爸的身分還是士兵，應該會先到城裡去。難道是小偷？

怎麼可能。我家裡根本沒有什麼可偷的東西，而且其實我們村中也根本沒有小偷之類的人物。小偷大概也不會跑到像我們村子一樣陰森可怕的地方來營業吧。

這麼說來，難道是附近經過的流浪漢發現這裡沒人，所以跑了進去？這也有可能。我們家滿偏僻的，再加上我幾天都不在，氣氛看起來就很像是空屋。

「你死定了。看你怎麼死的。」

我鬼鬼祟祟地走向我家，然後走到門邊。我準備好要踢門衝進去，可是門卻突然打開了。

「啊！咦，傑米妮？哇！」

唉唷，真倒楣透了！傑米妮打開了門，然後開始潑水，一潑就潑到了我身上。這個蠢丫頭，居然沒看到我就站在外面的黑暗中，等到把鍋子裡的水都潑完之後，才發現了我。

「啊！修奇，你在那裡做什麼？」

「這句話應該是我說的才對吧？」

「那就說啊！」

「啊！傑米妮，妳在那裡做什麼？」

不知為什麼，我覺得自己好像有點白癡。傑米妮咯咯笑了，然後馬上把掛在家裡的毛巾拿出來遞給我。我笑了笑，將硬皮甲脫了下來，然後擦完身體，就開始擦我的皮甲。唉唷，我的皮甲呀！可是這丫頭，到底在別人的家裡做什麼？

「妳在這裡幹嘛？」

「準備晚餐啊！聽說你明天要去首都？所以我想做點好吃的東西給你吃。」

「……妳剛才已經把我洗乾淨了，現在妳只要把我切碎就行了吧？」

「唉唷，修奇。你出去好好洗個澡啦！」

我嘀嘀咕咕地站了起來。

「真謝謝妳。」

「如果不是我，還有誰會幫你準備這些呢？」

我笑了笑，走到外面去。才剛被水潑過，脫了上衣馬上又跑到外面來，所以身體直發抖。呵！還真涼爽。我故意揮了揮手臂，然後跑到水桶旁邊去洗身體。

啊！嗯，好冷。

我大致洗了個澡，然後就到樹林裡頭，把另外一個綁著的傑米妮牽了回來。哎呀，我們家裡居然沒有可以綁馬的地方？我煩惱了一陣子，先將馬載的東西從馬背上卸下來，接著拿來長長的繩子，綁在馬的轠繩上，然後把牠放到工坊裡去。因為繩子夠長，如果牠餓了就可以到外面吃草，口渴的話也可以喝水。

雖然我突然很羨慕綁在外面吃草的傑米妮，但為了保持禮貌，我還是向眼前的傑米妮說：

「謝謝，我吃飽了，真是愉快的一餐。」我離開村莊的時候有人幫我辦歡送會，這也不是件壞事。即使這個人做菜的手藝真是夠差的，但光是她的誠意，也就該十分感謝了，不是嗎？

傑米妮要我舀水過去，然後就嘩啦嘩啦地洗起碗來了。嗯，這時的她看起來真是漂亮得豈有此理。我為了讓自己內心不要亂想，所以拿出了磨刀石，開始磨我的巨劍。鐵匠喬伊斯已經把它磨得很好了，所以也沒必要花太多心思去磨它。每天這樣磨，只是為了讓它不生鏽，而且壽命可以延長。

這時傑米妮像是想到了什麼事，拍了一下手。

「喂！修奇你手拿著這把劍跑來跑去，不覺得煩嗎？」

「咦？怎麼了，因為沒辦法才這樣的啊。」

「可是總不能這樣去旅行吧。我看看……你有沒有皮條，或是不用的腰帶？」

我歪著頭，跑到工坊去拿了一條皮條過來。傑米妮馬上就拿出針線，開始製作綁在我劍鞘上的皮帶。

受不了。她真的漂亮極了。

在燭光底下全心全意做著我要用的劍帶，這個女孩子真的是傑米妮嗎？她全神投注在針線上面，臉上的肌肉都放鬆了，顯露出沉靜安詳的臉龐。我不知不覺地說出：

「我的命運……還真奇怪。即使在今年夏天，我也想像不到自己居然會跑到首都去。就因為現在是秋天了……」

傑米妮一面縫著，一面重覆我的話。

「因為現在是秋天了？」

「對啊。進入秋天之後，卡賽普萊就出現了，我成了巫師的助手，爸爸變成了阿姆塔特的俘虜，最後我還得出發到首都去。雖然聽說秋天具有魔力……」

「什麼意思？為什麼說秋天具有魔力？」

「秋天就是這樣。春天跟夏天的期間，地上萬物的生命力都旺盛地燃燒著。但是在秋天的手碰觸的瞬間，這些生命力都會消失，再過一段時間之後，就會進入冬天。那就代表了死亡。所以秋天是很神祕的。面臨死亡的那些生命。步步逼近的死亡。就在生命力消失，死亡降臨之前這一段短短的時間中，所有神祕的事情都會發生，那就是在秋天裡出現的魔力時間。」

「挪曬直胭（魔力時間）？」

傑米妮正在用牙齒把線咬斷，所以發音有點奇怪。她可以等到把線弄斷再講就行了，可是她就這麼講了出來，真的很可愛。我微笑了。我就把卡爾很喜歡的，有關這段時間的故事講給她聽。

「在不同的地方，所謂的魔力時間也不一樣。可以確定的是，一定是在秋天的某段時期。如果有人偶然來到已經進入魔力時間的地方，他就會發生各種罕見的事。在這短短的秋天期間，從落葉開始覆蓋大地，一直到最後初雪降下時為止，這個人會擁有永遠留在記憶中，一生只有一次的秋天。有時他也可能不知道。他只是記得了那年秋天發生的事，過了幾年之後，或者老了之後，他才突然發現這段時間的特別。但是知道自己已經進入魔力時間的人，在從落葉覆滿大地之時起，一直到初雪時為止，可以做出令人驚奇的事。」

「天啊……」

「路坦尼歐大王展開光榮的七週戰爭，也是從落葉飄零時開始。妳知道他擊敗神龍王之時的故事吧？在慘烈戰爭的末了，神龍王終於倒下了。這時天上開始飄起白雪。結果路坦尼歐大王連劍都舉不起來，讓神龍王就這樣逃走了。之後路坦尼歐大王都沒辦法拿劍了。」

「這麼說，那段時間就是……」

「屬於路坦尼歐大王的魔法的秋天。在冬天來臨之前，他完成了一生中最偉大的事，只是連這件事也是未完成的。」

卡爾為什麼喜歡這個故事呢？我想是不是因為這個沒完成的結尾？我不喜歡這種故事。我喜歡單純又有完結的。但這個故事好像很合傑米妮的胃口。傑米妮雙手捧著臉頰，做出了沉浸在幻想中的表情。然後，傑米妮好像突然驚醒似的說：

「都弄好了。掛起來看看吧。」

我看了看傑米妮幫我做的劍帶。她沒辦法做出能佩戴在腰上的精巧帶子，所以那個東西就只是連著劍鞘，可以掛在肩膀上。我一將巨劍背在肩上，傑米妮就好像道歉似的說著：

「如果能束在腰上就好了……」

「不會啦，這樣兩手都很自由，走的時候也很舒服。沒關係啦。」

我掛著這個東西，然後試著拔劍，好不容易才拔出來。不然還能怎樣，這又不是普通的長劍，而是長度兩肘的巨劍。我煩惱了一陣子之後，將左手繞到後面，將劍鞘往下拉再拔。這次很順利地拔了出來。沒有拿盾牌真是太好了。我故意讓傑米妮看見我能夠很輕鬆地將劍拔出，然後說：

「鏘！不錯吧？跟我的手臂長度正合。謝謝了。」

傑米妮噗哧笑了出來。我再次把劍插回去之後說：

「已經很晚了，該走了。回家去吧。我帶妳回去。」

傑米妮拿起放在床邊的披肩，包住了頭與肩膀。我拿起一盞油燈往外走。

「要不要讓妳騎馬？」

傑米妮騎在傑米妮身上。嗯，真是有趣。傑米妮的表情雖然有點害怕，但還是答應了。我把馬牽來，讓牠站定之後，就瞄了傑米妮一眼。傑米妮的表情有些為難。其實我也是。我抓住了傑米妮的腰，把她抬到馬上。平常這對我而言就是件簡單的事，更何況是現在，她更輕了。傑米妮側身坐在馬背上，我把油燈拿上去給了她，然後就抓住鞭繩開始牽馬走。秋夜的風聲當中，罕有的嘎吱聲讓人覺得很有特色。如果是冬夜，葉子會像快掉了一樣，發出嗡嗡的響聲，但秋夜不是這樣。我們聽著蟋蟀的鳴聲，走進了樹林裡。騎在馬上的傑米妮高舉著的油燈之光，只把我們映照成一片灰白。周圍的樹林好像把那些光直接吸收掉了似的。

但我的心情很快活。到了明天，我就要出發了。雖然我打算馬上回來，但即使只是離開一陣子，周圍的景物卻都似乎變成全新的一樣，向我逼近。我一手插在褲子裡，另一手抓著韁繩，一面吹著口哨一面前進。馬很乖巧聽話。這傢伙是不是知道傑米妮跟自己同名呢？為什麼這麼溫順？坐在馬上面的傑米妮撫摸著馬的鬃毛，也和著我的口哨聲唱歌。偶爾她的手遮住了另一隻手拿的油燈，看見影子便自己嚇了一跳，趕快把手放下來。每當這時候，傑米妮就會喊出緊張的叫聲。而我則是嗤嗤地笑。

喬伊斯說我們兩人像騎士學徒跟高貴仕女？現在的情景看來還真像。我無話可說了。

咦？真奇怪。路變短了？我們已經看見傑米妮的家就在前面了。我搔了搔頭，讓馬停下來，然後回頭伸出了手臂。傑米妮什麼都不想，就跳了下來。在空中抓住傑米妮腰部的一瞬間，我腦海中浮現了一個計畫。

我抓著傑米妮卻不把她放下來，我說：

「真是的。傑米妮？」

「嗯？」

「要不要我給妳一個建議？」

「什麼？」

「妳要小心，不要讓自己陷入無法逃脫的狀況。」

傑米妮雖然聽不懂我在說什麼，但我還是按照計畫進行。傑米妮現在在我手中，她能逃到哪去呢？傑米妮的眼睛一時之間睜得大大的……

……過了一陣子之後，我把傑米妮放下，然後拿起她摔在地上的油燈，像閃電一般騎上了馬跑走。傑米妮到了這時才開始大喊：

「喂！修奇！你這個壞蛋！啊！」

這就是為什麼我叫她不要陷入逃不走的狀況。雖然是這樣，但是對我來說我也好不到哪兒去。從我把傑米妮看成這麼漂亮這件事看來，搞不好我很有可能一輩子都得當她的騎士了。似乎這就是我的淒慘命運……

第二天太陽還沒升起之前，在灰白的黎明當中，我將我家的門釘了起來。

我雖然覺得自己在做一件很了不得的事，可是仔細想想，也不過就是釘門而已。但問題點是，這裡是我從一生下來就住了十七年的家。

聽說我們國王有一個差勁的哥哥。本來應該是這個哥哥當國王的，但是他的個性很糟糕，行為也亂七八糟，所以貴族院革去了他的身分，讓他弟弟坐上了王儲之位。

但是我想起這個廢太子的故事中，有一件事跟我現在的狀況很吻合。這個廢太子有一天把自己的房間釘了起來。王宮內的人員看了嚇一跳，問他理由，他說：

「我的未來在外面，所以我要到外面去。但是我所珍惜的過去則是在這裡，所以我死前會回來。沒有過去就不會有未來，所以我想把這房間一直封到那時候。」

然後他就跑出了王宮，就在那一天被貴族院廢掉了王儲身分。

是的，不管是什麼樣的流浪者，到最後都還是有可以回去的地方。也許是他逃出來的家，或是故鄉，而就算是孤兒，也有藏著他珍貴記憶的地方。他會一生不斷懷念這個地方，從懷念當中獲得繼續流浪的力量。反過來說，把自己的過去釘起來，就代表要投身到險惡的未來裡面去。

啊！我實在太會講話了。因為我內心奇怪地突然興奮起來，一不小心錘了手指兩下。

我一面甩著疼痛的手指，一面將工坊鎖起來，然後將馬具放在馬背上，開始往卡爾家出發。

雖然晨霧四處籠罩著，但我從來沒有因為這樣而迷路過。

卡爾正在做跟我剛剛相同的工作。他停下來看到我，就笑了出來。

「啊，來得真早啊，尼德法老弟。」

我笑了笑，從他那裡接過了鐵錘跟釘子，在每個房間各釘上一個。卡爾一面搖頭一面微笑。

「你現在力道控制已經很熟練了。看起來很自然耶！」

「因為每天接受那種莫名其妙的訓練。但你背上的是？」

卡爾的背上背了張長弓。卡爾聳了聳肩，說：

「畢竟是旅行，還是要有武裝，不是嗎？箭術我還算會一點。」

「可是杉森還沒來嗎？」

這時傳來了急促的馬蹄聲，杉森的形影出現在霧中。他急忙讓兩匹馬停住，然後跳了下來。

「呼，呼。對不起！您久等了嗎？」

「不會，不會。我們剛剛出來。」

我看了看杉森的表情，差點爆笑出來。杉森的眼睛是紅的。大概他今天早上一面從家裡出來一面大哭。不，不。哼，他哪有可能讓他爸爸喬伊斯看到自己這種樣子……啊啊！

我走向杉森。杉森看到我突然露出陰險的笑容朝他那裡走過去，立刻露出警戒的表情。我突然將鼻子鑽到杉森的胸前，杉森嚇得退了一步。

「啊……真香！」

杉森不只吞了我丟的餌，連魚鉤都一股腦吞了下去。

「喂！修奇，怎麼可能會有那種味道？」

「話轉得真快！嘿嘿嘿嘿！」

他一定是猶豫了很久，到最後還是趁來這裡的途中偷偷跑去見那個女孩子了。

然後一定是跟她相擁痛哭。我故意模仿一男一女的聲音說：

「你才剛回來，又要走了！」

「對不起。但我是個軍人……嗚嗚，其實我也不想走，嗚哇！」

「啊，這難道是註定的命運？我們用愛來勇敢面對這種懲罰吧！」

杉森的臉色一陣青一陣紅，我笑著上了馬。卡爾知道了自己的馬是哪一匹之後，將要載的東西放上去，然後用熟練的動作上了馬。真會騎！好羨慕啊。

只有杉森垂頭喪氣，一副鬱悶的表情。卡爾一發現杉森看來很失落，就開始好像要安慰他的樣子。

「費西佛，你別擔心。這並不是去跟阿姆塔特作戰之類的事情，不是嗎？而且如果你能完美地履行這趟任務，那麼就算是對領主盡了很大的忠誠。」

「這、這是當然的！那我來帶路。」

「你知道路嗎？」

「昨夜我預先看了地理書，一直看到很晚。所有的路程跟時間的花費，以及依此推論出的必要補給地跟速度都已經算好了。」

「那我相信你，跟著你走就對了。」

杉森甚至敬了個徒手禮，接著就開始走在我們前面。霧非常濃，再加上又是樹林，所以根本沒辦法跑。因此我們一直慢慢走到村莊外面。

一到了村外，杉森才開始加速，以馬匹疾走的速度朝首都邁出第一步。這時太陽升了起來，我們前方的道路被染成了黃金色。能這樣出發，真是讓人心情很好。晨霧瞬間散去，我們一下子就將速度提高到小跑步。我昨天的疼痛又來了，雖然腰很痛，但因為杉森跟卡爾都很輕鬆地在跑，所以我也不能獨自落在後面。

照射著眼睛的太陽，吹襲著眼皮的風，既溫熱又寒冷。

這三匹馬開始朝向太陽奔馳。

第2篇

水壺與腦袋的差別

……但是怪物們也擁有如同戰士般的自尊心。只要提起怪物，我們的心中常常就會浮現出先入為主的印象，認為牠們是狡猾、無恥、奸詐的，根本不可能有自尊心。這可能會造成自尊心乃是人類專有之物的想法。但是矮人與精靈等族和怪物一樣，也都不是人類。如此一來，要如何說明矮人那頑強卻又頂天立地的自豪，以及精靈那斯文卻又絕對的自尊心呢？所以隨之必然會產生的觀念是，只要是能夠認識自我的存在體，就一定會有自尊心。有許多證據證明，就人類的角度去看只覺得狡詐的地精也有自尊心，也會感到羞恥……但最令人嘆息的是，我們有時會看到有些人類竟然缺少連怪物都有的自尊心。

——摘自《在風雅高尚的肯頓市長馬雷斯・朱伯烈的資助下所出版，身為可信賴的拜索斯公民，任職肯頓史官之賢明的阿普西林克・多洛梅涅告拜索斯國民，既神祕又具價值的話語》一書，多洛梅涅著，七七〇年。第二冊三三四頁。

01

「哇！好熱喔！這樣還能算是秋夜嗎？」

「快瘋了，快瘋了！頭頂冒煙了！」

這句話其實大有問題。現在的天氣根本就是秋夜的天氣，我們所在的位置是灰色山脈邊上的一座山頭——修多恩嶺。從我們故鄉賀坦特領地所在的西部林地，要走到拜索斯中心地帶的中部林地去，必須要經由某些個關卡，修多恩嶺就是其中之一。雖然說這裡只是灰色山脈的一隅，但其實不能小看這一帶的高度，所以絕對不可能是會讓人喊熱的地方。

可是我們的頭頂真的快要冒白煙了。

杉森跟我連著幾天都沒睡好，已經煩到開始生氣了。卡爾用有些慌張的表情望著我們兩個。而慌張地望著我們的其實不只是卡爾。

半獸人都緊握著大刀瞪著我們。這些傢伙難道不懂得放棄？杉森煩到開始對我發火了。

「喂，我不是說過一定會變成這樣，所以早就應該把牠們殺光？」

「誰知道牠們真的會這麼纏人啊？」

幾天前的晚上，露宿在外頭的我們突然聽到尖叫聲傳來，我們跑過去看，結果妨礙到了半獸人的宴會。半獸人們殺害了一個旅行者（我們推測他是商人）之後，將他的東西全部掏出來，正在起鬨著。

杉森看到了這一幕情景的瞬間，眼中突然怒光四射，敏捷地拔出了長劍，就把一個半獸人的頭給砍了下來。其他的半獸人雖想反抗，但是有卡爾的長弓在後面支援，身材比敵人高大許多的杉森一鬧起來，那些怪物們可說是壓倒性的不利。所以半獸人們紛紛跑向我，似乎我看起來最容易解決。我是第一次真正跟怪物戰鬥，雖然緊張，但還是忍耐拔出了我的巨劍。

「呀啊，去死吧！一字無識（Absolute Barbarity）！」

這招就是我華麗的「一字無識」！嗯，一字無識就是我跟食人魔的幻影戰鬥時使出的那一招，是用原始而粗暴的力量由下往上砍，然後一個空翻，接著再次向上攻擊的技術。它的缺點是太強力的上擊會造成腰痛，但因著OPG所賦予的怪力，所以能夠用很快的速度連續上擊兩次。這雖然是很合我胃口的技巧，但是杉森卻說這是很適合送死的招式。

實際的半獸人雖然不像幻象裡面那麼笨，但是第一個跑過來的那傢伙往旁邊一閃，耳朵還是被我砍到了。半獸人颼一下跳了起來。

「咻！」

很不巧的，砍下來的耳朵一不小心竟然飛進了我的嘴巴。

因為我在那邊噁心地嘔吐著，所以就這樣讓捂著耳朵的半獸人逃走了。對於那幾個逃走的怪物，杉森雖然想追擊到底，但是我因為感覺太過噁心並且全身無力，所以對他說：「我們調查一下商人的身分，把他埋起來吧。」杉森雖然做出了不太高興的表情，但因為卡爾也贊成這個想法，我們就跑去調查了商人的身分，可是卻沒查出什麼東西。我們在他的屍體上堆了石頭，簡單地埋葬之後，就拖著沒睡飽的身軀繼續前進。

但是從那一天之後，半獸人好像很想報仇，所以不斷地從後面追擊我們。我以前也聽說過半獸人的復仇心很強，但我不知道居然強到這種地步。這一次牠們乾脆把我們包圍了起來，讓我們逃也逃不走，所以我們只能背靠著峭壁。後頭是層層堆起、高聳入雲的奇岩絕壁，前方則是寬廣的丘陵地帶，處處都生長著樺樹，成了一片樹林。在那些樺樹的隙縫間可以看到半獸人們的模樣。因為我們用樹枝樹葉燒著熊熊的火堆，所以這些傢伙沒辦法一下子衝過來，但我們被折磨得好幾晚都沒睡好，已經到了眼中充滿血絲的地步。

「喂！你們聽得懂我們說的話嗎？」

我氣到開始跟這些傢伙說話。半獸人當中有一個拿著超級大刀，向前走了出來。牠的塊頭也是其他半獸人的好幾倍。這傢伙好像對那裡的火勢不太適應，一面不斷眨著眼一面說：

「吱！你們是想要留遺言嗎？人類有時候會這麼做。吱！」

「你才像是在留遺言哩！你們這些傢伙，到底怎麼樣才肯放棄？」

「吱！說什麼放棄！我們一定會堅持，直到你們心臟全部停止跳動為止！」

「真的是可愛斃了。你們乾脆跟我們撒嬌算了。」

半獸人聽見我說的話，似乎一臉驚訝的表情。

「……這是什麼，吱，意思？」

「我的意思就是說，人類的小孩會做跟你們一樣的事！一直在那裡耍賴！」

半獸人還是一副無法理解的表情。我開始很誠懇地解釋：

「你們好好聽著。人的年紀會越來越大吧？」

「這是什麼意思？吱！這個不是所有生物，吱，都一樣嗎？」

好，再過來一點，再過來一點。

「對啊，對啊。可是呢，人如果年紀越大……」

我不知不覺間已經靠到這傢伙的臉旁邊，同時漸漸將聲音放低。半獸人變得一副很緊張的樣子。我很親切地對牠笑了笑，說：

「就變得越狡猾！」

我敏捷地將這傢伙夾到腋下，然後用我的劍抵在牠脖子上。半獸人雖想反抗，但我的手臂卻夾得更用力了。半獸人發出了緊張的叫聲。

「喂！如果你們敢過來，我就馬上把牠給殺了！」

我帶著得意洋洋的表情望著卡爾跟杉森。我怎麼樣啊？可是他們兩個人的表情非常奇怪。這兩人用一副好像看到了世上獨一無二稀奇之物的樣子注視著我。

半獸人們也是一樣。其中的一個說話了：

「吱，那又怎麼樣？」

「我、我不是說過了！敢過來我就殺了牠！」

「敢過去，就殺，吱，那又怎麼樣？」

「把牠殺掉不就糟了？」

「到底這是，吱，什麼意思，吱！你說殺掉就糟了？吱！你不是說要殺牠嗎？」

「咦，這到底是怎麼回事？」

這時杉森搖搖頭說：

「修奇，半獸人是根本不管人質的。」

什麼？怎麼會有這種事？

「這、這怎麼……不，那牠們為什麼要幫同伴報仇？既然不重視同伴的性命，那報仇……」

「半獸人不覺得被抓住當人質的笨蛋算是牠們的同伴。而且所謂的報仇，不是報同伴的仇，而是害牠們不能拿走商人東西的仇。是因為我們礙了牠們的事。」

我訝異地張開了嘴巴。

「這些喪心病狂的傢伙！」

我因為太生氣了，所以將腋下夾著那個傢伙的頸子抓起來一扭，然後把牠丟回半獸人群當中。半獸人們雖然訝異於我的力量，但還是先處理那個我丟回去、在牠們眼中已經非牠們族類的傢伙。半獸人們大刀齊揮，剛才夾在我腋下的那傢伙根本連慘叫的機會都沒有，就變成了肉塊。我看著這情景，又感到一陣想吐。

「嗚……太過分了。」

「這些傢伙的本性就是這樣。公的半獸人根本不知自己何時會死。」

「那母的呢？」

連在這種情形下也會產生好奇心，可見我是個人類。卡爾開始解釋道：

「半獸人絕對不會去動那些母的。如果有人去侵犯到那些母的，也是絕對不行的。雖然平常那些母半獸人都躲在洞穴中不出來，但就算那個人是如同路坦尼歐大王一般的英雄人物，只要侵犯了母半獸人，他一樣死定了。」

「呵，真的嗎？」

半獸人完成了手邊的工作，開始把大刀轉向我們。真是的！我們差點因為說這些廢話而陷危險。無論如何，看了這些傢伙的行為，心裡完全不會有赦免或慈悲之類的念頭。

「你們這些傢伙！你們知道我是誰嗎？我是蠟燭匠。我要用你們身上的油做成蠟燭！」

聽到我這句充滿職業精神的警告，杉森勉強地笑了笑。但是半獸人的反應很奇怪。

「吱！你說，你是蠟燭匠？」

「是啊。我從沒聽說過這大陸上有什麼地方用半獸人油做過蠟燭，那我就當第一個人好了！上面再貼上我的名字。尼德法式半獸人蠟燭！」

半獸人們突然開始不知所措地團團轉。接著，其中一個傢伙又說話了：

「那，吱！這個人要活捉。」

「什……麼？」

牠到底在胡說些什麼？我啼笑皆非地看著杉森，而杉森也是一副慌張的表情。這時卡爾插嘴說道：

「你們啊……你們認為半獸人如何能拿到這些武器，身上怎麼會有盔甲可穿？牠們是把人類的工匠抓去，逼著那些人做的。所以牠們很喜歡擁有技術的人。」

「咦？」

「半獸人由於頭腦太差，無法學習東西，所以牠們會抓有技術的工匠幫牠們做事。牠們最喜歡的是鐵匠，像你這種蠟燭匠也不賴。牠們雖然不喜歡燭光，但是要讓抓來的工匠在半獸人洞穴中工作，蠟燭是必要的。」

杉森做出了一副哭笑不得的表情，說：

「喂，我是鐵匠的兒子，很會打鐵之類的事。你們打算怎麼樣呢？」

半獸人都慌了。牠們再次開始團團轉。

「吱！後面的那個人類老頭！你呢？吱！你好像很瞭解我們，吱吱！你也有很多知識嗎？」

「我嗎？我很喜歡讀書，也喜歡寫點東西當作家，但對你們而言，只要把我當成藥師就可以了。」

半獸人完全開始慌了。

「那、吱，吱！全部活捉！」

杉森呵呵笑了。

「那就太感謝了。這樣我們跟你們戰鬥時，就沒有死亡的後顧之憂了吧？」

接著我也冷冷地說：

「我們的意見跟你們有點不同。我們只會活捉你們當中的幾個。我們必須把你們關在洞窟裡面的人救出來。」

聽見我說的話，杉森的眼中爆出了火花。

「沒錯！你們這些傢伙，我不會放過你們的！」

杉森連話都還沒講完，就開始往前衝。慌張的半獸人雖然伸出了大刀，但是因為牠們的手臂比較短，所以用的大刀也比人類用的小。可是問題是它們揮出的高度太低了，杉森急忙擋開砍他大腿的那些刀子。我看了這光景，然後環顧了一下四周。

「呀啊——！」

半獸人們的眼睛都快跳出來了。我搬起了一個跟半獸人差不多大小的岩石，將石頭高高舉到頭頂上方之後說：

「我們要不要玩拋石頭的遊戲？」

「那、那不是蠟燭匠！吱，那不是人！」

我毫不留情地拋出了石頭。匡匡匡！原來半獸人行動這麼敏捷！簡直就像野兔。可是其中還是有一隻運氣比較不好，在石頭前面摔了一跤。我有點害怕，所以緊緊閉上眼睛，但是那瞬間我後腦杓一涼，不得不張開眼睛，清楚地看見了那幅情景。

「嗯，還真殘忍。到底是誰？居然做出這種事。」

半獸人都發狂似的衝過來。由於對方砍得太低，杉森發火了，於是將上半身向前壓得很低，用長劍來了一個迴旋斬。杉森上半身跟手臂的長度合起來，再加上長劍的長度，的確比半獸人拿的大刀還要長。這時我也衝了上去。

「側面的一字無識！」

這一次我用這一招，改成往側面旋轉。這樣一轉，手很輕鬆就轉了三圈，腰雖然不怎麼痛，但還是有頭暈眼花的副作用。半獸人已經鐵青的臉又更青了，那個樣子真的很有趣。最令人驚訝的是，我轉了三圈，居然連一個傢伙都沒砍中，反而砍倒了旁邊的幾棵樹。我故意忽視杉森夾雜著非難的目光，拿起我砍斷的木頭開始拋。

「我本來就是要砍這個！」

「別說得太誇張……修奇。就算是半獸人，也不會相信你的！」

無論如何，從我的OPG跟杉森的劍術看來，我們並不是半獸人有能力活捉的對象。半獸人帶著灰心喪膽的表情想逃走，但這是絕對不行的。我衝過去抓起了其中一個傢伙的頸子。這傢伙掙扎著大叫，想要攻擊我的臉，但因為我揍了牠肚子好幾拳，牠嘴角流出噁心的口水昏了過去。

半獸人都逃走了，我們拿出繩子將活捉到的半獸人綁了起來。杉森說：

「那個，卡爾，如果這些傢伙抓了人類，雖然我覺得到洞裡去搜查，把那些人救出來是比較好沒錯……」

「我也贊成。你先確認一下我們的時間夠不夠。」

嗯，仔細一想，現在已經十月了。我們出發的時候是在九月底。

「時間是夠啦。從這裡到首都大約要十七天，回程如果估二十五天的話，那往返就是四十二天了。當然，實際上應該會差個幾天，但大約是一個半月左右。」

卡爾皺了皺眉頭。

「那真是有點……如果要謁見陛下，還要順道去修利哲伯爵家的話，時間大概就是這樣。一個半月。」

杉森跟我認為只是去那邊見幾個人，談一下事情，我們無法理解為什麼一個半月會不夠。但是因為我們不知道首都的情況以及王室的禮儀，所以只能默不作聲。卡爾的表情舒緩了下來，他說：「把牠弄醒，我來審問牠。如果時間真不夠的話，我們就連晚上也趕路好了。」

卡爾做出了慈祥的表情，杉森也似乎高興地微笑。我笑了笑，啪啪打了那個半獸人幾巴掌。牠張開眼睛觀察了一下自己的狀況，陷入了恐懼中。

卡爾將牠的頭抬起，一面說：

「剛才你應該也聽到了，我對你們還算瞭解。如果你就這樣回去，應該會立刻被族長打死吧？族長會把你的頭砍下來玩一玩，等到玩膩了就會把它丟掉。」

半獸人似乎覺得那是理所當然的事，所以好像也不怎麼震驚，但我跟杉森則是一臉震驚訝異的樣子。卡爾繼續說：

「如果你不把你們洞穴的位置告訴我們，那我們就把你帶回去交給你的族長。」

杉森跟我對看了一眼。這句話真是莫名其妙！我們還以為卡爾在開玩笑。

「吱！從那邊的山峰，往下走三百肘，吱！有被藤蔓覆蓋的岩縫，吱！兩邊有兩棵倒下的樹，那就是標誌。吱！我們總數大約有一百五十個！」

「是嗎？謝謝了。」

卡爾將繩子解開，牠馬上就開始逃跑。卡爾看到我們兩人的表情，聳了聳肩。

「兩位老弟，知道牠們為什麼要抓人類工匠了吧。」

「可、可是也太過分了。」

杉森的臉頰筋肉一邊抽動著，一邊覺得這件事真是荒謬，而我則是嗤嗤地笑。卡爾摸了摸自己的下巴，然後又皺了眉頭。

「但是一百五十隻實在太多了……我很好奇這麼多隻要靠吃什麼過活。在修多恩嶺打劫的收入這麼棒嗎？嗯，杉森，這附近是不是有什麼要塞，或者規模比較大的村莊？」

杉森找出了厚厚的地理書，拿到火光旁邊，指著地圖上的位置說：

「是的，在一段距離之外，有個叫伊倫達堡的地方。但是滿遠的，從這裡要走四天的路程才能到。此外只有幾個小領地。我猜牠們是劫掠這些小村莊來過活的。」

「如果要塞或者大都市距離牠們很近，那麼牠們要形成這麼大規模的集團就很困難了。」

卡爾做出了擔憂的表情，我們全都陷入了煩惱當中。

杉森給我們看的地理書上，伊倫達堡這個要塞是在南方，跟我們要去的東方剛好呈直角。如果要到那裡去，不只會浪費太多時間，而且國境上的要塞也不可能為了討伐半獸人而派遣軍隊。我們自己又沒什麼身分，想要讓國境守備隊出動做這種他們分外之事，好像是不太可能。

我張大嘴巴打了個哈欠之後，說出了我的意見。

「（哈～～欠）嘖嘖。牠們不是白天睡覺嗎？」

「應該是吧。」

「那白天跑進洞穴中，趕快把那些人救出來怎麼樣？」

「太危險了。根本不可能，尼德法老弟。你說要在黑暗的洞窟中躲過一百五十隻半獸人，找到人類，把他們救出來？而且半獸人應該也會設哨兵吧。」

這時從樹林中傳來了嘹亮的聲音。

「這真是個愚蠢的計畫。」

「咦？」

杉森跟我都慌忙地舉起了武器。雖然那是人的聲音，而且還是女人的聲音，可是我很清楚有一大堆怪物都會發出女人的聲音。無論如何，因為是晚上，所以一定要小心。杉森大喊：

「如果是人，就請出來！」

樹林裡的聲音回答了。

「如果是人，就應該可以拒絕別人的要求吧？」

杉森的嘴巴驚訝地張開，用慌亂的眼神看著我。哼，那有什麼關係！我對著杉森做出了不耐煩的表情，然後對著森林裡面大喊：

「如果不出來的話，你就是得了便祕的地精，得了香港腳的半獸人，得了痔瘡的豺狼人！」

我果然是個爽直的男人。這一點只要從杉森用「一輩子沒看過這種傢伙」的表情看著我就可以得知。森林裡的聲音說：

「……為了避免這種讓人不快的推測，那我就只有站出來了。」

過了一陣子，在火光中出現的是一個身材很修長，耳朵也很長的女子。耳朵形狀就跟精靈的一樣。我歪著頭低聲對杉森說：

「喂，那個女的耳朵像精靈的一樣長耶？」

杉森覺得很奇怪地看了看我，然後對那個女子說：

「原來是森林的種族！」

……果然是精靈。

這精靈雖然沒像杉森那麼高，但是至少也跟卡爾差不多高。我從來沒看過這麼黑的頭髮。黑髮被綁在頭後面，白色臉龐當中的眼珠也是黑的。她穿著白色罩衫，外面披著古銅色的皮外衣，前面沒有扣起來，所以可以知道裡面穿的是白罩衫。她穿著相同顏色的皮褲，但是在左邊腰上佩著一把很細的穿甲劍，那底下左邊大腿的地方則是綁著一把左手短劍。為什麼在同一邊放了兩把劍？在右邊則是……右邊的臀部掛了個箭筒。我仔細一看，發現她的背包裡還插著一張複合弓。

我這輩子第一次看到精靈。我很仔細地觀察她的容貌，就像以前聽過的故事裡所提的一樣，她的確是個美人。但是就我自己的喜好而言，她的個子如果再小一點就好了。這個精靈女子身材瘦長，腿也很長，如果用樹木來比喻的話，就像棵杉樹。然而我喜歡更樸素一點的檜木。身高稍微矮一點，肩膀稍微窄一點，脖子最好也不要那麼長……嗯，我怎麼在心裡描繪起傑米妮的樣子來了。真該死。

不知道她是否發現了我正沉浸在自己的想像中，那個精靈點了點頭說：

「我叫伊露莉・謝蕾妮爾。因為聽到半獸人的聲音，所以過來瞧瞧。」

「我叫杉森・費西佛。很高興認識妳。」

卡爾只是點了點頭，說：「我是卡爾。」我因為本來在想別的事情，所以很慌忙地介紹了我自己。每當有人自我介紹，精靈伊露莉就會輕輕地點頭。介紹都結束之後，伊露莉說：

「各位人類是旅行者嗎？」

卡爾說：

「是的。不知道謝蕾妮爾小姐是不是很瞭解人類的事，我們正在去首都謁見國王的路上。這是為了報告我們所住之處發生的事情。」

「原來如此。」

「謝蕾妮爾小姐也是旅行者嗎？」

「請叫我伊露莉。我是旅行者。」

這時杉森慌張地說：

「啊，那個，請坐。喂，修奇，在水壺裡裝點水。」

嗯，好啊。反正我的睡意已經全消，喝點茶也好。伊露莉說完感謝的話之後就坐下了。嗯，看來有時精靈的臉皮也滿厚的。我一面拿出杯子，一面說：

「請問一下，妳從剛才就一直看著我們嗎？」

「是的。」

「妳是想要幫我們嗎？那我很高興請妳喝這杯茶。」

「你說我想幫誰？」

咦？我突然接不下去了。伊露莉是精靈，並不是人類。她沒有什麼理由一定要幫助人類。我剛才說的話其實是以自己為中心，所以伊露莉好像是在指責我這件事一樣。可是我既然已經說出口，就一定要堅持到底。

「妳跟我們比較像啊！」

「相像……如果豺狼人跟半獸人打起來，請問尼德法先生，你會幫誰？」

哎呀！我突然覺得如果我答錯，一定會被整得很慘。如果我說兩個都不幫，那伊露莉一定會說她也一樣。我希望卡爾跟杉森幫我說說話，所以轉過頭去看他們，可是卡爾只是很有興趣地看著我們，完全看不出他想要幫我，而杉森則是一直注視著伊露莉的臉龐。嘖！這男人怎麼這樣？之前跟故鄉的姑娘糾纏在一起，離開才沒幾天，居然就這樣！

我在水壺中放了些茶葉，然後開始一面洗杯子一面說：

「這麼說來……哎！我也不知道。嗯，對我而言，是有一條界線的。在那條線裡面的就是朋友，在線外面的是跟我無關的人。還有，請妳叫我修奇就可以了。」

「那條界線是什麼呢，修奇？」

「就是他的心裡有沒有為我著想。因為半獸人跟豺狼人都不會為我著想，所以我兩邊都不會幫。」

伊露莉露出仔細思考的表情。

「那麼，如果我都不為你們著想，那我就是跟你們沒關係的人嘍？」

「現在的情況是這樣沒錯。雖然我們也有可能成為朋友，但是妳剛才沒有幫我們，所以我們暫時還是不相干的人。」

我將杯子遞給了她。伊露莉手指很細長。我也給了卡爾一杯，杉森打了我的肩膀一拳，我才給他。杉森接過杯子之後，又開始呆呆地看著伊露莉了。這傢伙一定會捅出漏子。

伊露莉兩手捧著杯子，似乎在感受杯中的溫度。她一面將嘴唇移向杯子，一面說：

「那修奇既然給了我這杯茶，就代表你有為我著想了。所以我應該要把你當成朋友嗎？」

呵！這太困難了。

「如果謝蕾妮爾小姐心中也擁有跟我一樣的那條界線，那就很有可能。」

「請叫我伊露莉。這麼說來！你雖然認為我是不相干的人，但為了跟我成為朋友，還是對我伸出了手。」

「嗯，這不就是生存下去的方法嗎？」

「那如果你對豺狼人或者半獸人伸出了手，那搞不好也會跟牠們其中一個成為朋友吧。」

「嗯、嗯，這個嘛，妳認為我對牠們伸出手，牠們就會接受我當牠們的朋友嗎？」

「你認為你給我一杯茶，我就會把你當作我的朋友嗎？」

「……不知道。」

就算我應付過了這句，不知道接下來她又會說什麼話來刁難。

我先在我的記憶儲藏庫中，寫下「精靈是很荒唐會不停戲弄人類的種族」，然後開始喝茶。因為肚子裡面暖了起來，所以開始有點想打瞌睡。

伊露莉烏黑的秀髮中呈現出來的白色臉龐，在黑夜的背景當中，讓人產生很特異的感覺。她的臉既白又透明，所以眼睛要對焦把她看個清楚是很困難的。卡爾到了這時才開口：

「我不瞭解妳是怎麼想的，但你們剛才的對話讓我印象很深刻。」

卡爾好像是聽了我跟伊露莉之間分別代表人類與精靈兩族的對話，所以就在第三者的角度靜靜地觀察。應該非常有趣吧。伊露莉低聲說：

「要瞭解人類是很困難的。」

「因為人類是少數幾種可以同時追隨優比涅與賀加涅斯的種族之一。」

伊露莉抬起了頭，望著夜空。

「我……對人類不太熟悉。過去的一百二十年之間雖然不斷看到人類，可是到現在我還無法瞭解。大概就是因為這樣，所以我的地位才沒提升吧。」

哇，一百二十歲！精靈好像老得很慢。但如果是我自己活了一百二十年，大概連史萊姆我都早就瞭解了吧。『你是在蠕動的史萊姆啊，你的蠕動非常有魅……』

她既然已經活了這麼久，為何會無法瞭解人類？我咕嚕咕嚕把茶喝完，鋪上了毛毯。

「（哈～～欠）小孩子應該要早睡早起才對。杉森，睏了嗎？」

「不！不睏。我沒關係。」

我早就知道他會這樣回答。我望向卡爾，他也點了點頭。

「那我就先睡了，守夜要換班的時候再叫醒我……（哈～～欠）」

我鑽到毛毯裡面，卡爾繼續跟那個叫做伊露莉的精靈女子聊東聊西的。旁邊的杉森發出炯炯有神的目光，一直看著伊露莉的嘴唇。我們村子的臉真的都被他一個人丟光了！

卡爾說：

「我也沒有能夠瞭解精靈的自信。」

「這樣嗎？」

卡爾接下來的話我都沒聽到。我已經進入了夢鄉。

02

今天的天氣似乎很好，照得我眉毛發燙，陽光實在非常強烈。

「嗯？」

我將毛毯捲好，站了起來。杉森跟卡爾都還裹在毛毯裡熟睡著。這怎麼回事？居然沒有人負責守夜，全部跑去睡覺？可是這時我看到了伊露莉，她坐在已經快熄滅的營火旁邊。伊露莉看著冒出細煙的營火說：

「起來了嗎？」

伊露莉說話的時候並沒有看著我。我慌張地說：

「嗯，妳幫我們守夜嗎，伊露莉？」

「是的。」

「為什麼？」

「因為聽說你們一連幾個晚上都被半獸人弄得睡不好。」

「啊……謝謝。」

「現在我是你的朋友了嗎，修奇？」

我一時聽不懂她說什麼，搔了搔頭，才想起了昨天晚上的對話。突然覺得好想笑！我噗哧笑了出來，然後走向營火邊。伊露莉坐下之後，個子好像也沒比我高多少，大概是因為她的腿太長了。

「是的。妳是我的朋友。」

「那你會為我做一些事嗎？」

咦？嗯，好啊。我故意用拳頭捶了一下手掌給她看，然後說：

「當然。如果妳為我著想，就不會叫我做一些莫名其妙的事，所謂朋友本來就是這樣，不是嗎？」

這有點狡猾吧？

伊露莉望向我，說：

「那請你去洗一下臉。」

「……好的。」

我走到我們露宿的峭壁下方的小溪谷去洗臉。因為這邊的海拔很高，所以樹不多，在這樣的高原中間，一道淺淺的溪水在高原中間劃出了條窄窄的裂縫，稱作溪谷是有點奇怪。入秋已深，溪水冰涼到刺骨的地步。回到露宿之處，卡爾跟杉森也都各自起來了。看到他們兩人都已經起床，伊露莉就從位子上站起來，背起了放在旁邊的背包。

杉森著急地說：

「嗯，妳要走了嗎？」

「是的。」

「不，怎麼這麼快就要走了……連早餐都沒吃……雖然不知道妳的目的地在哪裡，可是如果能一起走，那就更好了……」

杉森慌忙地起身說。伊露莉用不帶感情、毫無表情的臉龐望著杉森。

「一起走？這個嘛，我沒有馬。」

「那跟我一起騎不就行了？」

伊露莉漠然地望著杉森，杉森則是因為自己剛才衝口說出的話而露出快昏倒的表情。我轉過頭嗤嗤地笑。

「我不想造成各位這麼大的麻煩。」

杉森因為講錯了話，所以反而什麼都講不出口了。伊露莉對我跟卡爾一一稍微點了點頭，說：

「祝你們旅途愉快，耳畔常有陽光，直至夕陽西下。」

對伊露莉這種古意盎然的告別詞，只有卡爾才有能耐回答。

「祝妳一路平安，歸來時猶如出發，笑顏常在。」

伊露莉就這樣向後轉過身去。

她在那裡摸了摸我們綁在樹上的每一匹馬。馬兒乖巧地靜靜站在那裡。接著伊露莉的身影就隱沒在不是道路的樹林中。我們聽到了矮樹叢跟草葉發出的窸窣聲，伊露莉的黑髮很快就消失了。不久之後，我們遠遠看見伊露莉在丘陵上，等她翻過了丘陵，就再也看不到她了。

「為什麼她不走道路？」

伊露莉的身影完全消失之後，我這麼問。卡爾回答：

「道路是人類的東西。精靈是不造道路的。」

「他們不造道路？」

卡爾笑了笑，說：

「有這樣的一種說法：精靈如果在樹林中走，就會變成樹。人類如果在樹林中走，就會出現道路。精靈如果望著星星，就會變成星光。人類如果望著星星，就會創造出星座。這些話很能夠表現出精靈的變化。」

「變化？」

「某樣東西跟精靈在一起的話，精靈會變得像那樣東西。跟人在一起的話，那樣東西會變得像人。」

這句話還真妙。嗯，我隔了好久才這麼好好地睡了一覺（守夜交班的時候被叫起來，可真是件苦差事），現在感受到自己充滿了活力。我說：

「那如果精靈跟人相遇的話呢？」

「精靈就會變得非常像人。所以費西佛，你剛才那句話是很失禮的。」

杉森的臉紅了起來。他說：

「我、我不知道。其實修奇跟我騎同一匹馬就行了……」

我們將麵粉揉成麵團，開始在平底鍋上烤餅。為了午餐時還能繼續吃，所以我們放了很多麵粉下去。如果能加些牛奶或雞蛋進去，口味應該會溫潤許多。但現在身處野外，還是別這麼奢侈好了。

卡爾只稍微吃了一點，我這個人是吃到累為止的那種類型，杉森則是不管吃了多少，都不會累。就在我烤餅的同時，杉森還是像饞鬼似的一直不斷地抓起餅來吃。

「留一點給我好不好？」

「你這個笨蛋。為什麼要等全都烤好才開始吃呢？」

嗯，說得對。所以我開始一手翻餅，一手抓餅來吃。但是我馬上就發現這個方法是有問題的。也就是說，就算我烤得再多，也不可能有多餘的數量可以留到中午吃。

杉森跟我都訝異地發覺到這一點，卡爾則是用他深邃的眼神望著我們微笑。

杉森到了現在還在懊悔剛剛說錯了話。

「我剛才應該說讓修奇跟我騎同一匹的……」

「別再提了啦，好不好？已經發生的事，後悔有什麼用？」

我放了更多麵粉下去揉，一面問：

「關於那些半獸人，你們打算怎麼辦？」

「已經知道牠們所在的位置，卻假裝不知道，就這樣走過去，這讓我的良心覺得很痛苦。」

「有辦法可以解決嗎？喂，別碰！那是中午要吃的！」

杉森堅持多拿一片放到嘴裡，露出了高興的表情，但卡爾則是一副難過的樣子說：

「沒有辦法。我們還有任務在身，不該隨便去冒生命的危險。這也是無可奈何的。等我們到了首都，再向國防長官或者有力人士報告好了。」

「可是那些人怎麼辦……」

「雖然我們心裡很難過，但是半獸人應該不會隨意虐待擁有技術的人。工匠們不會常常出門旅行，所以半獸人要抓到他們也很困難。我們只能再忍耐一下，費西佛。」

「嘖嘖（咀嚼聲），是的！」

「請你在地理書上清楚標上牠們的位置，並且寫上牠們所說的標誌，讓我們到達首都的時候可以完整地報告。」

「是！」

吃完早餐之後，我們就出發了。好久沒有睡得這麼好了，我的心情真的很暢快。但睡得這麼晚，再加上多烤了好幾次的餅，出發的時間就晚了很多。我一開始嘀咕說弄這麼晚都是杉森害的，杉森就回答說下午應該可以越過修多恩嶺，傍晚可以進入村莊休息，叫我們不要擔心，然後他又開始嘀嘀咕咕了。

「我剛才應該說讓修奇跟我騎同一匹的……」

「閉嘴！」

我們昨晚露宿的地方好像是在山上樹木生長界線的附近。下到低地之後，才漸漸出現了茂盛的森林。這雖然只是條山路，但因為是在中部大道的延伸上，所以道路既平又寬。雖然很適合讓馬跑，可是因為有些坡度，為了不讓馬太累，所以我們還是用小跑步的速度前進。連續騎了好幾天的馬，我也開始對馬很熟悉了。

大概跑了一小時左右吧，我們下到了湍急的河谷快要出現的高度。

嘩啦啦啦啦啦！

我因為聽見怪聲，所以望向杉森。杉森說：

「這是修多恩河。因為是山谷中的急流，所以聲音很大吧？我們要渡河到河對面去。」

「急流？應該不會要騎著馬渡過急流吧？」

「別胡說了。有橋啦。」

「等一下！讓我猜猜看。剛才經過修多恩嶺，這裡是修多恩河，所以橋的名字，應該也是修多恩橋吧？」

「錯了。名字是十二人之橋。」

「什麼？十二人？這是什麼意思？」

「不知道。只不過地理書上是這樣寫的。」

我們就這樣搞不太清楚狀況地開始向著十二人之橋騎去。我們越騎，湍急的河水聲就越大。甚至用普通的音量想跟旁邊的人說話都有點困難。

一陣子之後，長在路兩邊擋住視野的樹木霎時間全都消失了。我們看到前方遠處出現了巨大的懸崖。然而我們注意的不是懸崖，而是站在那前面的東西，我們全都嚇了一跳。

咦？

我們因為慌張而停了下來。杉森的手移向腰邊，我則是放到了肩膀上頭，準備要拔武器。我們眼前出現了九個半獸人、一個矮人，與一個精靈。

半獸人為什麼會白天出來遊蕩？不管怎麼樣，現在半獸人們正瞪著矮人，矮人則是將巨大的戰斧拿在面前，一面撫摸著斧鋒，一面瞪著半獸人。這讓我想起牛頭人用的戰斧。這一把斧頭的長度雖然沒有那麼長，但斧鋒的大小卻不遑多讓。

但就算用這麼大一把斧頭，這個矮人在九個敵人的面前卻仍然一點也不退縮，還真了不起。況且這些半獸人比起我們曾經交手過的那些，體型既大，看起來又更凶暴。半獸人因為矮人的挑釁而用憤怒的表情瞪著他，但精靈的視線並不投向這兩方中的任何一方，而是站在離那些傢伙一段距離的地方望著天。這個精靈竟然是我們認識的人。

「伊露莉？」

由於水聲掩蓋過了馬蹄聲，這些人一直等我們走到附近，才發現了我們。我跟杉森立刻從馬上跳了下來。杉森對伊露莉說：

「妳還好嗎？」

伊露莉順了順被河谷的風吹亂的頭髮，然後說：

「剛跟你們分開，馬上就又見面了。」

「請不要擔心。我會保護妳的。」

「咦？」

伊露莉歪著頭。杉森緊張了起來。我到了這個時候才感覺那裡的狀況有點奇怪。半獸人的數量是壓倒性地有利，但牠們卻不衝上去攻擊。而矮人也一點都不害怕，威風凜凜地瞪視著那些半獸人，甚至看來就像是那九個半獸人因為害怕矮人而不敢撲上去似的。伊露莉看著我說：

「修奇，你幫哪一邊？」

呃……這真是個困難的問題。

「要先找出是誰需要幫忙才行。」

這時矮人放下了戰斧說：

「行了。再加上三個，總共就有十四個了。」

但是半獸人的表情卻都變得很奇怪。其中一個半獸人大喊：

「吱！那誰要留下來？」

矮人用粗啞的聲音譏笑說：

「那我宰掉你們當中的兩個，怎麼樣？」

「吱！應該宰掉你跟那個精靈！」

這時伊露莉站了出來。

「任何人都不應該破壞約定。」

她這樣一說，半獸人跟矮人就都用不高興的表情瞪著伊露莉。我跟杉森不知該怎麼辦，兩人都慌了。他們剛才根本還沒打起來，但我聽不懂他們在說些什麼。

卡爾冷靜地問道：

「謝蕾妮爾小姐，能不能請妳跟我們解釋一下現在的狀況。」

「您是第一次來到這裡嗎？」

「是的。」

「在十二人之橋這裡，不管是什麼種族，都不能打起來。」

「不能打起來？」

杉森的眼睛睜得大大的。伊露莉點了點頭，說：

「這就是建造這座橋之人的心願。所以他把這座橋做成如果沒有十二個人一起過的話，就不會移動。」

「咦？」

伊露莉伸出手指指向河谷。我們都嚇了一跳。

兩邊的懸崖相隔大約六十肘。但是在那中間的空中浮著一艘小船。不，我不該說那是船，那只是一個長得很像寬大木筏的方形物，旁邊有欄杆，構造非常簡單。最讓人驚訝的是，那東西並沒有靠繩子或其他裝置支撐，就這樣浮在空中。

我跟杉森跑到懸崖那邊看了又看，好像也沒有什麼故意擋住讓人看不見的裝置。那東西真的是浮在空中。只是木筏的底上畫著一個圓圈，以及許多複雜的圖形。那是魔法圓……原來是魔法啊！

伊露莉繼續往下解釋。

「不論種族，一定要有十二個人湊在一起，才能過橋。只要是沒有能力飛過去，不管是誰都得遵守這個規則。所以大家在這裡不會互相打起來。」

卡爾歪著頭說：

「呃……同一族的十二個人不行嗎？」

「這個倒沒關係。所以人類商人或半獸人常常是十二個結隊而行。但是其他的種族要湊到十二個人一起旅行是很困難的。所以不管是什麼種族，都會在這裡等待，然後一起過橋，也只有在這裡才不會打起來。」

哇。絕對不能打起來嗎？嗯，這還真是個了不起的地方。卡爾點了點頭說：

「這個……這用意雖好，但有點不方便。如果沒湊到十二個人，就絕對過不了橋了。」

「是的。但這裡是往來頻繁之處，只要稍微等一下，要湊足十二個人其實是很簡單的。我也是這樣才會再度見到各位。」

啊哈，我知道問題是怎麼回事了。

本來半獸人、矮人跟精靈加起來總共只有十一個。所以為了要過河，雖然彼此互相看不順眼，卻也沒有打起來，而在等下一個人的出現。可是後到的我們卻有三個人。所以問題的重點就是有兩個人必須留下，等後面再來十個人才能過橋。

伊露莉解釋的期間當中，矮人還是繼續咆哮，跟面對著的半獸人互相叫罵。

「你們這些噁心的傢伙！你們要感謝這裡是十二人之橋！要是在其他地方，你們老早就被我宰了！」

「吱！怎麼會有這種醜不啦嘰、長著鬍子的小矮子！」

原本半獸人跟矮人是不可能拿對方的個頭來作文章的。但是這些半獸人的身材卻大到不像半獸人的程度，所以能夠指著矮人的鼻子罵他小矮子。另一方面，矮人卻又無法攻擊近在眼前的半獸人，所以似乎快要瘋了似的。他竟然還沒有口吐白沫，也真是件很神奇的事。

「可是這些半獸人為什麼在白天出沒？」

大概是聽到了我的自言自語，伊露莉說：

「牠們是巨獸人吧。」

「巨獸人？」

「牠們以半獸人中的一種為人所知。這是牠們這種分支種族的名字……牠們的個子相當大吧？牠們雖然也像其他半獸人一樣討厭陽光，但是還算能夠忍受。所以現在才會發生這種怪事。普通的半獸人白天不會出來，所以不會發生什麼問題，就可以過河。但巨獸人跟矮人這兩個世仇就硬是在這裡遇上了。」

卡爾點了點頭，然後走到離巨獸人足夠遠的地方，才猶豫地說：

「喂，各位請聽我說幾句話。因為我們是後來才到的，所以我們留兩個人在這裡等。這樣可以了嗎？」

但是矮人似乎完全不想照卡爾所說的話做。他很粗魯地揮動著戰斧，逼得卡爾不得不暫時退後。

「你是什麼意思？這些傢伙！你們留兩個人在這裡等！留在這的人還可以活下去。可是過了橋之後，我也不知道我會有什麼下場！」

聽了矮人所說的話，我又發現了一個問題點。

就是過了橋之後各種族的比例。伊露莉很清楚地說，在這裡任何人都不應該打起來。但是如果目的達成之後，大家真的都會守約到底嗎？所以矮人心裡才盤算著要配好各種族的比例。如果留下兩個巨獸人，三個人類、一個精靈、一個矮人加起來，總共是五個人，那麼可以過橋的巨獸人就是七個。真要打起來，也可以打打看。但如果我們只有一個人類過去的話，那數字就是三比九，可以說是壓倒性的危險。雖然我自己不知不覺就把矮人、精靈跟人類算成是同一國的，但是這個想法似乎也沒錯。

杉森的想法大概跟我差不多。他皺著眉頭，將卡爾拉了過去。他雖然跟卡爾說悄悄話，但聲音大到連在旁邊的我都能聽見。

「不知道過了橋之後，情形會變得怎樣。我們三個一定要一起過。」

「可是……不是已經說過了，在這裡誰都不能打起來嗎？」

「半獸人是無法相信的。」

卡爾的眉頭皺了起來。這時伊露莉說了：

「矮人先生，請你聽我說句話。你沒有把這些人騎的馬算進去吧？」

咦？連馬也要算進去？嗯，說得對。這也是理所當然的。不管什麼種族都要算。這麼說起來，要過橋的就總共有十七個嘍？矮人興奮地大喊：

「這樣說來，你們巨獸人留五個下來就可以了！哪幾個要留？」

「吱！胡說！人類，你們是後到的吧！吱！你們就帶著你們那些發臭的馬，在這裡等！不，應該要交出一匹馬給我們！」

哎。全部都在各講各話。

伊露莉說：

「在這裡絕對不能打起來。這樣的話誰都過不了橋了，一定要守約才行。我們先保證這件事，才能決定有誰要留下來。」

這句話我覺得真是一百個正確。可是，這麼正確的話，對於激動的矮人與巨獸人而言，卻好像是講不通的。

真頭痛。如果讓我們當中任何一個人跟他們一起走，這個人就危險了。到了河谷對面之後，如果巨獸人們改變心意，那就很有可能遭到牠們攻擊。很想提議說我們六個（包括馬）一定要一起過去，但我們是晚來的，好像又有點太不講理了。

矮人非常激動，不斷大罵著：「那我就把你們其中五個砍掉，剩下的用繩子綁住過去！」之類的話，巨獸人則是一面吱吱叫著，一面強迫我們要交出一匹馬。

巨獸人們心裡在想什麼是很明顯的。那一匹馬不是問題，只要一過了河谷，牠們就可以輕鬆地處理掉矮人跟精靈。

雖然各族不斷相對叫罵，但就是沒有打起來。如果真打起來的話，不管最後誰贏，都過不了河，因為任何一族都沒辦法湊到十二個人，所以在這裡的五族中（馬也算啦！）最少也需要有兩族一起走才行。嗯……造這座橋的人大概就是想到了這樣的情景吧！雖然在這樣的狀況下，我還是決定要滿足我的好奇心。

「這座讓人頭痛的橋到底是誰建的？」

伊露莉望著我說：

「好奇怪。你居然向精靈問人類的事。」

「妳把我們當作人類當中最沒知識的三個就行了。到底是誰？」

伊露莉微笑了起來。我看了，才想到這是第一次看見她笑。

「是一個人類巫師，叫做泰班・海希克。」

此刻我們三個人類的表情都變得非常怪異。卡爾問我：

「尼德法老弟，泰班的姓是什麼？」

「咦？連卡爾都不知道嗎？我也不知道。」

杉森帶著慌張的表情不斷眨眼，一陣子之後，他的眼神才又再度固定在伊露莉的身上。別看了啦，不要呆呆地一直注視著人家！真想踹他小腿一下。不知伊露莉是否瞭解那種眼光代表的意義。她對我說：

「你們認識他嗎？」

「我們認識的人當中，是有一個叫泰班的。可是我們不知道他的姓……」

伊露莉歪著頭。

「我沒聽說過人類的壽命能有這麼長。這座橋是二百年前建好的。」

二百年？那就不可能了。卡爾也搖了搖頭。

「這麼說來，應該是另外一個人了。」

「好像是吧。」

我乾咳了幾下，開始注視還在對罵的巨獸人跟矮人。我對卡爾說：

「如果我們照矮人所說的來做，怎麼樣？我們去攻擊巨獸人，抓四個當俘虜，然後過橋。」

伊露莉的眼神顯出了她憂心忡忡。我變得很尷尬，卡爾也搖了搖頭。

「嗯……你這樣不就違反了造橋人的意思了嗎？而且打起來，也會有人受傷。」

「這樣說來，就只能勸牠們留五個下來了。我才不要跟牠們九個一起過去。」

伊露莉搖了搖頭。

「如果能夠信任彼此的約定並且守約，事情就簡單了，現在弄成這樣……」

這有什麼好講的，誰不知道？我對伊露莉說：

「現在問題就是巨獸人會不會守約吧，伊露莉？」

「你為什麼認為牠們不會守約，修奇？」

「因為牠們是巨獸人。」

「是這樣嗎？巨獸人大概也會想，因為這些傢伙是人類、矮人跟精靈，所以無法相信吧。」

我的眼睛睜得大大的。是這樣嗎？我望向卡爾，他點了點頭。

「這話說得對。我們一定要彼此信任。這應該就是當初建這座橋的目的。但是這些種族在別的地方都有深仇大恨，要他們到了這邊就得互相信任，實在有點困難。這一位泰班・海希克實在是抱著太大的希望了。」

就在這時——

在我眼前，一隻巨獸人突然站出來帶路，剛才在跟矮人對罵的那些巨獸人也都往這裡逼近。牠們指著我們，在那裡嘰嘰喳喳的。不，應該說是指著我們的馬吧？

我突然感覺毛骨悚然起來。

就算我們三個跟伊露莉，再加上矮人全都死光，只要拿到了我們的馬，牠們就可以湊足十二個過橋了。真愚蠢！這個計畫絕對不可能成功的。因為我們的數量較少，巨獸人認為牠們可以打贏，但若是想要過橋的話，巨獸人連一隻都不能死。然而牠們有可能笨到沒想到這些。

我腦筋很快地轉了一下。一定要想個辦法，讓牠們不敢隨便撲上來。我彎腰撿起了一塊小石頭，然後故意將手往前伸，讓牠們看個清楚，巨獸人們馬上就用訝異的眼光看著我。

「你們大概是認為把我們全殺光，把馬搶走，就可以湊齊十二個了，但這是不可能的。」

我笑了笑，然後用拇指跟食指將石頭捏碎。石頭輕輕鬆鬆就變成了粉末，巨獸人們開始尖叫著向後退，其中一隻開始大叫：

「吱，是、是那個蠟燭匠！怪物蠟燭匠！吱！」

哇，我在這一帶已經變得這麼有名啦？但是巨獸人們卻一起將武器向前伸出。

本來在破口大罵的矮人看到巨獸人的大刀，他也慌了，趕忙往後退。那些大刀比其他半獸人用的大刀大了許多，跟人類用的差不多一樣大。霎時間，態勢就轉變為巨獸人與人類—精靈—矮人—馬匹聯軍（？）的對峙。

「喂！這到底怎麼回事？」

我嚇了一跳，所以大喊。巨獸人其中一個笑著說：

「這樣真是太好了。吱！我們沒有必要過河了！吱，我們還以為你們，吱，已經過河了。吱吱！」

我突然打了個寒噤。

「你們是在追我們嗎？」

那隻巨獸人「砰砰」地敲著自己胸口說：

「我們是巨獸人！鬥士巨獸人！吱！我們已經接受了請求，要把你們都消滅掉！吱！那些弱小的半獸人居然用很害怕的語氣跟我們提到你們，吱！我們本來根本沒想到，吱，你們居然是幾個小鬼頭跟老人！」

杉森搞清楚怎麼回事了，他開始咬牙切齒。

似乎是追我們的那些半獸人拜託了這些巨獸人，所以牠們為了追殺我們，才想要過河。

但是我們因為早上比較晚出發，反而落在牠們後面。杉森低聲地說：

「看來這件事大概無法圓滿了結了。」

03

矮人來到我們身邊，喃喃地說：

「聽了剛才那些話，我大概能推測出現在是什麼情況了。你們正被半獸人追殺吧？」

「是的。對不起。這是我們的事，所以請退開。」

杉森拔出長劍的同時說。矮人搖了搖頭說：

「不，這是哪裡的話。到了現在，我們總算能好好打一場了吧？」

我低頭看了看這個大膽的矮人，然後對著他微笑。對方並不是普通的半獸人，而是巨獸人，而且敵人有九個，我們只有五個，這個矮人卻完全沒有露出一點懼色。等一下，我們真的有五個人嗎？我望了望伊露莉，那時伊露莉剛好也在望著我。

「修奇。」

「什麼事？」

「今天早上，我們已經成為朋友了吧？」

我微微笑了笑。伊露莉好像不懂我微笑的意義，所以歪著頭，然後就拔出了腰上的穿甲劍跟左手短劍。我說：

「等一下。現在牠們追的是我們，所以妳可以不用站出來。」

「你不是說過會為我做一些事？」

「所以我跑去洗臉了，不是嗎？」

「我也要幫你。這樣對嗎？」

如果是人類的話，那應該是這樣沒錯。但精靈怎麼樣我就不知道了。我再次在腦中記下：「精靈是很麻煩的」，然後站了出去。巨獸人們突然停下來，舉起了大刀，有點可怕。牠們不但能忍受陽光，連塊頭也非常大，身高大概只比我矮一點，但肩膀卻比我更寬。現在要怎麼辦呢？

「呀啊——！」

怎麼回事？我還沒得到答案，杉森就這樣衝了過去。他居然直接正面衝向九隻巨獸人，到底是想怎樣？但其實那不是正面。他的目標是最右邊的那一隻。那又怎樣？我帶著豁出去的心情，往左邊奔去。巨獸人們快速地聚集到兩邊。這時卡爾也拿起長弓開始射箭了。

我沒有舉起自己拿的劍，就往前衝過去了。我的上半身自然露出了破綻。巨獸人的大刀向我的頭砍來。笨蛋！我就是希望你這麼做，你被騙了！

「一字無識！」

巨獸人的大刀被彈開，因為反作用力，巨獸人兩手向上抬，胸膛完全露了出來。我又轉了一圈，巨劍向上砍去。咦？

巨獸人向後一跳，跟我之間空出了一段空間。看看這傢伙！這時我才發現我這一招因為在原地打轉而產生的弱點。這一次是我雙手向上抬，露出胸膛了。此時旁邊的巨獸人手拿的大刀揮了過來。呃啊！我死定了！

「反轉！」

我無視於手臂跟腰的反向衝力，將上擊的巨劍硬是往下揮。我以為我的腰都折斷了，好不容易才將那把大刀彈到地上去。那隻巨獸人因為受到衝擊力，所以腰往下彎。我空翻了一圈，再度下劈，將那傢伙的頭盔給劈開了。但是我有種連自己的腰也裂開的感覺。眼前有東西若隱若現，還有金星在閃爍著。

「哇，還真慘！」

我暫時先退到後面。但是另一個傢伙的大刀不讓我有喘息的時間，馬上就揮了過來。這傢伙真的想殺我嗎？不過說起來，我也已經殺了一隻巨獸人。我採取了我能想到的最簡單方法。

「呀啊——！」

我抬起右腳，轉動著我的劍尖刺了出去。我當場想出了這招的名字。我的機智還真是不得了啊。

「攪拌蠟油！」

我就像做蠟燭的時候攪拌油脂一樣，轉動著我的劍來攻擊。大刀被擋開了，我一感覺轉動的劍尖好像碰到了什麼東西，右腳就用力一踏，順勢刺了出去。嘎吱嘎吱，跟用一字無識的時候不同，挖著巨獸人身體的感覺從劍上傳到我的指尖。我突然全身冒出雞皮疙瘩。

「呃，可惡。亂攪好了！」

我用手臂畫了個巨大的8字，然後開始向後走。因為劍旋轉得太快了，所以就成了很厲害的防禦招數。巨獸人都不敢隨便靠近，我好不容易才退到可以喘口氣的距離之外。但是我的手臂一停止轉動，大刀就又過來了。咦？

那把大刀無力地掉到地上，拿刀的巨獸人背上插著一枝箭。那是卡爾射的。

這時我的腰邊又有某個小東西跑了過去。

「你剛才那招還真帥！哈哈哈。」

是那個矮人。他把戰斧放在肩上，身體壓低往前衝。就算他不壓低身體，也已經夠矮了，這樣一搞真的變得非常矮。兩隻巨獸人同時用大刀刺來。但是矮人用讓人無法置信的速度將他肩上背著的大斧頭揮了出去，一次就擊中了兩把大刀。

令人訝異的是，那兩把大刀都斷了。就在這時，有某樣東西跳上了矮人的背。

「什麼！」

那是伊露莉。伊露莉跑到矮人身後，在矮人擊中大刀的瞬間，她踩了一下矮人的背，然後向前跳躍，接著用兩手拿的劍同時刺向毫無防備的巨獸人。哇，這真是漂亮的聯合作戰。但是有聯合作戰這個想法的只是伊露莉那一邊而已。

「妳踩哪裡！」

伊露莉一副沒聽見的樣子，馬上就衝向旁邊的那些巨獸人。巨獸人用粗野的動作拿著大刀瘋狂刺來，伊露莉則是一個轉身，將右腳向後一伸，然後她右手的穿甲劍打落了大刀，順勢一個轉身。巨獸人一感覺伊露莉用跳舞般的優雅動作將背靠到了自己的背上，就發出了近乎窒息的慘叫。

「吱！」

伊露莉用左手的短劍刺向自己右邊腋下，刺中了背後的巨獸人，然後她的身體再往反方向轉，拔出了左手短劍之後，又從左邊的肩膀那裡刺向巨獸人的背，接著這隻巨獸人就往前方無力地倒下了。

這樣一算，我解決兩個，卡爾解決一個，伊露莉解決了三個，那應該還剩下三個。那些傢伙到底跑哪去了？不知何時，杉森已經撂倒了三個傢伙，正在擦他的長劍。矮人環顧了一下四周，喃喃說：

「怎麼回事？你們是怪物嗎？我連一隻都沒幹掉。」

伊露莉毫無表情地掏出手帕，開始擦劍。就好像炎魔一樣，這個動作似乎代表自己剛才所做的事情對她的情緒沒有一點影響。難道……她不會因為戰鬥而激動起來嗎？看來她就好像在做每天例行的吃飯洗臉一樣，沒有一絲情緒。哼。

搞不好她真的戰鬥過太多次，已經麻木了。說起來，如果我已經一百二十歲，就算一年只打個一次好了，那也超過一百次了。跟她比起來，我則是靠在樹上忍受著腰痛，看起來實在一點都不酷。

但那又怎麼樣？我只不過是個偶然得到ＯＰＧ的蠟燭匠。

杉森用看起來真的非常憐憫的表情，看著正在揉腰的我。

「你這小子雖然可以做出其他人做不到的動作，但這不代表你不會痛。就算你的力氣再怎麼大，還是應該要運用基本的技術。」

「我什麼時候學過如何用劍了？」

「其實用劍跟用拳頭沒有太大的不同。因為你太在意那把劍，想到要用劍鋒去砍，或是用劍尖去刺，所以才會做出奇怪的動作。你在用拳頭的時候，會一面翻個兩圈一面打嗎？會把拳頭轉來轉去嗎？」

「哦，所以呢？」

「使用兵器的時候，兵器就只是手臂的延伸。在跟劍術相仿的槍術上也可以看到這一點。用常識去戰鬥啦！」

我聽到杉森的話，頓時覺得很沮喪。我真的這麼沒常識嗎？但這時我想起了剛才伊露莉用的最後一招。

「可是伊露莉剛才從腋下往後面刺。有誰的拳頭是從腋下往後打的？」

「那是熟練用劍的基礎之後，對劍本身已經很熟悉的人才能做到的。到了那個程度，才能夠連斬兩次，或是像你一樣一面翻滾一面出招。」

哼。是這樣嗎？不管怎樣，現在我的腰似乎好多了。我悄悄將背移開樹，然後站了起來。我向伊露莉那邊望去，伊露莉正在翻找著背包裡面，而那個矮人則是一直在嘀嘀咕咕。

「這算什麼！真可笑！我最想努力戰鬥，結果卻連一個也沒幹掉！」

卡爾微笑了一下，走向矮人。

「因為剛才情況緊急，所以沒跟您自我介紹。我叫做卡爾。」

「艾賽韓德・愛因德夫。」

「啊，愛因德夫先生。感謝您的幫忙。」

「還說什麼幫忙！連一個都沒有幹掉。」

卡爾尷尬地笑了笑，為了把他從窘境中救出，所以我們都笑著走過去，各自做了自我介紹。剛才在背包裡翻找東西的伊露莉還是像之前一樣，對我們視若無睹，她找出某樣東西之後，就往另一個方向走開。艾賽韓德勃然大怒。

「喂！妳是不願意跟矮人打交道嗎？」

伊露莉抬起頭，望著艾賽韓德。

「咦？」

「為什麼不報出姓名，也不來打聲招呼？」

「那幾位都知道我的名字，我以為他們會幫我說……」

艾賽韓德的眼角向上一揚。

「為什麼不直接來跟我說？難道妳不屑跟我說話？」

「我有點忙。我叫伊露莉・謝蕾妮爾。」

然後伊露莉就轉過身去，往已經倒下的巨獸人那裡走去。艾賽韓德帶著怒氣走向伊露莉，我們也想知道怎麼回事，所以跑到她身邊去看。伊露莉將像是小小藥瓶的東西拿到巨獸人的嘴邊餵牠們，牠們一吞下去，就呼出了長長的一口氣。這幾個被救的就是剛才被伊露莉刺中背部的傢伙，伊露莉在牠們的背上也倒了些藥。令人驚訝的是，牠們背上的傷口居然不見了。

艾賽韓德大吃一驚，說：

「妳、妳在做什麼？為何要救牠們？」

「你們不想過河了嗎？」

艾賽韓德驚訝得嘴巴大張。這話說得沒錯。因為是十二人之橋，所以還需要有四個人才能過河。這麼說來，伊露莉是打算醫好四個，然後要牠們跟我們一起過河嗎？真是令人意外地冷靜。

伊露莉對我說：

「把牠們的武器丟到懸崖下面去。杉森請幫忙我一下。」

我將大刀收集起來，丟到懸崖底下。底下發出了巨大的響聲，接著落下去的大刀就被急流給捲走，全消失得乾乾淨淨。我走回去一看，伊露莉已經治好了五隻巨獸人。咦？為什麼是五隻？巨獸人都已經失去了武器，杉森拿著長劍站在前面，艾賽韓德在旁邊一直說著：「我居然連一個都沒幹掉。要不要現在試試看？」之類的話，整個狀況讓人覺得很不舒服。

伊露莉說：

「我不知道你們跟那些人類之間發生了什麼事，但我所希望的只是過河。我剛才把你們治好了，可以過橋去，但如果你們拒絕的話，這事情就很麻煩了。」

她怎麼用如此鄭重的語氣說話？幾乎與對我們講話的語氣相同。這雖然不是什麼壞事，但她之前如此冷酷鎮靜地攻擊，現在講話還是一樣冷靜，我確實感受到她跟人類有些不同。難道她沒有感情？還是她的表達方式跟我們不同？

「那我現在提議。請你們幫我們湊滿人數。如果你們同意，那我會給你們留在這裡的夥伴治療的藥物。」

巨獸人都將眼睛睜得大大的。

「吱！是、是真的嗎？」

「是的。」

「吱吱，如、如果過到對面去，妳不會殺我們嗎？吱！」

伊露莉表情沒什麼變化地說：

「不管怎樣，你們如果照我說的話做，是會有好處的。如果你們不願意幫我們湊人數，那我也不需要你們了，我會把你們交給那一位矮人。但是如果你們願意跟我們一起過河，我就會給你們剩下的同伴治療的藥。你們冷靜地想想看，就會知道應該怎麼做了。」

我想就算這麼說，牠們也不會冷靜地想吧。

「吱！可是過去的話，我們怎麼回來？吱！如果回不來，那藥有什麼用？」

「我不是已經把你們其中五位治好了？其中一位留下來，我會先把藥給留下來的這位，我再過去。這樣牠就可以治療其他的夥伴了。」

哇……真被她給打敗了。她的腦筋還真靈光。艾賽韓德過於驚訝，從一開始就張著嘴站在那裡。巨獸人們算了算數字，然後點了頭。

「就這樣吧，吱！好吧。也沒別的辦法。吱吱吱！」

伊露莉也點了頭。然後她對巨獸人說：

「現在我們是朋友了吧！」

呃！差點昏倒。雖然只有我知道這句話的深意，但其他人跟矮人，甚至巨獸人都是一副十分震驚的表情。巨獸人用無法置信到講不出話來的表情望著伊露莉，然後粗暴地大喊：

「吱吱！這什麼話！吱吱！我們現在是沒力量，不得已才照妳說的做，吱！我們一定會報仇的！」

伊露莉歪頭望著我。拜託……不要用這種眼神看我好不好？

「跟你不一樣耶，修奇。」

「……對呀。」

四隻巨獸人跟我們一行三人三馬，再加上伊露莉跟艾賽韓德都走到了懸崖邊。當十二個人都並肩站定之後，伊露莉就開始低聲說：

「我們按照約定，聚集了十二個人。請讓我們過河。」

我跟杉森都稍微往前跨，想要看清楚整個情景，結果差點掉下去。伊露莉話一說完，本來空中浮著的那個木筏就開始慢慢往我們這裡移動了。一陣子之後，那個木筏就靜靜到達了我們所在的崖邊，我用害怕的眼神看著那東西。

艾賽韓德第一個毫不在乎地跑了上去。木筏動也不動。等卡爾也上去之後，我才小心翼翼地先伸出一隻腳踏踏看，然後慢慢將另一隻腳也踏上去。這東西不會往下掉嗎？但是那個木筏連一點點都不搖動地浮在空中。我為了盡可能不看下方，一直盯著天空。杉森也帶著害怕的表情，想將我們的馬都牽上去。馬兒們稍微想反抗，突然停了下來，杉森好不容易才哄得馬都願意上去。

伊露莉等到四隻巨獸人都上了木筏，就將藥瓶遞給了留在這一岸的那隻巨獸人。

「這不會很麻煩，只要適量地餵牠們喝就行了。如果傷口很嚴重，那在傷口上也要擦一點，但最嚴重的幾位我都治療過了，所以只要餵牠們喝就可以。」

這個巨獸人沒有回答，一把將藥瓶搶過去，就跑向倒下的同伴那裡。伊露莉又看了牠們的背影一陣子，然後也上了木筏。

因為伊露莉也上來了，一湊滿十二個，木筏就開始慢慢移動。我心裡有點不安，所以緊緊抓住欄杆望著天空。木筏一開始動，好像連馬也都激動了起來。

「咿嘻嘻！咿嘻嘻！噗嚕嚕嚕！」

杉森雖然想要安撫那些馬，但似乎不是很容易。

「喂、喂！聽話，只要安靜一下下就好！」

雖然馬都在上面直跺腳，木筏卻連一點都沒搖動。但其他的搭乘者看了卻是害怕得不得了，反正就是有種感覺，覺得橋一定會翻覆。這時伊露莉走向馬兒們。

伊露莉將臉頰貼到中間的那匹馬臉上，兩手則是分別撫摸另外兩匹馬的臉，等於是一次擁抱了三匹馬。然後她低聲說：

「鎮靜下來。鎮靜。這沒有什麼。」

令人驚訝的是，這些馬都開始平靜下來。卡爾用驚嘆的表情注視著這情景，杉森則是用過度仰慕的眼光望著她。我雖然也很訝異，但是因為還在提心吊膽，所以完全沒有念頭要說一些稱讚的話。看了這一幕之後，我往下一望。

天啊，嚇死我了！

懸崖遙遠而模糊。從上往下直接看著流過懸崖間的急流，我的眼前開始天旋地轉。水波捲起向上湧，然後又毫不在意地落下，拍打著懸崖。我帶著害怕的表情將視線往上提，東望西望。這時我看到了伊露莉。

伊露莉的黑髮飄揚了起來。是風嗎？伊露莉閉上了眼睛，好像在用臉頰感受著風。

風在吹。

沙沙沙……

落葉開始從兩邊懸崖上的樹林中飄來。

飄上來的是紅色的楓葉，以及被染黃的銀杏葉。落葉飛起，就像是一群受驚嚇的鳥兒同時飛起一樣。然後落葉乘著吹向河谷間的風，紛紛以舞姿落下。四方視野所及之處，都是落葉在旋轉飄動。

我們就猶如在落葉雨中飛翔。

飄起，飛舞，旋轉，落下，對於落下毫不懼怕。與風共舞之時，落不落下又有什麼關係呢？我似乎能聽見落葉的笑聲。沙啦啦啦啦。沙啦啦啦啦。

一陣子之後，空中最後一片葉子還在不斷地繼續盤旋。還沒落下的只有這唯一的一片。片刻前還是群葉亂舞，此時卻是它在獨自演出。這片落葉雖小，但顏色是鮮明的紅色，在藍天底下舞動著。飄起，飛舞，旋轉，落下，對於落下毫不懼怕。

「你不下來嗎？」

杉森拍了一下我肩膀，我才總算下了木筏。啊，真想作一首歌。不久之前我恐懼的心完全消失，突然又好想再坐一次。

我幫著杉森把馬全牽了下去。在我們的對面，那些吃了藥的巨獸人們已經站了起來，正猙獰地瞪著我們。我本來以為牠們會破口大罵，可是意外地，牠們卻很安靜。啊，難道是因為這邊有四個巨獸人人質嗎？如此說來，牠們跟其他半獸人的差異點就又多加了一項。牠們好像會為同伴著想。之前說是什麼鬥士巨獸人，哼！

跟我們一起過河的巨獸人一下了木筏，就跑到稍微遠離我們的地方。伊露莉靜靜地看著這幕光景，艾賽韓德則是再次把戰斧舉到他的臉前方，開始摸著斧鋒。

已經失去武器、聽從了我們要求的巨獸人，真的會來攻擊我們嗎？我覺得這很值得靜靜觀察，可是伊露莉卻開口了。

「那就請你們在這裡等到其他旅行者出現，再回去跟同伴們會合。如果打算這麼做，那你們應該要遵守約定，不能打起來吧？」

「妳別管！精靈！吱吱！」

牠們想要回去跟夥伴會合很不容易。這座十二人之橋立意雖好，但是非常不方便。建造者的意思好像就是要各種族雖然處在這樣的不方便之中，仍然不要打起來。這時我突然有了一個有趣的想法。

「喂！你們想跟那邊的同伴會合嗎？我們也不想在出發時，還留你們這些傢伙在背後，隨時準備偷襲我們。」

巨獸人都用不安的眼神望著我。我笑了笑，說：

「要我幫你們回去嗎？」

「你、你這是什麼意思？吱！」

我沒有回答，對著對面的懸崖大喊：

「喂！你們集中精神，好好接著！」

巨獸人都聽不懂我在說些什麼，做出一副疑懼的表情。我抓起身邊的那隻巨獸人，將牠舉了起來。被我舉到頭頂上的巨獸人開始慘叫。

「你、你，吱吱！你做什麼？」

「別擔心。第一個是最困難的。喂，那邊的！打起精神來！不要退後！」

然後我就將巨獸人拋了出去。但我並不是抱著隨便丟、牠掉下去也與我無關這類心態。我很慎重地瞄準，以便讓對面的巨獸人能正確地接到，才拋了出去。因為距離有六十肘左右，我讓牠的腿朝前，盡可能以接近水平的方向拋出，就算對面的傢伙沒接到，牠的脖子也不至於折斷。

我雖然這樣輕輕一拋，可是巨獸人的身體並不是很小的東西。飛過去的巨獸人發出怪聲怪叫，掙扎著動來動去，然後正確地落在我希望牠落下的地方，也就是其他五隻巨獸人所在的地方，結果六隻傢伙全都滾成一團。我觀察了一下牠們有沒有受傷，但似乎都沒事。

我笑了笑，看著剩下的三隻巨獸人。牠們害怕得臉色發青，開始跑來跑去。應該要讓牠們安心一點。

「喂，剛才的情況沒看到嗎？第一個是最困難的。到了後來，接你們的人越來越多，會更安全的。」

我這麼一說，巨獸人們就開始吵誰要最後一個被拋過去。

不管怎麼樣，我總算把最後一隻也拋了過去。最後一隻已經沒有什麼不安感，幾乎是很享受地飛了過去。牠雖然要求我讓牠頭朝前，這樣牠才能看得清楚，但因為太危險了，所以我還是讓牠腳朝前，才把牠拋了過去。這樣就算對面的傢伙沒接到牠，也只不過是屁股撞一下地而已。

在我拋這些怪物的過程中，我周圍的人都在緊張中看著這幕情景。他們口中喃喃唸著：「呃……行了！」「呃……丟得好！」之類的話。伊露莉也合著雙手注視著，如果巨獸人安全到達對岸，她就會鬆一口氣。巨獸人那邊也是一樣，在我拋出這些傢伙之後，直到牠們接到同伴之前，都是一片鬧哄哄的。牠們現在甚至高興得笑了。看起來像是牠們頭目的那一隻（因為牠是最後一個被拋過去，所以我如此判斷）走到懸崖邊說：

「再怎樣還是得說句謝謝！吱！」

「能夠幫上忙，我也很高興。」

「我們以後不會再去追你這種怪物了！吱！我們是鬥士巨獸人！我們不會再期待，吱！繼續得到獸人的寬恕！」

「是嗎？那我也謝謝你們了。可是半獸人對你們的呢？」

「那些弱小的傢伙，吱！說什麼要求，那是拜託！吱！拒絕掉就行了！」

我聳了聳肩。如果是人與人之間的話，這樣說會讓對方很不高興，但如果是半獸人之間，我怎麼會知道牠們怎麼想？我對牠們揮了揮手，然後轉過身來。

伊露莉對我說：

「看來你根本就是無視於這座橋的意義。我希望牠們再跟其他的種族合作才能過橋。這樣的話，牠們應該就會學習到合作與和解的意義了。雖然我們打了一場才能過來，但我認為如果牠們能學到這些東西，還是一件很好的事。」

「是嗎？」

伊露莉似乎不是在責難我。她只是很單純地說出這些話。

「但其實修奇你才是對這座橋的意義體會最深的人。剛才還跟我們作戰的巨獸人，居然現在會跟你說謝謝，就算是這座橋的建造者發現橋變得沒用，也應該不會生氣的。」

「如果是這樣，那就太好了。」

「你現在好像成為那些巨獸人的朋友了。」

這個精靈小姐好像有些堅持到讓人受不了。也許我看來像是想跟所有種族成為朋友的人，但我其實根本不懂那些東西。我只不過是賀坦特領地未來的蠟燭匠，高貴仕女傑米妮的騎士尼德法……拜託！怎麼最後連我自己都承認了這件事？我完蛋了！艾賽韓德也帶著很擔心的表情向我走來。

「你沒想過搞不好會失手個一次嗎？」

我笑著點了點頭。

「是的。因為我四次全都失手，所以牠們才能安全到達！」

「哈哈哈！託你的福，今天看到了難得一見的事情。謝啦。希望你在旅途中能受到卡里斯・紐曼的庇佑。」

卡里斯・紐曼……我好不容易才想起卡爾跟我提過這個矮人信奉的神明。可是這時應該要怎麼回答呢？我瞄了卡爾一眼，最後還是卡爾幫忙做出了適當的回答。

「願你能掌握到鐵砧與錘子間火花的精髓。」

艾賽韓德用訝異的表情看了看卡爾，然後呵呵笑著拿起了自己的行李。他背起了很大的背包，還幫斧鋒套上了一個皮套，然後插在腰帶上。我覺得他這樣走起路來礙手礙腳，可是他自己好像不覺得怎麼樣。接著是伊露莉開始望著我們。輪到她要跟我們告別了嗎？但那時我發現杉森正露出「我現在鼓起了極大勇氣」的表情。

杉森雖然有點猶豫，但是仍然堂堂正正地說（我不知道他是怎麼做到的，簡直有點不可思議）：「伊露莉小姐接下來要去哪裡？」

「有什麼必要？」

嗯，真是個怪答案。雖然聽來像是「你有什麼必要要知道我去哪裡」，從這句的意思看來似乎她很不高興，但其實她只是純粹出於好奇才問的。

「可以跟我們一起走嗎？」

「我早上不是才說過……沒有馬啊。」

杉森好像已經等這句話很久了，他說：

「我跟馬騎同一匹修奇就行了！」

我當場用莫名其妙的表情望著杉森。他在說什麼？他要拿我怎麼樣？卡爾也用驚訝的表情望著杉森，而艾賽韓德則是開始捧腹大笑。杉森搞不清楚狀況好一陣子，然後整個臉紅了起來，他趕緊才改口說：

「不，我是說，我跟修奇騎同一匹馬……」

「哈哈哈！」

我笑得簡直要在地上滾。

伊露莉搖了搖頭。

「不了。你們的目的是要去找你們的國王。你們應該是有急事，可是我不這麼急。我不想添你們的麻煩。」

可憐的杉森這次又說錯了話，所以從伊露莉向卡爾道別，一直到她靜靜地消失在樹林中為止，杉森都不發一語，只是紅著臉，茫然地站在那裡。我不知不覺跟艾賽韓德互相捶著對方的肩膀，一面大笑著。艾賽韓德簡直笑到喘不過氣來。

「說、說、說什麼要跟馬一起騎你……哈哈哈哈！」

「我要讓馬騎著跑才行嗎？哈哈哈哈哈！」

艾賽韓德跟我們分開之後，還是走幾步就停下來笑一下，走幾步又停下來笑一下。因為我們騎著馬，所以一下就超前了，後面還不時傳來艾賽韓德爽朗的笑聲。

每當這時候，杉森就會做出恨不得死掉的表情。

我開始跟卡爾說話。杉森還沒恢復到能聽我說話的狀態。

「卡爾！你對十二人之橋有什麼想法？」

「雖然立意良好，但我不是很喜歡透過這麼不方便的方式去試圖讓各族和解。」

「為了要讓不容易和睦相處的各族嘗試合作，一定要製造不得已的狀況才行吧？擁有這種能力的人要蓋一座普通的橋是很簡單的。但是故意把橋建成這樣……」

「說得對，尼德法老弟。這條路是如果不互相合作，就無法通過的路。這用意很好。然而在這座橋上，所謂的合作這件事變質成不過是一種手段而已。我認為真正的合作應該是不需要理由，就能表現出來的。」

卡爾的這句話我想了三遍才搞懂。

「這太浪漫了。」

「是嗎？」

04

我們後面的西方天空開始染紅色，在我們前方的這片土地則泛著暗藍，正要進入夜晚的領域。遠遠地，都市的燈光一盞一盞亮起來的時候，我們已越過了修多恩嶺，正奔向平原地帶。冷颼颼的傍晚空氣裡，在眼前一閃一閃的燈光，自然催促著馬更加緊向前直奔。

過了一會兒，都市出現了。那是一個比我們的故鄉賀坦特領地大很多的都市，特徵是一條環繞著都市、川流不息的巨大河流。這裡是修多恩河大量匯流的地方。河的周圍則鋪展著一大片原野，隨著夜晚的到來，我們看見了歸來的牛和牧童。杉森告訴我這座都市的名字叫雷諾斯。因為位於中部林地的最西邊，所以可說是扮演修多恩嶺的關口都市的角色，從而發展成這樣的大都市。

在黃昏紅霞已完全消失無蹤的黑暗天空之下，我們進入到雷諾斯市。

越過修多恩河之後，有一座可進入雷諾斯市的橋，隨即都市的燈光好像變得更加溫馨地在歡迎我們。我們沿著都市中央的路走著，緊接著來到酒店和旅館到處林立的一條路上。不知是否因為這裡是關口都市的緣故，所以有非常多的旅館。

我看了看四周之後說：

「要用什麼當作選旅館的基準呢？」

「當然是用問的比較好。」

我點點頭，隨即一個從向旁邊經過的中年男子詢問：

「對不起！我想請問一下。我們是旅行者，請問這都市裡最令人引以為豪的旅館在哪裡？」

中年男子舉起手，指向一個招牌看板。上面寫著「十二人的旅館」。

「到那邊住過之後，不論你到大陸的何方，都可以向人說起對這個都市的美好回憶。」

「啊，謝謝。」

我點點頭道謝，然後對卡爾說：

「十二人的旅館？如果人數不到十二個人，是不是就不招待了？」

「恐怕不至於吧。可能是照著『十二人之橋』依樣畫葫蘆而取的名字吧。」

我們走向那個旅館。旅館位於大路再稍微進去一點的位置，一走近旅館即可看到一個相當大的後院。旅館正面由木板建造而成，並且有雅致的窗子，是一棟四層樓建築物。

我們下了馬匹，走向旅館入口。

匡噹！

怎麼回事呀？嚇得我向後退了一些。隨後有一位體格魁梧的男子從旅館正門口驚慌跑出。接著一個水桶馬上從旅館裡飛了出來，打中了那個男子的後腦杓。呼！

男子往前撲倒，滾下正門前的樓梯。還真是厲害！過了不久，傳來了一陣尖銳的高喊聲：

「如果已經死了就給我躺在哪兒，沒有死也給我躺好！因為我會去殺了你！」

可是那個男的才沒那麼笨呢，他猛地起身跑走了。我們則是驚慌失措地望著彼此。

杉森首先說話了。

「我們好像選錯地方了。」

卡爾也擔憂地點點頭。但是轉眼間，旅館正門又出現了一個手上拿著另一只水桶的女子。那個女子手裡拿著水桶從樓梯上跑下來，還差點撞到杉森。杉森慌得往後退了幾步，那女子看了杉森一眼，右轉過頭瞄了一下我跟卡爾。是一個和我年齡差不多的金髮女子。

「你們要在這兒吃飯睡覺？」

「難道還有提供其他的服務嗎？」

那女子聽到我的回答，故意拿起水桶說：

「當然還可以用這個砸你一下。你剛才看到有人慌張地跑出來嗎？好吧，還是算了。他一定已經跑遠了。你們有三匹馬、三個人是嗎？請進來。馬匹請停放在這裡。阿修！你這小子，快點出來！把馬匹帶到馬廄去綁好，馬匹之中有沒有需要換馬蹄鐵的？好像沒有。都挺會跑的嘛。阿修！你這傢伙，動作再不快一點，給我小心你的腦袋瓜！你們還不趕快進來，到底在做什麼？難道要先在前面鋪上紅地毯，你們才肯進來嗎？阿修！你這傢伙，動作這麼慢，到底有什麼用啊？趕快帶著馬匹走！馬匹跟著阿修，人則是跟著我走！」

連馬匹都已經落在他們手上了，如今好像不進去也不行了吧？杉森和我聽了她的話之後，深吸了一口氣，才跟著她走進去。卡爾也帶著一副無可奈何的表情，一邊笑著一邊跟著來。那位女子一進到裡面的大廳就問我們：

「酒、吃飯、洗澡、睡覺、洗手間？」

這種問法真讓人摸不著頭緒。我好不容易才搞清楚，她是在問這五樣之中哪一樣是我們現在最想做的。所以我回答：

「最前面那一樣。」

我們在那位女子的引導之下進到餐廳。餐廳由於太暗，一開始無法看得很清楚，但是等眼睛適應黑暗之後，發現這是一個很寬廣的地方。天花板掛了一盞燈，在燈光之下有些人不經意地朝我們看了看之後，又回頭做自己的事。

這裡相當吵雜，我們被那女子推坐到一張桌子前，那個女子馬上又向其他桌的幾個人高喊幾聲之後，就消失了。過了不久，那女子拿著巨大啤酒杯再次出現。那是噗嚕噗嚕冒泡的黑麥啤酒，在燈光之下泡沫閃著亮晶晶的朱黃色。那女子簡直是用扔的，啤酒杯突然發出啪啪聲，一杯杯落在眼前，而且令人驚訝的是居然連一滴也沒濺出來。

「各位想吃什麼？各位想得出來的都可以點，那麼不用我說明了吧？」

杉森怯怯地說：

「有雞肉嗎？」

「我不是說什麼都可以嗎？雞一隻，然後呢？」

「豬肉派和芝麻餅。」

是卡爾點的。杉森也在同時鼓起勇氣，又再點了一些。

「嗯，我也要豬肉派，還有加上肉丸、煎餅，可是，妳全都記住了嗎？」

「要等那個小鬼也點了才能『全』都記住啊。小鬼，你要點什麼？」

她和我的年齡相近，卻叫我小鬼小鬼的，我當然心裡不好受。她不是說什麼都可以點嗎？我嘛了嘛嘴，然後說：

「龍肉派。」

那女子的眼角立刻向上一揚。我微笑著繼續說：

「還有燉石像怪翅膀肉，我特別喜歡吃翅膀。烤半獸人里肌肉和巨蛋湯。飯後點心是水元素怪汁和黑布丁怪。好久沒吃到布丁了。」

那女子生氣地說：

「喂喂，小鬼，你知道剛才那個大男人為什麼會那樣逃出去嗎？」

「為什麼呢？」

「因為他說想喝我的奶。」

杉森突然臉紅，轉過頭去，卡爾則低下了頭。但是我用看起來很善良的眼神注視著她，問道：

「那個也可以點嗎？」

「不想活了嗎？」

那個女孩子呼地拍了桌子，周圍的客人都望向我們這邊。有位個子很小的客人喃喃地說：

「嘿，尤絲娜連五分鐘都無法忍耐，又要打架了！」

我看了看那個男子。他的身高實在很矮，甚至看起來和杉森的八歲小弟弟差不多。可是從他的臉看來，年紀卻很大。是半身人嗎？我又再轉過頭來看這位凶悍的女子。

「妳的名字是尤絲娜？」

「是的，小鬼頭！在這裡惹火了尤絲娜的人，就會成為第十三人！」

「第十三人？」

「這個旅館叫做『十二人的旅館』，不需要第十三個人！我是說被我踹屁股攆出去的人！」

「妳這個小女孩是旅館老闆？」

尤絲娜的臉頰抽動著。雖然和這位小姐相處的時間還不是很長，但是那表情一看就知道是她的怒氣即將要爆發了。她的手上拿著放酒杯的盤子。而現在她突然將那盤子舉起。

咻！

我真想打個哈欠。連巨獸人的大刀都比它快速。我接過砸向我頭部的盤子，輕輕地向後一扯。當然啦，盤子被搶走了，尤絲娜改用驚訝的眼神望著我。餐廳裡其他所有的人都停止談話，望著我們。真好，變得安靜多了。

我用指尖將那個木盤轉個不停，說：

「喂，尤絲娜，我問路人有沒有值得推薦的旅館，結果他居然推薦這麼不親切的旅館，理由到底何在？」

卡爾一面微笑，一面將身體靠在椅背上，開始喝起黑麥啤酒，而杉森以餓得快死了的表情望著我。

「你這傢伙！你趕快點菜，我才能趕緊填飽肚子，不是嗎？」

「啊，這個嘛，我已經點了，可是這位小姐卻想拿這個砸我。」

「還不是因為你點些莫名其妙的東西！」

剛剛才被搶走「武器」，不知所措的尤絲娜說：

「這傢伙！你是冒險家嗎？我看你是有點功夫，就想對我無禮，是吧？」

「要說無禮，應該是妳先無禮的吧。」

尤絲娜不想再聽我說什麼，一面轉身一面叫著：

「哥哥！」

哎呀！花樣還真多。乾脆叫爸爸來，不是更好嗎？我預想可能會出現一個四肘高的大塊頭，用他凶惡猙獰的臉孔怒向著我。

我的預想只有一半正確。

從廚房那邊真的走出一個四肘高的大塊頭，幾乎可以和杉森好好較量一下了。然而他的臉孔卻因為留了落腮鬍而被遮掩住，是否凶惡就不得而知了。他的鬍子還真多！他走了過來，讓原本就很低的天花板看起來更低矮了。天花板上掛著的燈只差一點兒就會碰上他的頭。那男子在圍裙上擦擦手，然後說：

「為什麼叫我出來？」

咦？聲音蠻年輕的！雖然因為留鬍鬚的關係，看起來年紀比較大，但事實上好像並不那麼大。大約杉森那個年紀吧？反正既然是這位小姐的哥哥，就很有可能非常年輕。尤絲娜用理直氣壯的表情對我說：

「在我哥面前再點一次菜。」

有何不可！我雙手交叉在胸前，看著那男子說：

「龍肉派、燉石像怪翅膀肉、烤半獸人里肌肉、巨蛋湯。飯後點心是水元素怪汁和黑布丁怪。」

好了，這次會是什麼東西飛過來呢？第一次是水桶，而剛才是盤子，接下來又會是什麼呢？真令人期待！然而我發現那男子的眼睛帶有笑意。

「對不起。材料剛好都用完了，可不可以點些別的東西？」

哦！這真是有風度的回答。這是要給我一個收拾自己所開玩笑的機會！那麼我也應該有風度地回答。

「那麼我點豬肉派三人份和雞肉、芝麻餅，配上肉丸和煎餅。我們先喝啤酒，所以你們可以慢慢地準備。」

「好的。」

那男子馬上轉身離去。而樣子變得很可笑的尤絲娜則詫異地追了過去。

「哥哥！那小鬼胡言亂語的……」

「妳剛才大吼大叫的聲音我都聽到了。妳叫他小鬼，可是他和妳年紀差不多。」

「這、這是什麼話！」

尤絲娜和她哥哥繼續一邊說著，一邊走進廚房。我噗哧笑了出來，然後靠在椅背上。真是一對可笑的兄妹。嗯，哥哥是不錯啦，但是妹妹卻很可笑。

「這旅館到底有什麼優點讓人推薦呢？」

卡爾微笑地說道：

「我好像知道理由。」

「哦？理由是什麼？」

「請拿起你們面前的杯子嚐嚐看。」

我歪著頭看了一下，然後舉起大的杯子往嘴也一送。一口，啊？二口，咦？三口，嗯！咕嚕咕嚕。

「哇，哈哈，哇！」

剛才因為肚子餓得做出痛苦表情的杉森，看到我突然興起的模樣，也拿起黑麥啤酒喝喝看。杉森的眼睛突然睜得圓圓的。

「哦，味道真的很不錯！」

杉森和我一口氣喝乾那大大的二品脫容量的酒杯。連不太懂酒的我都覺得味道真的很棒。我問杉森是否還要再來一杯，然後對廚房那邊高喊：

「喂！尤絲娜，再給我們端兩杯酒來！」

從廚房出來的尤絲娜，像一頭猛衝的山豬，氣勢洶洶地跑過來。

「你怎麼可以用命令語氣對我說話！」

「勇猛無雙的高貴仕女尤絲娜啊，有這個榮幸請您再給我們兩杯美味的黑麥啤酒嗎？」

當然啦，我的話並不是讚美的話，尤絲娜立刻豎起眉毛怒道：

「怎麼？想開我玩笑？」

又發脾氣了。這位小姐到底是懷有什麼不滿，怎麼這麼容易生氣？為什麼如此咄咄逼人？餐廳裡的其他客人像是期待第二回合對決似的望著我們。

「喂，尤絲娜，我想問妳一個問題，請誠懇地回答我。最近被男朋友甩了嗎？」

餐廳突然爆出大笑聲。尤絲娜則揪住我的咽喉。我的天啊！我無可奈何地說不出話，只能看著尤絲娜。要是在我們村莊裡，絕對是不會有人要的臭娘們，連傑米妮也不會做出這種粗魯的行為。禮貌零分！

我好不容易才能用哽咽的聲音說道：

「妳惹火我了！再不放開，妳會非常後悔！」

「那就試試看啊！」

這有什麼困難的？我抓起尤絲娜的腰，猛地往上舉起，因為常常與傑米妮練習，而且又有OPG，所以我覺得她的重量連啤酒杯都不如。我就像丟小孩似的將尤絲娜朝空中拋了上去，然後再接住（我試著不要讓她撞到天花板，卻很難）。餐廳裡的人們都叫了起來。

「我的媽呀！」

尤絲娜就像是落水的人一樣掙扎著，然後朝我掉了下來。

「我是妳的媽？那麼拜託聽話一點！」

尤絲娜雖然當場往下掉落，但我還是抓著她的腰，再拋到半空中。雖然尤絲娜的腳踢了我的胸口幾次，但我之前被馬的後腿踢到，也沒有怎麼樣。我無視於此，並警告尤絲娜：

「妳如果乖乖地別亂動，我就會靜靜地把妳放下。要不然，我放下的動作可就會粗暴一點了。不管妳信不信，我可是曾經將半獸人拋到六十肘遠的距離之外。」

「你說謊！」

我轉身看杉森，杉森說道：

「小姐，他說的是真的。他今天白天在十二人之橋，看到四個半獸人因為數目湊不足，無法過橋，結果他全部用丟的，讓這些半獸人越過修多恩溪谷。可是修奇，快將她放下吧，你這是什麼行為？」

我乖乖地放下尤絲娜。尤絲娜用充滿憤恨的眼神看著我，但是因為知道我的力氣，所以不敢造次。我遞出杉森和我的空杯子，然後說：

「妳如果乖乖地拿啤酒來，我就會感謝萬分，並乖乖地喝。就此和解，如何？」

尤絲娜拿起杯子，然後飛快地跑掉了。我喘了一口氣，坐到椅子上。

「真是個性粗暴的女孩！竟然揪住我的咽喉！」

「嗯，我也嚇了一跳。可能是在客人熙熙攘攘的旅館工作才變這樣的。」

「不是，是原本個性就如此吧。」

坐在旁邊桌子的半身人開始說話了。

「請問一下，你剛才說的是真的嗎？真的是用丟的，就讓牠們越過了修多恩河谷嗎？」

「是的，是真的。幸好有那些半獸人，我們才能湊成足夠數量之後過橋。後來我們把牠們全部送還回去了。」

那個半身人的眼睛眨了眨，說道：

「哦，真令人難以置信！若非巨人，像修多恩溪谷那樣遠的距離……哦，我的名字是都坎・巴特平格（Butterfinger）。」

「我叫修奇・尼德法。你叫巴特平格？真是特別的姓，你們的家族是在做 butter（奶油）的嗎？」

「這不是我的姓，而是我的綽號。」

「哦，是嗎？」

這時候，尤絲娜回來了。巨大的啤酒杯依舊呼呼有力地放到桌上，可是她卻連看都不看我一眼。

「謝謝！」

尤絲娜狠狠瞪著我的臉，然後轉頭走回去。真是個脾氣很壞的女孩子。

「先別提這裡的啤酒味道如何，但是服務態度真是糟糕。帶著那種女孩子，如何能做好生意？」

叫都坎的半身人笑了笑，插嘴說道：

「尤絲娜其實是個很善良的女孩。和她的外表不一樣。她自以為已經是個長大的女孩，卻被初次見面的男孩拋上拋下的，心情怎麼會好呢？」

「是她先惹我不高興的。」

都坎笑了笑，又再轉身繼續吃飯。我這次則是用輕鬆悠閒的心情開始享受啤酒。

這一方面是因為我酒量不是非常好，另一方面是因為不想再叫尤絲娜來。可是杉森毫不停歇地又喝光了第二杯。他真是隻食人魔。

杉森轉頭看我，我毫不猶豫地說：

「我絕對不會再叫那個臭女孩，要叫你自己叫吧。」

這裡不只是啤酒好喝，連菜也很好吃。我們（在此不包括卡爾）狼吞虎嚥地將菜全吃光了，而隔壁桌的半身人則開始懷疑我們是不是有矮人的血統。

吃完飯之後，我們被帶到要住的房間。

那是個大房間，有四張床，但我們只有三個人，還多出一張床。所以杉森和我都將行囊丟到床上，還跟行囊說些請多多休息之類的話，然後下到大廳去。香醇的啤酒滋味，到了此刻還不斷縈繞腦海中。至於卡爾，因為他說想在床上躺一下，所以只有我們兩個人下來。

大廳很寬敞，和餐廳一樣有著低矮的天花板。這棟建築物的一樓一整層全都很低矮，所以這也是理所當然之事。木造建築物如果有很多層時，並不會像城堡一樣建得很高，這是因為樑柱會折斷的緣故。還好這低矮的天花板並不令人難受，反而因為搭配明亮的牆壁漆色而讓人感到清爽舒適。

杉森和我下來的時間比較晚，所以無法坐在壁爐旁的好位子。但是天氣不怎麼冷，所以也沒關係。我們選了窗邊的位子，開始享受黑麥啤酒。人們嘰嘰咕咕地在說話，還傳來輕輕的歌唱聲。我看了看四周。

這裡除了名叫都坎的半身人和另一個半身人之外，全都是人類。我特別注意半身人。因為我們村莊就好像是阿姆塔特家的前院一樣，是半身人們無法安心居住的地方。如果不是人類，怎麼可能住在像那樣的村莊呢？所以我很少看到半身人。

聽說半身人的腳上的毛非常多。都坎・巴特平格現在將他的腳放在桌上，正和他的同伴聊得很起勁。

「今天在鬥技場看到了沒？他媽的，我還以為那傢伙會撐比較久。」

「你怎麼會做這麼荒唐的賭注？沒有人會對那傢伙下注的。」

「這樣能在贏的時候配到比較高的獎金嘛！」

他們在談什麼呢？反正要說那是種本領，也可說是種本領，我很佩服他。都坎坐的桌子是人類用的桌子，對他而言太高了，所以都坎用水桶倒放在椅子上，然後坐在上面。他又將腳伸到桌子上，來取得平衡，用那個和他的頭一樣大的啤酒杯喝著酒。他喝到後來，好像快要後仰跌倒似的，讓我看得提心吊膽。

尤絲娜則是在大廳一角的桌子上放了蠟燭，正在一邊撥動著算盤，一邊寫東西。是在整理帳本嗎？尤絲娜好像知道我在看她，她抬起頭，又猛然低下頭。哎呀，雖然是和我沒什麼關係的人，但是變成現在這種情形，還是搞得我心情很不好。過了不久，尤絲娜聽到別人點東西之後，就拿起啤酒杯，朝餐廳快速跑去。

「有這麼好喝的啤酒，我還真不想離開。」

杉森對我說。我笑了笑，回答說：

「明天可不可以休息一天？」

「不可以，我們要趕路。我們可不是悠閒的旅客。」

「嗯，故鄉裡有人在等我們。等事情都結束之後，我想再旅遊整個大陸一次。」

「原來你已經嚐到旅行的滋味了。」

「是啊。如果不是這次離鄉，我就不會知道有十二人之橋如此神奇的地方。而且我想一定還有更多我不知道的奇異事物。以前我都不曾感受過這些，現在突然間看到那麼多我所不知道的事物，想想看，如果我沒看過它們，會是多麼可惜啊！」

「如果每件事都想要嘗試做看看，我們哪有足夠的壽命？我覺得沒有必要對自己沒做過的事感到可惜。重要的是對於自己經歷過的事能得到最大的樂趣。」

「謝謝你！你說得對。只要求我經歷過的事能得到最大的樂趣。譬如說讓杉森和馬騎在我身上……」

「閉嘴！」

「你到底為什麼會在早上和中午連犯兩次錯？」

「不知道！真是的，我怎麼會這樣子呢？如果再讓我遇到伊露莉，我真的會發狂。雖然現在已經不會再見面了。」

「你的判斷太草率了。」

「嗯？」

「看看大廳入口吧。真令人驚訝！對於沒有任何約定之下，卻能在一天之中遇到三次的人……那句話是怎麼形容的？」

杉森趕緊轉身去看，然後痛苦地呻吟了幾聲。大廳裡的其他客人也望向大廳入口。伊露莉正站在那兒。

伊露莉的黑色髮絲在燈光的反射之下，猶如黑紅色的瀑布散落在肩上。伊露莉看了看四周，然後望向我們這邊。她的眼睛稍微睜得更大了一些。

伊露莉走向我們這裡。她將行囊放在桌子旁邊，一邊坐下一邊說：

「真令人驚訝！對於沒有任何約定之下，卻能在一天之中遇到三次的人，應當交付生命給此人。」

對，對！就是這句話。對於沒有任何約定之下，卻能在一天之中遇到三次的人，即使分隔在大陸兩端，還是會再見面的，所以絕對不能做仇家。萬一做仇家，一定會因為逃不掉而被殺，等於是將生命交付給了這人；如果做朋友，則在任何情況之下，對方都有可能會出面幫助，也算是將生命交付給了他。

伊露莉跟我一樣想起了這句話。我笑著問她：

「這是誰說的呢？」

「你好像常常問我人類說過的話。這是路坦尼歐大王經過中部大道，遇到大法師亨德列克三次時說過的話。」

「我們也算是在中部大道遇到三次。哦，對了，妳不是沒有馬嗎？怎麼這麼快就到達這兒了？」

「馬是用來騎在人類的路上的，我是用跑的穿越森林。」

嗯，有句俗話說，在地底下不要和矮人賽跑，在森林裡不要和精靈賽跑。哇！速度真的很快！杉森很小心地說道：

「嗯，真高興再一次見到妳，伊露莉。妳要在這間旅館過夜嗎？」

「是的，我是因為喜歡這兒的招牌才進來的。想起白天和你們經歷過的事，所以進來看看，沒想到能再見到你們。」

這時候尤絲娜噘著嘴走過來。

「小姐是和他們幾位同行的嗎？」

「不是，我只是認識他們而已。我也想在這裡過夜，還有房間嗎？」

「當然還有。您現在就要上去嗎？」

「不，我先和他們幾位聊聊天再上去。可以給我一杯啤酒嗎？」

尤絲娜點頭表示她知道了，然後退了下去。她用一種奇怪的眼神看著我，就好像是在質疑這傢伙到底是什麼人物啊，為什麼力氣那麼大，而且連精靈都認識。然後我看到其他的客人，好像都因為這突然出現的黑髮精靈美女居然跟我們認識，而倍加感興趣地看著我們。

老實說，我還蠻喜歡這些目光的。我對伊露莉說：

「請問妳是要到哪兒？啊，我並沒有什麼特別的理由，我只是好奇心使然才問的。」

「我要去戴哈帕港口。」

那是哪裡？我望向杉森，杉森想了想，說道：

「啊，那麼會經過首都吧？」

「會經過人類的首都。」

「啊，那麼，雖說是第三次的請求，請問妳願意和我們同行嗎？」

哇，這是第三次了。伊露莉要是再說沒有馬，那杉森到底會如何回答呢？但是很令我失望的，伊露莉這次並沒有說出沒有馬之類的話。

「我今天下午走在森林裡的時候想了很多。我似乎可以向你們學習到很多東西，所以很後悔當時沒有和你們同行。」

伊露莉突然身體震了一下，神情恍惚地說：

「我剛剛是不是說了後悔兩個字？」

「怎麼了？」

「後悔……我已經學了這麼多了。過去我是絕對不會改變心意的。現在我學會渴望那些得不到的東西。我居然就像人類一樣地說話。」

我無法理解這些話，所以默默地坐著。伊露莉繼續說道：

「我拒絕了二次，你卻再度提議，我真的非常感激，杉森。我會和各位一起同行到首都。但我需要去找一匹馬。」

杉森的表情……我實在不想說。這個花花公子！等我回故鄉之後走著瞧。我的嘴巴會隱瞞住這件事嗎？不可能的！

伊露莉喝了一杯啤酒之後上去二樓。而杉森高興得失神了一會兒，看到我的表情之後，連忙咳了幾聲，才開始自制一點。我試著做出一副不高興的表情，然後對杉森說：

「你被迷住了，要不然就是故作被迷住的樣子！」

「什麼意思？」

「哦，第三個可能，不是被迷住，也不是故作被迷住的樣子，搞不好只是從我的觀點看起來你似乎被迷住了？真是不尋常！」

「修奇！不要說一些廢話！喝完了就上去吧。早一點休息，明天早一點起床。明天早上還要買一些食物及燈油等等許多補給品，會很忙的。」

「沒關係。那些事由我和卡爾來做。你是我們之中最懂馬匹的人，所以你應該去幫忙伊露莉選馬匹。」

「真的？那些事都由你們去做？」

杉森高興地看著我一陣子，才發現自己中了我的圈套。唉，連傑米妮都不會這麼簡單被套話。杉森真的不只是力氣像，連頭腦也很像食人魔！

上到二樓進了房間之後，我看到卡爾坐在床上不知在看什麼書。我們很久沒有床鋪、蠟燭了，現在剛好可以看書，但是我猜他在看的一定是無趣的學術書籍吧。

卡爾只會看那種書。在旅行的時候應該比較適合看小說吧？

「這是什麼書？」

卡爾闔上書說：

「魔法師列傳之類的書。書名太長了，所以我懶得講。我想知道關於造出十二人之橋的泰班・海希克的事，可是沒有看到他的名字。這本書雖不是人名錄之類的書，但是我本來以為能做出那麼偉大的事，他一定是個非常有名的魔法師。」

「是嗎？哦，對了，我們遇到了伊露莉。」

卡爾的眼神非常驚訝。

「她住進這家旅館？」

「是的。」

「真令人驚訝！有句話說：『對於沒有任何約定之下，卻能在一天之中遇到三次的人，應當交付生命給此人。』」

「路坦尼歐大王說的，對不對？伊露莉也是這麼說。而且在杉森三次熱烈邀請之後，她答應和我們一起同行。」

「費西佛老弟，她真的要與我們同行嗎？」

卡爾又詢問杉森，杉森點點頭。卡爾哈哈地笑了。

「雖然不錯，但是一起走的話……唉，還是別提了。安排我們旅行的負責人是費西佛老弟，就依照費西佛老弟的決定。」

卡爾無異議地同意了，杉森因此顯得很高興的樣子。

後來，我和杉森因為好久沒有享受在床鋪打滾的樂趣，所以我們互丟枕頭，還蒙在床單底下，高興地跳來跳去。

要不是因為有卡爾的制止，我們大概會玩一整個晚上。

05

隔天一大早，我將臉盆放在面前開始洗臉，差點就流下眼淚。

「我從來不知道臉盆是如此重要的東西！」

而且洗手間裡還備有肥皂。我只聽過這個珍貴的東西，如今我想用看看，卻辛苦了老半天。這東西實在很難拿握。杉森看到我這個樣子笑了笑，但是臉色好像又有點焦急。他去吃早餐的時候也是一邊走，一邊心不在焉地看著四周。

我們起得早，所以餐廳裡還沒有客人。尤絲娜在我們進去的時候故意裝作沒看到，繼續擦著其他的桌子。

「喂，尤絲娜！像妳一樣感覺這麼遲鈍的人，當然會被男人甩了。」

「你一大早就想鬧事？」

尤絲娜又發火了。我毫不在意地說：

「我要點菜，麵包和湯，什麼種類的都可以。」

卡爾和杉森也各自點了餐點。杉森焦急地看著餐廳入口，卡爾卻好像沒注意到杉森那副模樣，他看了看四周，發現別桌上面放了很大一張紙，他就撿起來閱讀其中的內容。

「那是什麼？」

「是雜誌，尼德法老弟。」

「雜誌？」

「這是週刊雜誌，記載每週在這個都市裡發生的事情，可以用來對村裡的人們傳遞消息。」

「是不是像我們領主的布告文之類的東西？」

「不是，這是市民發行的東西。裡面記載著誰家的母牛失蹤了，這個星期二是誰生日之類的事，或者和南方傑彭的戰爭消息等等，蠻有趣的。這一篇是『傑彭為什麼海軍軍事能力很強？』的社論！」

「嗯，這個連我也知道原因。因為沙漠很多，所以只好往海上發展，是嗎？」

對於我的回答，卡爾做出了一個很滿意的表情。

「真厲害！尼德法老弟。總之，他們從旅行者那邊打聽到消息，就登在這上面。而且賣這雜誌也可以收錢。」

「呵！你是說有人會付錢買這個？嘿！只要問人就可以了，不是嗎？」

「價錢不會很貴。而且這個都市比我們故鄉大很多，所以很難將所有消息傳開來。你看！看看這個廣告。是赫茲山的卡蘭貝勒神殿的消息。在卡蘭貝勒神殿有冬季教理研究，有興趣的市民可以在冬天的時候去做見習新生，一起共同參與有關卡蘭貝勒的探究。秋收已經都結束了，現在在神殿也沒有農忙，當然可以做教理研究。」

「哦，這種消息，難道不能只是用宣布的？」

「因為這都市很大，所以想要告知這消息的人可以給雜誌社錢，然後要求刊登出來。而且這兒不是一個領地，是一個都市，市政府之類的機構如果有要告知市民的事情，也可以給雜誌社錢，請他們刊登。所以雜誌的價錢才不會太貴。」

「可是，再怎麼說，紙張的錢不是非常貴嗎？」

「這個嘛，可能是雜誌社和神殿簽了合約，由神殿那邊提供紙張。而神殿可以用便宜的價格刊載消息。」

卡爾笑了笑。我不禁搖搖頭說：

「真奇妙。如果不是這趟旅行，也許我到死都不會知道有雜誌這種東西。」

在一旁擦桌子的尤絲娜聽了我的話之後開始偷笑。哼，是啊，我很無知。但如果妳自己是在賀坦特領地那種地方長大，又會是怎樣？卡爾說道：

「旅行常會學習到新知識，這是旅行給人的愉快禮物。」

「嗯。啊！那我們可以賣消息給雜誌社啊。」

「咦？」

「『第九次的阿姆塔特征討軍戰敗。』你覺得如何？」

「這是不錯的想法，但是應該先告知國王才對。事情是有先後順序的。這次是國王的龍戰敗，所以應該先向國王報告。」

這時傳來了另一個聲音。

「你說國王的龍戰敗了？」

沉浸於聊天中的我們竟沒察覺到伊露莉走了過來。伊露莉坐到我們這一桌之後又問：

「國王的龍是和哪一位戰鬥而被打敗的呢？」

哪一位？嗯，怎麼不是問「什麼東西」？為什麼是問「哪一位」呢？這種問法好像有點奇怪。卡爾回答說：

「真是個舒爽的早晨！謝蕾妮爾小姐，妳既然已經聽到我們的談話，一定已經知道我們要先跟國王陛下報告才行。」

「那位並不是我的國王。」

伊露莉淡淡地指出卡爾的錯誤。卡爾很抱歉地笑著並說：

「對不起，謝蕾妮爾小姐。是卡賽普萊被阿姆塔特打敗了。」

「卡賽普萊是指哈修泰爾家族的那頭白龍嗎？」

「哦，妳很清楚嘛。」

伊露莉的表情看起來很謹慎。

「說起阿姆塔特……夕陽的監視者，賀加涅斯的黑窗，阿姆塔特也就是這頭黑龍的名字。牠甦醒了嗎？」

咦？什麼意思？牠甦醒了嗎？牠什麼時候睡著過的？可是卡爾只是淡淡地回答說：

「是的，牠是在五十年前甦醒的。」

「是嗎？」

真是奇怪的事。難道這位精靈小姐五十年以來都不知道這個消息嗎？我很想問問她，可是這時候尤絲娜端著早餐走來了。尤絲娜看到伊露莉和我們坐同一桌，就問：

「您的早餐要點些什麼？」

「麵包和牛奶。」

尤絲娜隨即將東西端了過來。點餐點得簡單一點，果然比較快上菜。我不知道精靈在吃東西的時候能不能講話，所以靜靜地不說話，而杉森則是用崇拜仰慕的眼神，一直看著伊露莉吃東西的樣子。連這種動作也值得這樣一直看嗎？

居然連看別人吃東西的樣子，看得如此聚精會神！我朝桌子底下踢了踢杉森的腳警告他，他慌忙地趕緊開始吃他自己的早餐。可是不一會兒，他舉著湯匙動也不動地看著伊露莉，連湯汁從湯匙流了下來弄濕桌子都不知道。天啊！我快看不下去了。伊露莉也看到杉森這種樣子了，她驚訝地說：

「杉森先生，湯汁流到桌上去了！」

「啊？哦，對不起！」

什麼事情對不起？我真的快瘋了。伊露莉也驚訝地看著杉森，杉森則將臉緊緊貼近盤子，慌慌張張地埋頭開始吃他的東西。

尤絲娜的哥哥，那個鬍鬚仔的料理手藝真是不錯。我喝湯喝到最後，忍不住想去舔湯盤，盡了很大的努力才克制住。如果不是尤絲娜正嘲弄地看著我，我或許真的會這麼做。靜靜地吃完早餐以後，尤絲娜詢問我們點心要吃些什麼。大家都點了果汁，只有卡爾點了咖啡。什麼是咖啡啊？過了一會兒，尤絲娜端來一杯黑黑又燙得冒煙的東西。因為是裝在杯子裡，看來像是茶之類的。

卡爾高興地喝了一口咖啡。

「哇，好久沒喝到咖啡了。」

那到底是什麼鬼啊？好喝嗎？我心不在焉地喝完果汁之後，向尤絲娜又點了一杯咖啡。尤絲娜好像覺得很可笑似的看了看我，然後馬上端來一杯咖啡，還以過分慎重的動作放到我面前。我喝了一口那個東西，在旁邊一直看著我的杉森好奇地問：

「喂，修奇，那個東西好喝嗎？」

我沒有回答他，於是他就做出更加好奇的表情。我是因為做了一個很不祥的推理，所以才沒有辦法回答他，不久，我很激動地看著尤絲娜。

「尤……尤絲娜！妳想毒死我嗎？」

一陣騷動結束之後，我才在卡爾的說明下知道那不是被下藥的味道，而是這東西原本味道就是如此。尤絲娜的眼神變得更冷淡，而杉森則是一直笑，笑到快喘不過氣來。真是丟臉，丟臉！但是人們幹嘛要去喝這種東西呢？

總之，我們吃完東西後，就走到外面去了。杉森和伊露莉要去買馬匹，卡爾和我要去市場買東西。可是伊露莉覺得我們大家一起去比較好。她自己也有要買的東西，所以建議大家一起去。我向尤絲娜借了一輛手推車，尤絲娜一副好像我會把手推車弄壞的樣子，嘴裡嘟嘟囔囔地拿了出來的。

「要去市場買東西啊？」

「嗯。」

尤絲娜的表情變得更差，她以壓抑著怒氣的表情說：

「哼！怎麼剛好我也要去市場呢？跟我來吧！」

「哦，是嗎？真是太好了！可是妳想一個人去市場嗎？這間大旅館要採購的東西應該很多吧？」

「哼！鄉巴佬。只需訂貨就行了，然後他們就會運送到這裡來。」

「哦？真的？」

由於尤絲娜的引導，讓我們很輕易地就找到了市場。尤絲娜一到達市場就與我們分道揚鑣。我們買了麵粉、乾肉、燻肉、今晚可以做來吃的一點青菜、食鹽和其他等等。這裡的物價相當低廉，是在我們村裡無法想像的便宜價格。特別是紙張的價格簡直是低到無法想像的程度。我被卡爾纏著買了非常多的紙張。紙張應該在哪裡都會有用處吧！至少是可以拿來記錄的東西。我順便買了筆和墨水，一面放進手推車裡，一面以愉快的表情問道：

「為什麼東西這麼便宜？」

卡爾笑著回答說：

「是我們村裡的東西太貴。那是因為商人們不太進出我們村落。然而雷諾斯市有修多恩河的水路經過，又是中部大道的關口，所以貨品很多。當然價格就會很便宜。」

「要是我們消滅了阿姆塔特，我們村落將是中部大道的關口都市，到時候村落的貨品也會變多，價格也會變便宜，是嗎？」

卡爾只是靜靜地笑著。此時伊露莉說：

「修奇，你們是為了更加快樂和豐足，才想消滅阿姆塔特的嗎？」

「是為了不要這麼悲慘才想消滅阿姆塔特。」

看來伊露莉並不明白我的話。但是我不希望在愉快購物的時候討論到阿姆塔特。現在我父親是如何過日子的呢？可能被關在地精們的洞窟裡，吃著難以下嚥的食物。該死！但是我卻在這裡為了便宜的東西在高興不已。老爸啊，您的兒子怎麼會是這個樣子？

就在我想到這裡的時候——

「啊啊！」

慘叫聲！這裡是賀坦特領地嗎？市場的氣氛突然轉變了。人們瘋狂盲目地跑著。有人往這裡跑，有人往那裡跑。但杉森隨即敏銳地找到慘叫聲的源頭方向。

「在那邊。到底發生了什麼事？」

「去看看。」

卡爾走在最前頭。我們繼續聽到慘叫聲，以及東西倒下的聲音。而且從我們要跑去的那個方向，有很多人瘋狂地朝我們逃來。人們的臉上都因恐怖而驚慌失色。到底是怎麼回事？隨後我們看到了跟在那些人們背後跑過來的東西。可惡！我好像在某個地方也曾經歷過一樣的事情。

有三隻巨魔正跑過來。

「什麼？是巨魔！為什麼會在都市裡頭出現？」

杉森倉皇地抽出長劍。人們慌亂地四處奔跑，但是我卻看見前方竟有一位壯碩的男子，將他前面的老婆婆推倒。那個老婆婆滾到地上，無法起身。她好像腳踝受傷了，搖搖晃晃地努力想站起，卻因害怕與痛苦而終究無法站起來。

「居然有這種事？」

不，怎麼可以這樣！如果是在我們村裡，那麼壯碩的傢伙就算自己會死，也會挺身出來幫忙。事實上，不久前我才在我們村裡親眼看到那樣的事。我的身體比我思緒的速度更快。我擋在那傢伙的前面。他用粗魯的動作，想要就這樣把我推開，但是我緊緊抓著他並且說：

「喂！去把那個老婆婆扶起來站好！」

「你這小子！你瘋了嗎？你是她的孫子嗎？」

「不是，我不是她的孫子。但是你不可以這樣！」

男子二話不說地飛來一拳。這傢伙！我抓住這男子的手腕。那男子全力揮出的手臂被突然擋住，一副好像肩膀快斷了的樣子。他發出刺耳淒厲的慘叫聲之後，跪倒在地。

我雖然很想好好處置那個男子，但是更急需對付跑向我們的巨魔。之後我將那男子拋擲到一邊，然後跑向老婆婆。

「救、救命啊！」

那個老婆婆一邊哭一邊呼救。巨魔凶猛地跑過來。我看到巨魔拿著石斧向下劈。在老婆婆的頭就要被劈開的前一秒，我趕緊抓住老婆婆的腳，將她一拉，好不容易才救出了老婆婆。我將老婆婆移到我身後。

「您自己可以逃嗎？」

那個老婆婆一跛一跛地逃走了。然後我拔出巨劍橫在路中間。哼，好好看招吧！是賀坦特領地的男人，就會這麼做！我的性命，能換多少的時間呢？真是的！我現在能向誰交代我的遺言啊？

「喂，你們這幾個傢伙，你們覺得要殺死我，需要花多久時間？」

因為我有OPG，所以才膽敢如此蠻幹。在這段時間裡，那個老婆婆不知道是不是已經走遠了？

還好我有我的援軍。又一個賀坦特土種男人杉森跑來站到我旁邊。杉森不說二話地拔出長劍並揮舞起來。拿著石斧的巨魔手臂則在霎時間被刺出一個露出骨頭的大傷口。杉森低聲喊著：

「我的性命只有一條，所以很珍貴！是獨一無二的！」

好，做得好！刺得好。

「呀啊，我的不二招式『一字無識』！」

我最拿手的只有一招！巨魔下意識地用石斧往下砍之際，被我的巨劍碰撞兩次，牠的手臂噹啷一聲被砍下。

「喀啦！」

那傢伙慌忙往後退。但是除了杉森正面敵對的那一隻之外，還有另一隻從我的旁邊猛打過來。這時候，有一道刺眼的光芒從中間閃過。

是伊露莉。我看見伊露莉用左手短劍使著很罕見的劍法。伊露莉像是削蘋果般，斜斜地舉起短劍對準落下的巨魔手臂，絲毫不費力氣就將巨魔的手臂肌肉像肉脯一樣削下來。這需要多穩健沉著，才能使出這樣的招數呢？

「喀啦啦！喀啦喀啦！」

那傢伙搖搖晃晃地往後退。傷口正快速癒合。該死！牠們畢竟是巨魔。我暫時先將這傢伙交給伊露莉，然後全意對付自己眼前那隻少了一邊手臂的傢伙。那傢伙的手臂還沒有再生，卻用沒有拿著石斧的另一隻手臂朝我揮來。

「哇！」

肚子挨了一拳。我的身體往後騰空飛了出去。我之所以沒有死，都是託ＯＰＧ的福。泰班，謝謝你。我幾乎差點昏過去，但那樣就死定了。我翻滾之後站了起來。

我看見有些人正望著我。我對他們高喊：

「請幫幫忙！」

然而那些人聽到我的聲音，就像聽到某種信號似的轉身跑走，有些人進到旁邊的建築物，將門關上。這真是莫名其妙！傳來的砰砰關門聲此起彼落。

「尼德法老弟！」

聽到卡爾的聲音，我整個人為之一振。剛才那隻巨魔正朝我跑來。那傢伙用牠那隻不知何時已經再生的手臂，像是要抱住我似的猛然撲過來。

「去死吧！」

我用一隻手托住巨劍的劍身，另一隻手抓著劍柄拄在地上，向前滾了出去。巨魔的手臂揮了空，我朝巨魔的腳邊滾過去，然後連起身都還來不及，也沒有看看後面，就將手臂往後揮轉。不知砍到了什麼。

「喀啦！」

我好像斬到那傢伙的大腿內側。我向前滾之後，又再站了起來。巨魔的腳一跛一拐地，也向後轉了一圈之後，和我面對面。不能給牠再生的機會！

「側面的一字無識！」

我水平揮動巨劍，身體旋轉了一大圈。但是這一次繞完一圈之後，膝蓋就跪了下去。第二次我斬得很低，讓腰向後傾，剛才躲過我的巨魔這次被斬腳。動彈不得了吧！我馬上又轉第三次，並且挺直膝蓋和腰。我感覺腳關節好像折斷了，但是還是往前跳起來，成功地做出第三次的迴轉。

巨魔的頭噹啷一聲飛了出去，然後我直接撞上了巨魔沒有頭的身體。巨魔倒了下來，牠的血滿滿地噴到我嘴裡。哇！一陣暈眩。而且不知道我的腳踝出了什麼狀況。我忍住腳踝的痛，直接站到那個巨魔的屍體上。我看看四周的情況。

杉森站在一隻巨魔前面，與牠正面衝突，他用如同食人魔一般的力氣，將對方砍得遍體鱗傷。如果是人類的話，只要有一個那樣的傷口就足以致命了。但是巨魔一面揮砍石斧，逼使杉森往後退，一面繼續讓傷口的地方再生。另一頭，伊露莉輕盈地跳來跳去，繼續在巨魔的背後和旁邊來回，絕對不和巨魔面對面交戰。每當巨魔要往旁邊攻擊的時候，伊露莉就用左手短劍往牠的手臂上斜斜地削，或用穿甲劍刺向牠露出破綻的腰或背。但是對巨魔而言，像被杉森的長劍砍到的傷口都能再生了，更何況是穿甲劍砍出的，根本只能算是極小的傷口。我應該先幫誰？

我一面想，一面在無意識之中站起來。我的腳踝非常痛，差一點因此跌倒在地。

「嗯……」

卡爾因為以為只是來市場買東西，所以沒有帶長弓出來，此時他急忙跑來將我扶住。我抓住卡爾的肩膀咬緊牙關，用憤怒的眼神看了看四周。這麼大的都市，擁有我們村莊比也比不上的雄偉建築物和寬闊的大路，但是為什麼連個人影也看不到？真的連一個都看不到。

然而我往上一看，發現二樓跟三樓有人在俯視著我們。仔細一看，每個窗戶都有人在看我們。

覺得一陣噁心。

「呃啊啊！」

我甩了甩巨劍，向前跳了步。在我前面有一隻巨魔背對著我，牠正在追伊露莉。我的腳搖晃了一下，隨即想也不想就用腳往上跳。我將巨劍刀鋒向下，就這樣將巨劍插進了那隻巨魔的背。

「喀啦！」

「啊啊啊啊啊！」

我用盡所有的力氣將巨劍往下一拉，感覺好像不斷卡到什麼似的，之後突然間，握著巨劍的手變得一點感覺都沒有，巨劍就這麼脫離了出來。原來劍已經從巨魔的腰際離開了牠的身體。牠隨即往前倒下去。我爬到那隻巨魔的背上，用巨劍開始用力往下戳。

「呃啊！呃啊！呃啊啊！」

我不知道自己究竟砍了幾刀。那隻巨魔的背和脖子完全變成一塊塊碎肉，血噴得我全身都是。我最後抓起巨魔的頭。因為沒有頭髮，我的手指甲直接穿過了牠的頭殼。因為牠已經被我攔腰斬斷，我將牠的上半身拉起來之後，用巨劍朝牠的脖子一劃，於是就把牠的脖子割斷了。我將牠扔在一旁。

伊露莉並沒有在看我，她真是沉著冷靜。她已經開始在幫杉森了。伊露莉從背後刺巨魔的膝蓋後面，迫使巨魔跪了下來。然後杉森劈開了那隻巨魔的頭。四周圍都是肉塊和血水。杉森和伊露莉都還全身乾乾淨淨的，但是我的硬皮甲已經完全沾滿了血，臉和手也都有血肉糊在上面。我仍然坐在剛才那隻巨魔的身上。

杉森走近並且伸出手。我抓住他的手站了起來。我的腳搖晃了一下之後，又差點跌倒，但杉森趕緊撐住我的腋下。

「腳受傷了嗎？」

「只是扭傷了，沒關係的。」

「很幸運，我們都沒人受傷。」

「但是這該死的都市裡沒有警備隊嗎？」

「可能是出動得比較慢。」

我茫然地環顧四周。周圍建築物的窗子一個個地打開了。然後人們三三兩兩地走出來。出來了啊！哈！現在才要來幫忙嗎？那些人們皺著眉頭嫌惡地將自家門前的血水用腳堵住，以防流到自己家裡面，還很生氣地擦掉那些沾染在建築物牆壁和門上的血和肉塊。這一切我都看在眼裡。

「杉森，我們趕快回去吧。」

「趕快回去？」

「再待在這裡，我可能會殺人。」

杉森沉默地點頭。我在杉森的攙扶之下開始往前走。卡爾推著手推車走來，而伊露莉則走在我身邊，一面用手巾擦拭我臉上的血。

「沒關係，伊露莉。反正這樣擦也擦不乾淨。」

「眼睛要能看得到才能走路，不是嗎？好了……現在臉已經大致擦好。」

「謝謝。我一定會買一條手帕還妳。」

伊露莉沒有回答，只是笑著。到旅館的路真是該死的遙遠。想到需要這麼一跛一拐地走到那裡，眼前突然一片發黑。腿不方便並不是件小事。只有一條腿受傷就已經如此麻煩又不方便，更何況是眼睛看不到的泰班，他一定更加舉步艱難。泰班！要是有你在的話，一定乾淨俐落且簡單容易地就可以處理掉那些巨魔，也不用看到這麼令人噁心的光景。

「尼德法先生？」

是誰？是誰用這麼唐突的稱呼叫我？我撥開貼在臉上黏到血的頭髮，才看清前方的人是誰。

「啊，勇猛無雙的高貴仕女！」

尤絲娜在市場的角落裡，用像是嚇壞了的表情看著我。我不管她想要說什麼，就先開口了。

「我不會讓旅館沾到血的。萬一沾到了，我也會全部擦乾淨。」

「啊，不是的，修奇，嗯……原來是這樣的！」

我還搞不懂她到底說了些什麼，尤絲娜就一溜煙跑掉了。哼！怎麼看都覺得她是不想沾到血才跑回旅館。我往後稍微看了一下，看到大路上留著我的腳印。好鮮豔的紅色腳印。星星點點串連起來的腳印。有這麼明顯的鮮紅色腳印，即使不是訓練有素的特種部隊兵，大概也可以很容易就追到我吧！

我的腳印，真的是耶，是我的腳印。

頭好暈哦。

真不知我是以何種精神狀態撐到旅館的？反正我到達了，隨後尤絲娜的哥哥，也就是那個鬍鬚仔，走到旅館的玄關來。他一看到我的樣子，就圓圓地睜大了眼睛。

「尤絲娜跑來跟我說，客人您……等一下。」

「啊？」

那個鬍鬚仔就這麼把我舉起。怎麼回事？

「嗯，只是有點扭傷！幹嘛這樣，我會覺得不好意思！」

那個鬍鬚仔就這麼抱起我，然後跑上樓梯，卡爾、杉森、伊露莉也跟在後面。他一進到旅館裡面，就帶我到餐廳旁邊的一間房裡。應該是這鬍鬚仔的房間。

他讓我坐在桌子上，並檢視我的腳。他按了按我的腿，然後問：

「你會不會痛？」

「你看我的表情不就知道了？」

「腫起來了。骨頭好像沒有斷……大概是腿骨裂開了。」

伊露莉隨即走出去。過了一會兒，伊露莉拿著某個東西進來。我好像曾經看過那個東西？啊，好像就是曾經給過巨獸人的那個藥瓶子。

「喝下這個，修奇。」

「腳斷掉的時候也可以喝嗎？」

「嗯，你不是還曾看過用這個來治癒刀傷？」

我點點頭，然後接下藥瓶喝了一口。鬍鬚仔露出驚訝的眼神，看了看伊露莉。過了不久，腳痛完全消退了。我愉快地從桌上溜下來。

「哎呀，桌子弄得髒兮兮的。」

「那個啊，擦一擦就可以了，沒關係。可是你的腳有沒有關係？」

「一點也不痛了。但是需要清洗一下。我把旅館弄得亂七八糟的。」
「尤絲娜正在準備洗澡水。請跟我來。」
呵，原來是先跑回來準備這些！真是太好了。真謝謝她。真奇特。真令人感動。

過了一會兒，我洗淨身體換了衣服，然後一身整齊地坐在大廳裡。其他人也都聚在一起，我們各自喝著一杯啤酒。後來那個鬍鬚仔也坐到我們這一桌來。那個鬍鬚仔的名字叫薛林。我聽到他說他是那個旅館的老闆，就嚇了一跳。
鬍鬚仔薛林點點頭說：
「原本我父親是這裡的老闆。但是去年他因病去世之後，開始由我接手經營這家旅館。母親則是居住在市區內另一個地方的家裡，她對做生意不感興趣。父親還在世的時候，我就是這裡的廚師，帳務的整理及出納是由尤絲娜來負責，因此我只做廚師做的事。」
「尤絲娜好像很精明能幹。」
這時候卡爾提了一個問題：
「可是為什麼都市裡頭突然出現巨魔呢？」
薛林認真地想了想。
「我沒有直接看到，所以不太知道，可能是從鬥技場裡跑出來的。我已經派旅館的下人們去探聽了。」
「鬥技場？」
「是的，這個都市裡有鬥技場。聽說那裡有幾隻巨魔，可能就是牠們亂跑出來。」
什麼是鬥技場？昨天聽到那個叫都坎・巴特平格的哈比矮人說了類似的話，可是我還是不明白地望著杉森，杉森也是一副不知道的表情。所以我問了薛林。

「鬥技場是什麼呢？」

「按字面上來解釋，是格鬥的地方。有時是戰士們與戰士們，有時是戰士們與怪物格鬥。」

「為了什麼呢？」

薛林以驚訝的表情看著我並說：

「當然是為了觀賞。也可以賭博。就是下賭注看勝負的賭博方式。」

「啊？」

我們都嚇了一跳。是為了觀賞？我在我們故鄉裡和泰班叫出來的幻象怪物格鬥，村民在一旁觀賞，就像是那樣嗎？然而那是幻象，就像演戲一樣。可是剛才的巨魔卻是真實的！

「是和真的怪物格鬥嗎？那不就有可能會死囉？」

「是的，可能會死亡。」

杉森不可置信地說。

「啊？居然有人做這種瘋狂的事。誰會在那裡格鬥？」

「有些是職業劍鬥士……通常都是一些貧困的窮人。因為餉金低的戰士如果贏了，可以得到一大筆錢。」

「這算什麼呀，可以不顧性命賺錢？」

「有些人是抱著這種想法的。」

卡爾驚訝地插嘴說道：

「這種人很多嗎？雖然說應該要有很多，才能讓鬥技場繼續營業下去，但是我覺得應該是沒有那種願意拋棄性命賺錢的窮人。而且就職業劍鬥士而言，不管劍士的實力如何優秀，也不會以這種格鬥來決定勝負。」
杉森做出佩服的表情。卡爾侃侃而談，好像一位老練的戰士。
薛林的臉上閃過一個不高興的表情。雖然被鬍鬚遮掩住而看不清楚，但他的眼睛分明是憤怒的。薛林以不耐煩的聲音說：
「各位曾聽過高利貸嗎？」
高利貸？那是一種用很高的利息借錢給人的方式，不是嗎？可是為什麼突然提到這個？然而卡爾突然皺起眉頭說：
「難道……那個鬥技場的主人讓人在那裡格鬥，來代替還債嗎？」
「非常正確！」
「啊！市政府都置之不管嗎？」
「那個人的勢力很大，收買了全部的市政府職員們，就連市長如果敢有異議，也會被他撤換掉。這是此地的人們私底下都知道的事。而且我們市裡的警備隊幾乎都可算是那個人的私人武力，他本人所擁有的私兵也是很厲害的。」
「我的天啊！」
真的是豈有此理！
我大概知道是怎麼一回事了。所以他會借錢給那些急於用錢的人，然後予以很高的利息，人們無計可施之下只好到鬥技場格鬥。贏了也不用付他們錢，因為那些錢會被用來還債款。而如果對方輸了，當然就算了。他是利用賭博來賺錢。理性地說來我大致能瞭解，但是心裡頭還是覺得不可思議。要人為了還債，去冒著性命危險來格鬥的這個鬥技場主人，不知他的腦袋裡到底裝著些什麼？

這時候門外傳來騷亂的聲音，是鞋子啪噠啪噠響亮地踏在走廊地板上的聲音。杉森歪著頭說：

「那是什麼聲音？」

薛林的臉色驚慌，好像已經知道那是什麼聲音了。過了一會兒，全副武裝的八名戰士進到大廳裡面，個個都穿鎖子甲並且拿著戰戟。了不起的裝備！在他們後面的尤絲娜跑去阻擋他們。

「我們有客人在，你們這是什麼行為啊？」

可是那些士兵們連聽都不想聽。他們是這座都市的警備隊嗎？然而薛林說：

「是剛才我告訴你們的那個人的私兵。」

什麼？私兵竟能如此武備齊全？我們領主的警備隊隊長杉森用難以置信的表情，低頭看看自己的硬皮甲。那些人環顧一下四周，然後朝我們走來。

「薛林，是他們嗎？」

薛林沉鬱地點點頭。然後士兵說：

「好。我們是希里坎男爵手下的士兵。是你們幾位打死巨魔的嗎？」

希里坎男爵？那個人是貴族嗎？杉森點點頭說：

「有什麼事嗎？」

「一隻巨魔值二百賽爾，所以總共是六百賽爾。請支付補償金。」

我不覺得我有聽錯，因為杉森也驚訝地抬頭看著士兵，卡爾和伊露莉也做了同樣的動作。杉森疑惑地問：

「等一下。要我們付錢？」

「要不然誰來付錢呢？」

「我們幫忙殺死巨魔，你們卻沒有說聲謝謝，並且給我們獎金，反而要我們付補償金？」

「王八蛋！牠們可是用來賺錢的！」

士兵不耐煩地低頭看，當場踹了一下杉森的小腿脛骨。杉森忍痛不出聲，隨後眼睛像是要爆出火花似的，憤怒地站了起來。我也在同時間站了起來。

「你這是在幹什麼？」

「我叫你這傢伙注意一下。」

「傢伙？我可是堂堂賀坦特子爵的部下，賀坦特城的警備隊隊長杉森・費西佛。你剛剛對我做了什麼？」

士兵們聽到堂堂兩個字後面的話之後，發出不屑的嘲笑聲。

「子爵又有什麼了不起？你是從哪裡冒出來的土包子，這麼不知分寸還敢撒野？」

「從土匪村子裡才跑出來的傢伙真的很有問題。真是腦筋打結搞不清楚狀況，真是可憐到了極點。」

「可能是服侍那種在某個山谷裡頭的山賊頭目之類的貴族……我呸！」

好像杉森說出的身分很令人啼笑皆非似的，他們一個個都在取笑著。這令杉森訝異到忘記生氣。此時那個士兵又踹了杉森的小腿骨一下，完完全全當杉森是他自己的部下對待。杉森發出呻吟聲，並且痛得彎下腰，那士兵還想用戰戟的槍尾刺杉森。

他並沒有得逞。因為我抓住了那支戰戟。那個士兵露出猙獰的表情。

「這個小孩又是什麼東西？」

他想拉回戰戟，我雖只用一手抓著那支戰戟，他卻是用兩手也搶不回去。我開始扭轉那支戰戟，他只好放手。在他變臉色之前，我就已經將戰戟用兩手抓著。

「這值多少錢啊？」

「什麼意思？」

我出力折斷了槍桿。士兵們的臉上都露出了驚訝的表情。我將兩截斷槍桿又再一次握在手中，再折斷一次，總共斷成了四截。我把四截槍桿丟給那個士兵，並且說：

「你們又值多少錢啊？」

士兵們驚訝的表情裡終於浮現恐懼。我冷酷無情地說：

「如果殺死你們的話，我要付多少錢啊？」

戰戟被折斷的那個士兵往後退了一步，其他士兵通通將戰戟往前伸出。我氣得快冒火了，將手往肩膀上頭移動，想拔出巨劍，這才發現我剛才洗澡換衣服之後，沒有把巨劍帶在身上。

杉森拔出長劍，忍氣說道：

「到外面去吧！」

杉森似乎是考慮到薛林的立場。士兵們猶豫地向後退。他們似乎也想到拿戰戟在室內打鬥，對他們來說很不利。他們往後退了幾步之後就往外跑出去了。杉森氣沖沖地想跟著他們出去。卡爾叫住他。

「嗯，費西佛老弟，你打算怎麼辦？」

「我們領主被侮辱了，而且還是被男爵的部下侮辱。也不知道那傢伙是不是真的男爵。薛林，那個叫希里坎的，真的是男爵嗎？」

「貴族的部下怎麼可能是那副德行。」

「果然跟我想的一樣，是個假的男爵。給我走著瞧！」

「你要跟這麼多人打鬥？」

「死亡雖然是何時何地都有可能發生的，但是要選擇自己願意的時間和地點卻是不容易。所以，如果可以選擇的話，我死而無憾。」

杉森說了這些似乎很有道理又有點怪異的話之後，就走了出去。我則是急急忙忙地上去二樓。沒有時間穿盔甲了，我只提起巨劍就往樓下衝。旅館外面已經站著杉森和那個假男爵的八個部下，互相對峙著。

06

杉森並沒有拔出長劍。他對士兵們說：

「你們侮辱我的主人，所以我要與你們決鬥。你們是要一個一個來，還是要一起上？」

士兵們互看著。不管怎麼說，這麼多人對一個人，對他們來說是有損自尊心的。他們其中一個人，也就是剛才被我搶走戰戟的那個人，接過了別的士兵的戰戟之後，往前跨了一步。這個人好像是他們帶頭的領隊。他看了看站在樓梯上面的我，說道：

「喂，你也要下來打嗎？」

「我幹嘛要下去打？啊，你是在求我跟你打嗎？」

那傢伙哼了一聲，就這樣朝著還沒拔劍的杉森揮出他的戰戟。但是杉森一直看著對方的腳步，早在對方還沒有移動手臂之前，就已經識破了對方的意圖。杉森輕輕地往後退，再用往後伸的那隻腳踢了地面一下，就往那個失去平衡的士兵衝了過去。杉森的拳頭用力伸出。砰！

「哎呀！」

那傢伙被正面擊中臉部，他一副眼冒金星的暈眩模樣，並且開始往後退。杉森說道：

「居然閉上眼睛？這傢伙的武術根基也未免太差了吧。」

杉森接著拔出了長劍。那是我們領主用盡財產才好不容易購置的劍，為了對付獸化人，還鍍上一層銀，可說是一把很漂亮的劍。對方慌張地刺出戰戟，杉森將長劍水平提起，然後斜斜地擋住戰戟，就這樣霍地揮出去。戰戟和長劍互相纏攪發出摩擦聲，然後互相彈開來。那麼重的戰戟要再度舉起是很花時間的，杉森往前踏進一步，輕輕地刺過去。那士兵的手立刻不敢動彈了。杉森用長劍架在那傢伙的喉頭上。簡簡單單，兩三下就定勝負了。

「啊，啊——」

那傢伙眼中現出血絲，看著架在自己喉頭上的長劍。杉森將長劍左右晃了幾下說：

「道歉的話我就不殺你。但是你如果想死，你也知道該怎麼做吧？」

「可惡的傢伙！」

在一旁的另一個士兵揮起戰戟，杉森則是往後退了一步。這麼一來，剛才那個差點被刺到脖子的士兵又再度舉起戰戟猛撲過來。

「你這王八蛋！你明知道我們是誰還敢如此！」

其餘的士兵也全部一擁而上。我實在從沒看過這麼卑鄙無恥的人。我提著巨劍往前跳。因為是站在樓梯上面，所以我可以跳得相當高。我在空中拔出巨劍，兩手各拿著劍和劍鞘。

「呀啊！」

我利用跳下來的力量，一口氣擊毀了兩根戰戟。我用巨劍砍斷了一根，又用劍鞘敲斷了另一根。然後，等到我的腳一踏到地面之後，馬上使出「一字無識」的招式，因為兩手都舉著，所以很容易利用產生的向心力，我又再擊毀了兩根戰戟。雖然他們的行為簡直不是人，但是，我再怎麼樣也不會想用巨劍捅他們的身體。這不是為了那幾個傢伙，而是為了我自己。所以我用力揮動左手拿著的劍鞘。

「呃啊！」

被我狠狠地打中臉頰的那個士兵，連牙齒都彈出來了，而人也摔倒在地上。我將巨劍插入劍鞘，然後用力揮動。接著又有兩個士兵被打中手臂，他們嚇得趕緊往後退。我就像拿著斧頭一樣往下劈中他們的手臂，應該是會非常地痛吧？他們的手斷了嗎？那麼至少在一個月之內，他們應該都會活在教訓當中。

杉森看到我的做法，也好像是瞭解我的用意似的，將長劍插回了劍鞘，然後整個一起揮動。到這之前為止，我都不曾感覺到杉森手上的力道有任何狠辣的勁頭，但是劍一插入劍鞘之後，杉森就當場變得很殘忍。因為沒有人情上的考量，他開始揮打脖子或胸口等重要部位。所就算套上了劍鞘揮打，那些士兵們慘叫之後，沒有一個不昏過去的。杉森覺得那些倒下的士兵礙手礙腳，就踢開他們，或者乾脆直接踩過他們身上，然後再繼續揮打。

我們兩個人像發瘋了似的用劍鞘揮打他們，過了一會兒，旅館前面的大路上已經看不到全身沒有一、兩處骨折的士兵了。八名士兵全都倒成一團，在地上呻吟著。

我踢了剛才偷襲杉森的那個傢伙，並且說：

「你這個混蛋，我可是食人魔殺手。你竟敢跑來隨便撒野？」

我曾經和食人魔、石像怪、蛇女妖那些幻象怪物打鬥過，而且曾經和真的半獸人、巨獸人、巨魔實際戰鬥過。雖然我的武術根基很差，在這一點上其實這些士兵也跟我差不了多少，但是比起他們，我可是有那些可怕經驗的。大概是託那些經驗的福，我才能夠如此簡單就打敗他們。我氣勢凌人地兇他們，杉森則制止了我，說道：

「不要這樣，修奇。如果他們和我們能力相當的話，那還沒關係，但是他們的根基實在不行，打人打得我都心痛了。」

薛林站在樓梯上發愣地看著我們。後來尤絲娜叫幾個下人扶起士兵們。但是尤絲娜看起來似乎有些不知所措，杉森也是如此。杉森皺起眉頭看著那些我和他的豐功偉業，他說：

「我們如果離開，對我們是沒什麼差別，但是薛林和尤絲娜還得繼續在這裡做生意，事情一定要圓滿收場。我看把他們全部都帶到大廳裡去吧。」

尤絲娜很感激地看了看杉森。下人們扶起士兵們，往大廳移動。

一進到大廳裡，杉森讓那個看起來像是帶頭的傢伙坐下來，卡爾和薛林也一起坐在同一桌，而其他的士兵們則被帶到另外幾桌的地方坐著，由我和伊露莉監視著他們。尤絲娜先將一杯杯啤酒拿給士兵們以及我們。她好像想把這場打鬥當成是村裡血氣方剛的少年們打架一般單純的事，而現在應該要圓滿地笑著收場了。事實上，沒有人受了嚴重到會致命的傷，所以尤絲娜那樣的舉動獲得了很好的效果。真是個冷靜沉著、做事有抓到要領的丫頭！士兵們的表情雖然看起來很不高興，但是並沒有拒絕喝啤酒。

卡爾和杉森正在和帶頭的那個人（他的名字好像是韓斯泰？）說話。韓斯泰雖然一副淒慘的表情，但還是一直怒氣沖沖的，杉森也是看起來一副強忍怒火的表情。卡爾和薛林則是在他們兩個人之間做協調。

我拿著啤酒杯靠在大廳的牆上，看著士兵們坐在那邊喝啤酒。伊露莉在我旁邊，同樣斜靠牆站著。士兵們一直瞪著我，不管是不是敵人，我真的不喜歡在應該高高興興喝啤酒的同時，對方卻還做出那種表情。

「只要你們的雙手放在桌上，還有，不要站起來，其他的我都不會干涉你們。」士兵們一聽到我的話，微微笑了一下。士兵們有的摸著腹部，有的撫著臉頰，然後一邊喝著啤酒。

他們其中一個對我說：

「喂，小鬼。」

「幹嘛，請叫我修奇。」

「你叫修奇？真可笑的名字。我叫凱利。你為什麼力氣這麼大？還有，你說你是食人魔殺手？你的意思是你殺過食人魔嗎？」

「我曾經和食人魔、石像怪、蛇女妖、大地精、牛頭人交戰過，也一次同時和九隻巨獸人打鬥過，今天早上則是和巨魔交戰。巨魔最麻煩了，因為一直再生個不停。」

士兵們做出驚訝的表情。凱利說：

「小子……你，是不是在吹牛？」

「你應該已經看到我們把巨魔殺死了。其他的也都是事實。我幹嘛為了騙你而說謊？」

凱利沒有再說什麼。我剛才說的一長串怪物，他們好像連看都沒看過。我很吃驚地說：

「你們不是私兵嗎？應該是有一些可用之處，才選你們做私兵的，不是嗎？沒有必要這麼驚訝吧？」

凱利不高興地苦笑，然後回答：

「小子，如果不是你們這些鄉下人，誰也不敢惹我們。我們也一直沒想到會有人真的跑來惹我們，因此才會鬆懈。」

「真的嗎？杉森和我事前可都充分地警告過你們了，你們真的有鬆懈嗎？」

「……雖然我不知道你們是不是可以像現在一樣繼續囂張下去，可是如果我們的人馬都出動的話，你們馬上就完蛋了。趁還能高興的時候趕快高興一下吧。」

聽到這些話，我很火大。可是這時候伊露莉先開口了。

「那麼我想請問一個問題，為什麼巨魔脫逃出來的時候，你們都不出動呢？」

「我們那時正在睡覺！那時候還很早嘛！」

那個士兵不高興地回答。但是我快氣昏了。那時候已經是天亮之後很久了。我想起在我們故鄉那群在太陽還沒升起前，就為了保護領地而展開訓練的警備隊員們。我說道：

「什麼？你們沒有哨兵嗎？而且我們和巨魔開始打鬥，也是在巨魔已經出來作亂好一陣子之後的事，而且又打鬥了一段時間。在這麼長的時間裡，至少也應該出動了一些人才對啊！」

凱利支支吾吾地回答：

「我們住的地方距離市場有些遠。」

聽到這句話，尤絲娜噗哧笑了出來。士兵們凶惡地看著尤絲娜，但是尤絲娜看也不看他們，就走近我身邊對我說：

「希里坎的宅邸就在市場旁邊。好遠哦！大約一分鐘的路程。」

我氣到話都說不出來了，一口喝光我那杯啤酒。

「很好，謝謝，尤絲娜小姐。請再給我一杯。」

尤絲娜一邊微笑一邊拿起啤酒杯。然而伊露莉對我說：

「請不要再喝了。你從剛才到現在都一直在喝，已經喝了六品脫。」

在我還沒來得及說話之前，尤絲娜就先說道：

「哎呀，他想喝就喝嘛，跟您有什麼關係？」

咦？哇，好厲害的商人精神。那麼想賺錢嗎？

「不，沒有關係，尤絲娜。我不應該再喝了。還有，妳一定要這樣露骨地表現出妳的商人精神嗎？」

尤絲娜用很驚訝的眼神看著我。幹嘛這麼驚訝？然後尤絲娜突然變了臉色，對我喊著：

「笨蛋，你以為我是為了想賺錢嗎？」

尤絲娜往外跑了出去。我則是張口結舌。咦？被人揭發了心裡在盤算的事，應該靜靜地退到一邊去，怎麼還說我是笨蛋？真的是個性非常毒辣的丫頭。士兵們都嘻嘻地笑了。笑什麼啊？

我靠在牆壁上，然後抽出巨劍，仔細看著劍刃。這把劍砍過巨魔，又和戰戟相碰擊，經過這幾場打鬥下來，我想仔細看看是不是有缺口破損的地方。還好劍刃還很完整。嗯，仔細想來，這把劍還不曾和鐵做的東西直接相碰擊。然而那些士兵們看到我在望著巨劍，個個都表情緊張。所以我將巨劍收回劍鞘。凱利又用不高興的聲音對我說：

「你這個小鬼，靠著自己力氣大而洋洋得意，但是你如果遇到魔法，可以連眼睛都不眨一下嗎？」

「你會使魔法嗎？」

「哼！男爵大人僱用了大法師亞夫奈德。亞夫奈德會對付你們的，說不定讓你們死之前，還會先抽掉你們的靈魂。亞夫奈德要是知道你對我們的所作所為，他一定會這麼做！」

「啊，有大法師……不是什麼好消息。」

真的事情不妙了。我想到泰班，他能讓巨魔飛到天上去，能呼喚出炎魔打死牛頭人，還能製造出很多駭異的怪物幻象。但是這傢伙說的人不是普通巫師，是大法師！

這時杉森對我喊了一聲：

「嗯，修奇！走吧。」

「去哪裡？」

「我們應該要去見見那個男爵，只和他的部下溝通是不行的。」

「啊？我們要進到敵方大本營去？」

杉森一聽到我說的話，立刻笑了笑。

「你這傢伙也真是的。我們當然應該去說清楚啊。我們幫忙處置了脫逃出來的巨魔，他卻叫士兵來這裡索取賠償，我們心裡面當然不好受。雖然我們不是要求謝禮，但是要講明道理。而且我們也應該好好地將這些士兵送回去，他們才不會說什麼話。」

「等一下，等一下！聽說那裡有巫師！不對，是大法師！」

杉森雖有些不知所措，但隨即又轉為平靜的表情。

「所以呢？」

他這樣問我，我也無話可說。

「所以快走吧。大法師在等我們呢！」

薛林表情慌張地按住杉森的肩膀，說道。

「你們一定要去那裡嗎？你們以為如果去那裡，他就會道歉並且悔悟自己的過錯嗎？你們這麼做，不是像群傻瓜嗎？就這麼離開比較好吧。希望你們不是為了我們……而且大法師亞夫奈德是個很殘忍的人。男爵會擁有這麼強大的勢力，也是因為那個亞夫奈德的關係。」

「我們當然知道會有危險。但是如果帶著他的士兵去，試著和他溝通，他應該就不會很嚴厲地責怪我們了吧。」

薛林搖搖頭。

「事情看起來有這麼簡單嗎？」

我們討論要如何去找男爵，結果決定騎馬去。我不知道為什麼非騎馬不可，但是杉森堅持應該要這麼做。

所以我和卡爾現在各騎一匹馬，順著雷諾斯市的大路前進，在我們之間是八名士兵成兩列縱隊走著。嗯，我們坐在馬匹上面和他們一起走著，雖然根本沒有捆綁這些士兵，但看起來確實很像帶領什麼俘虜的樣子。可能杉森要的就是這種效果。

我從眼角瞥見到士兵們個個臉都紅了，他們低頭走著，也不抬頭去看看四周。然而雷諾斯市的市民們卻很清楚地看到我們的模樣。人們在竊竊私語。

「喂，那些不是希里坎男爵的警備兵嗎？」

「真的耶，可是為什麼這麼落魄？」

「在那邊騎著馬的，是早上的那個小子！砍斷巨魔脖子的……」

卡爾抬頭看四周圍的人們，不知不覺地就臉紅了起來，他喃喃地說：

「這樣子，嗯，很像是去交換俘虜的將軍。」

「咦？說得對！卡爾，很好的比喻哦！」

我努力試著做出有威嚴的表情。雖然我希望傑米妮能高高提起膝蓋走路，但是牠就像是走在田裡的馬一樣，只拖著腳走，讓我好不痛快。哎呀，算了吧。

傑米妮就是傑米妮。不管馬或人都一樣。

而杉森則是走在士兵們的後面。他讓伊露莉騎乘他的馬「流星」，而他自己抓著馬的轠繩在地上走著。伊露莉用很擔心的語氣問他要不要一起騎，但是杉森不論如何都堅決不要。

接著跟隨在後頭的是薛林和旅館的下人們，我們請他們不要來，但是薛林說因為是自己的客人，所以要負責到底。

「或許那個男爵看到你們的人數這麼少，可能會來硬的。一旦你們進入宅邸，可能就很難出來了。我們雖然不能保護你們，但至少男爵看到這麼多人的話，他就不能故意監禁你們。」

薛林說了這些話之後，就和下人們一起跟著我們。在路上觀看我們的那幾個路人，其中一個喊著：

「你們看！他們為什麼那副模樣？」

那個帶頭的韓斯泰立刻高聲說道：

「真是豬腦！這些人殺死了巨魔，所以當然要向他們收補償金。現在正要押送到男爵那裡。」

我差一點從馬上摔下來，而卡爾、杉森以及伊露莉都笑了。問那句話的路人吐了一口口水，用手搔搔自己的頭說：

「呸！這個，你說是誰要押送誰呢？」

周圍的人們開始哄然大笑。嗯，騎著馬確實有許多好處。韓斯泰表情凶惡地緊握著拳頭，但是因為兩手空空的，所以也不敢撲上去。因為他們的戰戟都被我折斷了。

不過話說回來，我真的心裡很不安。我不斷地想到大法師亞夫奈德。他是怎樣的人呢？泰班能喚出炎魔，那麼這個大法師說不定能喚出一條龍？

「韓斯泰，借問一下，亞夫奈德是個什麼樣的人呢？」

韓斯泰不高興地抬頭看著我，然後打了一個寒噤說道：

「不像人的人。他非常可怕。」

「他有那麼可怕嗎？」

「如果是我，我只會在想找死的時候才會去惹他這個人。他是個……」

韓斯泰話都還沒講完，身體就開始顫抖個不停，我的整個心情也變得很差。我們狠狠揍過那種可怕大法師的部下，又這樣把他們帶回去，呃，實在是很不安。

看到希里坎男爵的宅邸了。宅邸蓋得很雄偉，但是實在沒有時間好好瞧瞧。因為比起宅邸，我看到一幅更吸引我的注意力的景象。

宅邸前面的庭院裡，現在搭著一個棚子，在那個棚子之下鋪了紅地毯。紅地毯上面放置了很華麗的椅子，有人正坐在上面，不知道是不是男爵，只是他好像一副早已得知消息，並在此等候的樣子。雖然他穿著華麗的衣服，但那種衣服貴重到會讓人害怕被食物不小心噴到而吃不下飯。在他身邊的下人跪在地上端著一個碗，碗裡放著類似餅乾的東西，他一直不停地拿起來吃。真可憎！

在他旁邊站著一個穿著袍子、手拿木杖的年輕男子，很不耐煩地望著天空。當我看到這個人所穿的袍子那一瞬間，我想起了泰班的袍子。泰班的袍子是連在晚上睡覺的時候也很好用、具功能性的衣服。但是現在看到的這件衣服，卻完完全全是像在對人們大喊：「我是大法師！」如果不是這樣，為什麼在上面畫了星星圖形的裝飾和火花的圖案？可能這個男子就是大法師亞夫奈德吧。雖然我想仔細看看這個男子的臉，但是他一直看著天空，所以沒辦法仔細看清楚。不過，他真的是令人意想不到地年輕。我原以為大法師都是老年人。他們的左右兩旁排著身穿鎖子甲、手拿戰戟的士兵們，大約有三十名左右。

因為正門敞開著，所以可直接進到庭院裡。在我們後面站著的是薛林和旅館的下人們，還有來看熱鬧的市民們。市民們一看到男爵和那個大法師等在那裡的樣子，都開始情緒激昂了起來。看熱鬧的聲音越來越大。

我吁了一口氣，然後對著我們帶來的士兵們說：

「好，那邊是你們的人馬。要不要站過去他們旁邊？」

可是那些士兵們面露恐懼的表情，猶豫不決地往後退。什麼？怎麼會這樣？帶頭的韓斯泰哭喪著臉，結結巴巴地說：

「死、死定了！大法師亞夫奈德……」

此時，坐在椅子上的男爵做出手勢叫下人退下，他開口說：

「各位客人，歡迎蒞臨寒舍！」

我和卡爾對看了一眼之後，從馬匹上下來。後面的伊露莉也下了馬。然後杉森和伊露莉往前走了過來。男爵點了點頭。

「三個男的，一個精靈。沒錯！」

「你就是那個叫做希里坎男爵的鬥技場主人？」

我疑惑地問著，男爵的太陽穴抽動了一下，他說道：

「鬥技場主人？是的，我是希里坎男爵。」

「聽說你是假的男爵？」

男爵好像有點無法忍受似的。我這張嘴巴原本就只說事實真話，所以他不高興也是沒辦法的事。希里坎男爵並沒有對我大喊，反而看著我的後面。

「韓斯泰！」

韓斯泰帶著絕望的表情往前走出來，突然跪了下來。希里坎男爵說：

「怎麼沒看見你拿著補償金回來？到底是怎麼回事？又怎麼會讓這個人在這裡這麼傲慢放肆？」

「我們被偷襲了！我們一到達旅館，他們就和旅館主人薛林共謀，撲了上來！所以我們被撤除了裝備……」

我爆出了笑聲。真是笨得厲害！要說謊也應該要看情形，怎麼會這麼愚蠢呢？希里坎男爵臉上的筋肉抽動著，生氣地看著韓斯泰，看得韓斯泰到最後也忍不住了。韓斯泰開始拚命地朝地上磕頭。

「想騙我嗎？」

「我真是罪該萬死……」

「那麼你真的應該要死才對。」

韓斯泰抬起頭絕望地看著男爵。但是男爵將眼睛轉向身旁名叫亞夫奈德大法師的那個人。我顫慄地稍微往後退了一步。

亞夫奈德那雙望著天空的眼睛往下看著韓斯泰。韓斯泰已經呈現出半死的臉色。他身體往後傾之後坐了下來，不停往後退。

「救命啊……請饒了我吧！」

亞夫奈德將手伸進袍子裡，再用很慎重的動作伸出來，手上已拿著一條黑色的繩子。

「繼續叫救命啊，讓我們看看你有沒有活著的價值，韓斯泰！」

亞夫奈德的聲音很冷漠。他向韓斯泰丟出那條繩子。

「呃啊！」

像看到一條長度相同的蛇飛來似的，韓斯泰驚恐地慘叫，而且開始揮動手臂。怎麼回事？看到繩子居然會害怕？亞夫奈德開始喃喃自語。他像泰班那樣唸著我聽不懂的話，然後很快地說：

「Bind! Tie & Knot!」（捆綁！纏繞打結！）

被丟出去的那條繩子好像有生命似的，在韓斯泰的身體上面蠕動著，纏住韓斯泰的脖子之後，又在脖子後面繞了一圈。韓斯泰為了不讓繩子勒住他的脖子，拚命抓著兩端，但他用盡全力也只能做到不被勒緊而已，並沒有辦法將繩子扯下來。

韓斯泰已經漲紅了臉。

亞夫奈德再度從披風裡面拿出了好像粉末的東西，撒向韓斯泰，又唸起魔法咒語。

「Rope Trick!」（繩索戲法！）

就在那一瞬間，纏在韓斯泰脖子上的繩子一端往天空升上去，另一端則往地上直挺挺地立著。隨即，脖子被綁在繩子中間一段的韓斯泰，因為自己身體重量的關係，而被勒緊了脖子。

「呃、呃啊！」

天啊，這樣他死定了！不管那傢伙是多麼可怕的大法師，我已經無法忍受下去了。

「喂，你這算什麼？」

在我大聲喊叫之前，伊露莉好像就已經先行動了。我的眼裡看到的，是伊露莉的黑髮像波浪般起伏著。伊露莉跑向韓斯泰，然後拿起她的左手短劍去斬繩子。噹的一聲。

咦？那不是一般的繩子嗎？伊露莉表情狼狽地看著亞夫奈德，她希望韓斯泰的脖子不被繩子勒緊。但是繩子一端在上一端在下，緊緊地拉扯著，所以韓斯泰的身體自然而然地被舉起，不得不被勒緊。亞夫奈德嘲諷地說：

「那不是普通的繩子，愚蠢的精靈。那是……」

然而亞夫奈德無法講完這句話。因為我在一旁使出「一字無識」的招式，將那繩子斬斷了。

韓斯泰掉下來之後，我趕緊看看他是不是還有氣息。還好他還在氣喘吁吁地呼吸。我將巨劍放下，然後說：

「喂，你這是什麼行為啊？」

希里坎驚慌地看著亞夫奈德，亞夫奈德的臉色一陣紅一陣青的。突然間他大喊著：

「混蛋！你居然敢出手破壞大法師亞夫奈德的東西，絕對饒不得你！」

他的臉色突然轉為憤怒，而且手又再度開始在懷裡翻找。真是的，又想做什麼呀？泰班根本不用任何工具或粉末，可是這傢伙為什麼這麼麻煩呢？是不是因為他是大法師的關係？

我還沒有時間整理這些想法，亞夫奈德就已經從懷裡拿出了某樣東西。那是一根又小又白的，模樣奇怪的……骨頭？他將那根骨頭丟向我。哼！想惹我？就憑那個，能把我怎麼樣？亞夫奈德很快地唸著咒語。

「Scare!」（恐懼術！）

看來好像會發生什麼慘不忍睹的事情……可是什麼事都沒發生。我慌張地看了看亞夫奈德，又看了看掉在地上的那根骨頭。我被施了什麼魔法呢？什麼效果也沒有啊？但是倒在地上喘氣的韓斯泰突然像發瘋似的慘叫：

「呃啊！呃啊！去、去那邊！呃啊啊！」

韓斯泰開始奔跑，然後滾了幾圈，就這麼倒在地上了。隨後他又蒙著頭開始號啕大哭。眼淚、口水和汗水等等，只要是能夠從臉上流出來的東西全都流出來了，弄得亂七八糟的。站在那裡的士兵們想抓住韓斯泰，但是韓斯泰恐懼萬分地把他們的手甩開。

亞夫奈德的眼睛睜得大大的，並且結結巴巴地說：

「小鬼，你、你什麼反應也沒有嗎？」

「這個嘛，心情是不怎麼好啦。被骨頭打到，心情怎麼會好？這是什麼骨頭啊？是你早上吃完飯的時候藏起來的雞骨頭嗎？」

亞夫奈德看看我，又看看伊露莉，他的臉上是一副怎樣也不肯相信的表情。

「唉呀，雖然精靈無法感覺到死者感受到的恐怖，可是你、你是個人類啊？」

此時卡爾和杉森向前走過來。卡爾沉著地說明了之後，我才瞭解事情原委。

「你使用的竟然是邪惡的魔法。用死人的骨頭來施法，這種邪惡魔法會帶給人很可怕的恐懼感，甚至於會到達發狂的程度。但是在你面前的這個少年，他對死人並不能感受到什麼恐懼，因為他已經看過很多死人了。而且我們村裡的人們大部分都有這樣的傾向。」

亞夫奈德露出驚訝的眼神，他嚇得畏縮地說：

「你、你是巫師嗎？」

「不是，我只是個讀書人。」

這是死人的骨頭？咦？真奇怪。我踢了一下那根骨頭，亞夫奈德很不可置信地看著我。然而如果想找到死人的骨頭，無疑地一定得去挖墳墓，不是嗎？我惡狠狠地瞪著亞夫奈德說：

「哈，這傢伙可真像『食屍鬼』。你是不是跑去挖墳墓才得到這東西的？」

卡爾糾正我的話。他說：

「不是，應該不是，尼德法老弟。這應該是從不死生物那裡取得的。」

「真的嗎？嗯，反正都很恐怖。可是他真的是大法師嗎？我以為巫師就能用『重力反轉』的魔法倒轉天和地，也能用空間移動召喚出炎魔。可是大法師怎麼只會拿繩子玩戲法，還撒粉末丟骨頭呢？」

亞夫奈德馬上開口說：

「你、你混蛋！你在侮辱我嗎！」

「對不起。但是我認識的巫師真的是這樣。你真的有點遜哦？」

亞夫奈德看起來像是氣得頭頂都冒煙了，他連忙又將手伸進懷裡。又是一條繩子！亞夫奈德立刻向我們丟過來，並且喊著：

「Bind!」（捆綁！）

「啊，危險！」

我趕緊推開在我身旁的伊露莉和卡爾，自己往前站了出去，結果繩子只捆綁到我。亞夫奈德皺起眉頭。他原本是想一次就將我們四個都捆綁起來的。現在他怒視著杉森和卡爾。

「我決定慢慢再處理這個嘴巴骯髒的小鬼頭。現在輪到你們了，我該怎麼做好呢？」

杉森用可憐的表情看了看亞夫奈德，然後對我說：

「你想要被捆到什麼時候？」

「我並沒有想被捆很久啊。」

我手臂一出力，繩子立刻斷成許多截，掉落在地上。在後面觀看的市民和士兵們都發出驚嘆聲，而亞夫奈德則嚇了一大跳。他到了這時候才仔細地看我，然後他看到了我的手套。

「這是OPG（食人魔力量手套）！你到底是什麼來頭，怎麼會有這種寶物？」

「這是我做善事而得到的禮物。」

希里坎男爵開始怒吼著說道：

「亞夫奈德！這到底是怎麼一回事？你不是很精通魔法嗎？」

「這些人不是普通的傢伙！喂，士兵們！把他們抓起來！不對，殺光他們！」

亞夫奈德往後退去，希里坎男爵也慌張地從椅子上站起來往後退。接著三十多名的士兵們往前逼近。這麼多鋒利的戰戟看起來很可怕，好像比巨獸人的大刀還更加可怕！卡爾大聲喊著：

「你們這是什麼行為啊？男爵！我們做錯了什麼事嗎？我們為了讓你們那些脫逃出去的巨魔不要惹出事端，所以幫忙殺了巨魔，這難道也有錯嗎？」

男爵也大聲喊著：

「給我住口！你們竟敢殺死我的巨魔，還這麼厚顏無恥！」
卡爾露出氣得說不出話的表情。而亞夫奈德則對我喊著：
「這個乳臭未乾的小子竟然擁有這麼稀有的寶物。那個東西應該奉獻給我，拿來當作研究用。士兵們！殺光他們也沒關係，快點！」
這還像話嗎？這真的是從人的嘴裡說出來的話嗎？我站出來打算開始破口大罵。此時伊露莉擋到了我身前。
「伊露莉？請走開！」
伊露莉轉過頭來看著我。
「修奇，我們是朋友吧？」
「問再多次，答案也是相同的！」
「那麼我應該要擋住他們，不讓你去面對三十二名士兵才對！」是三十二名嗎？算了，這不是很重要的事。
「是沒錯，但是對我而言也一樣啊！妳如果有危險……」
「我不會有危險。」
伊露莉再度回過頭去，然後將雙手合在一起。有這麼漂亮的精靈擋在面前，士兵們慌張地互相看來看去。伊露莉開始喃喃地不知在唸些什麼。咦？是咒語嗎？
「Grease!」（油膩術！）
「呃啊！」
士兵們全部都因為腳滑而摔倒了。在那一瞬間很快地，伊露莉又再開始唸咒語。
「Feather Fall!」（羽毛飄落術！）

隨即，士兵們的模樣變得很奇怪。士兵們滑倒之後就這樣飄浮了起來。雖然他們失去平衡快要跌倒，但卻是慢慢地跌下來，就好像漂浮在水裡的樣子。士兵們吐出咒罵的話，努力想使身體直直地站好，但是他們好像無法好好控制自己的身體。所謂「羽毛飄落」魔法，是不是讓身體變得像羽毛那樣輕的魔法？伊露莉是巫師嗎？但是看她駕輕就熟地使用兩把劍的模樣，實在不太像巫師。還有，如果會使用魔法的話，她為什麼和巨獸人打鬥的時候不使用呢？啊！是「記憶咒語」的關係。

一定是的。那一天伊露莉幫我們守夜，所以早上無法做「記憶咒語」的動作。我想起卡爾曾對我說過：

「巫師在使用魔法的時候，和木匠釘釘子或者樵夫砍柴是不一樣的。那些人是使用自己的力量，但是巫師則是使用大自然的力量。然而，我們應該弄清楚差別在哪裡。真正熟練的木匠是利用重力原理來釘釘子，而且很自然地處理釘子和槌子碰撞的時候的反彈力量。一般人也許只揮了幾次槌子就累了，木匠則可以拿著槌子揮數百次，這是因為他們使用大自然力量的關係。到最後，使用自己力量的人，在技術達到高峰的時候，也會使用到大自然力量。更何況是原本就使用大自然力量的巫師，他們每天為了和大自然合而為一，甚至於到了特意練習的程度。那也就是記憶咒語的目的啊，尼德法老弟。當然，簡單地說，那只是記誦一天當中要用的魔法，但是卻存有其複雜的意義。」

在我想到這些話的這段時間裡，伊露莉仍然繼續不停地唸咒語。但有點奇怪的是，現在伊露莉說的話連我也聽得懂。

「在那氣息之下，浮載著生命，望看所有事物，不從屬於任何事物的您啊，翩翩起舞吧，在我祈望的這時間與這空間裡。」

咻——！唰——！喀啦啦啦。

天空傳來風聲與笑聲。我很不可置信地看著我眼睛所看到的東西。

天空中有某樣東西在移動著，但是我無法一眼就看清楚，只能看到忽現忽滅的身影。好像是很小的人，但是我實在沒辦法看清楚。除了那些失去平衡的士兵們之外，所有的人全都愣愣地看著天空。卡爾用讚嘆的聲音說：

「沒想到我竟然有機會能夠瞧見！這是風精！」

07

風精開始在空中調皮地玩耍。這一幕真會勾起人的感性，但是因為突然間胡亂颳起的大風，又令人再度回到理性的世界去。

伊露莉的黑髮隨風飄動著，就好像風吹過大麥田上面的模樣。髮絲沙沙地飄動著，但是不會令人頭昏眼花，只是蕩漾著柔柔的波浪而已。我撥開刺向我眼睛的頭髮，仔細察看眼前的情況。其他人的衣服也都隨風飄動著。但是那些因為「羽毛飄落」魔法而身體浮起的士兵們，就好像碎紙片一般，在風的漩渦裡上下飄浮著。雖然士兵們不斷大聲叫喊，但是這些聲音中也夾雜傳來風精的詭異笑聲。

「呃啊……呃啊……哈哈……哈哈哈哈！」

市民們全都失神地看著。那個旅館老闆薛林緊緊按住自己下人的肩膀，好像是腳軟了。但是那個下人也一副重心不是很穩的樣子。

亞夫奈德則是一副大勢已去的模樣，他一邊看著風精一邊咬牙切齒。伊露莉將士兵交給風精去處理，自己則是靜靜地望著亞夫奈德。她那個樣子顯得很平靜，一點也沒感覺到不安。所以我就只是在一旁安靜地等待著。不過此時，我發現希里坎男爵那個傢伙不知何時已不見人影，庭院裡只剩下亞夫奈德。男爵跑去哪裡了？亞夫奈德高喊著：

「妳這個卑鄙無恥的精靈！魔法是屬於人類的東西！妳竟敢向人類偷學？」

「魔法原本是屬於龍的東西。」

「妳給我閉嘴！給我嚐嚐看大法師亞夫奈德的法杖！」

士兵們在空中像落葉般飄搖著，而寬廣的庭院裡則不斷颳著旋風。在颳風之際，又有憤怒揮動法杖的大法師正和沉著的精靈面對著面，即將展開對決。看到這種場面，我自然而然興奮了起來。

亞夫奈德又再一次將手伸進懷裡。到底那裡面藏著多少亂七八糟的東西啊？他這次拿出了一塊紅色的布。他拿起布，用盡力氣地大喊：

「Summon Swarm!」（成群召喚術！）

亞夫奈德一邊說著，一邊舉起紅色的布，像揮旗子般地揮動著。隨後那塊布後面突然冒出一些黑黑的東西。

「吱吱！吱吱吱！吱吱吱吱！」

我的天啊，是蝙蝠！出現了數十隻的蝙蝠！我害怕地往後退。那些蝙蝠立刻飛向伊露莉。這實在是非常恐怖，但是伊露莉仍然靜靜地站在那裡。

這些蝙蝠並沒有做什麼特別的動作，牠們很容易就接近了脆弱地站著的目標物，也就是伊露莉。然後那些蝙蝠所形成的一片烏雲整個纏繞住了伊露莉的上半身。

我拚命地大喊：

「伊露莉——！」

「為什麼叫我？」

她的回答可真是無趣。我驚訝地看著伊露莉，伊露莉則只是靜靜地看著我。仔細一看，雖然蝙蝠看起來像是包住了伊露莉，但是其實只是停在她的肩膀上或頭上而已。伊露莉將兩隻手臂向前舉起，讓這些蝙蝠能輕鬆地掛在上面。

「沒、沒關係嗎？」

「白天跑出來……所以眼睛一定很痛。這些蝙蝠大概不會沒關係吧？」

「不是，我是說妳！」

「啊？我……我的手臂有點重。而且有點臭。」

我很緊張地不斷喘著氣。我平常不覺得自己是個有怪異性格的人。但是現在包圍著伊露莉的不是像鴿子、黃鸝鳥或樹鶯那種漂亮的鳥，而是長著密密麻麻黑毛的蝙蝠。可是為什麼此刻的伊露莉看起來特別美？這些蝙蝠中的一隻甚至在伊露莉的黑色頭髮之間鑽來鑽去。庇佑精靈與純潔少女的卡蘭貝勒啊！很久沒有呼喚您了。總之您所庇佑的為什麼都這個樣子呢？那個精靈被蝙蝠包圍著，為何看起來還是那麼漂亮呢？

伊露莉撫摸著掛在她手臂上的其中一隻蝙蝠，說：

「真是可憐……在大白天裡跑出來，你們一定被陽光弄得很不舒服吧。好可憐哦。回到你們的洞穴去吧。」

接著那些蝙蝠全部都飛了起來，發出了嘎吱嘎吱的響聲。不一會兒，庭院裡的蝙蝠遮蔽住了天空，牠們的影子開始移動，一時天昏地暗。雖然市民們的大叫聲稍微有一點吵雜，但是蝙蝠一下子就全部都飛走了。伊露莉一等到蝙蝠消失了之後，就整理自己散亂的衣著，然後對亞夫奈德說：

「我還以為你要對我發出攻擊，可是你怎麼把蝙蝠叫出來欺負呢？」

我實在有點受不了了，所以靠到杉森的身上，而杉森則是聳聳肩笑了笑。

「嘻嘻嘻，哈哈哈哈！」

我們互相靠著身體嘻嘻地笑著。可憐的亞夫奈德氣得發抖了起來。

「不對！不對！不可能會這樣子。妳沒有使用防衛魔法，也沒有使用迷惑魔法！但是我的那些蝙蝠怎麼會……」

「等等，等一下！」

伊露莉打斷亞夫奈德的話，她看了看到現在都還在空中飄著的士兵們。她對著士兵伸出手掌，然後說：

「和他們跳舞跳得還高興嗎？現在請將他們放下來吧。」

士兵們用落葉掉下來的速度，慢慢地開始掉落下來。士兵們好像認為自己慢慢地掉落是更加恐怖的事似的，全都用力掙扎著，所以看起來非常騷亂不已。到底有什麼好怕的呢？不是已經在慢慢地落下了嗎？

「小心！」

是杉森的大叫聲，什麼呀？這個該死的混蛋！就在伊露莉看著空中的這一段時間裡，亞夫奈德快速地唸了一些咒語。但是這一次和其他幾次不同的是，他唸咒語的時間比較長。伊露莉聽到杉森的話，立刻看向亞夫奈德。在那一瞬間，她的眼睛第一次出現不安。她趕緊回頭看，然後往前跑了出去。我在我們故鄉常看到那種眼神之後，人們往往會做出的那種動作。她為了保護我們而擋在我們前方……

「伊露莉！」

伊露莉也面對著亞夫奈德開始唸起咒語。亞夫奈德全身汗如雨下，額頭上的血管都突出來了，兩隻手臂發著抖。無論如何，這一次一定不是什麼小把戲的魔法。

杉森和我開始向前跑過去。但是亞夫奈德已經唸完咒語，並且從懷裡拿出一粒好像黑色小球的東西，然後丟擲出去。

「接招吧！Fireball!」（火球術！）

哦，我的天啊！

亞夫奈德丟出去的黑色小球在一瞬間燃燒了起來，變成一個很巨大的火球。幾乎一個人高的火球熊熊地燃燒著，立刻直接衝向伊露莉。空氣裡傳來燃燒的可怕聲響。我感覺好像快要被熱風給燻焦了頭髮。而這時候伊露莉也唸完了咒語。

「Wall of Ice!」（冰牆術！）

我的眼前出現了一道巨大的冰牆。雖然冰牆擋住了視線，但是可以聽到一陣很大的巨響。冰牆裂成一個個的冰塊向四方彈迸出來。我以反射性的動作遮掩自己的臉，雖然眼睛沒有受傷，但是手臂感覺好像被鞭子鞭打到一樣。

「呃啊！」

我放下手臂之後，發現兩隻手臂到處都被割傷了。而且眼前的冰牆不見了，取而代之的是好大一團的水蒸氣雲霧。前面看不到任何一個人。但是伊露莉跳進了那團水蒸氣的雲霧裡面。伊露莉消失得不見人影之後，我才叫她：

「伊、伊露莉？」

過了不久，傳來一陣撞擊的聲音，隨後又有東西倒在地上的聲音。杉森和我的手在前方亂揮著，就像在雲霧中游動一樣，往前走去。然後我好像踏到什麼軟軟的東西，杉森則是碰撞到某樣東西。杉森大叫著：

「啊！真、真是對不起！」

杉森一不小心抱住了伊露莉，他急急忙忙地往後退，然後彎腰彎得鼻子都快碰到地上似的，向伊露莉道歉。而我踏到的東西就是亞夫奈德。

「哇啊！」

「他因為頭被打中，所以昏過去了。真是個危險的傢伙。」

我一邊嘻嘻地笑著，一邊仔細察看那個傢伙。剛才被我踏到他都沒感覺，應該是真的完全昏過去了。我看了看四周圍。

真的是亂成一團。宅邸的那些花草，都因為冰和火互相衝撞之後所產生的暴風，而散落得亂七八糟。在這二者相衝撞的地點上，甚至地面都被挖出了一個大洞。

站在另一邊的卡爾嘆了一口氣之後走過來。薛林和市民們全都張口結舌地看著我們。你們這些人啊，我們才是更不知所措呢。我們想要平靜地以商量方式來解決這件事，連俘虜都乖乖地帶來了，但是這些人對待我們的手段也太過激烈了吧？

卡爾一一環顧我們，然後看著倒在地上的亞夫奈德，他說道：

「如此一來，要平靜地對話解決又更困難了。可是也實在是沒有辦法。去找一下男爵吧，如果他向我們索取這一切的補償金，那該怎麼辦才好？」

「到時候不管三七二十一，把那傢伙鎖在廁所裡好了。」

卡爾微微笑了笑。

「尼德法老弟……這個意見聽起來是很吸引人，但是再怎麼說，也不可以這樣做。」

此時傳來站在後面的市民們喧譁的聲音。我們都轉頭望向那個方向，立刻就聽到大大的嘶喊聲。

「就是他們這幾個傢伙！他們幾個毆打我的下人們，還殺害了我的顧問亞夫奈德！」

我認得那個聲音，但是這些話的內容真是令人聽了很生氣。我們驚訝地互相對看著。

村人往左右兩邊分開，然後希里坎男爵和二十多名的士兵們跑了過來。而且本來在空中飄的士兵們也都掉落到地上，因為「羽毛飄落」魔法已經解除了，他們個個都無異狀地站著。跑過來的士兵們身上穿著硬皮甲，手裡拿著斬矛，其中佩帶著長劍的那個人，看起來好像是帶頭的人。士兵們全都蜂擁而上，包圍住我們，隨即那個帶頭的人往前走出來說：

「本人是雷諾斯市的警備隊長雷寧・威斯特。全部放下武器！你們將依擅自闖入民宅、破壞物品、暴力行為及殺人現行犯的罪名被逮捕。」

杉森非常驚訝地對他說：

「你說什麼？怎麼會有這麼多可怕的罪名落在我們頭上？」

「你們擅自闖入了雷諾斯市的市民希里坎男爵的宅邸，破壞了他的庭院，毆打了他的下人們，而且殺害了男爵家的顧問亞夫奈德。」

杉森驚訝地張著嘴巴，我輕輕推了一下杉森，然後說：

「請你們至少要去掉最後一項。因為大法師亞夫奈德還沒有死。」

雷寧・威斯特看了看亞夫奈德，確認他還活著。

「嗯，還活著。可是前面的罪名……」

「前面的罪名也請一一去掉。暴力行為這一項，實際上是正當的防禦行為。是他們這些人先一直用魔法攻擊我們。破壞物品這一項也是因為相同理由才造成的。還有擅自闖入這一項，我們進來的時候，那個男爵分明對我們說『各位客人，歡迎蒞臨寒舍』，那麼擅自闖入的罪名也就不成立了。」

雷寧驚訝地看著希里坎。

「他說的是事實嗎？」

希里坎男爵漲紅了臉說：

「你們胡說八道些什麼！喂，雷寧！你到底在做什麼呀？你忘記你是怎麼樣才能拿到這份薪俸的嗎？趕快逮捕那些傢伙！」

「混蛋！」

雷寧用一副精明強幹的表情注視著希里坎男爵。

「向您報告，我是以市政府的公僕名義拿市政府的薪俸。」

「但是我會逮捕您所告發的這些人。既然告發了，我們一定會調查清楚。放下所有武器，乖乖地跟著我們走。」

咦，他好像說得很有道理？但是我們不能這樣就束手就擒。

「嗯，請問這個傢伙正式提出告訴狀了嗎？」

雷寧沉著地回答說：

「沒有，只是口頭上的告發，當然還無法提出正式的告訴。所以我不是要逮捕你們，只是請你們協助調查。」

「那麼我們也要口頭告發那個傢伙。罪名是誣告罪。請將他和我們一起帶走。如果不這麼做，那我們就不去。」

卡爾高興地望著我，杉森則用讚嘆的表情看我。嗯，對於我的這張嘴，我也覺得很不可思議。叫做雷寧的警備隊長點點頭。

「好的。希里坎男爵，請和我一起走，好嗎？」

「什麼話？你這傢伙腦袋燒壞了嗎？你們竟敢說要逮捕我？」

「我剛才已經跟您說過了，這不是逮捕，這是協助調查。如果您能夠跟我走的話……」

啪！好大一聲！希里坎男爵打了雷寧・威斯特一個巴掌。我們張口結舌，難以置信地看著這一幕。

雷寧咬著下嘴唇，氣得發抖地看著希里坎男爵。希里坎男爵很火大地喊著：

「你這個沒禮貌的混蛋！膽敢說要逮捕我？你這個微不足道的警備隊長竟然趾高氣揚，一點都不知道分寸！我看你平常的所作所為，就知道你不是可靠的傢伙！真的一點基本的禮貌都不懂，連知恩圖報都不知道！我要將你這傢伙……」

希里坎男爵的話還沒有說完。啪！這次換雷寧打了希里坎男爵一個響亮的巴掌。

希里坎男爵摔倒在地上。

「那些人是要協助調查，而您現在被逮捕了。我將依照對公務員施暴，以及侮辱公務員、妨礙公務員執行公務的現行犯罪名將您逮捕。」

希里坎男爵仍然倒在地上，聽到這些話之後大聲喊著：

「來人啊！把他給我抓起來！」

剛剛才落到地面的希里坎的士兵們，到了這時候才拿起戰戟往前站出來。隨即雷寧趕緊往後退，而城市警備隊員們則伸出斬矛。雷寧用低沉卻很嚴厲的聲音喊著：

「放下武器！竟敢拿著武器對準我們警備隊！」

士兵們粗魯地頂撞他們。

「城市警備隊算什麼啊？既乾癟又沒用。我們只聽付錢給我們之人的話！」

天啊！再這樣下去是不行的。二十比三十，城市警備隊這邊比較不利。杉森和我互相對看了一眼，然後立刻走到雷寧身旁。伊露莉和卡爾也慢慢地走到雷寧身旁站著。

我們一往前跨出一步，私兵們就開始躊躇了。他們特別對伊露莉有著莫大的恐懼感，因為不久之前已經目擊過伊露莉對空中施魔法的那一幕。我小聲地對伊露莉說：

「請說些讓他們害怕的話！他們很怕妳哦。」

伊露莉點點頭，向前走了一步。結果士兵們也就往後退了一步。好，真厲害。雷寧看到這麼漂亮的精靈女子，靠自己一個人竟能威嚇到三十多名的士兵，不禁訝異地張大嘴巴。

伊露莉開口說：

「各位——」

士兵們躊躇著，好像被伊露莉的話推了一下似的，又往後退了一步。真了不起！可是伊露莉卻一副突然陷入苦惱的表情。她往後退，然後在我耳邊小聲地說：

「要說什麼話呢？」

呃啊，卡蘭貝勒啊！我搖了搖頭，然後非常大聲地喊著：

「喂！這小姐問我要殺幾個比較好，我該怎麼回答她呢？」

士兵們的臉色一下子都變得慘白。伊露莉詫異地看著我，然後開口說：

「為什麼要說謊？」

唉，怎麼一點兒都不配合我呢？我不管三七二十一，繼續大聲地說：

「什麼，妳是說這種可怕的話，不可以直接說出來嗎？」

伊露莉現在則是開始發愣了，似乎在想自己的問話真的有那麼可怕嗎？然後士兵們都各自開始對伊露莉所說的「可怕的話」想像了起來。我繼續說：

「各位，總而言之，希里坎男爵要被逮捕了！可是你們如果反抗警備隊的話，會更加重希里坎男爵的罪行！男爵會成為這座城市的公敵，所以你們也會成為這座城的公敵！你們不會想一輩子當逃亡者吧？那麼為了你們自己，跟警備隊合作才是比較好的方式！而且這麼做才能減輕希里坎男爵的罪行。」

士兵們急忙互相對看著，互相說了幾句話之後，他們立刻包圍住希里坎男爵。男爵掙扎著說：

「你們這些該死的混帳東西！」

「嗯，男爵大人，請您照那個小鬼說的去做吧。我們反抗的話，男爵大人的罪會更加重。所以我們為了男爵大人，應該要讓警備隊逮捕您才對。」

「你說什麼？怎麼可以聽這些傢伙胡說八道！」

看著這幅景象，我做了個悠然自得的微笑。卡爾說：

「尼德法老弟，我以前居然不知道你臨機應變的能力如此強。」

「我以前也不知道。」

「我以前也不知道。你這傢伙！了不起哦！」

杉森一邊輕拍我的頭一邊笑著。希里坎男爵不停地在大聲喊叫，說的都是一些罵士兵們的話，也罵了雷寧、我以及其他周圍所有的人，所以更加沒有人願意站在他那一邊了。士兵們二話不說地將希里坎男爵交給城市警備隊。

雷寧努力做出沉著的表情，並且對我說：

「很感謝您的幫助。但是原則還是原則……」

「我們跟你走啊，有什麼關係？」

杉森和卡爾都做出同意的表情。此時薛林跑到前面來。

「我是『十二人的旅館』的老闆薛林。我以目擊者身分跟你們去！」

雷寧點點頭。隨後薛林另外還帶了幾名下人和幾名市民一起去。之後我們一行人都跟著城市警備隊前去市政府。

「這實在是莫名其妙！」

我火冒三丈地再一次衝向鐵欄杆。可是鐵欄杆一動也不動，反而是我跌倒在地上。可惡，現在OPG不在我身邊了。杉森看了看我，說：

「如果逃獄的話，就成了真正的罪犯了，修奇。」

「哼，他們現在不就是像罪犯一樣地處置我們嗎？」

杉森依舊還是苦著一張臉，坐在角落裡不回答。卡爾也是一副很不愉快的表情，他對著前來探視的薛林說：

「那麼，那個叫雷寧的警備隊長呢？」

「以怠忽職守的名義做了減俸的處分。」

「我的天啊！怠忽職守的名義？」

「我也是非常驚訝啊。」

薛林告訴我們這些事情，然而他自己好像比我們更生氣的樣子。我發狂地又去抓住鐵欄杆，猛烈地搖著，但是被杉森踢了一下屁股之後，又跌倒了一次。

「你這傢伙！不要像小豬一樣嘟囔個不停，安靜一下可不可以？」

「都到這麼令人鬱悶的地步了，我怎麼還可能保持身為人類的尊嚴？」

隨後，跟著薛林來探視的尤絲娜叫了我一聲。

「嗯，修奇……喝點這個吧。我沒有辦法幫你做其他的事。我好不容易才把它藏著帶進來。想到你這麼辛苦……」

尤絲娜一邊說著，一邊拿出放在懷裡的小酒瓶。我雖然大聲說：「妳以為我是酒鬼嗎？」「雖然說是有生以來第一次被關在監獄裡，但也不至於那麼墮落啊！」等等的話，我卻還是接下了那個酒瓶。尤絲娜看著這樣的我，噗哧笑了出來。

我一打開酒瓶蓋子的那一瞬間，就覺得頭昏眼花。這酒好像真的很烈的樣子。我喝了一口，然後什麼話也不說地拿給杉森。杉森也是將酒瓶拿到鼻子附近聞了聞之後，搖了搖頭。

我撫摸著開始發熱的臉頰，說：

「剛才那個可怕嚇人的傢伙不見了。謝謝妳，尤絲娜。」

「如果能幫助你消消氣的話，那就太好了。」

「可是很抱歉，好像不太有幫助。到底為什麼事情會變成這樣？」

事情真的不應該發展成這樣。我們一到市政府，所有的武器就都被拿走了，連OPG也被拿走，然後我們就被關在監獄裡了。那個時候我還一直以為我們只是暫時被關起來，一旦調查結束之後就會放我們出去。所以我甚至於還很高興，能夠有生以來第一次參觀監獄。可是我們就這樣沒有任何消息地被關了兩天。

然而就在這第二天的晚上，薛林來探視我們，並且跟我們說，叫希里坎的那個假男爵已經被釋放了，而逮捕他的雷寧警備隊長則被懲戒。而且市政府那邊好像並沒有打算要調查我們。薛林說，可能會依照希里坎男爵的指示來決定處置我們的方式。

我抓了抓我的頭髮，然後說：

「等一下，那麼伊露莉呢？伊露莉現在在哪裡？伊露莉是精靈，所以不能關她吧？」

薛林很沉鬱地說：

「那一位精靈雖然因為不是拜索斯的公民，沒有被正式關起來，但是各位其實也是一樣的。你們都不是因為明確的罪名而被關。事實上，各位並沒有在罪犯的名簿裡，所以算是不存在的罪犯。我們事實上並不是用探監的名義進來的，而是用參觀監獄的名義進來。你們懂了嗎？」

「他媽的……」

「你們還算比較好的。那位精靈連探視都不能探視。聽這裡的獄卒們說，她在底下那一層的樣子，處境比你們更不好。他們害怕她會施魔法，連飯都沒有按時給她吃。在那堅固的石窖裡，每天二十四小時由士兵固定輪流看守著她。」

「天啊！其實只要早上不要讓她記憶咒語就行了，不是嗎？」

「因為召喚妖精是可以不用記憶就可以辦到的……」

「他媽的！」

我用腳踢了石壁。當然啦，結果我的腳痛死了。只要有ＯＰＧ，我就能打穿牆壁，跑出去將他們打個落花流水。卡爾用憂愁的聲音說：

「薛林，這樣看來好像也不能期待會有正式判決之類的事，是嗎？」

「這樣看來……應該是的。」

「真是的，我們的行程很趕。而且謝蕾妮爾小姐也因為我們的關係，耽誤了她的行程，不僅如此，還讓她受到這些痛苦……真是可惡到了極點！」

薛林的臉色很不好。他已經先向市長提出陳情書，也想公開地製造大眾輿論，但是他實在沒有什麼自信。

薛林和尤絲娜離開之後，我不斷地拚命思考。如今我再也忍受不下去了。逃獄！一定要，一定要逃獄！但是要怎麼逃獄呢？我望著這裡唯一的窗口。這個窗口的窗格是用石頭做的，就算沒有這些窗格，窗口也嫌太小，根本不可能從那裡逃出去。現在透過這個窗口，可以看到星光閃閃的夜空。

「他媽的，那個拿給我一下，杉森。」

我從杉森手上接下酒瓶，又再喝了一口。咦？監獄的天花板在動了！好像監獄快塌了！那麼我們自由了，自由！哇哈哈哈！

真是的。我將發熱的臉頰貼在冷冷的石壁上，一邊摩擦著，一邊自言自語地說：

「這樣下去不行。我們如果被關在這裡幾個月，所有的事都會完蛋。我們如果籌不到錢的話，阿姆塔特會殺死領主和伯爵，還有那些俘虜。哈梅爾執事怎麼會有辦法籌到錢？」

聽到我嘀嘀咕咕的聲音，杉森和卡爾的表情也變得憂鬱。雖然這是他們也知道的事實，但是對改變現狀也無能為力。我要不要一直摩擦臉頰，直到監獄的牆被磨破呢？

這裡唯一的窗口出現了一張長得很有趣的臉孔。嗯，這臉孔真的很有趣。我再這樣醉下去實在不行。為什麼我會看到頭上長草，擁有中年人臉孔的小孩子呢？

「巴特平格！」

我勉強壓低自己的聲音。是那個叫都坎・巴特平格的半身人。都坎在嘴巴前面直豎起一根手指頭，那是要我們安靜的意思。杉森趕緊貼到鐵欄杆上監視外面，卡爾和我走近窗口。

我們所在的監獄是在地下，窗戶是在和窗外地面一樣的高度。因此都坎的背上放了一些草堆，趴在地上。外面是市政府的庭院，大概打扮成這副模樣才不會被人發現。都坎低聲說：

「各位，如果被人發現我在這裡，連我也會完蛋。我們簡單快速地進行吧。救你們出去的話，你們要付我多少錢？」

卡爾驚訝了一下然後回答說：

「付多少錢？嗯，你想要多少呢？」

都坎嘻嘻地笑了。他嘴巴張開正要說的那一瞬間，好像有什麼東西落下來打到都坎的頭。

「你這傢伙！我早就知道你一定會這樣！」

被發現了！被警備隊發現了。這下子完蛋了。可是都坎卻一點都沒有驚訝的表情。相反地，他連忙將手往旁邊伸，好像是在讓某個人趴到地上的樣子。過了一會兒，都坎的臉旁邊出現了另一張長滿鬍鬚的臉。

「艾賽韓德？」

是在「十二人之橋」遇到的那個矮人。都坎把剛才放在自己背上的草堆，快速地移到艾賽韓德的背上，用幾乎快聽不到的聲音指責艾賽韓德。

「喂，你到底想做什麼呀？幹嘛喊那麼大聲？你以為這裡是矮人的礦山嗎？這裡是監獄啊，監獄！」

「真可笑。正義之士在監獄裡，壞蛋在監獄外。這就是人類的行為方式嗎？」

聽到艾賽韓德嘀嘀咕咕的話，卡爾好像是代表人類似的臉紅了起來。但是我並沒有因此臉紅。因為酒的緣故，我的臉早就紅了。我對艾賽韓德說：

「您怎麼會跑來這裡？」

「我來救你們。我是不知道人類的行為方式是什麼樣子，但是依照矮人的方式，應該是正義之士在監獄外，壞人在監獄裡。所以我派這個小壞人過來，但是我看他一定會耍這種詭計，所以跟來看看。可是，你們在監獄裡好像過得還不錯，是嗎？甚至還聞得到酒味。」

我沒有聽到他後面說的那串長長的話。重要的是最前面的第一句話。

「您是來救我們的？逃獄？」

「是的。」

「怎麼做？」

「那是這個小壞人要做的事。喂！趕快說清楚你的計畫！」

都坎按了一下自己的額頭，並且發出呻吟聲。

「矮人這一族真的是……可不可以小聲一點？」

都坎往貼在地上的肚子方向伸手，吃力地拿出一串鑰匙。

「嗯，這串是魔法的鑰匙，也是自由的鑰匙。哈哈。這監獄裡所有的門都可以用這個打開來。」

我想可能真的都可以用這個打開來。因為那一串大概少說也有超過一百支鑰匙啊！真是的，一百支鑰匙要想一個一個試，又想不被抓到，也不是普通簡單的事。

都坎好不容易才看出我們的表情（因為監獄裡很暗），所以開始說明給我們聽。

「當然啦，沒有必要一個一個去試這些鑰匙。這裡總共有一百零三把。說實在話，這是用市長的鑰匙串複製而來的！要複製一百零三把鑰匙真的不是容易的事。啊，這真的是史上最浩大的工程！那時候我在市長洗澡時裝扮成洗衣服的人，到他房間放火之後……」

「不要再說了啦！」

艾賽韓德用手肘打了他一下之後，好不容易，都坎才不再說那些廢話，繼續說明著計畫：

「鑰匙上面有文字和數字。去看看你們的牢房鐵欄杆的鎖，下方有小小的幾個連續的號碼。」

我看看杉森，杉森很快地到鐵欄杆那邊，仔細看門上的鎖。杉森看了一會兒之後說：

「好，是J-104，好像是監獄104號的意思。」

我趕緊透過月光的照射仔細看那些鑰匙。想要看到鑰匙上面小小的字實在不是一件容易的事，但是一陣子之後，好不容易找到了J-104的鑰匙。我嘻嘻笑著說：

「對於被關在這城市監獄的人來說，這可是非常珍貴的寶物！都坎，您是小偷嗎？」

「哼，你怎麼用跟這矮人一樣的講法呢？是物品所有權的轉移專家。對了，你們現在不可以馬上出來。清楚看到月亮之後，在第二個月亮露米娜絲越過山頭出現的時候，到正門口來。在這之前，我們會先將你們的馬從馬廄裡牽出來，然後在市政府正門口旁邊等待。還有這個。」

都坎拿給我們三支匕首，繼續說：

「安靜地進行一切動作，然後出來。盡可能地不要引起騷亂，知道嗎？而且你們可以打開這個建築物裡所有的鎖。那麼我們走了。」

「等一下見！」

艾賽韓德豪爽地說了之後，站直了身體。都坎一看到突然站起身的艾賽韓德，不高興地拉住艾賽韓德的手臂，隨後就消失不見了。我深吸了一口氣，然後握住拳頭。

「好了，我們開始吧。」

卡爾搖搖頭說：

「現在？那個半身人不是說要等到屬於露米娜絲女神的月亮……」

「可是如果要找回我們的東西，還要去救伊露莉，那時間就會不太夠。」

「你說得對。哎，這麼一來，我們得學小偷了。可是也沒有其他正當走出去的方法了。」

卡爾點點頭走向鐵欄杆的方向。外面沒有任何一個人。拿到鑰匙的杉森努力試著盡量不發出聲音（事實上那是非常不容易的事，因為鑰匙實在太多了），插入J-104的鑰匙。卡嗟！傳來一聲聽起來棒透了的聲響，鎖被打開了。

杉森推開沒有上過油漆的鐵欄杆門，盡可能地小心打開，然後走了出去。接著我們都各自嘴裡叼著匕首，像是三名暗殺者，隱藏到走道的陰影裡去。杉森依著我們被帶過來那時的記憶，小心地走向外面，但是我拉住杉森輕聲說：

「我們先去找伊露莉吧。他們說是在下面的樓層。」

杉森點點頭，然後轉身回去。市政府地下的監獄好像是由地下好幾層所構成的。我們所在的地方是地下一樓，我們在這一層整個看了看，並沒有看到其他人。隨即我們發現了可以下到地下二樓的階梯。正要下階梯的時候，突然看到下方有火光。

我們急忙將身體貼靠在階梯入口處的牆壁上。啪噠啪噠的腳步聲傳來。在另一邊的杉森豎起了一根手指頭。意思是說只有一個人嗎？

過了一會兒，腳步聲越來越近，光線突然變亮，是一名手裡拿著火把的士兵走上階梯。我因為沒有OPG，所以沒有給他一拳，而是拍了他的肩膀。

「喂，我有件事要問你。」

他轉向我這一邊，露出驚訝的表情。然後在他身後的杉森很快地抓住了他的脖子，將匕首貼了上去。配合得真好。

「你如果敢叫嚷的話，你就死定了！」

在杉森的低聲脅迫之下，那個士兵不敢發出任何聲音。我很快地將他拿著的火把搶走，並且將他腰上的長劍也搶了下來。

「下面是不是也是監獄？下面是不是有精靈？」

「是、是的。」

「看守的人？」

「我和另外兩個人。」

正如薛林所說的，底下有士兵們在看守的樣子。深夜裡做看守工作一定很辛苦。

「你要去哪裡呀？」

「我正要去拿宵夜……」

「這樣子不行哦。回過身去，把一個人叫過來。」

「你說叫人過來？」

「你就說『哎呀，我的腳啊。我摔倒了。喂，你們其中一個人拿火把過來。』裝得像一點，知道嗎？」

那個士兵雖然咬牙切齒，但是杉森的手一用力，他立刻照我說的喊叫。

「哎呀，我的腳。我摔倒了！喂！你們其中一個人拿火把過來！」

從遠遠的下方立刻傳來不耐煩的聲音。

「什麼呀，那傢伙怎麼連走路都不會呀？」

杉森很快地用匕首的刀柄敲了敲被他抓著的那個士兵的後腦杓。士兵昏倒在地上。我將火把弄熄。緊接著，從階梯的另一頭傳來腳步聲，然後出現火把的光線。

「喂，到底在哪裡呀？」

我對這個士兵說：「在這裡。」和剛才一樣地，那個士兵也被杉森抓著了。這還真是有趣呢！這個士兵照著我說的高喊道：

「喂！這傢伙的腳好像折斷了！我一個人沒辦法抬起來，趕快過來啊！」

然後這個士兵也被打昏了，最後的那個士兵不耐煩地出現之後，也是同樣被打昏。這怎麼有點像在玩遊戲？我們互相看了看，嘻嘻地笑了笑之後，丟下那些士兵不管，就往下面走去。

我們一下子就找到了伊露莉。在通道大約中間的地方有一張桌子，桌子上面放著一盞點亮著的提燈。桌上還散放著紙牌，伊露莉就是在那張桌子前方的監牢裡。

「伊露莉！」

監獄裡有某樣看起來很漂亮的東西，一邊笑一邊站了起來。那就是伊露莉。

「請趕快過來。」

「咦？妳不覺得驚訝嗎？」

「雖然那些士兵們聽不到，但是我可以聽得到階梯那裡傳來的聲音。」

「哇！真厲害！」

杉森很快速地檢視這個監獄的鎖，然後打開了監獄的門。伊露莉一走到明亮的外面，我們馬上看到她疲憊的模樣。我們總是看到她衣著非常整潔的模樣，現在因為被關在監獄，所以看起來很落魄，臉和頭髮都不太整潔。聽說也沒有正常給她吃東西……然而她還是一樣地沉著，一樣地舉止端莊。杉森非常難過，難過到說不出話來的樣子，我們趕緊催促他快點走。

桌子旁邊有三張十字弓。這些混蛋！伊露莉如果想用魔法的話，他們大概就會用這個射她。我不會使用十字弓，所以其他三個人一人拿一張。然後我們看到了桌子旁邊有繩子。拿著繩子，我們又再回到那些士兵們昏倒的地方。將士兵們都捆綁了之後，杉森問：

「叫醒哪一個比較好？」

「最後那個傢伙。因為職位最高的人應該會最後一個出馬。」

杉森叫醒最後那個士兵，他好像頭很疼痛似的皺起眉頭，隨後就一副很恐懼的表情。杉森做出凶惡的表情問他：

「好了，我問什麼，你就回答什麼。要是支支吾吾，或者我感覺你對我說謊的話，每一次我就割掉你一根手指頭，所以你可以對我說謊十次。沒有手指可以割的時候，就割掉你那個不輕易伸出嘴巴的東西。」

我和卡爾都看得膽顫心驚了。那個士兵幾乎眼淚都快掉下來了的樣子，害怕得直點頭，杉森問了他我們的東西放在哪裡，以及外面的士兵們的狀況。這個乖乖的士兵對於每個問題都很誠心誠意地回答。杉森又再猛敲了一下他的後腦杓，讓他昏過去，以此代替說謝謝。

這個士兵說我們的東西都放在市政府儲藏室裡。而且那個地方因為是在市政府建築物裡面，所以沒有什麼士兵看守。士兵們都在外面的警備隊建築物裡，在正門口旁邊的哨站裡有守夜的士兵，共兩名坐在那裡。

因為是晚上，市政府的職員們都不在，我們照著那個士兵所說的，很快地找到了儲藏室。都坎說得沒有錯，那些鑰匙真的是魔法的鑰匙，簡簡單單就打開了儲藏室的門。我們找到了各自的盔甲和武器，但是並沒有看到我的OPG。

「可惡！可能是那個叫亞夫奈德的傢伙拿走的！」

「沒辦法了，我們先出去再說吧。」

我們走到市政府建築物的正門口。從正門口旁邊的窗戶觀察外面的情況，還真是不巧！原本坐在哨站的兩名士兵，其中一名正在巡查。不久之後，他開始繞著建築物走。

「要現在出去嗎？還是等到他繞回來為止？」

「當然要等。屬於露米娜絲女神的月亮還沒有升起。」

我們一面焦躁地看著窗外，一面等待屬於露米娜絲女神的月亮升起。在這段期間裡，那個士兵已經回來了，他又坐回哨站裡，和另一名士兵聊天。嗯，如果和那些士兵打鬥的話，在警備隊建築裡的警備隊員全都會跑出來。警備隊的建築物是在主建築的左方稍微隔一段距離的位置，但是距離很近。杉森望著那個方向皺起眉頭。

「要是有安靜地走出去的方法，該有多好……那個愚蠢的半身人幹嘛叫我們從正門口出去呢？唉，再過一會兒，屬於露米娜絲女神的月亮就要升起了。要不要射他們呢？」

杉森好像要舉起十字弓。可是在我要講話之前，他先說道：

「不喜歡這樣，是不是？雖然我們是要爭取自由，可是傷的是他們的性命。」

隨即伊露莉往前站出來。她開始唸咒語。

「咦？妳已經記憶過咒語了嗎？」

卡爾幫忙回答說：

「這是在召喚妖精。沒有記憶咒語也可以做得到。」

正如卡爾所說的，伊露莉唸了一些我聽得懂的話。

「在夜晚的露水中，卻不被沾濕的那一顆沙粒的主人，休息的守護者，請您撫慰那些不睡覺的人們吧！」

感覺好像有東西在移動，但是卻看不到。卡爾說：

「是睡精！」

杉森和我拚命地看著哨站。過了一會兒，兩名士兵們打了哈欠，還伸了懶腰，然後為了努力不讓自己打瞌睡，而拍打著自己的臉頰。

「不要反抗！你們這些傢伙，快睡覺！」

杉森和我心裡焦急地低聲喊著。但是其實沒有什麼好焦急的。士兵們開始不斷點頭，隨即就趴在桌上睡著了。

「好，走吧。」

我們出了主建築物，悄悄地走著。雖然感覺這座庭院實在好長好長，但是還好沒有發生任何事就走到了正門口。杉森和我不出聲音地互拍對方的手掌，還一邊悄悄地說：

「出來了！」

夜晚的都市靜悄悄地，只有偶爾吹來的風聲增添這冷冷清清的氣氛。靜靜流瀉下來的月光淡淡地照亮著周圍。可是來到正門口之後，我們卻沒有看到任何一個人。屬於露米娜絲女神的月亮不是早已經升起了嗎？那個半身人騙了我們嗎？然而就在這時候，傳來了艾賽韓德的聲音。

「呵，真準時！」

這一次我真的和都坎有同樣的心情。我們全因為艾賽韓德的大嗓門，而做出了嚇得減壽十年的表情，一轉過頭去，就看到黑暗之中發出的紅光。艾賽韓德正吸著一根菸斗，在市政府圍牆旁邊坐著。因為身處陰影之下，又加上個子太矮的關係，所以剛才我們沒有看到他。

他一站起來，都坎就立刻出現了，他只是用手勢招呼我們。我們跟隨都坎走了過去，立刻看到綁在樹下的馬匹。艾賽韓德仍是一副很泰然的樣子，對我們說：

「好了，趕快走吧。這麼一來，就足夠報答你們幫我越過十二人之橋的恩惠了吧？」

「什麼？只是為了要報答那個，而做出這麼危險的事……？」

矮人向著天空吹出漂亮的煙圈。他的眼睛猶如我們頭上的夜空一樣，無限深邃地閃閃發亮著。黑色的眼睛在月光的照耀下發出光芒。他回答說：

「你們不是也曾不惜生命地和我並肩戰鬥？矮人會將一起戰鬥過的人當作是永遠的朋友。嗯，嗯，即使是不知岩石之美的森林種族。」

最後幾個字有點小聲。伊露莉點點頭並且說：

「非常謝謝您！」

「不客氣！趕快走吧。如果有緣，就一定會再見面的。」

然後艾賽韓德又吸了一口菸斗，二話不說地轉身過去，好像一副在晚間要去散步的樣子，而不像是剛才幫忙三名犯人逃獄的模樣。從杉森那兒接過鑰匙的都坎則對我們眨眨眼睛，然後立刻轉身就走。卡爾驚訝地說：

「嗯，您不是要報酬嗎……？」

「不用了。那個陰險狡猾的矮人都已經付了。」

艾賽韓德嗎？都坎轉身過去之後，兩隻手臂很誇張地伸開著然後說：

「不論你們什麼時候再到這個都市來，萬一遭遇到什麼困難的話，請記得我。都坎・巴特平格！物品所有權的轉移專家，也是夜晚唯一真正的浪漫主義者！哈哈哈！」

都坎就這樣在黑暗之中消失不見，只留下他那爽朗的笑聲迴盪著。卡爾雖然好像要說些什麼，但是已經看不到艾賽韓德和都坎的身影了。明亮的月光裡，只留下我們幾個人。

「呵，居然有這種好心的人。」

「不是人，是矮人和半身人。而且說到人，我現在當場要見的人只有一個，不，應該是兩個人。」

卡爾和杉森看著我。我氣勢洶洶地說：

「時間只有今天晚上。因為明天早上我們逃獄的事就會被發現，我要讓那個假男爵和那個很遜的大法師永遠忘不了今天晚上。」

08

杉森身為純正的賀坦特男子，他無條件地贊成我所說的話，至於那個雖然有點怪異，但也是賀坦特男子的卡爾則是在猶豫著，但看來他似乎也無法拒絕報仇的誘惑。

「嗯……應該是靜靜地離開比較好吧。」

「不太好吧。他們可能會派追擊隊追來。切切實實地做個了結會比較好。而且這裡的市政府等於是那個假男爵的傀儡，所以如果想要圓滿收場的話，就該去找那個男爵。」

「這樣做不會很危險嗎？那個男爵家有很多的私兵。」

「你是說那些蹩腳無用的私兵？他們現在一定正在呼呼大睡。那些傢伙不是還曾說過『巨魔作亂時，我們還未睡醒所以無法出動』之類的話？那些傢伙搞不好要等到我們把那個宅邸都放火燒了，才會起床。」

我繼續說服卡爾。我說這樣做，是要對於我們被監禁的不快之事，以及後來不可避免發生的逃獄事件，要求他們對我們說個清楚，而且如果這其中順便包含報仇，不也算是件不錯的事？我如此說服卡爾，結果卡爾終於下了決定。

「那麼我們就去一趟吧。」

「嗯，我們先去『十二人的旅館』。我們應該先回去拿行李吧。」

我們騎著馬來到了「十二人的旅館」。杉森讓伊露莉坐在他後面，但他卻有點不知所措的樣子。倒是伊露莉很自然地抓著杉森的腰，只有杉森他自己好像做了什麼不該做的事似的，一個人在興奮個不停。唉，他應該趕快娶個老婆才對，唉！

「十二人的旅館」裡，燈光都已經熄滅了，只有一樓大廳裡還點著一盞燈。我們悄悄地走到大廳的窗戶邊。尤絲娜自己一個人坐在大廳裡，面前桌上攤著好像帳簿之類的東西，她正茫然地抬頭仰望空中。我敲了敲窗戶。

尤絲娜突然嚇了一跳，她看了看窗戶，然後立刻又被嚇了一跳。

「修、修奇？」

「妳好！今晚好像會發生很棒的事哦！」

「咦？你是怎麼逃出來的？」

「妳相信嗎？我灑了剛剛那瓶很烈的酒，結果石壁就被溶掉了。」

尤絲娜驚訝得不知道該怎麼辦，但隨後就跑過來幫我們開門。我們趕緊進到裡面。尤絲娜將我們上下左右仔細打量一遍，然後說：

「到底是怎麼一回事呢？哦，我是說怎麼能夠這樣就逃出……」

卡爾搖搖手。

「沒有時間說明了。我們的行李還在我們房間嗎？」

「啊，那些行李由我保管著。」

我們跟著尤絲娜走進去，然後各自拿起自己的行李。薛林和其他男傭們都好像在睡覺，所以我們並沒有見到其他任何人。在杉森裝水到水瓶裡的時候，我對尤絲娜說：

「好，我跟妳說，但是妳不要插嘴說話。我們逃獄了，而現在我們就要離開這個城市了。不過離開之前，我們還需要去處理一個人，所以會先過去找他一下。旅館費用是多少？」

尤絲娜並沒有回答我的話，卻說了不相干的話。

「你們要離開了？現在？」

「要不然在溫暖的春天來臨的時候出發，好不好？」

「……你的嘴巴真的是……」

「哦，怎麼樣啊？要不要來個吻別？」

尤絲娜的臉頰紅了起來，然後接下了杉森給的旅館費。我們匆忙地拿起行李往外面走去。此時尤絲娜從裡面提了一個籃子出來交給我。

「時間太趕了，沒有什麼可以給你們，這是餐點，可以在路上吃。」

「真是謝謝妳了。難怪會有人說進來這旅館之後，不論你到了大陸的何方，都可以向人說起這裡的美好回憶。謝謝了，高貴的仕女尤絲娜。還有，也代我們向妳的哥哥說聲謝謝。」

「嗯，我知道。可是……」

尤絲娜好像想要說些什麼的樣子。時間實在很緊迫，她還這樣拖時間，唉！再怎麼說還是賀坦特的女孩子最好。因為她們的個性直爽又乾脆。

「尤絲娜，妳有什麼話就說出來比較好。就算是破口大罵，也比現在不說將來後悔還要好得多。好了，快點說吧。妳是因為沒有好好罵我才這樣子扭扭捏捏嗎？」

尤絲娜的嘴巴突然又開始靈活了起來。

「喂，你這個壞蛋，把我的心還來！」

「……什麼？」

我說「什麼」這兩個字的聲音，比夜晚的微風還要更輕更小聲。卡爾和杉森也一副好像挨了一下鐵錘的表情。我好不容易清了清喉嚨，這一次稍微大聲地問：

「妳說什麼？」

我好像還是不夠大聲。尤絲娜開始抽吸著鼻水哭著說：

「哼，嗚嗚，這就像以前的傳說一樣啊！嗚嗚，在旅館工作的少女，嗚嗚，流浪漢擄走了她的心。但是流浪漢離開了那個城市，從此不再回來。少女等了一輩子。嗚嗚，她可能會和別的男人結婚，而且生下小孩，嗚嗚，但是卻一輩子想念那個流浪漢。」

哇啊！我快受不了了。真是的！這丫頭拿她自己和我當題材，說得好像煞有其事似的，一股腦兒地編造出憑空的想像！這樣憑空的想像正是思春期常會有的傾向。我幫尤絲娜擦了擦眼淚，然後問她：

「喂！妳不是還曾經氣得恨不得把我殺來吃？」

「就是從那個時候開始，你擄走了我的心。我早就知道會這樣。我對你很粗魯的那個時候，早就已經隱約感覺到，你會是那個擄走我的心的男人。對啊，一定是那樣。我知道我已經遇到一生只會有一次的魔力的秋天。」

魔力的秋天……我真快瘋了！喂，是妳先對我很兇的，那大概是因為妳之前對酒鬼發脾氣，這到底算是什麼跟什麼啊？

「還有，那一天早上，你為了那些素昧平生的人們，去和巨魔打鬥，卻還被那些人冷淡地對待，結果還負了傷。看到那樣的你，我的心早已經無法回頭了。」

卡蘭貝勒啊，我懇求您！我在內心裡慘叫了幾聲之後，好不容易勉強自己平靜地說：

「尤絲娜，不要想這些有的沒的。妳才認識我三天，而且其中兩天我都在監獄裡，妳根本沒有辦法好好認識我。我不是什麼好男人。妳對我的感覺，這其中有百分之九十以上是妳自己製造出來的。」

「不對，這是命運啊！可是我不會緊抓著你不放。既然已經將自己的心給了流浪漢，對少女的懲罰當然會隨之而來。你走吧，我不會緊抓著你不放。雖然你要帶走我最珍貴的東西，從此以後永遠不再出現，但是我不會怨你的。」

她好像很喜歡這個樣子。尤絲娜好像很想當一個「自己的心被一個跟秋天一起離開的流浪漢給擄走之後，一輩子都在思念裡迎接秋天到來的少女」，那麼我當然不希望硬將現實塞到她的腦子裡。尤絲娜再過不久就會覺得自己當初怎麼會那個樣子。從現在起到那時候為止，雖然她會很傷心，但是反而會因此繼續保留著那份美好的空想。

我不說二話地騎上傑米妮。其他人都驚訝地騎上馬。我從馬匹往下望，並且說：

「喂，尤絲娜！」

「嗯？」

「妳會遇到好男人的。如果生了男孩子，而其中一個如果額頭長得像是會惹是生非的樣子，就幫他取名字叫修奇，好嗎？」

卡爾和杉森都發出呻吟的聲音。兩位大爺啊！我也覺得這句話令人雞皮疙瘩掉滿地。可是我想尤絲娜應該會很喜歡聽這句話。果然不出我所料，尤絲娜臉紅地點點頭。唉，真好笑！可能她的丈夫會極力反對吧。這嬌小玲瓏的少女！然而我還是用非常鄭重的表情點點頭。

尤絲娜的手突然靠近我的脖子。

「這個，要為了我好好保存著，不要忘了我。」

是一條項鍊……我的頭要發暈了。尤絲娜拿給我的項鍊上面，鑲有閃閃發亮的珠子，是一條我會怕被人看到而沒辦法戴在脖子上的那種項鍊。

我並沒有喊出「喂！我怎麼可能會戴這種粗俗幼稚的項鍊！」之類的話，相反地，我收下了那個東西，戴在脖子上，然後一言不發地騎著馬走了。「那個流浪漢默默地不說話，踏著秋天的夜色而消失，再也不會回來。然而那個偷走我的心的男人，我能不怨恨他嗎？當然怨恨他。」……想到這裡，我已經起雞皮疙瘩了！

為了不要妨礙到雷諾斯市民的睡眠，我們靜靜地騎著馬跑了一會兒之後，才回過頭看。在「十二人的旅館」前面，尤絲娜仍然一動也不動地站在那裡。剛才好像有某人說過「今晚好像會發生很棒的事」，但是，唉。騎著馬跑了一段時間之後，杉森開始對我說：

「喂，修奇。」

「不要再說了！我照著那個丫頭所希望的做了，我也很受不了這個樣子，所以你不要再用那件事來嘲弄我。」

「……你不可以玩弄純潔少女的心。」

「那你要我怎麼做？那個丫頭並不是喜歡我，只是濫竽充數地把我當成是她在思春期夢想裡出現的白馬王子。那麼我該怎麼辦？我只好照那個丫頭所希望的，講一些動人的話然後離開。如果不這樣做，可能到頭來我會覺得有罪惡感。可惡，我對她可是一點感情也沒有，一點罪也沒有啊！」

卡爾點點頭，而杉森則是閉著嘴巴。坐在後面的伊露莉對於我們的行為好像一副怎麼也無法理解的表情。過了不久，杉森用低沉但是很清楚的聲音說：

「當然啦，你的心早已經在故鄉，不對，是在你騎的這匹馬……」

「呀啊啊！杉森！」

我們已經到達男爵家了。夜已深，到處都黑黑暗暗的，宅邸裡面很安靜。我們將馬匹綁在石牆旁邊。我們全都用手帕蒙著臉，伊露莉甚至還將她長長的頭髮綁了起來，然後塞到衣服裡面。杉森說：

「嗯，伊露莉，妳可以不用去……」

「我要找那個男爵和大法師，把事情追究清楚。」

「要追究的話，那一開始是我要求行動的，是我的錯。」

「如果要用這種方式追究的話，那麼就從出生這個錯誤開始追究好了。我們要不要趕快行動？」

當然要趕快行動。杉森在下面當墊腳的，讓卡爾和我越過圍牆。圍牆不是很高，所以很簡單地就越過去了。隨後伊露莉也翻過來了，而杉森則是稍微費了一點力氣才越過圍牆。卡爾觀察宅邸的樣子，然後說：

「依我的觀察，二樓中央是寢室。有陽臺的那一間也是寢室。還有，旁邊的那個建築物可能是私兵們的宿舍。但是大法師在哪裡呢？」

「如果是『大法師的實驗室』，通常都會讓人想到是在地下室。是吧？」

「我們去調查看看吧。」

我們悄悄地走近。屬於露米娜絲女神的月亮已經升起很久了，所以在雪琳娜和露米娜絲兩個月亮的照耀下，四周顯得非常明亮，因此照理說應該很難偷偷走近。但是令人難以置信地，庭院裡沒有任何一個人。相反地，看起來像是私兵宿舍的那棟建築物卻傳來吵鬧的聲音。走近那邊一看，私兵們正在喝酒唱歌。他們可真會玩！

「他們到底怎麼敢領人家的薪俸？」

我們安靜地走向主建築物。

大門看起來很雄偉，但是鎖起來了。這是從裡面用門閂閂起來的，所以沒辦法打開。杉森望著窗戶，可是卡爾搖搖頭，他說：

「一定會有廚房的。為了讓廚房的油煙和食物的味道比較快速散去，都會將廚房設在比較靠外面的地方。我們繞到後面去看看吧！」

我們繞到後面去，果然就看到和主建築物相連，看起來像是多長出來的瘤包似的廚房。此時傳來有人走近的聲音。我們趕緊躲在旁邊的樹木後面。

走近的人身穿平常的衣服，所以看不出來是男傭還是私兵，但是看長相好像是私兵。他因為酒醉，走起路來搖搖晃晃的，一走到廚房就開始砰砰地敲著廚房的門。

「喂！快出來！快開門！」

過了不久，我看廚房有燈光亮起，隨即廚房的門開了。開門出來的是一個提著燈的女傭。女傭一面揉眼睛一面說：

「什麼事啊？幹嘛吵醒在睡覺的人？」

「酒不夠了。我帶了酒瓶過來。」

「你們這些傢伙的工作就是天天這樣喝酒嗎？不行了！我不要再給你們酒了！」

「哎呀，妳可真兇啊！我看看……」

「呃啊！你瘋啦！」

那個私兵想要抱住那個女傭，但是小腿被踢了一下。廚房門關了起來，那個私兵一邊破口大罵一邊走回去。這時候，我們從樹後面走出來。

「很好，我們現在知道進去的方法了！」

杉森點點頭走到廚房門口，他用力地敲門。

「喂！快一點啦，只要給我一瓶就好了！」

廚房裡面立刻傳來叫罵聲。

「你還敢再來！你、你給我站著不要動！」

聽到女傭凶悍的聲音之後，接著門就開了。女傭拿著撥火棍猛然跑出來，可是被杉森抓住了手臂。女傭的眼睛睜得大大的，就在她要大聲喊叫的那一瞬間，杉森摀住了那個女傭的嘴巴。

「安靜點！妳敢大叫，我就不饒妳！」

杉森的聲音是從包著臉的手帕後面傳出來的，所以聽起來很可怕。那個女傭害怕地一邊顫抖著，一邊點點頭。杉森繼續摀著女傭的嘴巴，並且對她說：

「我要把手放開了。但是萬一妳要是敢叫喊的話，妳就慘了，知道嗎？」

那個女傭一等嘴巴被放開之後，立刻用蚊子般的聲音說「請饒我一命，請饒我一命」，並且開始哭泣。杉森有點不知所措地說：

「只要妳照我說的話去做，就不會受到任何的傷。好了，那裡面除了妳之外，還有沒有人醒著？」

「沒有，沒有人醒著。我也是正在睡覺，可是因為有人叫……」

然後杉森讓那個女傭轉過身，抓著她的肩膀說：

「很好。請妳幫我們帶路吧。妳的背後有短劍抵著，所以動作給我小心一點！」

那個女傭實在抖得太厲害了，甚至抖到無法走路的程度。後來我們催促那個女傭，才得以進到裡面。

我們一進去，就看到廚房和主建築物相連結的門。那裡頭是大廳，男傭們正睡在大廳裡。因為沒有所謂的男傭房，只有所謂的女傭房。

我一面走一面想這些事，結果差一點踩到了一個正在睡覺的男傭。我勉強停住，只是稍微踢到了他的手。那個男傭翻身之後，又沉沉睡著了。在那短短的一瞬間，我們四個人都冒了冷汗，直直地呆站著。杉森用很低的聲音威嚇地說：

「修奇，你這小子！」

「呼！我比你更害怕，不要再說了。」

我們悄悄地從大廳走上通往二樓的階梯。雖然我們因為階梯發出嘎吱嘎吱的響聲而驚慌不已，但是男傭們好像由於白天辛苦工作的關係，都沒有被吵醒。上到二樓之後，在階梯左右邊都各有走廊，而且前面也有走廊。前面走廊的盡頭有一扇很華麗的門，在那個女傭指著那個房間之前，我們都大約猜出那是男爵的房間。

杉森說：

「請問大法師在哪裡？」

「在、在地下室。那邊走廊盡頭，有一個通往地下室的階梯。」

「妳能夠打開那個門嗎？」

「沒、沒辦法。鑰匙在男爵大人和執事大人那裡。」

「好。要是被人發現妳幫我們帶路，妳是不可能平安無事的。這樣好了。我把妳打昏，妳就說是因為反抗我們才被打昏的。知道了嗎？」

那個女傭雖然臉色變得很慘白，但是不久之後她點點頭。

「請、請打輕一點。」

「那麼，對不起了。」

杉森向她點頭行禮之後，朝她的腹部打了一拳。那個女傭發出了一聲低沉的聲音之後，就這樣倒了下來，可是杉森扶住了她，讓她靠向牆壁坐著。杉森搖搖頭。

「唉，打了女人，我實在對她很抱歉。」

「不過她會感激你的。走吧，我們去地下室。」

「為什麼？」

「因為如果要開那個門的話，傭人們都會被吵醒。所以我們先去抓那個大法師，再命令大法師來開門吧。」

我們走到二樓盡頭的階梯。為什麼要下去地下室的階梯會設在二樓呢？真是奇怪！卡爾說明給我聽。

「這樣做是因為地下室原本就都有重要的用途。依照某種禮法，一樓是傭人的生活空間，而二樓則是主人和其家人的生活空間。所以重要的地下室會和二樓相連結。而且傭人當然也不能接近那裡。」

真的嗎？不管蓋成這樣是不是原本就有什麼目的，這階梯是從二樓到地下室去的路，所以非常陡峭，而且又很長。幸好是石階，所以不會發出聲音，但是在黑暗裡摸黑走階梯，必須摸著牆壁慢吞吞地走下去。隨即伊露莉說道：

「在自己的敵人當中最美麗的妖精，隱藏住它的黑暗反而是它的食物，請出來吞噬掉黑暗吧！」

突然間出現一道亮光，嚇了我們一跳。定神一看，雖然並不是很明亮的東西，但是在黑暗的走道上突然間看到光線，自然會嚇了我們一大跳。因為光線的關係，所以看不清楚在光的中央有什麼東西在裡頭，但是似乎有什麼東西在挪動著。我看了看卡爾，卡爾則是回答說：

「原來是光精，比傳說中還要美麗。雖是光精，但是反而在黑暗之中，才更能感覺出其美麗……」

靠著光精，我們很容易就下了階梯。那個火光並不是紅色，而是帶著一點點青色，所以看起來會覺得有點奇怪。我們下到地下室之後看到一扇門，在木門上面還用鐵材做了補強，看起來非常堅固的樣子。好了，該怎麼打開呢？

這一次仍然是伊露莉站了出來。她要我和杉森站在門的兩旁，而光精飛到門的上方。接著她開始唸咒語。

「在那氣息之下，浮載著生命，望看所有事物，不從屬於任何事物的您啊，在此請將您的權能之中的一項收納起來。」

接著，不可能會起風的地下室開始起風了。過了不久，伊露莉看著我們剛才走下來的階梯說：

「這樣就不會有任何聲音走漏到上面去了。現在該讓他幫我們開門了。」

「咦？怎麼開門？」

「就請高喊『失火了』。」

對了！在地下室的人一聽到失火了的聲音，一定會很恐懼。杉森和我快喊破喉嚨似的開始叫著：

「失火了！」

果然，過了不久門裡面就傳來噹啷啷的響聲，以及某種東西滾下來的聲音。接著又傳來一聲「呃啊」的慘叫聲，同時門被打開了。跑出來的是一個光著上身的男子。門一打開，光精就靠近那個男子的眼睛，讓他不得不趕緊將眼睛掩住。

他正是亞夫奈德。

杉森很輕鬆地就抓住了掩著眼睛的亞夫奈德的後腦杓。杉森將他的手臂反折抓住，並且將匕首架在他的脖子上。

「你好啊！很遜的大法師。」

那傢伙此時才睜開眼睛看看我們。他的臉突然轉為驚愕。

「什麼呀……不是失火了嗎？你們是誰！」

「我們是喊失火的人。好了，到裡面去，好嗎？」

杉森推著那傢伙，然後我們進到了房間。

裡面的燈亮著，我們看到的是亂成一團的景象。我們聞到陣陣傳出的怪異味道，有腐爛的味道、油的味道、硫磺的味道等等，簡直到了需要捏著鼻子的地步。而且這裡還有很多雜七雜八的東西，如細鐵粉、金粉、水晶球、硫磺、動物的內臟、動物的毛等等，甚至還有動物的大小便。而牆上則是掛滿了各種長得很奇形怪狀的道具、鐵絲和繩子，每個書架上都放滿了各式各樣的瓶子。伊露莉皺起眉頭，送走了光精。

讓亞夫奈德那傢伙跪在地上之後，杉森拉下掩住臉孔的臉巾。

「你、你是！」

亞夫奈德一副驚慌失色的樣子。隨後我們其他人也各自拉下臉巾，亞夫奈德發出喘不過氣的咳嗽聲。杉森表情陰險狡猾地笑著說：

「要我先殺死你之後再折磨你，還是先折磨你之後再殺你呢？」

亞夫奈德的表情一副像是瀕臨死亡的樣子。我決定先要回我的東西。

「喂，先交出我的OPG。在哪裡呢？」
「那個東西，在那邊火爐上面的鍋子裡……」
「啊！在鍋子裡？」
我驚慌地跑到火爐那邊去看。真的有一個鍋子裡頭裝著水，正滾燙地煮著（裡面放了很多沒看過的東西，顏色和味道簡直是糟糕透了），我的OPG也在裡面浮著。哎呀，我的天啊！我用旁邊的鐵夾子把它夾起來。有很多骯髒的東西也隨著被帶了上來，手套的手指部分甚至有一顆動物的眼珠子也一起被撈上來。我要罵人了！
「你到底想幹嘛呀！」
「做、做研究……」
「你是想煮了之後吃下去嗎？你瘋了啊！」
我把它放進擺在旁邊的一個水桶，洗一洗之後大致抖幾下，用毛巾擦拭後，再戴到手上。雖然沒有任何的感覺，不過這東西原本就是如此。如果要知道到底有沒有壞……我拿起掛在牆上的一根鐵棍揮揮看。結果和以前一樣，很輕鬆地就揮動了起來。
「狀態還很好。但是你到底是想拿它怎麼樣？」
「我、我想召喚出食人魔當巫師隨從……」
巫師隨從？這時候伊露莉笑了笑。
「真可笑！你怎麼會想讓食人魔當你的巫師隨從？你到底是在哪裡學會魔法的呢？」
隨即亞夫奈德的臉上露出驚訝的表情。
「妳、妳知道什麼是尋找巫師隨從？」
「我不是曾經使出過『冰牆術』？我知道那一類的法術。」

「可、可否教教我……」

「好的，依照想要召喚的巫師隨從種類的不同，而有不同的晝夜時間，所以要先選擇你想要的動物活動時間。在黃銅火爐裡面放滿木炭，然後再放香進去，香的數量必須要能完全蓋住木炭才可以，一直到唸完咒語時為止，還要再放好幾遍。這時候放入蘆薈和……」

杉森、卡爾和我都驚訝地張口結舌！我們看著冷靜地講這些話的伊露莉，以及認真地邊聽邊記錄的亞夫奈德。還真有一股和樂融融的學習氣氛呢！我們在這段時間裡還拿起亞夫奈德那些奇怪的東西，一邊把玩著，一邊等待。伊露莉說明完了之後，甚至在那張紙上幫他寫了某些東西。

亞夫奈德全部都寫完了之後，他看著那張紙，做了一個心滿意足的表情。

「那句話說得對！精靈確實與人類不同，精靈真的很會教魔法！」

伊露莉也微微笑了。

「新學的法術是很珍貴的。代價則是你的性命。」

亞夫奈德聽了之後，手中的那張紙掉落到了地上。他那副嚇破膽的樣子，讓我們看了覺得很愉快。伊露莉真的是個很沉著而且又冷靜的人。她冷冰冰地說：

「你已經接受了我剛剛教的東西，所以現在我當然要索取代價了。你應該沒有什麼不滿的吧？」

伊露莉拔出那把穿甲劍。亞夫奈德往後退了幾步之後，腳被絆了一下，隨即一屁股跌坐到地上。他就像白楊樹葉子被風吹動般，不停地發抖，並且說：

「饒、饒我一命……」

「你用你那些三腳貓功夫的魔法，去幫那個男爵欺壓這個城市的市民們，而且如此一來也充分滿足了你自己的欲望。可能你還覺得相當愉快。但是優比涅規範了這個世界上不管做什麼，一定要付出代價，你怎麼會不知道呢？優比涅造了秤，而賀加涅斯造了秤錘。你的秤臺實在是太傾斜了。現在應該要讓它變得平衡。就拿你的性命來當秤錘吧！」

伊露莉的聲音很沉著，就好像是在說著明天天氣的那種口氣。但是，在亞夫奈德聽來，這可能是這世界上最可怕的聲音。亞夫奈德繼續往後退，退到碰到牆壁為止。然後伊露莉慢慢地往前走。

突然間亞夫奈德大聲吼著說：

「妳說我滿足了我的欲望！」

伊露莉驚訝地望著亞夫奈德。亞夫奈德則一面因恐懼而流淚，一面尖聲喊著：

「他媽的！人類的巫師和你們精靈不一樣，他們才不會這麼大方乾脆地教魔法！我學了十年，也才只有學到魔法二級！可是我已經付出了非常多的時間在服侍師父！」

「你本來就應該知道魔法不是很容易學、很容易用的東西啊。」

「可是我還是忍受不了！我受不了將年輕的歲月都奉獻給那個老朽的老頭兒。所以我才跑了出來！但是只有魔法二級的我，只能做這種沒品奸商的部下角色！」

伊露莉靜靜地看著他，說：

「對人類而言，為了學好魔法，要消磨的時間實在太長了。」

「是的！我們又不是精靈！那些年輕人的欲念，我們得全部放棄，只能全心全意學魔法，如果想要成為一個可用的巫師，都已經到了快中風的年紀。我不想要這樣。所以我才會跑出來！欲望？呵！這叫做欲望？是的，說實在的，如今生活變得很輕鬆。我只要適當地折磨那些男爵指定的人就可以了。是的，小鬼！正如你所說的，就是對他們丟繩子，對他們丟骨頭！可是、可是我常常覺得不安。我不知道什麼時候會遇到比我更優秀的巫師。而且我也很怕人們會知道我是不怎麼樣的巫師。所以我自稱是大法師，甚至還穿了那種不搭調的衣服！然而我到最後還是受不了了。我畢竟是個巫師啊！我非常想念那些魔法研究。所以我每天做研究，自己創造了一些沒聽過的魔法，試著去實驗……」

原來亞夫奈德拿了我的ＯＰＧ，是想要創造一些法術。卡爾試著問他：

「你沒有回去找你的老師嗎？」

「我太慚愧了……實在沒辦法回去。我想想自己放蕩的生活，實在是不敢回去。」

亞夫奈德低下頭哭了起來。伊露莉看到他那個樣子，收起了穿甲劍。亞夫奈德一聽到穿甲劍收到劍鞘裡的聲音，他連忙抬起頭來。

「優比涅和賀加涅斯創造了時間。」

亞夫奈德擦去了眼淚後，抬頭看伊露莉。伊露莉對他說：

「時間是絕對而且不變的東西。但是，可以利用時間。」

伊露莉微微笑了笑。

「我會留下你的時間，請好好利用它。你自己將傾斜的秤臺扶正吧。請你自己回轉你的一生，改變你往後的日子。」

亞夫奈德的臉上一直到這時候才露出希望。他在地上不停地磕頭，並且說：

「謝謝！謝謝！」

杉森和我互相看了看，然後聳聳肩。

「真是的，伊露莉都解決了，我們不用再做什麼了。」

「是啊。如果是我，我一定毫不留情地狠狠扁他一頓。我在那裡靜靜地等了半天，不就是在期待這個！」

伊露莉聽到我的話之後笑著說：

「修奇，對不起。」

「不，妳沒有對不起我，我很滿意啊。可是男爵一定要留給我們。喂！亞夫奈德？」

亞夫奈德到這個時候都還在磕頭，直到我再叫他一次，他才站了起來。我對他說：

「好了，你是由伊露莉來處理，但是男爵可就會有點不同了。你和我們一起上去吧。」

09

我們又再度來到二樓。亞夫奈德死裡重生了以後變得很安靜，他很和氣地幫我們帶路。到達二樓中央男爵的房間之後，我對亞夫奈德說：

「請叫男爵出來，要小聲地叫他。」

亞夫奈德照我所說的，小聲地叫了男爵。男爵好像睡得很熟，叫不醒他。

「你沒有鑰匙嗎？」

「沒有。」

「那麼沒有辦法了。好，就當是紀念我找回ＯＰＧ。」

我毫不猶豫地用手掌拍了一下門。呼！門板整個飛了出去。我趕緊說：

「好了，杉森！你帶男爵出來！我來擋住那些傭人。」

杉森像一陣風似的快速移動身體。然後我開始望著那些傭人們，他們聽到門被破壞的聲音，而正在騷動著。他們上來二樓察看，可是因為太暗而看不清楚。一陣子之後，他們點亮了蠟燭和提燈，一看到我們的模樣，都發出了尖叫聲。這時杉森已經抓住了希里坎男爵的後頸，拖著他走出來。

「你們這些該死的傢伙！你們明知道我是誰，還膽敢如此！你們想死想瘋了啊？」

男爵又罵了很多難聽的話。他可真是一個不會判斷事情狀況的人啊！我抓起那傢伙的腳，他怒吼著：

「混、混蛋！你竟敢這樣做！還不快點放下！」

「我如果是你的傭人，我就會聽你的話。」

隨即我就這樣把男爵吊到二樓欄杆外。下面的那些傭人發出尖叫聲。

「呃啊！」

希里坎男爵的嘴巴冒出了泡沫。我把手臂上下搖晃著說：

「你真的很重哦！」

「該死的混蛋！你敢這樣子對我，你以為你還能活命嗎？」

「你再這樣吵鬧下去，你以為你還能活命嗎？」

那時候男爵才安靜下來。因為我只要一放手，他當場就會成為「已故」希里坎男爵。他朝著下面拚命喊著：

「你、你們幾個！趕快把我接住！啊，不對，上來殺了這些傢伙！」

傭人們很驚慌地跑來男爵的下方，然後舉起雙手。我一往左邊走一步，那些傭人就立刻往左邊移動。如果我往右邊走一步，那些傭人就一邊破口大罵一邊往右邊跑。真是有趣！我就這麼左右左右地來回好幾遍。

男爵頭朝下，被我這樣提來提去之後已經暈頭轉向了。不過他還是一直罵個不停，繼續不斷詛咒我。在一旁快看不下去的卡爾對我說：

「好了啦，尼德法老弟。不要再這個樣子，快放他下來。」

我微微笑了笑，然後將他放下來。希里坎男爵一被放下來就立刻想要逃開，但是我按壓住那傢伙的肩膀，所以他只能用他還很自由的嘴巴盡可能地罵我：

「你們這些可惡的傢伙！汙水坑裡的髒老鼠看到人竟然不知尊重，還敢放肆！你們真的那麼想死啊！竟然敢對我這麼無禮！這些骯髒混蛋！」

這個男爵嘴巴真的很會說。他都已經暈頭轉向了，竟還能一直不停地罵人。卡爾原本想說話，但是話到嘴邊，還是搖搖頭放棄了。

「跟他好像真的說不通。算了，走吧。」

「你們這些傢伙！你們以為你們可以逃到哪裡？你們想逃回臭水溝裡的老鼠小洞去嗎？門兒都沒有！你們會先被五馬分屍的！你們敢對我做出這麼可惡的事，還以為自己能活命嗎？我就算再慈悲也不能饒你們！」

我對卡爾說：

「就把他丟出去吧。真是令人厭惡！」

「你說什麼？臭小子！竟敢說這種話？你這個乳臭未乾的小鬼頭！你們怎麼可以這樣對待我？」

卡爾差一點就叫我把他丟出去。

「就這麼丟……不太好吧。」

這時候，大門被粗暴地打開了，接著私兵們衝了進來。出動得可真快速！現在才出現啊！他們上了二樓，看到男爵好像已經變成人質之後，他們大聲喊叫：

「喂！你們，嗝！全都全都被圍包了，啊，不對，被包圍了！」

我面對著他們大喊：

「你們講話講清楚一點，這些笨蛋！你們居然還能出動，還真是厲害！」

那些私兵們全部都醉了，連走路都走不穩，而且有的人把盔甲穿反了，有的人只是用披的，有的人把盾牌戴在頭上，然後將頭盔拿在手上，真的是什麼樣子都有。他們的模樣再怎麼看也不會令人覺得害怕，真是不像話。這些守衛宅邸的私兵們到底是吃了什麼熊心豹子膽，竟敢醉成這個樣子？男爵看起來似乎也和我有同樣的感受。他和我同時破口大罵那些私兵們。私兵們根本沒聽到男爵那些罵人的話，全都東倒西歪的，有的人甚至還坐在地上吐了起來。真了不起！早知道這樣，我們一開始就應該從正門口進來！卡爾一面看著那些私兵們，一面笑著說：

「很好，這樣子就應該夠了！」

我和杉森詫異地看著卡爾。卡爾以鄭重的態度對希里坎男爵行了一個禮，然後他說：

「男爵大人，您要不要跟我打個賭？」

「打、打什麼賭？」

「我們賭如果男爵大人不見了，那些士兵們會不會掠奪您的財產呢？怎麼樣？我賭我們現在立刻帶您走的話，那些士兵們就會掠奪您的寶石、衣物、重要的文書。我賭『會這樣』，而男爵大人您大概會賭『不會這樣』，是吧？因為您相信那些士兵們的忠誠。」

男爵的臉上終於浮現出恐懼。

「你、你、你怎麼可以……」

「尼德法老弟，把他打昏。」

我一聽到這句話，立刻朝男爵的後腦杓打了一拳，男爵則像青蛙那樣地仆倒在地上。卡爾俯視下方，然後對亞夫奈德說：

「亞夫奈德先生，男爵的家人呢？」

「沒有家人了。他的妻子已經去世，而他的女兒早已嫁人了。」

「那麼就不用拖泥帶水了。亞夫奈德先生你大概也會想拿一些，是吧？」

亞夫奈德噗哧地笑了出來。可是他看了看伊露莉的眼神，然後低下頭。卡爾說：

「你就在良心允許的範圍之下，拿一些東西，當作侍候過男爵的代價吧。」

「算了。我只會去拿我的行李。今天晚上得到的已經非常夠了。我學會了一種新的魔法。」

卡爾微笑著說：

「你真不愧是個巫師。我以為你會說『撿回了一命』。你走吧。可以的話，請回去你的老師身邊吧。」

亞夫奈德向我們道謝之後，回頭走向地下室。卡爾很快地指示說：

「私兵們在喧囂的時候，可不能讓那些傭人們受傷。費西佛老弟，尼德法老弟，去將那些私兵們的武器裝備拿走，把人全部都打昏。他們都醉了，這應該很容易吧？還有，各位男傭和女傭們，我們會帶走這傢伙，你們隨你們喜歡的拿吧！」

「什、什麼意思？」

卡爾露出狡猾的表情說：

「如果不趕快，就拿不到很多東西了。」

這時候傭人們的眼神才轉為銳利。然後我和杉森笑了笑，隨即跳下了階梯。

「呀喝！」

用揍的，用揮打的，用丟的，用踢的……

我們騎著馬離開了男爵家。伊露莉剛才從男爵家的馬廄裡牽了一匹馬出來。這真令人驚訝。

我笑著對她說：

「精靈也會做這種行為啊？」

「這是很合理的行為。反正那些馬已經失去主人了，可能會被拿去賣，或者被那些私兵們帶走。因為沒有主人，所以就讓我來當牠的主人吧。因為這是合理的選擇，就把牠取名叫『理選』，這樣好嗎？」

「很好，因為妳做這件事是『合理的』。」

我微微地笑了，而伊露莉也笑了，只有杉森苦著一張臉。現在他不是和伊露莉同騎一匹馬，而是和男爵同騎一匹馬。我問了卡爾一個問題：

「可是我們就這樣離開的話，不就算是綁架了嗎？市政府那裡的人會不會追過來？」

「這傢伙在市政府能有這麼大的勢力，是因為他的金錢權勢所致。現在他沒有了金錢權勢，市政府那邊應該就不會再當這傢伙的走狗了。而且我們還可以再用另一個方法。」

「什麼方法？」

到了雷諾斯市的市政府之後，我們才知道是什麼方法。

在市政府附近的小路上，我拿出了紙張、墨水和筆。前些時候買的那些正好派上用場。然後卡爾命令男爵寫一張內容是將鬥技場捐贈給市政府的聲明書。當然啦，男爵是不可能心甘情願地寫那種聲明的。

「什、什麼？這是不可能的！」

杉森隨即稍微搖了搖頭之後，在男爵耳邊說了幾句話。不久，男爵就被嚇得臉都綠了，他趕緊開始寫聲明書。我問杉森說：

「你對他說了什麼？」

「不聽我們的話沒關係。我也不想再說第二次。」

男爵寫了一張有關捐贈鬥技場給市政府的聲明書。而很幸運地，我們剛好有三個人，這麼說是因為伊露莉不是拜索斯的公民。總而言之，在男爵的簽名下方簽有卡爾、杉森和我的名字。

「我還不是成人，好像還不能當證人。」

卡爾搖搖頭說：

「不，決定尼德法老弟你是否為成人，是賀坦特領主的權限範圍，而我現在是賀坦特領主的全權代理人，所以寫在我名字下方的你名字，可以接受和我一樣的待遇。」

哈！那真是太了不起了！我寫完我的簽名。卡爾拿起那張紙揮了幾下，好讓墨水乾掉。然後他說：

「好了，市政府如果接收了這筆財產，他們就不會再有什麼意見了。還有……」

卡爾又拿出另一張紙，很快地寫了些字在上面。都寫完了之後，他說道：

「雷諾斯市政府那邊不會再追我們了，薛林先生不是說過我們沒有在罪犯的名冊裡？所以市政府那邊沒有理由一定要追我們。我寫了『用鬥技場交換我們的自由！』，市長的腦袋如果會想事情的話，應該會同意我的提議。如果一定要把我們當罪犯處理，然後追過來的話，男爵的聲明書將會無效。因為罪犯是不能當證人的。」

「哇！」

杉森和我打從心底讚嘆地點點頭。難道卡爾以前是恐嚇罪犯或騙子？我們走到離市政府一段距離之外的地方，卡爾在箭上綁上了那兩張紙，射向市政府。而後我們當它是信號似的，疾馳離開雷諾斯市。

早晨的太陽正在升起。

在黎明時刻，我們在雷諾斯市外圍適當的地方放下了男爵。男爵早已失去了所有的勇氣，完完全全像是一個廢人。就算他回到雷諾斯市，也沒有任何財產，沒有任何勢力了。我們激勵他，要他去找朋友幫忙，但是男爵他好像沒有任何朋友的樣子。報仇最好是能痛痛快快地，可是看到他那麼沮喪的樣子，我們還是覺得很歉疚。怎麼會連一個朋友也沒有呢？

我大概能理解卡爾的報仇方式了。他是從希里坎男爵的性格上誘導出一定會自然產生的結果。希里坎男爵如果是一個聲望很高的人，那麼不管他是不是消失不見，依然能保有他的財產和聲望。卡爾的報仇方式是要引出內心潛藏的刑罰，而對善良的人不會有任何的傷害。

但是對希里坎男爵卻很有效。嗯，卡爾是個很可怕的人。我一這麼說完，卡爾立刻哈哈笑了起來。

「是啊是啊，尼德法老弟。一個人犯了錯的時候，即使沒有受到眼睛看得到的刑罰，也沒辦法好好安心。因為刑罰已經在那個人的內心裡層層疊疊地累積起來了。所謂的刑罰並不是在別的地方。如果是有智慧的法官進行審判，就會知道對於罪犯之罪行最適當的刑罰，早已經存在於罪犯的內心裡了。我只不過是仿效這個原理而已。」

現在我們是位在雷諾斯市東邊的一座山中間，我們在此地野營。在太陽升起的時候去睡覺，好像有點奇怪，但是我們因為整夜都沒睡，所以也沒辦法繼續前進了。

我享受著早晨的太陽，看著燈火還依稀閃爍的雷諾斯市，說：

「雷諾斯，有好的記憶，也有不好的記憶。」

「這個不管到哪裡都一樣啊。只要是在人類生活的地方，都會如此。」

這是卡爾的回答。我看了看伊露莉。

伊露莉正在望著早晨的太陽。她的眼睛慢慢閉了起來，就好像向日葵花一樣朝著太陽的方向伸出她的臉。照得她睫毛發熱的那道陽光真是美麗。

「伊露莉？可以比較一下人類的都市和精靈的都市嗎？」

伊露莉仍然閉著眼睛，她說道：

「精靈並沒有都市。」

「那麼如果要妳以精靈的觀點定義人類的社會呢？我事實上有些不安，而且有點慚愧。妳會給予什麼樣的評價呢？」

我的問題也引起了卡爾和杉森的注意。伊露莉說：

「這個嘛……有很多令人失望的地方，也有很多令人驚訝的地方，實在很難用一句話來定義。雖然我只在那個城市待了三天，但是感覺上卻好像過了三十年。人類的一天常常都是這樣子的嗎？」

「我們當然也不是每天都過得那麼驚險。」

「真的嗎？我還在猜想是不是因為這麼激烈的生活，才會造成人類如此地短命。特別是昨晚各位的行為實在是令我無法想像地……」

「機靈鬼怪，是嗎？」

伊露莉閉著眼睛笑了笑。之後她才睜開眼睛回頭看。

「是的，就是機靈鬼怪。對於那些機靈鬼怪的行為，撇開評價不談，只說出我的感受的話，可說是非常爽快！這是一種和速度感相似的感受，真的非常爽快，而且舒服。嗯，我很難用人類的話來形容。是用『生氣勃勃』來形容嗎？我也不太知道。」

「不，我們已經很充分瞭解妳的說明。」

我現在安心了。伊露莉並沒有說一些負面的評價。我原本還很擔心伊露莉會不會以為人類都像希里坎男爵那種樣子。以前我自己覺得人類是有愛心的，可是和非人類的其他種族在一起之後，總覺得人類要是能再好一點，能再高尚一點就好了。我自己就很像典型的人類。

杉森說道：

「好了！睡吧！大家現在都非常非常地累了。」

卡爾靠在樹上說：

「我沒做什麼事，就由我來做守夜工作吧。各位趕快去睡吧！浪費了三天，如果想走快一點，就必須先多休息才可以。」

我做了一個夢，夢裡頭有傑米妮和故鄉賀坦特領地。這算是惡夢嗎？

咯吱咯吱！這是骨頭伸展的聲音。

「啊，什麼時候才能再睡在床上？」

我一邊扭轉著身體，一邊自言自語著。骨頭發出好像快散了的聲音。

卡爾靠在樹下坐著，正在睡覺。哼，真是一個讓我們安心的守望者啊！杉森聽到我的自言自語而睜開了眼睛，然後站了起來。他看看卡爾，不禁笑了笑，然後叫醒卡爾。卡爾急急忙忙說他是剛剛才睡著的，實在很抱歉，但是杉森微笑地說：

「沒有關係。我們大家都熬夜了，當然會這樣。請到那邊躺著睡吧。夜晚趕路好像不是很好，我看今天我們就在這兒休息一整天吧。」

「時間允許嗎？」

「原本計畫中打算一個半月辦完事情，但是在雷諾斯市浪費了三天，所以日子只剩大約四十天。這樣子要謁見國王陛下，還要去修利哲伯爵家，還要賣我們領地，會不夠嗎？」

「四十天，只有四十天……這個嘛，費西佛老弟，聽說要花一個月的時間才能進到王宮裡。」

「咦？王宮有這麼大嗎？」

「不是的，是因為要先從底下的官員開始層層上報，所以才會需要花費那麼長的時間。幸好我是賀坦特領地的全權代理人，而且是要報告有關國王的龍的事情，所以應該可以馬上謁見到國王陛下。」

我插嘴說道：

「可是，一定要去謁見國王陛下嗎？只要跟下面的官員說卡賽普萊戰敗了，再傳達上去就可以了，不是嗎？」

「這樣會有麻煩。如果是其他的事，或許可以這樣做，不對，其他的事都需要這樣做，但是龍的事是不一樣的。龍不管到哪裡，仍舊還是國王的龍。而且卡賽普萊對國王陛下而言很重要，是國王陛下直接派遣牠到賀坦特領地的。因為是陛下直接派遣，所以我必須直接報告陛下，不能向他下面的官員報告。」

「唉！真麻煩。那很重要嗎？」

「很重要。萬一國王陛下震怒的話，說不定會人頭落地。其他的官員當然不希望自己人頭落地。」

「咦？人頭落地，那不就是死刑？」

卡爾嘻嘻地笑著。

「當然不會這樣子。只是原則上是可以這個樣子的，所以不必太擔心。此次作戰的負責人是賀坦特領主，但是我們領主已全權交給修利哲伯爵。所以敗戰的責任是在修利哲伯爵身上吧。」

「那麼卡爾你會很安全嗎？」

「嗯，只要跟陛下說：『派遣卡賽普萊來支援，結果還是戰敗了，真是愧疚。』國王陛下應該就會寬容地原諒，然後就沒事了。形式上一定要那樣做，然後那樣記錄下來。而且聽說國王陛下是很仁慈的，他的哥哥被廢位之後，由他繼位為太子的時候，有更多人因此而高興不已。」

「哦，真令人驚訝。」

卡爾看了看深吸一口氣的我，然後微笑著。但是很快他又開始面帶愁容了。

「只有四十天……報告敗戰的事情，實際上並不是大問題，真正的大問題是如何籌錢。我擔心的就是這個。哈梅爾執事先生就算有天大的本事，也不可能在我們領地裡籌到錢。所以錢的事終究還是我們的責任。到了首都，我們可以拜託國王家族，或者拜託貴族院，總之一定要籌到錢。我帶了領地的所有稅收權狀書，逼不得已的時候就會賣掉。」

看到卡爾這麼擔心，杉森插嘴說：

「那麼，我們可以想辦法讓回程的時間短一點。我因為沒有走過這些路，只能看地圖來判斷，所以調整計畫的時候會有些不安，但是我們回程的時候應該會比較熟悉一點了吧？」

「你說得對。我知道了。」

卡爾點點頭，然後進到毛毯裡面，之後有好一段時間還在毛毯裡翻來覆去，苦惱了很久才睡著。杉森翻翻行李，拿出地理書，然後開始仔細看著地圖。而我則是拿出尤絲娜給我們的那個籃子。

籃子裡面有麵包、啤酒瓶，還有起司和水果。嗯，那丫頭竟會說出那些可愛的話。說什麼她自己的心已經被流浪漢給擄走，從此一輩子都會想著這個流浪漢？哈哈哈！

巨大的啤酒瓶封得很緊，那是用蠟封起來的。一打開蓋子，當場就冒出了很多泡沫，可能是因為剛才搖晃得很厲害的關係。我喝了一口之後拿給杉森，然後開始吃麵包。

現在已經是下午了。落葉不斷地飄下，而天空既晴朗又明澈，還不斷傳來清脆的鳥叫聲。抬頭一看，樹葉掉得光禿禿的樹枝上，有幾隻小鳥停在那兒，正在低頭看著我。

我撕了一些麵包屑往前一丟。

小鳥們像是很懷疑似的看著我。我原本在想「什麼樣的表情才可以讓小鳥安心呢？」，但還是算了。我連馬的表情都看不懂，那麼小鳥會看得懂我的表情嗎？

嗯，我好像想錯了哦！馬並沒有可以做出表情的肌肉。也就是說，只有人類可以做出「表情」。

還有精靈也可以做出表情。伊露莉在毛毯裡面側躺著，用手臂托著下巴。她一副才剛睡醒的懶洋洋的表情，正在看著我和麵包屑。她抬頭看了看天空。

伊露莉微微笑了笑，然後開始吹起口哨。

「噓哩哩，噓哩，噓哩哩，噓哩——」

隨即，枝頭上的一隻小鳥飛了下來。那隻小鳥開始啄起麵包屑，不久，剛才停在牠旁邊的其他小鳥也飛下來啄麵包屑。我伸出兩條腿，用手臂支撐著上半身，然後看著這一幅景象。為了不要嚇到小鳥，我用很低沉的聲音說：

「妳口哨吹得很好！」

伊露莉看了看小鳥，又看了看我。

「也可以給我一點麵包嗎？」

我從籃子裡拿出麵包。伊露莉就在毛毯裡以半躺的姿勢吃麵包。看起來非常自然。居然躺著吃東西！如果是傑米妮，一定不會這樣子。但是我也不覺得有沒禮貌的感覺。她又不是人類，如果我有那種感覺不就很可笑嗎？如果說精靈在森林裡躺在落葉上面吃東西，這也是很自然的事。

「嗯，您起來吃比較好吧。」

哦，不愧是杉森。伊露莉轉過頭去看著杉森。

「咦？」

「如果躺著吃的話，嗯，可能會對消化不太好……」

「大部分的生物，他們的身體姿勢和消化並沒有很大的關係。」

如此一來杉森就無話可說了。他淡淡地笑了笑，然後又再回去看他的地理書。而我也笑了笑，繼續望著那些小鳥。

伊露莉則是從她那個位置站了起來。她將手拍乾淨之後，開始整理頭髮。因為她的頭髮很長，所以睡覺起來就會變得很亂。但是伊露莉就好像小狗抖動身體那樣，前後左右地大力搖晃著頭。我看得嚇了一跳，而杉森則是張大了嘴巴看著。那些小鳥們也全都飛走了。

伊露莉那樣用力搖晃她的頭之後，最後將頭髮整個往後集中，接著用手順順頭髮。可還真簡單。伊露莉拿起身旁的皮外衣，翻找出一支梳子，隨即開始梳頭髮。

「嗯，雖然我不常看女孩子梳頭髮，但是妳這樣子好像很簡單！」

「人類的女孩子是怎麼樣整理頭髮的呢？」

「這個嘛，先洗一洗，梳一梳，然後讓它乾，接著盤上去或者編辮子……」

「我也很想洗一洗頭。」

「反正不會像妳剛剛那樣搖動身體來整理頭髮，我剛剛有點驚訝。」

伊露莉歪著頭說：

「啊，是啊，人類的頭髮通常都會糾纏在一起，但是我們的頭髮不會糾纏在一起，所以搖一搖就會全都散開來。」

「那一定很方便吧。」

「這個嘛，很方便嗎？我這種頭髮不太容易編辮子。因為頭髮都太細又太乾燥。所以精靈們都像我這樣散著一頭的頭髮。看起來很奇怪吧？」

「不，不會。」

「我也很想試試編辮子或者盤頭髮。但是這種頭髮……你要不要摸看看？」

伊露莉到我這裡，然後抓著一撮頭髮給我摸摸看。我輕輕地摸。伊露莉問我：

「是不是很細？」

摸起來好像是一種絲紗。

「是很細。但是妳的頭髮好像很多。」

「是啊，頭髮這麼多，多到可以拿來做弓。我的弓上面的弓弦就是用我的頭髮做成的。精靈們都是在頭髮長到像弓弦的長度的時候，拿來做弓弦，而且將弓帶在身邊。」

此時，杉森說道：

「嗯，我可以看看妳的弓弦嗎？」

隨即伊露莉拿出插在自己行囊裡的那把複合弓給杉森看。我也靠近去看那一把弓。杉森拿著弓，將弓弦彈了好幾次，然後做出讚嘆的表情。

「很不錯的弓。雖然和我的體格不配，但是真的很不錯。」

「體格？啊，你是指手臂的長度。你要不要和我比一比手臂的長度？」

伊露莉把手臂往兩旁一伸開，胸部就突了出來。杉森往後猛然退了幾步，結果頭撞到了樹木。他摸著後腦杓發出呻吟聲，伊露莉驚訝地說：

「你為什麼突然往後退呢？」

因為兩個人用這種姿勢互相比較手臂長度的話，就會碰觸到對方的胸部。這跟擁抱是沒有兩樣的。哎呀，在一旁看著的我臉都紅了。杉森勉強定一定神，然後說：

「啊，這個，不要比了。對了，妳說這弓弦是妳的頭髮嗎？」

伊露莉不停搖搖頭，然後還是很爽朗地回答：

「纏了好幾次才做成的。你看，是黑色的吧？其他的精靈也都帶著和自己頭髮同樣顏色的弓。所以如果有精靈帶著和自己頭髮不同顏色的弓時，就可以知道那把弓一定蘊藏有什麼故事，或者對那個精靈是很重要的東西。」

「啊，是的，妳說的十分有道理。」

「咦？……哦。」

伊露莉又再搖搖頭。杉森好像撞得不輕，到現在還在胡說八道。伊露莉接過弓之後，還是覺得很奇怪地看了看杉森，然後轉身走回去她放皮外衣的地方。她每次走動的時候，我都有種感覺，覺得她的皮褲動起來真的很漂亮……要不要送一件皮褲給傑米妮？可是那丫頭如果穿了皮褲，會有什麼好看的呢？

伊露莉拿起皮外衣穿上，然後開始翻找她行囊裡的東西。不久，她拿出了一本非常大的書。就算是告訴我那是盾牌，我也會相信！我和杉森用佩服的眼神看著那本大書的時候，伊露莉已經攤開了書，並且開始翻著那些巨大的書頁。因為書頁實在是很大，所以伊露莉是用整個手掌來翻書頁的。

「嗯，我可以看看嗎？」

「你會看嗎？」

我和杉森走近看著這本書。嗯，真是個全新的經驗！白色的部分確實是紙，而黑色的部分確實是字，不是嗎？

我和杉森互相望著對方，然後又再看看書。書上面有奇怪的圖案和花紋，而且寫了很複雜的文字之類的東西，但是我們實在不知道那些是什麼文字。

「這是精靈語嗎？」

「這是魔法的語言，是符文（Rune）。這種語言事實上是無法唸出來的。」

「咦？無法唸出來？」

伊露莉仔細地想了想之後，她清一清周圍的落葉，讓土地露出來。她拿了一粒小石頭，然後開始在地上寫了一些東西。THM，OEW。這是什麼呀？

「你可以唸得出來嗎？」

我用訝異的表情一個字一個字地唸過去。隨即伊露莉微笑著說：

「我會這樣唸：三個人類男子，一個精靈女子，Three Human Men，One Elf Woman。」

「啊！」

我和杉森都點點頭。

「但是妳寫的這些字不就是可以唸出來的嗎？」

「是的，這些字原本就是可以唸出來的，所以也可以一個一個字母像『THM』、『OEW』地唸出來。但是符文原本就是無法唸出來的，不過符文也是像我剛剛寫的字一樣，是有意義的。我這樣說明好像有點奇怪，但是也只能這樣子說明了。」

「哦……那麼，那些巫師們所背記的咒語，為什麼唸起來會有聲音呢？」

「那些不是符文，而是『起動語』。符文是『記憶咒語』的時候所需要的語言，而起動語可以用自己種族的語言。唸符文寫成的咒語來做『記憶咒語』的時候，自然而然就會出現『起動語』。我寫出『THM，OEW』，然後在唸的時候唸出『三個人類男子，一個精靈女子』，是一樣的道理。」

「是自然而然的嗎？那麼只要看得懂符文，誰都可以使用魔法……」

聽起來好簡單。

「不，不是那樣子。還必須要瞭解魔力活動的方式。」

「魔力活動的方式？」

「就拿亞夫奈德做例子吧。他是個巫師，所以他可以看得懂符文。但是我雖然教了相關的手段，而且也正確地寫了符文給他，但是他當場還是無法用那些『召喚巫師隨從』的咒語。因為他還需要針對魔力活動的方式做一段時間的研究與練習，然後才能夠使用這個魔法。當然，我連魔力活動的要領都已經教了他，他應該會更加容易理解。」

我搖搖頭。

「那麼……巫師教他們的弟子，到底是教什麼？我一直以為只是教咒語而已。」

「教他們使用魔力的技術、增進此技術的練習方法還有符文之後，再教他們魔法。而且是教他們每個特定的魔法所需要的符文。這些就跟你所說的『教咒語』很相似了。但是學習魔法並不是只有這些而已。教了符文之後，這個時候需要說明魔力活動的方式。這個部分比較困難。如果我們拿游泳來做比喻的話，學習某個魔法的符文，就好像是才進入水中而已，然而要讓魔法活動起來，就好像是教導實際在水裡游動手腳的方法。」

我舉起雙手說道。

「好難哦！杉森，我的頭上冒煙了嗎？」

「嗯，正在一團一團地上升著呢！」

杉森開的玩笑讓我微微笑了笑。但是伊露莉卻露出憂慮的表情問著：

「咦，那是什麼意思呢？什麼是頭上冒煙？」

啊？這個需要說明嗎？

「啊，那是開玩笑的話，水壺裡的水滾開的時候不是會冒煙嗎？我們的頭腦如果很煩躁的時候，就說是『頭上冒煙』了。所以這只是一種比喻而已。」

「可是，修奇你的頭上並沒有冒煙啊！」

我和杉森有好一會兒都愣愣地看著伊露莉，雖然想要再繼續說明下去，但我們正要開口說明的時候，又都覺得拿水壺來比喻成腦袋，實在是很難說明有什麼會令人覺得好笑的理由。為什麼要拿這個來開玩笑呢？

（下集待續）

龍族名詞解說

◆一般武器

巨斧（Great axe）：大型的戰鬥用斧，只要想成大得嚇人的斧頭就行了。這是巨人們愛用的武器，如果人類要用，就非得用兩手握住不可。因為過於巨大，如果不熟悉使用方法，就只能當作練習舉重用的工具而已。

大刀（Glaive）：這是種介於槍跟刀之間的武器，基本的型態只要想成《三國演義》中關羽所拿的青龍偃月刀就行了。在東方常被人稱為斬馬刀，基本上是步兵用來攻擊馬上的騎兵或馬時所用的武器。

匕首（Dagger）：此武器由來已久，甚至摔破石頭就可以製作，由於製作極度簡單，可以說只要有人類的地方就一定有這種武器。匕首攜帶方便，容易隱藏，所以即使在火炮發達之後，仍然還是軍人無法離手的原始武器，因而型態也是千差萬別。一般說來它的長度是介於小刀（knife）與短劍（shortr sword）之間，但其實很難明確地區分。由於長度短，幾乎只能對近身的敵人使用，但危急時可以作投擲攻擊，也是很具有魅力的特點。

長劍（Long sword）：與斧頭同為使用於肉搏戰中流傳最久的武器之一。在人類學習運用金屬的過程中，劍也漸漸顯露出大型化的趨勢，依據戰鬥時有利型態的要求，有人在匕首上加上了長柄，走上了轉變為槍的另一條道路，而在度過漫長歷史之後，長劍終於在十世紀左右真正登上了歷史的舞臺。長劍可以說是站在劍類武器的歷史巔峰，劍身長約三～四呎，寬度約一吋，直而具有兩刃，但不像東方的劍上有血槽的設計。從劍的型態上就可以知道，它的機動性高，適合施展各種劍術。所以它是在金屬的冶煉技術進步到能製造出輕而強韌的金屬之後才出現的。

左手短劍（Main-gauche）：火炮發達之後，劍術與其說是戰鬥技術，不如說已經轉變為仕紳的一種教養，於是現代的西洋擊劍術也隨之登場。在擊劍術中，盔甲跟盾牌消失，劍的重量也大幅減少，具有簡直到了可怕程度的機動性。此時仕紳們為了保護自己的生命，左手會拿帽子、墊子或這種左手短劍，來阻擋對方的劍。由於它的防禦特性，所以護手隔板既大又圓。因為它是拿在左手的防禦性武器，所以就從法語中代表「左手」的Main-gauche得名。

流星錘（Morningstar）：流星錘是針對盔甲發展出來的打擊性武器。它是在長柄的一頭加上附有尖刺的鐵球，因為下墜時猶如流星而得名。雖然機動性低，但由於鐵球的重量和尖刺，所以能夠擊穿甲冑，是騎士使用的武器。小型的流星錘則受到流浪者的愛用。

巨劍（Bastard sword）：劍的大型化↓甲冑大型化↓劍的大型化形成了惡性循環，最後出現的就是這種巨劍。這種劍的特徵是，可以像長劍一樣用單手握，也可以像雙手劍一樣用兩手握，所以它在四呎長的劍身上加上了一呎左右的劍柄。馬上的騎士可以一手握住韁繩，另一手揮動此劍；如果下了馬，則也可以兩手握劍，對敵人施以強力的攻擊。同樣地，使用此武器時，可以手拿盾牌戰鬥，或是丟下盾牌，用雙手給予對手一擊必殺的猛攻招式。

戰斧（Battle axe）：斧和劍是戰鬥中使用最久的兩種武器，所以在全世界各處都有發現帶有咒術型態的戰斧。因為歷史久遠，型態也是千差萬別。一般說來都是用砍劈攻擊，但偶爾也可以投擲攻擊（在西部電影中常可看見印第安人投出戰斧）。

多頭鞭（Scourge）：本來是用來管理家畜的工具，到後來用在奴隸身上而漸漸發達。將好幾條鞭子結合在一起，鞭子上又加上小金屬塊以增加破壞力，就成了這種多頭鞭。有時不止加上金屬塊，甚至加上尖刺，就具有了可奪人性命的破壞力，一鞭就可以將人的手指打斷。但一般來說，使用這種武器的目的多半不是要殺對方，而只是用加諸對方身上的疼痛來威脅對方。

標槍（Spear）：槍發展出許多種型態，其中標槍就是以投擲為目的而發展出來的。現在非洲的某些部族還在使用此武器。由於是投擲用，所以不可能過度大型化，槍身一般也不會脫離柳葉形。因為無法大量攜帶，所以在陣形、城砦、騎兵之類高等戰術發達的國家中較少發現。但是它在投擲武器中具有最長的射程距離，破壞力強，製作簡單，所以在世界各地也都有發現這種武器。

穿甲劍（Estoc）：別名Toc。由於是刺穿甲冑用的劍，所以想像成超級大的錐子就比較容易理解了。為了容易刺擊，所以劍身的截面是圓形、三角形或方形，並沒有劍刃。因此攻擊的方式也只有刺擊這一種，甚至連全身鎧甲（Full plate mail）都能刺穿，對於穿著甲冑的戰士就如同惡夢一般。

九尾貓（Cat o'nine tail）：共有九條短鞭的多頭鞭。用此鞭打在奴隸背上，會出現如同貓抓痕的傷口，因此得到這個不太可愛的名字。黑暗時代的歐洲苦行者為了贖罪，會用這種鞭子打自己，所以也具有完全贖罪的意義。

科培西刀（Khopesh）：這是在埃及發現的銅製武器。擁有很龐大的刀身，甚至令人分不出到底是刀還是斧頭。刀身跟柄是用同一塊金屬打出來的。使用起來相當麻煩。

雙刃大砍刀（Claymore）：蘇格蘭高地居民所用的武器。這種大型劍，劍身既薄又寬，很適合揮砍。護手是單純的直線形，柄端圓頭（如同韓國馬刀上的圓圈一樣，帶有咒術性的意義）令人印象深刻。因為屬於大型劍，所以劍把也較長，可用兩手握。

半月刀（Falchion）：刀身是彎是直，與所使用的刀法有直接的關係。如果要刺或割，那麼應該會採取直刀身的型態；但如果是要揮砍，則彎曲的獨刃刀更為理想。代表性的彎刀有回教徒用的彎刀以及日本刀。半月刀的彎度一方面適度保持了適合揮砍的特性，另一方面也給人重量感。刀的寬度非常寬，過度沉重，讓人有不適合戰鬥的感覺。韓國人在森林中開路時所用的刀就是這種半月刀，東方的游牧民族所用的寬月刀也是屬於這一類（雖然也會讓人聯想到《三國演義》中關羽的青龍偃月刀，但那是屬於大刀類，不像這個是屬於劍類）。

斬矛（Fauchard）：槍的起源是戰鬥時將短劍附上長柄來使用，之後又出現了兩種發展的方向，一種是長距離攻擊武器的標槍系統（投擲用），另一種則是強化步兵近身戰鬥力的手持槍系統（刺擊或揮砍用的槍）。考慮到近戰時的機動性，手持槍系統的槍由於其型態使得機動性大幅減弱，此種槍的發達原則上是連貫到陣形或戰術的發達，所以才能夠作為近戰時被使用到的武器。要跟陣形或戰術的發達一同考慮。由於戰術跟甲冑的發達，逼使得槍身也跟著大型化。經過文藝復興時期之後，槍身的大型化發展到令人訝異的程度，出現了戟、斬矛等等可怕的武器。斬矛在八呎長的柄上再加上新月形的槍頭，不適合刺擊而適合揮砍，因著揮動的半徑大，故產生了驚人的破壞力。

戟（Halberd）：這是配合槍頭的大型化趨勢出現的新武器，在文藝復興時期於歐洲全境都惡名昭彰。型態非常適合殺戮，在大型槍頭上，一邊加上了斧鋒，另一邊則是加上鉤或尖刺。因此它可以用於刺擊、揮砍、鉤刺，不管敵人在馬上或地上，都可以不分青紅皂白加以攻擊。因為是非常大型的武器，所以機動性極為低，但因為此武器出現的時期盔甲也已十分發達，所以它的低機動性變得不成問題。因為十分有用，所以在火炮發達之後，仍然在王室的儀仗中維持住其原有的地位。

◆長距離武器

長弓（Long bow）：因為羅賓漢使用而知名的此種武器，特別為英國人所愛用。海斯汀戰役之時，征服者威廉用如雨般的大量箭枝擊退對手之後，甚至造出名稱為English long bow的獨特長弓，由此可知其酷愛的程度。在近代的越戰中，美軍也曾在執行特殊任務，需要安靜無聲的情況下使用此種長弓。

短弓（Short bow）：既小構造又簡單的弓。所用的箭也不長。懷著強烈的好奇心參加狩獵的貴婦人一定都是用這種短弓。

複合弓（Composite bow）：用骨角或木材、鐵、皮等各種材料製成，雖然不大，但射程很長，破壞力也強。韓國傳統的弓和一般所稱的現代洋弓都屬於這一類，是最發達的弓。

◆衣物／防具

鐵手套（Gauntlet）：指整套甲冑中保護手的手套部分。如果是連身鎧甲的鐵手套，甚至會用鐵皮一直包到手指的關節部分為止。最誇張的情況則是將拇指以及其外的四隻手指分別包住，幾乎不太能動。

輕皮甲（Light leather）：防禦力非常低，如果不是非常窮困的冒險者，大概不屑一顧。

護腿（Leggings）：指甲冑中保護小腿的部分。進入現代之後，足球選手穿在足球襪底下保護小腿的東西，也叫做Leggings。

袍子（Robe）：寬鬆的連身長衣。中世紀的修道士常作此打扮。

馬甲（Barding）：馬甲叫做Bard，騎士的馬穿上馬甲就叫做Barding。如果不是戰馬，穿起來會很辛苦。從閱兵時的華麗馬甲一直到戰鬥時的簡單防具，種類非常多樣。

食人魔力量手套（Ogre power gauntlet）：簡稱ＯＰＧ。戴上此手套，就會有食人魔般的力量。

鎖子甲（Chain mail）：用鐵鍊密密編成的鎧甲。十字軍所穿的盔甲大致屬於此類，雖然材料是金屬，但仍維持柔軟性，所以很受歡迎，只是保養起來非常麻煩。雖然在防禦砍劈的攻擊上很有效果，但是防禦刺擊的能力相當弱，如果被釘頭錘或鏈枷擊中，甚至會陷入肉裡面。所以通常在裡面會穿著相當厚的衣物，在胸部也會加上護心鏡，來補足其弱點。

塔盾（Tower shield）：從正面看是長方形的巨大盾牌。羅馬士兵所使用的盾牌也是屬於這一種，攻城時可以舉到頭上阻擋對方的投石攻擊，立在地上就可以構築陣地。

鐵鎧（Plate mail）：基本上是皮甲或鎖子甲在胸部的部分加上護心鏡或是再加以變形的型態。有時也會將手臂或腿用鐵皮包住，但是如果連關節都遮蔽住，就另外稱作Full plate mail。

硬皮甲（Hard leather）：大致做出人形的骨架後，將鞣皮處理後的皮革貼上去，再塗上油，即可固定。因為材料具有柔軟的特性，所以能夠穿在衣服裡面，但防禦力不怎麼強。通常硬皮甲有強化特定的部位，重量在皮甲中算是較重的。

半身鎧甲（Half plate）：只留有胸甲部分的鐵鎧（Plate mail），能增加活動性。現在的騎兵儀仗中仍然可以看到。在普魯士國王的肖像畫中常看到的鐵皮鎧甲就是這種。

◆怪物／種族

石像怪（Gargoyle）：是飛行怪物之中非常具有代表性的怪物。中世紀教會牆上裝飾有翅膀的惡魔就是這種石像怪，因為起源如此，所以一般人相信牠們的型態是石像的樣子。一般眾所周知，牠們會在洞窟等地一動不動地坐著，等到冒險者靠近，才突然飛起來攻擊。牠們不只敏捷頑強，而且不分對象的善惡一律加以攻擊。從教會為了防止惡靈接近而設置這些石像，就可以知道牠們有多恐怖了。

地精（Goblin）：是很具代表性的人形怪物，有時狗頭人、豺狼人甚至也會被解釋成地精中的一種。體型比人類小，面貌凶惡。由於體型的關係，所以也只能用小型武器。在蘇格蘭，牠們被叫做「寶格爾」。

魔像（Golem）：起源於猶太神話的人造怪物。猶太人為了拯救受到暴政壓迫的人民，所以用黏土做成怪物，再加上生命力，將之稱為魔像，進入中世之後，成為鍊金術士、黑魔法研究者的主要關心對象。因為它象徵著從非生物中產生出生命，所以研究它就等於向生命的神祕進行挑戰。由於本來是非生物，所以不會疼痛，只知按照製作者的命令行事。依照材料的不同，可以分為土魔像、石魔像、鐵魔像、肉魔像等（《科學怪人》一片中的怪人就是屬於肉魔像）。

豺狼人（Gnoll）：有土狼頭的人形怪物。

龍（Dragon）：歷史最久遠、結合兩種原型而產生的最強大怪物。這兩種原型是鳥跟蛇。鳥極度自由，甚至可以飛向眾神，帶有向天的性質；蛇藏在地底，行動敏捷，帶有向地的性質。結合了這兩種特性的龍不管在古今中外，都是最有名的怪物。例如伊斯蘭神話的巴哈姆特、中東地區的提爾梅特、北歐神話的米德加爾德蛇、亞瑟王傳說中出現的凱爾特紅龍與白龍、《尼布龍根之歌》中出現的吉克夫里特之龍、猶太神話中（最後也進入了基督教）出現的古蛇（撒旦）、中國的龍……牠們是寶物的看守者以及掠奪者，擁有強大的力量、無限的知識，是處女的掠奪者（跟獨角獸屈服於純潔相反，龍則會抓純潔的少女來吃。這是很值得詳細考察的差異點），又同時是英雄的試煉與救援。

矮人（Dwarf）：起源雖在北歐神話之中，但我們目前所熟知的矮人面貌卻是透過J・R・R・托爾金確立的。在北歐神話中，諸神透過巨人伊米爾的身體創造大地之時，這個種族就鑽到了地裡。他們是手藝極佳的鐵匠，擁有無盡的黃金與寶石，用其做出連諸神看了都訝異不止的寶物與武器。例如擲出必定命中的袞尼爾的槍、雷神索爾所持有擊中目標後會回到手上的神錘穆勒尼爾、會自動複製自己的德勞普尼爾的戒指、可以上天下海的金豬格林布爾斯提、西芙的黃金假髮，折起來以後可以放進口袋的船「斯基德布拉德尼爾」等等，全都是矮人的作品（北歐神話中，如果把矮人製作之物拿掉，那麼諸神簡直就是一無所有）。若依照托爾金所描寫的矮人來看，這一族是由偉大的鐵匠奧勒所創造出的，他們是天生的鐵匠、建築師與石工，能製作很精細的工藝品，也是礦工，善於一切需要靈敏手藝的工作。他們對寶石擁有跟龍一樣的貪欲，個性絕對不願受人支配。他們的象徵標誌就是小個子與濃密的鬍子。

蛇女妖（Lamia）：即拉彌亞，起源於希臘神話的怪物。她是維洛斯跟利比亞的女兒，她得到希臘神話中少女公敵宙斯的愛，所以生下了孩子，但是因為宙斯妻子赫拉的嫉妒，因而小孩全都死光了。她在悲嘆之餘成了怪物，有了偷走別人小孩的習慣。上半身是女人，下半身是蛇，樣子就如同中國神話中的女媧一般。也許是神話背景所致，牠在奇幻世界中主要是以抓小孩來吃的怪物而惡名昭彰。

獸化人（Lycanthrope）：會變成動物形體的人。最有名的就是狼人，但通常都會變為各地區人們最害怕的動物（例如歐洲是狼，在亞洲通常是老虎）。眾所周知，這些人都是在魔力最強的滿月下變身，要用銀製武器或魔法武器才能給予傷害，與吸血鬼的共同點是，當某個人類受到獸化人攻擊之後，常常也會變成獸化人。

紅龍（Red Dragon）：會吐火，只相信貪欲及暴力的價值觀，是非常強大並且粗暴的龍。

牛頭人（Minotauros）：即米諾陶洛斯，起源於希臘神話，克里特王米諾斯的妻子帕西帕在發明家戴德羅斯的幫忙下（戴德羅斯做了一個母牛模型，把王妃裝進去），跟神牛交配後生出的兒子就是牛頭人。身體是人的身體，但頭是黃牛的頭，凶暴無雙，於是頭痛不已的米諾斯王命令戴德羅斯，要他建造出有名的克里特迷宮，將牛頭人關了進去。為了預備牠的食物，所以強迫雅典進貢活人。但是最後雅典的英雄泰修斯在此迷宮中將此怪物殺死。大概也是由於神話背景的關係，所以此怪物一般描寫時常出現於類似迷宮的洞窟之中，有抓人來吃的傾向。

炎魔（Balrog）：此怪物起源於J・R・R・托爾金的《魔戒》（The Lord of the Rings）一書。書中這可怕無比的惡魔居然逼使得頑強的矮人都拋棄故鄉去避難，牠的象徵就是右手所拿的鞭子。因為智力很高，所以對魔法也得心應手。牠甚至恐怖到連龍都能輕蔑地攻擊，幸而牠的性格比較喜歡地底下的環境，所以不常在地上出現。

黑龍（Black Dragon）：以個性邪惡暴躁為人所知，會吐出強酸。

蜥蜴怪（Salamander）：生活在火中的火蜥蜴。

史萊姆（Slime）：型態像是果凍的一種不定型怪物。因為身體不固定，所以可以黏附在洞頂上，等敵人經過時落下把對方罩住，然後分泌消化液將其溶解。只要有一個小縫，它就可以鑽過去，但移動速度甚慢。

精靈（Elf）：跟矮人一樣都源自於北歐神話，但還是因為《魔戒》一書而廣為人知。在北歐神話中，他們跟矮人一樣是從巨人伊米爾的身體中出現的種族，但矮人鑽入地下時，精靈則是留在地面上。北歐話叫做Alfen。他們生活在紐爾德的兒子豐裕之神福雷的領地中，擁有美麗的故鄉「精靈之鄉」（Alfheim）。甚至有人說福雷本身也屬於精靈之一。個性善良而愛開玩笑。但是在《魔戒》中，精靈的性格卻有了很大的轉變，身為最早誕生的生物，精靈可說本來是大地與世界的主人。身形瘦高，長得都很好看，追求無限的知識與品格、勇氣、善良等等。基本上精靈是不會死亡的（在《魔戒》一書故事發生的舞台「中土」上，精靈是可能被殺害的。但是被殺的精靈能夠帶著原有的記憶復活）。他們是中土其他生命有限者無法理解的高等生命體，會因世界的混亂和敗壞而痛苦。他們喜愛詩歌，但也不忌諱拿起劍來對抗敵人。從《魔戒》（正確說來應該是《精靈寶鑽》一書）出現之後，精靈與矮人間的仇恨變得眾所周知。他們的特徵是讓人驚豔的容貌與尖尖的耳朵。

食人魔（Ogre）：凶暴的食人怪物。身材高大，力量非常強。長得比巨人更像是怪物，智力薄弱，但很會使用武器，戰鬥技巧很好。主食是迷路的旅行者，如果突然想吃宵夜，就會到村莊裡抓熟睡的人來吃。

半獸人（Orc）：是一種人形怪物，因為J・R・R・托爾金而變得有名。一般人的印象中，牠的頭是豬頭。地精的概念是從地底的妖怪而來，相反地，半獸人既是怪物又是一種種族，跟人非常近似，甚至有一種說法說牠們可以跟人混血（在《魔戒》中，有一段暗示到白袍巫師薩魯曼想要做出人與半獸人混血的混種半獸人）。

巨獸人（Urc）：這是本書作者自己創造的設定。牠們雖然是半獸人的一種，但是不會那麼不喜歡陽光，更強大並且更聰明更勇敢……也稍微更有正義感。

狼人（Werewolf）：獸化人中最有名的一種（如果是「虎人」就是Weretiger，還有一種

「鼠人」（Wererat）。望著滿月，就會變身成狼。

狗頭人（Kobold）：身材比人稍小，有像狗的頭，是小型的人形怪物。牠們的語言能力足以跟夥伴溝通，主要在地下守住礦物，所以給人地底的低等怪物之印象。起源於傳說中分布地下的妖怪。

合體獸（Chimaera）：起源於希臘神話。住在呂基亞山上，混合了獅子、山羊跟蛇的形象，非常凶暴。牠的型態基本上有兩種說法。其中之一說牠身體前面的部分是獅子，中間是山羊，尾巴是蛇。另一種說法說牠同時有獅子、山羊跟蛇三個頭。不管如何，由於這種怪物可能存在，所以遺傳學上某種植物細胞的怪異遺傳因子也由此得名。這隻怪物最後被英雄貝勒洛彭騎著飛馬佩加蘇斯所殺死。

巨魔（Troll）：起源於北歐神話的食人怪物，智能比食人魔還低。最有名的巨魔是跟惡神洛基結婚，生下了三個孩子（趁著諸神黃昏之時將主神奧丁咬死的狼芬利爾，圍繞地球的大蛇袞孟干達，代表地獄的海爾）的女巨魔安格波達。因為皮膚很堅硬，所以防禦力非常高，就算受傷，也能夠在短時間內再生而恢復（據說可以用巨魔的血加工做成治療藥水）。雖然也會用棍棒等簡單的武器，但是更會利用自己的身體進行肉搏戰。

白龍（White Dragon）：常被描寫為在龍當中特別暴躁貪心和愚蠢，但因為畢竟是龍，智慧還是比人類高出許多。主要住在極地，會吐出讓任何東西都凍結的冰氣息。

◆魔法

次元門（Gate）：能打開通向異次元之魔法。大部分是為了移動到別處而使用的。但是跟空間彎曲傳送術不同，因為它是個門，所以甚至能讓整支部隊一排排地進入。當然這只是理論，實際上要開一個這麼大的門，且維持這麼久的時間幾乎是不可能的。

偵測金屬（Detect Metal）：可以找出藏起來的或是黑暗中的金屬。如果要找藏在牆裡的金庫，這個魔法應該很好用。

重力反轉（Reverse Gravity）：讓中此魔法的對象往上掉落。

魔法飛彈（Magic Missile）：將空氣過度集中，形成柱狀來對敵人攻擊的魔法。因為空氣壓縮的同時，裡面的水蒸氣也會液化，所以會造成光的散射，看來就像光箭一樣。依據施法者的能力，每次所能造出的個數也會隨之而不同。

咒語（Spell）：施法時所唸的咒語。

妨礙偵測（Undetect）：偵測系的魔法，可以妨礙敵人的魔法追擊。

對象體（Object）：成為施法對象的人或物體。

隱形術（Invisibility）：透明化的魔法。被施法的對象無論誰都暫時看不到。

幻象術（Illusion）：讓施法的對象看見幻象。如果幻象過於強烈，此人也有可能因此身亡。

施法（Cast）：唸誦咒語以施展魔法。

治療酒醉（Cure Drunken）：傳說中治療酒醉的魔法。

空間彎曲傳送術（Teleport Warp）：施法者可以移動到想去的地方。

防護魔法效果（Protect from the Magic）：使施法對象得到保護，不受魔法影響。但要知道對方的魔法是什麼才行。

◆軍事／戰鬥

輕裝步兵（Light footman）：指一般的步兵。

支援隊（Backup）：負責醫療、糧食、器材等的部隊。

弓箭隊（Archery）：因為弓箭是必須兩手用的武器，不可能用盾牌，所以弓箭隊陣形上不是被配置在左右就是在後方。在攻擊的特性上，因為不能進行掃蕩戰，所以通常是全隊負責最初的攻擊。先由弓箭隊使敵人動彈不得，然後由騎兵突擊使其混亂，最後再由步兵隊跟長槍隊進行掃蕩戰，這是最基本的部隊運用。

衝鋒（Charge）：Charge不是指步兵衝上去跟步兵對砍，而是指衝入敵方中心部，混亂其指揮系統，將其整個攪亂。所以一般由機動性高、突破力強的騎兵隊負責。

長槍隊（Pikers）：因為使用長槍，無法使用盾牌，所以無法配置在最前方，而是在步兵隊之後，採取輔助步兵的位置。但是因為此部隊可以阻止騎兵的突擊，所以在對騎兵的戰鬥中會移動到前方。

重裝步兵（Heavy trooper）：在步兵中，由他們來進行第一線的突擊。開戰後，在弓箭隊的攻擊結束之後，由持槍的騎兵進行最初的突擊，之後就是重裝步兵開始動作。但是以全體的配置來看，他們更帶有保護全軍的盾牌之意義。

◆其他用語

護手（Guard）：劍的劍身與劍把之間的部分。

龍之恐懼術（Dragon Fear）：這並不是魔法，而是一種龍的能力。因著龍吐出的強烈氣息，使得與其不同價值觀的其他生物非常害怕。如果是惡龍，能使得善人都逃走；如果是善龍，就能使得惡人都逃走。

巢穴（Lair）：只有智能比較高的怪物才會建造巢穴。這個字常常用來專指龍的巢穴。龍的巢穴中有龍所聚積而來的大量寶物，有時為了守住這些寶物，龍絕對不闔眼（希臘神話雅爾哥湖的冒險中登場的龍，為了守護金羊毛，連覺也不睡）。

噴吐攻擊（Breath）：龍以及一部分怪物使用的特殊攻擊方法。簡單來說，想成是吐火就行了。從以前開始，為了表現出怪物的恐怖，常有將破壞力強的火跟怪物連結到一起。使用噴吐攻擊的怪物中，最有名的還是龍，所以通常都指龍吐的火。一般來說，最有名的是紅龍會吐火，白龍會吐冰氣，藍龍吐電，黑龍吐酸，綠龍吐毒氣。據說像中東神話中提爾梅特之類的七頭龍，可以同時使用各種的噴吐攻擊（還真可怕……）。

蜥蜴怪之心：不知出於何處，一般認為是從蜥蜴怪的心臟中得到的紅寶石。因為蜥蜴怪生活在火中，透過持有此寶石，因著魔力的保護，就可以使主人不受火焰的侵害。

鞍墊（Zechin）：墊在馬鞍底下保護馬背的墊子。

疾走（Trot）：馬小跑步的速度，大約每小時十五公里。

小跑步（Canter）：馬跑步的速度，大約每小時二十四公里。

祭司（Priest）：指得到神明的許可，能夠行使諸神能力的聖職者（修練者無法行使）。

作者簡介

李榮道（이영도）

一九七二年生，兩歲起在韓國馬山市土生土長，畢業於慶南大學國語文學系。一九九三年正式開始撰寫小說，一九九七年秋在Hite網站連載長篇奇幻小說《龍族》，得到讀者爆發性的迴響，奠定了韓國奇幻小說復興的契機。後陸續出版了《未來行者》、《北極星狂想曲》、《喝眼淚的鳥》、《喝血的鳥》等多部小說，每部銷量數十萬冊，被譽為韓國第一流派小說家，尤其是《喝眼淚的鳥》被稱為韓國的《魔戒》，因為作品中的設定、語言、構圖都是全新創作，適合韓國人的情感，即使在奇幻出版市場的二〇〇三年進入低迷期，仍銷量二十萬冊。《龍族》更是全球銷量破二百五十萬冊的暢銷作品，以其無限的想像、深入的世界觀、出色的製作工藝，成為韓國奇幻文學的代表作，入選韓國國立高中教材，為韓國奇幻文學史開創時代，成為韓國奇幻小說之王。

譯者簡介

王中寧

文化大學韓語系畢業，馬山慶南大學交換學生。從十歲開始沉迷RPG，從而對奇幻文學產生了興趣。曾參與《龍族》小說、遊戲，以及《冰風之谷》、《柏德之門》、《AD&D第三版地下城主手冊》、《混亂冒險》、《無盡的任務》等小說、遊戲翻譯。

邱敏文

政治大學東方語文學系畢業，韓國漢陽大學教育系碩士學位。留學期間，數度擔任貿易即時翻譯及旅遊翻譯。畢業後在電腦軟體公司任職，負責中文化企劃，並曾擔任許多遊戲軟體的中文化翻譯工作，且開始對奇幻文學產生濃厚興趣。曾執筆翻譯《龍族》長篇小說與其他書籍六十餘冊。

幻想藏書閣 120

龍族 1：朝太陽奔馳的馬
（全球暢銷250萬冊奇幻經典史詩鉅作25周年紀念典藏版）

作　　者／李榮道
譯　　者／王中寧、邱敏文
企畫選書人／張世國
責 任 編 輯／張世國、高雅婷

發　行　人／何飛鵬
總　編　輯／王雪莉
業 務 協 理／范光杰
行銷企劃主任／陳姿億
資深版權專員／許儀盈
版權行政暨數位業務專員／陳玉鈴
法律顧問／元禾法律事務所　王子文律師
出版／奇幻基地出版
115台北市南港區昆陽街16號4樓
電話：(02)2500-7008　傳眞：(02)2502-7676
網址：www.ffoundation.com.tw
email：ffoundation@cite.com.tw
發行／英屬蓋曼群島商家庭傳媒股份有限公司城邦分公司
115台北市南港區昆陽街16號8樓
書虫客服服務專線：02-25007718・02-25007719
24小時傳眞服務：02-25170999・02-25001991
服務時間：週一至週五09:30-12:00・13:30-17:00
郵撥帳號：19863813　戶名：書虫股份有限公司
讀者服務信箱E-mail：service@readingclub.com.tw
歡迎光臨城邦讀書花園 網址：www.cite.com.tw
香港發行所／城邦（香港）出版集團有限公司
香港灣仔駱克道193號1東超商業中心1樓
電話：(852)25086231　傳眞：(852)25789337
馬新發行所／城邦（馬新）出版集團
【Cite (M) Sdn. Bhd.(458372U)】
11, Jalan 30D/146, Desa Tasik,
Sungai Besi, 57000 Kuala Lumpur, Malaysia.
電話：603-9056-3833　傳眞：603-9057-6622

Cover Illustration／李受姸
Book Design／金炯均
Design Alteration／Snow Vega
文字校對／謝佳容、劉瑄
排版／菩薩蠻電腦科技有限公司
印刷／高典印刷有限公司
■2025年1月2日初版一刷

售價／550元

國家圖書館出版品預行編目資料

龍族1：朝太陽奔馳的馬 / 李榮道著；王中寧、邱敏文譯　—初版—台北市：奇幻基地出版；家庭傳媒城邦分公司發行；2025.1
面：公分. -- (幻想藏書閣：120)
譯自：드래곤 라자. 1, 태양을 향해 달리
ISBN 978-626-7436-51-6（平裝）

862.57　　113014859

Original title: 드래곤 라자 1: 태양을 향해 달리는 말 by 이영도

DRAGON RAJA 1: TAEYANGEUL HYANGHAE DALLINUEN MAL by Lee Young-do

Originally published in Korea by GoldenBough Publishing Co., Ltd.
Published in arrangement with Lee Young-do c/o Minumin Publishing Co., Ltd, and Casanovas & Lynch Literary Agency and The Grayhawk Agency

ISBN 978-626-7436-51-6

Printed in Taiwan.

城邦讀書花園
www.cite.com.tw

廣　告　回　函	
北區郵政管理登記證	
台北廣字第000791號	
郵資已付，免貼郵票	

115台北市南港區昆陽街16號8樓

英屬蓋曼群島商家庭傳媒股份有限公司城邦分公司 收

請沿虛線對摺，謝謝

奇幻基地

每個人都有一本奇幻文學的啓蒙書

奇幻基地粉絲團：http://www.facebook.com/ffoundation

書號：**1HI120**　　　書名：龍族 1：朝太陽奔馳的馬

（全球暢銷250萬冊奇幻經典史詩鉅作25周年紀念典藏版）

｜奇幻基地・2025 年回函卡贈獎活動｜

買 **2025** 年奇幻基地作品（不限年份）五本以上，即可獲得限量隱藏版「山德森之年」燙金藏書票！

子版活動連結：https://www.surveycake.com/s/ZmGx

：布蘭登・山德森新書《白沙》首刷版本、《祕密計畫》系列首刷精裝版（共七本），皆附贈限量燙金「山德森之年」藏書票一張！

《祕密計畫》系列平裝版無此贈品）

山德森之年」限量燙金隱藏版藏書票領取辦法

動時間：即日起至 2025 年 12 月 31 日前（以郵戳為憑）

加辦法與集點兌換說明：

2025 年度購買奇幻基地出版任一紙書作品（不限出版年份及創作者，限 2025 年購入）。

於活動期間將回函卡右下角點數寄回本公司，或於指定連結上傳 2025 年購買作品之紙本發票照片／載具證明／雲端發票／網路書店購買明細（以上擇一，前述證明需顯示購買時間，**連結請見下方**）

寄回五點或五份證明可獲限量隱藏版「山德森之年」燙金藏書票，藏書票數量有限送完為止。

每月 25 號前填寫表單或收到回函即可於次月收到掛號寄出之隱藏版藏書票。藏書票寄出前將以電子郵件通知。若填寫或資料提供有任何問題負責同仁將以電子郵件方式與您聯繫確認資料。若聯繫未果視同棄權。

若所提供之憑證無法確認出版社、書名，請以實體書照片輔助證明。

別說明

活動限台澎金馬。本活動有不可抗力原因無法執行時，主辦單位有權決定取消、中止、修改或暫停本活動。

請以正楷書寫回函卡資料，若字跡潦草無法辨識，視同棄權。

單次填寫系統僅可上傳一份檔案，請將憑證統一拍照或截圖成一份圖片或文件。

隱藏版「山德森之年」燙金藏書票一人限索取一次

本活動限定購買紙書參與，懇請多多支持。

您同意報名本活動時，您同意【奇幻基地】（城邦文化事業股份有限公司）及城邦媒體出版集團（包括英屬蓋曼群島商家庭傳媒股份有限公司城邦分公司、書虫股份有限司、墨刻出版股份有限公司、城邦原創股份有限公司），於營運期間及地區內，為提供訂購、行銷、客戶管理或其他合於營業登記項目或章程所定業務需要之目的，以電、傳真、電話、簡訊或其他通知公告方式利用您所提供之資料（資料類別 C001、C011 等各項類別相關資料）。利用對象亦可能包括相關服務的協力機構。如您有依個資第三條或其他需要協助之處，得致電本公司（(02) 2500-7718）。

人資料：

名：＿＿＿＿＿＿＿＿　性別：＿＿＿＿　年齡：＿＿＿＿　職業：＿＿＿＿＿　電話：＿＿＿＿＿＿＿＿

址：＿＿＿＿＿＿＿＿＿＿＿＿＿＿＿＿＿＿　Email：＿＿＿＿＿＿＿＿＿

對奇幻基地說的話或是建議：＿＿＿＿＿＿＿＿＿＿＿＿＿＿＿＿＿＿＿＿＿＿＿＿＿＿＿＿＿＿

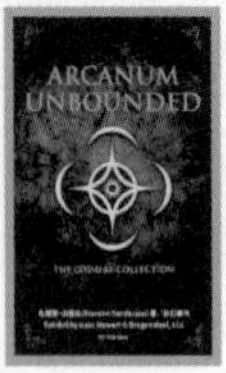

限量燙金藏書票

電子回函表單 QRCODE

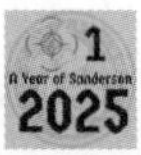

請剪下上方點數，集滿五點寄回奇幻基地即可獲得限量燙金藏書票，影印無效。

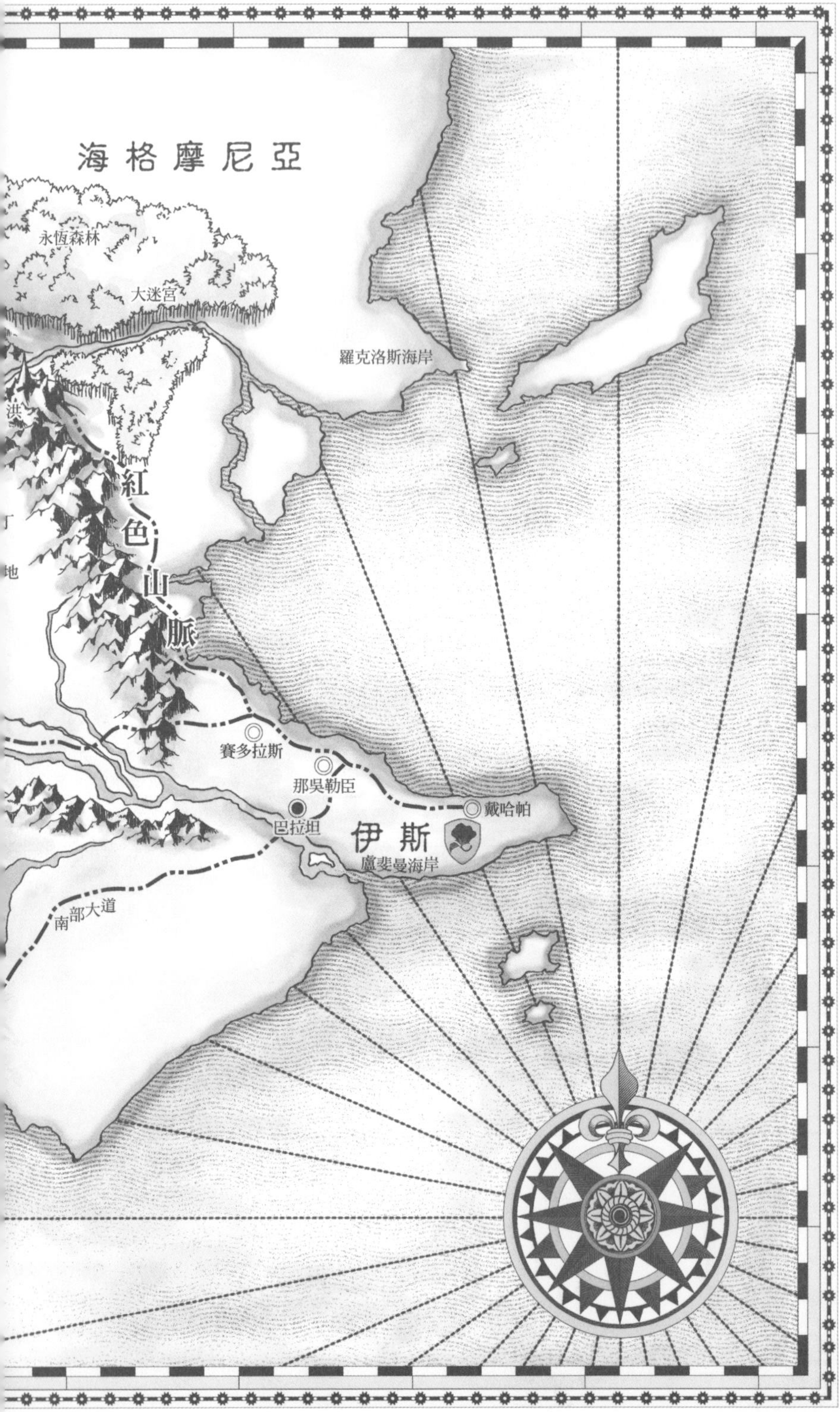
海格摩尼亞
永恆森林
大迷宮
羅克洛斯海岸
洪
紅色山脈
地
賽多拉斯
那吳勒臣
巴拉坦
戴哈帕
伊斯
盧斐曼海岸
南部大道

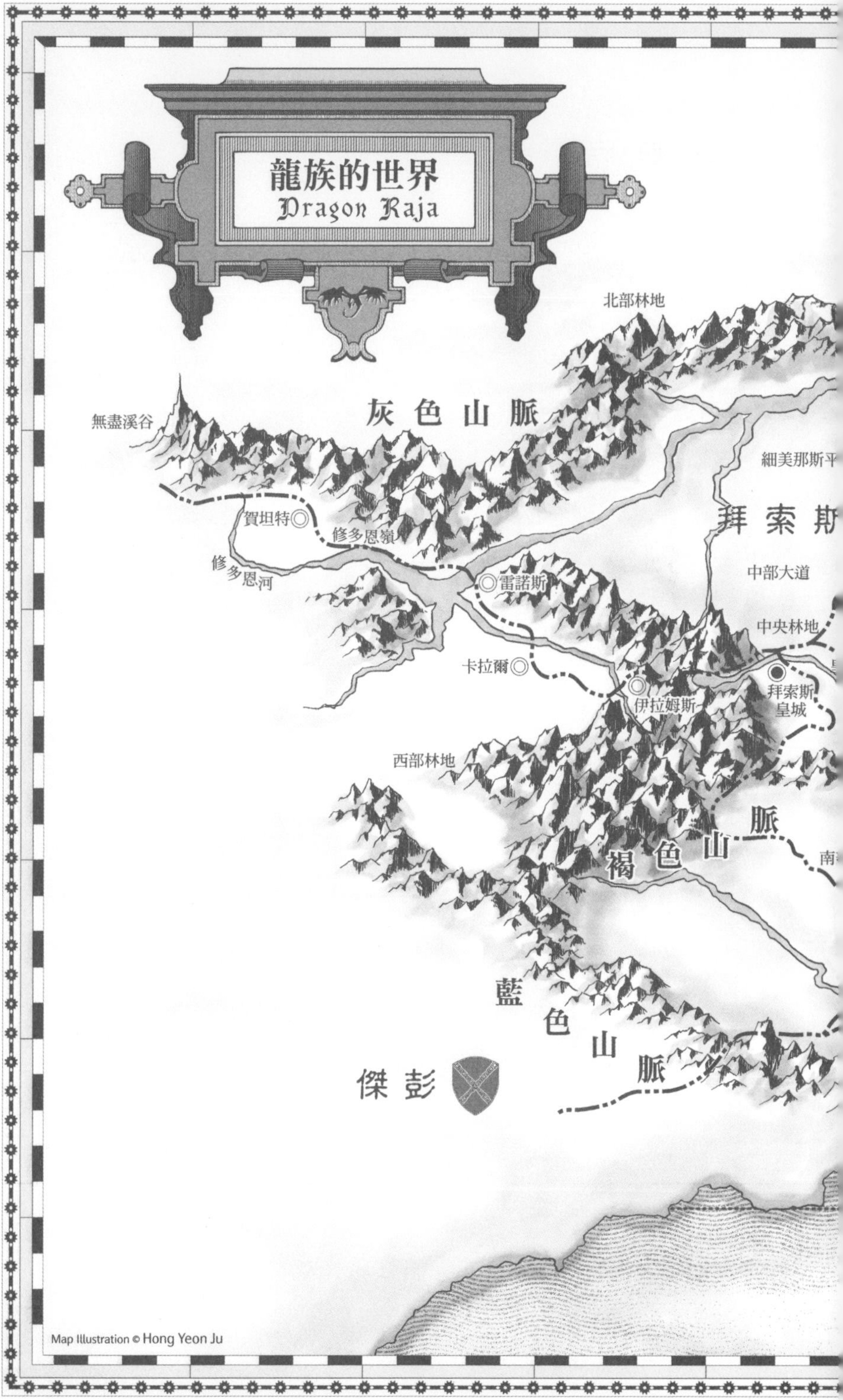

Map Illustration © Hong Yeon Ju